UPROOTED

盤根之森

NAOMI NOVIK

娜歐蜜・諾維克——著　　林欣璇——譯

《盤根之森》推薦序

臺灣大學外文系教授　趙恬儀

時序入春，在杜鵑花和綠蔭圍繞之下展讀美國著名奇幻作家娜歐蜜・諾維克的星雲獎小說《盤根之森》，不禁震懾於書中黑暗大Boss無聲的肅殺之力——不是魔王、沒有惡龍（男主角不算），只有沉默的黑森林，經年累月蓄積毒素、育成毒果怪獸，不斷向外擴張吞噬人類土地。出人意料的是，黑森林與心樹強大的破壞力，竟然來自宿主人類的負面情緒和陰暗能量。正如書籍簡介所言：

愛、仇恨、思念、嫉妒，都是會生根的，
直到長成一片森林，孕育出吃人的妖獸和腐敗的果實，
森林朝四面八方伸出根鬚和觸手，渴望吞噬整個世界。

這樣的場景似曾相識，令人不覺想起宮崎駿動畫《風之谷》當中的人造生物圈「腐海」，當中的植物以地表汙染物為養料、生長過程會排放毒孢子（黑森林的樹木也會），再成為王蟲的食物。之後腐海不斷擴張，危及人類的生存空間。

面臨如此迫切的恐怖危機，究竟誰才能拯救人類的命運？

無獨有偶，《風之谷》由娜烏希卡公主擔綱救世女英雄的角色，而《盤根之森》的「英雌」女主角，則是出身農村的十七歲少女艾格妮絲卡，全書敘事觀點也集中在艾格妮絲卡的視角。儘管在日本的奇幻動漫作品當中，「少女拯救世界」是經典王道設定，但在西方主流奇幻文學，以女性為核心主角的作品依舊屬於少數，而且以成年女性角色居多，如《亞法隆迷霧》系列、《靈魂護衛》、《女巫前傳》。近年來愈來愈多奇幻冒險小說開始趨向少女或幼女中心的人物和故事設定，例如《魔幻之海》的十五歲漁村少女小螺、《飢餓遊戲》的凱妮絲、《黑暗元素三部曲》的不純真羅莉萊拉，甚至是《迷霧之子》前半的紋、以及《冰與火之歌》首部曲《權力遊戲》的戰鬥少女艾莉亞．史塔克和美少女龍后丹妮莉絲．坦格利安，書中戲份都相當搶眼，在奇幻世界各顯身手、成就自我。《盤根之森》也是女性中心的奇幻小說，除了主角艾格妮絲卡之外，還有諸多女性角色，包括艾格妮絲卡的閨蜜卡莎、男裝帥姐巫師艾洛莎、高冷系療癒者垂柳、漢娜皇后和森后，甚至是只有掛名沒有演出的傳說人物瑯珈婆婆，個個鮮活分明、充滿強烈存在感。

相較於上述諸多作品的年輕女主角，艾格妮絲卡的特別之處，在於乍看之下主角光環薄弱，長相不起眼、身材也不優、沒有英雌氣場、還常任性出包，但卻擁有強大的魔法天賦，讓傲嬌毒舌凍齡型男魔法師「惡龍」（薩肯）選中，前往對外隔絕的高塔，開始實習女僕／女徒／女巫／女○（最後一項暫先保密，恕不破哽）的斜線人生。儘管故事的主線劇情相當沉重，所幸艾格妮絲卡與惡龍這一對既是主僕、又是師徒、更是夥伴的官配設定，加上兩人個性思維的反差萌點，在相處磨合的過程當中，不時擦出火花（各種意味），也為緊湊的情節增添不少「殺必死」。

然而魔法少女艾格妮絲卡的存在價值，絕對不是賣萌變身救世界。看似不起眼的她，正漸漸成為不可或缺的樞紐核心，串連起反擊黑森林、捍衛家園的人際網路。她在跌跌撞撞學習魔法之際，不斷嘗試推展自身的極限，隨性使用咒語的風格（例如憑藉直覺、即興更動〈祝壽歌〉，竟然救了惡龍一命），更讓惡龍見識領悟到，有時不拘泥刻板框架，反而能創造出更驚人的力量——而艾格妮絲卡本人，正是此項法門的親身實證：對她而言，魔法書和咒語不是一板一眼的聖經，而是適時適所、靈活運用的素材。而在故事當中，艾格妮絲卡和惡龍搭檔時，採用類似男女二部混聲合唱的方式，使用《召喚咒》淨化受到毒素侵害的人民，對抗黑森林和森后，更象徵兩人結合互補的力量、調和交融，成就如同行雲流水一般的強大咒力。

值得注意的是，「調和」的概念，不只出現在主角艾格妮絲卡和惡龍之間，更是艾格妮絲卡天地人互動和最終解套的關鍵。西方主流奇幻文學多半強調個人英雄主義，「被選定」的主角往往獨佔鰲頭，榮耀歸於自身；在本書當中，艾格妮絲卡雖然常覺得自己格格不入，但在修練過程不斷維繫運用各種人際關係，成為團隊的協調者，就像是宮崎駿《霍爾的移動城堡》的女主角蘇菲，原本存在感薄弱、也沒有個人想法，直到在城堡勞動時，和男主人暨魔法師霍爾及其家庭成員，一步一步建立關係，最後終於找到自己的價值。艾格妮絲卡和家人、王室成員、巫師團隊的關係，乃至於與摯友卡莎的友誼羈絆，都豐富了本書的內涵，使得這部小說不再是公式化的打怪除惡，而是有血有肉的成長史，讓我們看見主人翁的堅強與脆弱，從青澀少女日益成熟，也期待在作者將來的其他作品中，能再見到艾格妮絲卡這樣的女主角，踏上尋找自我和力量的華麗冒險。

1

我們的惡龍不會吃他抓走的那些女孩，不管河谷外的謠言是怎麼傳的。我們時不時會從路過此處的旅人口中聽說，他們講得好像我們拿活人獻祭、也把惡龍渲染得像隻真正的龍。當然，這些流言蜚語都不是真的：他也許是個長生不老的巫師，但終歸還是人類，要是他每十年就想吃掉一個女孩，村裡作父親的早就聯合起來殺了他了，他保護我們不被黑森林吞噬，我們心存感激，但也不至於那麼感激。

他其實沒吃那些女孩，只是感覺很像她們被吃了。惡龍會把女孩帶回他的高塔中，十年後再放出去，屆時她似乎完全變了一個人，穿著打扮太華麗、遣詞用字像宮廷貴族，而且十年來都和一個男人獨處一室，想當然耳她已非清白之身，雖然女孩們都說惡龍從沒碰過她們，但除此之外她們還能怎麼辯解呢？而且她們的處境其實也沒那麼糟——不管如何，惡龍放她們走時，都送給她們一整袋銀子當嫁妝，所以無論清白與否，都會有人願意和她們成婚。

但她們不想嫁給任何人：她們根本不想留在村裡。

「她們忘了怎麼在河谷裡生活。」我父親曾經這麼告訴我，那時我和他肩並肩坐在空空的大型載貨馬車上，我們剛送完這星期的乾柴，正準備回家，他沒頭沒腦冒出這句話。我們住在德弗尼克，不是河谷中最大的村莊、卻也不是最小或者最接近黑森林的：距離黑森林還有七哩遠。我們沿著道路翻過一座大丘陵，天氣好時可以從丘陵頂端眺望整條河流，一路看見森林邊緣那條淺灰色焦土帶，以及更遠處有如堅實城牆般的樹木，惡龍的高塔則位於相反方向的遠方，猶如西邊山脈山腳下的一支白色粉筆。

我當時年紀還小——大概不滿五歲，但已經知道村民們不喜歡談論惡龍以及那些被抓走的女孩，所以父親打破規矩時，我特別印象深刻。

「但是她們還記得恐懼的滋味。」我父親說，就這兩句，然後發出嗒嗒聲催促馬匹，牠們便繼續賣力向前走下坡，回到林木之間。

這對我來說一點道理也沒有，我們都很害怕黑森林，但河谷是我們的家園，怎麼能說離開就離開？這些女孩卻不曾再回來定居過，惡龍放她們出塔後，女孩會回來拜訪家人——待一星期，有時候一個月，但絕不會更久。然後她們會帶著當嫁妝用的銀子離開，多數人去克雷利亞上大學，偶爾有人嫁給城市人，也可能當學者或做生意，雖然的確有傳言說六十年前被抓走的女孩潔薇卡・巴哈進了王宮成為寵妓，身兼一個男爵和一個公爵的情婦。不過到了我出生那時，她只是一個富有的老太太，會送來昂貴禮物給她的一堆曾侄子曾侄女，但從沒親自來探望過他們。

所以真相和獻上村中女孩給惡龍活活吃掉相差甚遠，卻也不是什麼快樂的事，河谷裡只有幾個村落，被選中的機率不低——他只挑十七歲的女孩，在每年十月與隔年十月中間出生，和我同年的女孩中有十一個符合條件，噩運當頭的可能性比擲骰子還高。每個人都說要是你的女兒在惡龍之月降生，疼愛她長大的方式會和疼愛其他女孩不一樣，因為你深知很輕易就會失去她，但對我和我的雙親來說並非如此，等我到了能明白自己可能被抓走的年紀，大家都知道將來惡龍選中的會是卡莎。

只有路過的旅人不知道，只有他們才會對卡莎的父母稱讚她有多美麗、多聰慧、多善良。惡龍帶走的女孩不一定最可愛，但不知為何他總是能挑中最特別的那個：如果有個女孩實在絕美脫俗、或者聰明絕頂、或者是最頂尖的舞者，又或者心地特別善良，惡龍一定能挑中她，雖然做決定之前他根本沒和女孩交換過隻字片語。

而卡莎符合以上所有條件，她一頭豐盈的麥金色頭髮編成髮辮垂至腰間，眼睛是溫煦的棕色，笑起來像首歌，讓人情不自禁跟著一起哼唱，她想出的遊戲最好玩，還可以憑空編織故事和舞蹈，她能煮出最豐盛的一桌筵席，當她用父親養的綿羊身上的羊毛紡紗時，紡輪滾出的線條非常絲滑，沒有半處打結或糾纏。

我知道我把卡莎說得好像故事裡走出來的人物，但其實相反，我母親告訴我紡紗公主或勇敢的養鵝女孩或河中仙子的故事時，她們在我的想像中都神似卡莎，這就是我對卡莎的印象。我年紀太小，不懂何謂明智之舉，確信惡龍將帶走卡莎並未讓我少愛她一分一毫，反而更愛她，因為我知道她很快就會從我身邊被奪走。

卡莎自己倒是不介意，她說的，多虧她母親雯薩把她訓練得膽大無懼，「她必須勇敢。」我記得聽過她這麼對我母親說，一邊催促裹足不前的卡莎爬一棵樹，我母親含淚抱著雯薩。

我們家和卡莎家中間只隔著三戶人家，我沒有親姊妹，只有三個比我年長許多的哥哥，卡莎於是成為我最親愛的朋友，我們還在襁褓中時就玩在一起了，一開始是在家中廚房，我母親和雯薩用雙腿阻止滿地爬的我們溜到戶外，然後在家門前的街道玩，直到我們大到可以在樹林中亂跑。如果可以和卡莎手牽手在枝幹間奔跑，我實在不願在屋內多待一分一秒，我想像樹木垂下枝幹保護我們，不知道惡龍帶走卡莎後我該如何承受。

就算沒有卡莎，我父母也不怎麼擔心我可能被選中，我長到十七歲還是瘦巴巴，腳太大，糾結的頭髮是髒髒的棕色，而我唯一的天賦，如果可以稱得上天賦的話，就是在一天的時間內弄髒、弄破、或搞丟任何穿在身上的東西。我十二歲時，母親便不再懷抱期望，讓我穿著哥哥們的舊衣服到處跑，除了慶典時才需要在離家前二十分鐘換衣服，然後坐在門前長凳上等著家人一起出發上教堂，如此卻還是不能保證我能好端端地走到村裡，沒黏上任何枯枝落葉或沾上任何泥巴。

「妳得嫁給裁縫，我的小艾格妮絲卡。」晚上父親從樹林裡回到家時，我滿臉泥土地跑向他、身上沒有手帕，衣服上至少有一個破洞時，他會大笑著說，但還是一把舉起我親吻，我媽媽只微微嘆氣：有哪對父母會抱怨誕生於惡龍之月的女孩有幾處瑕疵？

惡龍來抓女孩前的最後一個夏天漫長又溫暖，而且滿是淚水，卡莎不哭，但我哭，我們總在樹林裡玩到很晚，能抓住多少夏日的黃金時光就抓住多少，回家時我總是又餓又倦，直接爬回床上躺在黑暗中，母親會進來摸我的頭，在我哭著睡著時輕輕唱歌給我聽，留一小盤食物在床邊給我半夜餓醒時吃，除此之外她沒試著多安慰我什麼：她還能怎麼樣呢？我們兩個都心知肚明，不管她多愛卡莎和卡莎的母親雯薩，心底也不禁懷抱一絲慶幸——還好不是**我的**女兒，我**唯**一的女兒。當然了，我也不願她有別的想法。

幾乎整個盛夏我都和卡莎膩在一起，我們這樣很久了，小時候會和村裡其他孩子一起玩，不過隨著卡莎出落得越來越美麗動人，她母親告訴她：「妳最好迴避那些男孩，對妳自己、對他們都好。」我則是緊緊黏著卡莎不放，儘管最後會因此而更加心痛，母親則本著對卡莎和雯薩的關愛，沒將我從卡莎身邊拖走。

惡龍出現之前最後一天，我在樹林中找到一片林間空地，四周的樹木還沒完全凋零，金黃和火紅的樹葉在我們頭頂窸窸窣窣，地上鋪滿成熟的栗子，我們用樹枝和枯葉升了一小堆火烤了整把，明天是十月一日，村裡將舉行盛宴向我們的恩人與領主聊表敬意。明天，惡龍即將現身。

「如果可以當吟遊詩人就好了，」卡莎說，閉上雙眼仰躺在地，一邊輕輕哼著歌。一個行吟歌手也來參加宴會，整個早晨都在綠地上練唱，過去一個星期進貢的馬車也陸續抵達，「就可以在邦亞四處遊歷、為國王唱歌。」

她若有所思地說，不像是孩子編織白日夢，比較像真的在考慮要離開河谷、永遠不回來，我抓住她的手，「然後妳每個冬至都會回來，」我說，「把妳學會的歌唱給我們聽。」我們緊緊握著彼此的手，我硬是不讓自己想起惡龍抓走的女孩從來就不想回村裡。

當然，那時我對他深惡痛絕，但他不是個壞領主。北邊山脈另一邊，黃沼地男爵養了一支五千人的軍隊為邦亞作戰，他的城堡有四座高塔，他的夫人配戴血紅色珠寶和雪白的狐狸皮草斗篷，而供養他的地區不比我們的河谷富裕多少。領地上的人民一星期必須撥出一天的時間替他耕種，男爵擁有最肥沃的土地，還會徵募男丁從軍，而領地上有這麼多士兵四處遊蕩，女孩們長成女人後最好都留在屋裡。即便如此，黃沼地男爵也不算是個**壞**領主。

惡龍只有單單一座塔，手下沒養半個士兵、連僕人也沒有，除了他抓走的女孩之外。他不需要精兵，他對國王應盡的義務來自他本身的力量：魔法。有時候惡龍必須進宮，去重申他對國王效忠的誓言，我猜國王大可以要他參戰，但他大部分的工作是留在這裡監看黑森林，保護王國不受它的邪惡侵擾。

他唯一擁有的奢侈品是書籍，以鄉下人的水準來說，我們都算飽讀詩書，因為他願意用一條金塊換一本古籍，賣書的小販聞風也大老遠跑來邦亞邊陲的這個河谷小村。每次來，騾子的鞍袋中必定塞滿了其他破舊或者較廉價的書，用幾個銅板的價錢賣給我們，對河谷裡的人家來說，如果屋裡沒有兩三本書堂而皇之擺在牆上，那可才真是窮酸至極。

對於那些不住在黑森林周遭的人來說，惡龍的優點聽起來似乎都是些雞毛蒜皮的小事，不值得拿家裡的女兒去換。但是我經歷過青綠之夏，親眼目睹一陣焚風從西邊吹來，把黑森林的花粉帶入河谷，吹進我們的田野和花園，莊稼異常生氣蓬勃，但是形狀怪異扭曲，誰吃了都會生病，發起狂來毆打家人，如果沒把他們捆綁好，病人最後會跑進黑森林中就此消失不見。

那時我六歲，父親母親盡可能保護我，但我仍舊清楚記得那股溼冷黏膩的感覺，以及無處不在的恐懼，大家都很害怕，我也記得不斷囓咬著肚腹的那種飢餓感，當時已經將去年的存糧全吃光了，只能指望春天到來。一個鄰居餓昏了頭，吃了幾顆豌豆，記得那天晚上聽到他的屋子傳來尖叫，我從窗戶看見父親進穀倉操起一支草耙，狂奔前去幫忙。

青綠之夏的某一天，年幼無知、不懂事態到底多危險的我從疲倦瘦小的母親眼皮子底下溜走，偷跑進樹林，找到一叢萎了一半的莓果，長在背風面的一個小凹洞中，我撥開外頭枯死的枝椏，奇蹟似地在樹叢中心找到一把黑莓，完全沒有扭曲變形，反而飽滿渾圓又多汁，完美至極，每顆吃在嘴裡都迸發一陣喜悅，我吃了兩把，剩下的裝在裙子口袋裡，趕回家時滿身都是紫色汙漬，母親看到我沾滿果汁的臉時發出驚駭的哭嚎，但是我沒病，那叢莓果不知為何躲過了黑森林的詛咒，果實完全沒遭到孢子汙染。但母親的眼淚把我嚇壞了，之後許多年我都不敢再碰黑莓。

那年惡龍應國王命令去宮裡，他提早回來，騎馬直抵田野，用魔法火焰燒毀所有遭到汙染的農作物、焚淨每一株有毒的莊稼，這是他的責任。不過之後他還挨家挨戶查看是否有人生病，讓病人吃下一小口可以恢復神智清明的魔藥。他下令逃過毒孢子侵襲的西邊村落和我們分享收成，甚至免了我們一整年的稅貢，以免有人餓死。隔年春天，他又徹底檢查了一次田野，趁腐敗的殘餘物長出新的根之前燒乾淨。

儘管他救了我們，我們還是無法愛戴他。惡龍深居高塔中，收成時從不曾像黃沼地男爵那樣出來向農夫敬酒，也不會像男爵夫人或者女兒一樣時常在市集裡買些小玩意兒，有時候遠從洛斯亞翻山越嶺通過隘口來此的巡迴戲班或者歌手演出時，他也不會來看，馬伕載送稅貢到高塔時，大門會自動打開，馬伕便把貨物留在地窖中，連個龍影都沒見到。他和村長太太說話時，總是言簡意賅，和奧桑卡的市長交談時也是一貫寡言。奧桑卡是河谷中最大的城鎮，距離他的高塔非常近。他並未企圖贏得我們的愛戴，沒有人真的認識他。

眾所皆知，惡龍也精通闇黑巫術。夜晚晴朗時他的高塔四周竟會有雷電閃現，冬天時甚至也是如此；從窗戶放出的燐火精靈熒熒發光，夜裡沿著道路和河流去黑森林中替他站哨。有時候如果黑森林抓了誰——牧羊女追著羊群時不小心太靠近邊緣、山那邊來的獵人不小心喝到不該喝的泉水、唱著洗腦小曲通過隘口的倒楣旅客——嗯，惡龍也會為了這些人離開高塔，但他帶回去救治的人沒一個回來過。

他不邪惡，卻疏離又讓人敬畏，而且他即將帶走卡莎，所以我恨他，一恨就是好多年。直到那最後一天晚上，我仍舊沒改變心意，卡莎和我吃著烤栗子，太陽西下、火也熄滅了，但我們在林間空地逗留到餘燼的殘溫都涼了。隔天早晨我們不必趕太多路，通常宴會在奧桑卡舉行，但如果碰到惡龍即將挑選女孩的一年，便會選在至少其中一個人選居住的村落，多少省了一家人的舟車勞頓，而最有可能會中選的卡莎就住在我們村莊。

隔天，我穿上嶄新的綠色外裙時，心中更加痛恨惡龍，母親幫我編辮子時手在發抖，我們知道會是卡莎，卻仍然害怕不已。但我還是高高提起裙擺，盡可能小心爬上馬車，多看了兩眼注意有沒有突出的木刺會勾破衣裙，也讓父親扶著我，決心要加倍努力，雖然可能徒勞無功，但我想要卡莎知道我愛她，願意盡我所能給她一個公平的機會。我不會讓自己看起來亂糟糟，也不會瞇眼或駝背，女孩們時常瞇眼和駝背。

我們聚集在村裡的草坪上，宴會長桌圍成方形，每張桌子都堆得快垮了，桌面空間不夠容納整座河谷的稅貢，其他人都站在桌子後，一袋袋小麥和燕麥在空地角落堆成小山，真正站在草地上的只有等待惡龍挑選的女孩們和她們的家人，村長太太丹珂緊張地在我們前面來回踱步，嘴唇無聲蠕動著練習問候的臺詞。

我和其他女孩不太熟，她們不是德弗尼克來的，所有女孩都穿著體面、頭髮編成辮子，肅靜又僵硬地看著道路，還沒見到惡龍的影子，我腦中出現瘋狂的幻想，想像惡龍來時我往卡莎前面一撲，叫他改抓我，或者大聲表示卡莎不想跟他走，但我知道我並沒勇敢到能做出以上任何事。

然後，他來了，出場方式十分駭人，他根本沒走道路，而是直接從空氣中踏出，他憑空出現時我剛好往那個方向看：半空中出現手指、然後一隻手臂、一隻腿、半個男人的身體，實在太離奇詭異，儘管我的胃緊縮成一半，還是無法移開視線。其他人比較幸運，直到他朝我們踏出第一步時才注意到，我身邊的女孩們都努力克制著不要驚嚇地瑟縮。

惡龍和村裡的男人們一點也不像，他已經在高塔裡住了一百年，理應年老又彎腰駝背而且頭髮花白才對，但是他的身材高大英挺、沒有蓄鬍，皮膚光滑緊繃，乍看之下可能誤以為他是個比我大不了多少的小伙子，我可能還會隔著宴會桌朝他笑笑，他也許會邀我跳舞，但他臉上有不太自然之處：眼角的魚尾紋，彷彿歲月無法奈他何，但經年累月的使用卻會留下痕跡。雖然如此，他的臉並不醜，只是掛上了冷漠的表情後不太討喜。他的一切都透露著：**我跟你們不是一夥的，也不想成為**

你們的一員。

他的衣著華麗，可想而知。就算沒有金釦，他長衣的錦緞也能讓一家子溫飽一整年，但是他精瘦的身材看起來倒像是四年內有三年都收成欠佳的農人。惡龍姿態拘謹，充滿了獵狗般緊繃的張力，似乎恨不得趕快離開，這是我們生命中最糟的一天，他對我們卻一點耐心也沒有。當村長太太丹珂鞠躬說：「爵爺，容我獻上這些——」，惡龍打斷她的話：「是。趕快了結此事吧。」

父親搭在我肩上的手很溫暖，他往我身旁一站，鞠躬致意，母親在另一邊緊緊抓住我的肩膀。然後他們不情願地後退，和其他女孩的父母站在一起，在場的十一個女孩不由自主地互相靠近了些，卡莎和我站在接近隊伍最後方，我不敢握著卡莎的手，只能站得更近，我們倆的手臂互相碰觸，我看著惡龍沿著隊伍走，心裡百般痛恨，他一一捏著每個女孩的下巴抬起她們的臉，凝視她們。

惡龍沒和所有人說話，我旁邊的女孩，奧桑卡來的那位，她父親波瑞斯是河谷裡最優秀的養馬人，她穿著一件染成嫣紅的羊毛裙，黑髮纏著紅緞帶，綁成兩條美麗的長長髮辮，惡龍卻對她不發一語。輪到我時，他皺眉瞥了我一眼——黑眼冷漠、蒼白的嘴唇緊抿——他說：「女孩，妳叫什麼名字？」

「艾格妮絲卡，」我說，或者企圖這麼說，我發現自己口乾舌燥，只好吞了一口唾沫，「艾格妮絲卡，」我又說了一次，細若蚊聲，「爵爺。」我的臉頰發燙，垂下視線，看見有三坨大大的泥巴汙漬從裙擺蔓延上來，儘管我已萬分小心。

惡龍繼續往隊伍末端走，然後停下腳步看著卡莎，他對其他人並沒有這樣停頓過，惡龍逗留在卡莎面前，扶著她下巴，薄嘴脣勾起一抹滿意的淡淡微笑，卡莎勇敢看著他，連眼睛都沒眨一下，她沒故意啞著聲音或尖著嗓子說話，而是穩穩地用銀鈴般的嗓音回答：「我叫卡莎，爵爺。」

惡龍又對她微笑，不是讚賞的那種，看起來倒像隻心滿意足的貓。他漫不經心地走到隊伍最末端，幾乎沒看卡莎後頭的兩個女孩一眼，就又折回來看卡莎，我聽見身後的雯薩倒抽一口氣，聲音幾乎是啜泣，惡龍臉上仍是那個沾沾自喜的表情，然後他又往回走，轉過頭，直直盯著我。

我已經忘了自制，伸手抓住卡莎，力道大到像是要捏死她，她也捏捏我，然後快速地放開，我抽回手交疊在身前，臉頰緋紅，內心充滿恐懼，他又瞇起眼端詳了我一會兒，接著舉起手，指尖出現一小球藍白色火焰。

「她沒有冒犯的意思，」卡莎說，好勇敢好勇敢，像我本該為她做的那樣為我挺身而出，她的聲音顫抖，但很清楚，我只顧著像受驚的兔子一樣發抖，看著火球，「拜託，爵爺——」

「安靜，女孩。」惡龍說，對我伸出手，「拿去。」

「我——什麼？」我說，他如果拿火球丟我的臉，我可能還不會這麼驚訝。

「別像個蠢瓜一樣站在那裡，」他說，「**拿去**。」

我舉起手時抖個不停，試著抓住球時百般不情願，卻仍然碰到了他的指尖，他的皮膚像發燒般滾燙，火球卻冰涼如同大理石，我完全沒被灼傷，錯愕之餘鬆了口氣，盯著捏在手指間的火球看，他滿臉不悅地看著我。

「好吧，」他魯莽地說，「我想就是妳了。」他從我手中拿回火球，握在拳頭中，火焰倏然消失的速度和出現時一樣快。他轉身對丹珂說：「方便時把稅貢送到我那裡。」

我還搞不清楚發生了什麼事，其他人應該也是，連我父母親也還沒反應過來，一切發生得太快，我還因為吸引了他的注意力而驚駭不已，因此，他轉過身一把抓住我手腕時，我甚至來不及回身和他們最後一次道別，只有卡莎移動，我往回看她時，她朝我伸出手，狀似抗議，但不耐煩的惡龍忽然扯了一下，我在他身後跌跌撞撞，然後隨之被拖入虛空中。

我們從半空中踏出時，我一隻手摀著嘴巴乾嘔，他放開我的手，我往地上一跪，吐得一塌糊塗，絲毫沒注意到自己身在何方，他先嫌惡地喃喃自語——髒東西濺到他皮革長靴優雅修長的尖端——然後說：「真沒用。女孩，別再吐了，去把那團混亂清乾淨。」他揚長而去，鞋跟敲著石板發出陣陣回聲，然後安靜下來。

我留在原地發抖，直到確定再也吐不出任何東西之後，用手臂擦擦嘴，抬起頭張望，我坐在石頭地板上，而且不是普通的石頭，是布滿血管般翠綠紋路的純白大理石，這個圓形小房間有狹長的窗戶，太高了，看不到外頭景色，但從天花板陡峭地往內彎曲的角度判斷，這裡是高塔頂端。

房間裡什麼家具也沒有，也沒東西可以用來擦地板，最後我只好用裙擺擦，反正已經髒了，然後我又在原地坐了一下，越來越害怕，不過什麼事也沒發生，我站起來怯怯地往走廊上躡手躡腳，如果有別的通道，我絕對不會循著他剛才離去的路線走，但這是唯一的出口。

他倒是已經不見蹤影，短短的走廊空蕩蕩，腳下踩的仍是冰冷的大理石，垂掛的燈散發孤冷的慘淡白光，然而那也不是真正的燈，而是打磨晶亮的大石頭，中心熠熠生輝。走廊上只有一扇門，底端則是通往階梯的拱道。

我推開門探頭進去，雖然緊張兮兮但總比直接經過、搞不清楚門後面有什麼好。門後只是個寒酸的小房間，擺著窄床、小桌和洗臉檯，一扇窗戶正對著我，可以看得到天空，我跑過去靠著窗櫺往外看。

惡龍的高塔座落在他領地最西邊的丘陵下，綿長的河谷往東延伸，之中散布著村落和農場，我從窗邊幾乎能把整條紡錘河盡收眼底，銀藍色的水流和一條塵土飛揚的棕色道路並肩在峽谷中央蜿蜒，河流和道路都橫跨惡龍的領地，偶爾流進林地間，然後又從下一個村莊裡探出頭來，直到道路盡頭被黑森林盤根錯節的黑暗所吞沒，河流也奔進森林深處就此消失，再也沒從別的地方冒出來過。

也看得到奧桑卡，離高塔最近的城鎮，星期日時那裡會有大市集，父親帶我去過兩次。奧桑卡再過去是波尼耶，然後是傍著小湖泊而建的拉多斯科，接著就看到我的德弗尼克，有著茵茵草地的小村莊，我甚至能看到為了惡龍不想逗留參加的宴會而擺出的長桌，這時，我忍不住滑跪在地，頭擱在窗框上，哭得像個小孩。

然而沒有母親來摸我的頭，也沒父親拉我起身、逗我破涕為笑，我只好獨自啜泣，直到頭痛欲裂，再也沒力氣哭為止。因為在硬梆梆的地板上待了太久，我全身又冷又痠痛，還找不到東西擦拭流個不停的鼻水。

只好又犧牲了另一部分的裙擺，然後我坐在床鋪上思索著如何是好，雖然房裡沒什麼擺設，但是整齊又空曠，好像前任房客才剛離開，也許真的如此，另一名女孩在這裡住了十年，總是孤獨一人瞭望河谷，現在得以回家和家人道別，她的房間現在是我的了。

小床對面掛著一大幅畫，鑲在鍍金畫框中，小小的房間掛了那麼華麗的一幅畫作，實在一點道理也沒有，尤其那幅畫其實不太像畫，而是一大片淡綠色，邊角灰灰棕棕，一條閃爍的銀藍線條以和緩的弧度蜿蜒過其中，邊緣爬出許多更細的銀色線條，和銀藍匯聚在一起，我盯著看，忖度著這會不會也是魔法，我從來沒見過這種東西。

但是銀藍線條上還畫著幾處圓圈圈，其間的距離看起來非常熟悉，我忽然明白這幅畫就是河谷，只是攤平了，好像鳥兒從高空俯瞰的角度。畫作顏色非常鮮艷，顏料亮晶晶，還有山稜形狀的小小凸起，我幾乎能看見河流上的浪尖和粼粼波光，雖然畫作勾住我的目光，讓我忍不住想一直看一直看，但是我不喜歡，它像個盒子活生生把河谷框住、封閉起來，看著它讓我覺得自己也被困住了。

我扯開目光，覺得沒辦法繼續待在這個房間，今天的早餐我一口也沒吃，昨夜的晚餐連碰都沒碰，因為食物吃在嘴裡都像槁木死灰。現在發生了比我想像中更悲慘的事，我應該更沒胃口才對，但相反的，我餓到肚子發疼。高塔裡沒有僕人，所以不會有人準備晚餐給我吃，然後一個更糟糕的念頭浮現：萬一惡龍預期我會幫他準備晚餐怎麼辦？

接著又是另一個更糟糕的念頭：那晚餐**之後**呢？卡莎總說她相信從惡龍高塔回來的女人、相信惡龍從沒碰過她們，「他抓女孩一百年了，」她總是篤定地說，「這些女孩至少**有一個**會鬆口承認吧，然後真相就會從此傳開。」

但是幾個禮拜前，她私底下問過我母親女孩結婚後會面臨什麼事——這些事本該由她母親在她婚前告訴她。我從樹林回來時在窗外偷聽到她兩人對話，那時我站在窗外聽著，滾燙的淚水滴落臉頰，心裡為了卡莎覺得好生氣好生氣。

現在這些事即將發生在我身上，而我並不勇敢——我不覺得自己有勇氣深呼吸放鬆身體，母親告訴卡莎要放鬆才不會痛，有那麼一瞬間我不禁想像惡龍的臉和我的臉貼得好近，比他在宴會上盯著我看時還近，他的黑眼冰冷閃爍如石，手指像鋼鐵一樣堅硬卻異常溫暖，我想像他把裙子從我皮膚上剝下來，一邊低頭對我露出那個狡黠的滿意笑容。萬一他全身都像發燒般那麼滾燙，感覺像發熱的餘燼覆蓋住我全身，他會趴在我身上然後——

我甩開這些思緒站起身，低頭看著床，然後環視房間，沒發現任何可以躲藏的地方，接著匆匆離開房間回到走廊上，走廊盡頭的階梯以一圈圈狹窄的圓旋轉向下，所以我看不到轉角後方會出現什麼，害怕下樓梯聽起來很蠢，但我真的很害怕，幾乎又轉身逃回房間。最後，我終於一隻手扶著光滑的石牆，開始緩步下樓，我把兩隻腳都放在同一層石階上，側耳傾聽後才又往下幾階。

我就這樣慢慢走完整整一圈螺旋，沒東西跳出來嚇我，但開始覺得自己像個白癡，所以稍微加快腳步，然後我又往下一圈，但下層樓還沒到，我又開始害怕了，擔心腳下踩的是永無止境的魔法階梯，所以——好吧，我越走越快，最後一次跳下三階來到一個平臺，然後一頭撞上惡龍。

我雖然瘦巴巴，但身高到達父親的肩膀，我父親可是全村最高的人，而惡龍體格並不壯碩，我們差點一起跌下階梯，他一隻手抓住扶把，另一隻手抓住我手臂，動作飛快，我發現自己大半重量都靠在他身上，緊抓著他的外衣，直直望向他驚愕的臉，那瞬間他訝異到似乎無法思考，臉上的表情就像任何一個被跳出來的東西嚇到的男人，有一點點傻氣、一點點溫柔，雙脣微微張開、眼睛瞪得大大的。

我嚇到動彈不得，僵在原地目瞪口呆，無助地看著他，他很快回過神，把我抓起來站穩時滿臉怒氣，我這才意識到剛剛做了什麼事，開始慌張地結結巴巴，搶在他能開口前說：「我在找廚房！」

「是嗎？」他幽幽地說，臉上表情一點都不溫柔了，反而嚴厲又生氣，而且依然抓著我手臂，他的手勁像鉗子一樣抓得我好痛，還能感覺到他手掌的溫度穿透襯衣的袖子。他把我抓過去，彎身靠近，我猜他原本想俯視我，但因為身高不夠所以更加惱怒。要是我多花一點時間思考，就會往後退開，把自己縮成一團，但是我太疲倦太恐懼，腦筋一片空白，就讓他這麼逼近我的臉，氣息呼在我的嘴脣上，我不僅聽見、也感覺到了他冷漠殘酷的耳語：「也許我最好親自帶妳去。」

「我可以——我可以——」我試著說，邊發抖邊企圖往後仰，好離他遠一點，他一旋身拽著我下樓，螺旋梯一圈一圈又一圈，這次轉了五次才到達下一層樓，然後又往下繞了三圈，燈光越來越昏暗，最後他拉著我來到高塔最底層一個地牢房間，浮雕石牆上沒有其他擺飾，一個大火爐的形狀宛如嘴角下垂的嘴巴，裡頭翻騰的火焰燒得像煉獄一樣。

惡龍把我拖向火爐，我在盲目的恐懼之中認為他想丟我進去，他很強壯，從他的身材看不出他力氣這麼大，輕輕鬆鬆就能拖著步伐踉蹌的我走下階梯，但我絕不會任由他把我丟進火裡。我不是什麼文靜的淑女，幾乎一輩子的時間都花在樹林中奔跑、攀爬、扯開樹叢，除此之外，驚慌也給了我真正的力量，他拖我靠近火爐時我大聲尖叫並且開始瘋狂掙扎、用指甲抓、身體扭來扭去，這次我成功把他絆倒。

我和他一起摔在地上，兩個人的頭都重重撞到石板地，眼冒金星躺了好一陣子，四肢交纏在一起，火焰在我們旁邊翻滾躍動、劈啪作響。隨著驚慌褪去，我猛然發現爐灶旁邊的牆上有個小小的鑄鐵烤箱門，門前有一根烤肉叉，爐灶上方則是擺滿鍋子的寬架，這間地牢其實不過是廚房而已。

過了一會兒後他用幾乎是喟嘆的語調說：「妳失心瘋了嗎？」

「我以為你要把我丟進烤爐。」我說，仍然眼冒金星，然後我大笑起來。

不是真的大笑——這時我已經半是歇斯底里，精力以各種方式被擰絞殆盡而且飢腸轆轆，腳踝和膝蓋也在被拖下樓梯時撞得瘀青處處，頭痛得好像我把腦袋給撞裂了，但我就是忍不住笑個不停。

不過**他**並不知道我為什麼笑，只看到他選中的愚蠢農村女孩正在嘲笑他，惡龍，全王國最偉大的巫師，同時也是她的領主和主人。我想過去一百年來應該沒人嘲笑過他。惡龍一推地板坐起身，踢開我和他纏在一起的腳後站起來盯著我看，模樣活像隻暴怒的貓，我只顧著笑得更大聲，他忽然轉身離開，丟下我在地板上大笑，好像無法決定該拿我怎麼辦。

惡龍離開之後，我的咯咯笑聲逐漸止息，感覺到稍微不空虛、稍微不恐懼一點。無論如何，他都沒把我丟進爐灶也沒打我，我爬起來環顧房間，爐中火焰太明亮，除此之外沒有其他照明，很難看見房間裡還有什麼，但只要背對著火焰，就能慢慢看出寬闊房間裡的輪廓：房裡隔出好幾個壁龕和矮牆，層層木架擺滿晶亮的玻璃瓶，原來是葡萄酒，有一年冬至，我叔父曾經帶過一瓶到祖母家。

到處都是儲糧，蘋果存放在鋪滿稻草的木桶裡，馬鈴薯、蕪菁和防風草根裝在布袋裡，洋蔥編成一串串。我發現房間中央的桌子上立著一本書，旁邊有沒點燃的蠟燭、墨水臺和羽毛筆，打開後看見裡頭是每一筆儲糧的明細，字跡出自一隻強而有力的手，第一頁最下方有幾行非常小的字，我點燃蠟燭俯身瞇起眼睛，勉強可以讀出：

早餐八點鐘、午餐一點鐘、晚餐七點鐘。用餐時間前五分鐘把餐點放在藏書室，妳可以整天都不用見他。——想也知道是誰——勇敢！

寶貴的建議，「勇敢！」兩個字宛如朋友的撫觸，我緊緊把書抱在胸前，今天第一次感到不那麼孤單，現在感覺快中午了，惡龍在我們村莊什麼也沒吃，所以我開始準備午餐，我不是什麼大廚，但母親堅持要我持續練習，直到能做出完整的一餐，而且我也負責幫家裡採集食材，因此知道如何分辨新鮮和腐爛的食物，也看得出一顆果實到底甜不甜。我第一次有這麼多材料可以運用，整整七個抽屜的辛香料聞起來像冬至慶典的蛋糕，還有一大桶新鮮細緻的灰鹽。

我發現房間盡頭特別寒冷，那裡掛著好多肉：一整塊完整的鹿肉和兩隻大野兔，還有一整盒稻草中擺滿雞蛋，一條烤好的麵包裹在白色織布中放在壁爐上，我在麵包旁邊找到一大鍋兔肉燉蕎麥和豌豆，我嘗了一口，味道像宴會時吃的大餐，鹹中帶甜、入口即化。另一項禮物，來自書裡字跡不知名的主人。

我完全不知道該如何做出這種料理，想到惡龍可能期待的佳餚我便憂心忡忡，但有一鍋能馬上端上桌的食物仍舊感激不已，我把燉肉放回火上加熱——過程中裙子濺到一點湯汁——然後打了兩顆蛋到盤中送進爐灶裡烤，找到托盤、碗盤和叉子，我準備好兔肉後擺上托盤，甚至還切了麵包——非切不可，因為等兔肉加熱時我把邊邊剝下來自己吃掉了——接著擺上奶油，我還用香料烤了蘋果，某個冬天的星期日準備晚餐時母親教過我怎麼做，這裡有好多爐子，煮其他東西的時候可以趁機烤蘋果。所有餐點都好好擺在托盤上後，我甚至為自己感到一點點驕傲：豐盛如同慶典大餐，雖然看起來怪怪的，因為只有一人份。

我小心翼翼地端上樓，但是發現自己不知道藏書室在哪裡時已經太遲，如果我多想一點，也許能推論出藏書室不可能在高塔最底層，想通這件事時我已經端著托盤閒晃過一個寬闊的圓形大廳，窗戶都懸掛著布幔，大廳那端擺著一張有點像王座的椅子，更遠的角落還有另一扇門，打開後發現是玄關廳以及高塔的大門，大門整整是我的三倍高，用一條鑲鐵的厚重木板橫擋住。

我轉身穿過大廳爬螺旋梯到上一層樓，發現這裡的大理石地板鋪著柔軟的毛茸茸布料，我以前從沒看過地毯，原來這就是為什麼先前我沒聽見惡龍的腳步聲，我滿心焦慮、躡手躡腳地走下長廊，探頭進第一扇門接著又猶豫地退出，房間擺滿長桌、奇怪的瓶瓶罐罐和咕嚕冒泡的藥水，還有顏色詭異的火星從不是火爐的地方冒出，我不想在這裡多待一秒。儘管一無所獲，離開時我仍不小心讓門夾到裙子，扯破了一角。

下一扇門在走廊對面，門後是一片書海，一座又一座高達天花板的木櫃塞滿了書，散發出灰塵的味道，少數幾扇窄窗透進光線。因為終於找到藏書室，我滿心歡喜，一開始竟沒注意到惡龍，他坐在笨重的椅子上，橫跨他兩腿的小桌擺著一本巨大的書，書頁幾乎和我的前臂一樣寬，攤開的封面上掛著一個大金鎖。

我僵在原地盯著他，覺得被書裡的建議背叛了，我莫名地認為惡龍會閃到一邊給我擺好餐點的機會，他甚至沒抬頭看我一眼，我應該靜悄悄走過去放下托盤後就匆匆逃走，但我卻逗留在門口，開口說：「我……我準備了午餐。」除非有他的命令，否則我不想進去。

「真的嗎？」他酸溜溜地說，「煮飯的時候沒順便掉進火坑？我真驚訝。」說完後才抬起頭皺眉看我，「還是妳掉進去又爬出來了？」

我低下頭打量自己，裙子上有一大攤嘔吐物造成的汙漬——我在廚房裡盡可能擦拭過，但沒辦法徹底清除——還有另一處汙漬是擤鼻涕造成的。此外，沾到燉肉的三四個地方仍然濕答答，外加一些在水槽擦洗鍋子的時候髒水噴濺留下的水痕，今天早上沾到泥巴的裙擺也依舊骯髒，還有幾個我完全沒印象是何時勾裂的破洞，母親今早把我的頭髮編成髮辮盤到頭頂，但現在大半個髮髻都滑了下來，糾結成一大團掛在我脖子上。

我原先根本沒注意到，對我來說弄髒衣服是稀鬆平常的事，只是今天弄髒的這件恰巧是件體面的裙子。「因為我……我在煮飯，還有洗碗——」我企圖解釋。

「這座塔裡最髒的東西就是妳。」他說——儘管千真萬確，但依然是句狠話。我脹紅臉，低著頭走到桌邊擺好拖盤和餐具，然後查看了一下餐點，我心一沉，發現浪費了那麼多時間四處遊蕩後，所有東西都已經涼了，碟子裡的奶油融成一攤，就連可愛的烤蘋果都結了凍，變得黏乎乎。

我鬱悶地低頭看著，試著思索如何是好，我該全部端回廚房嗎？或者他也許不介意？我轉身看他，卻差點叫出聲，他站在我正後方，從我肩頭看著食物，「我了解為什麼妳害怕被我烤來吃了。」他說，傾身舀起一小匙燉肉，湯匙劃破表面凝結的肥油，然後又重新丟回鍋中。「以後請準備比這更可食的餐點。」

「我的廚藝不是很精湛，但是──」我開口說，想解釋我的廚藝不差，只是還不熟悉這裡的環境而已，但他哼了一聲打斷我的話。

「有什麼是妳會做的嗎？」他語帶嘲諷地問。

但願我更懂得怎麼侍候人；但願我真的認真考慮過自己可能被惡龍抓走，並提早開始準備；但願我沒像現在這麼痛苦疲倦；但願我在廚房裡沒感到些許自豪；但願他沒嘲笑我把自己弄得像條髒兮兮的破布，愛我的人都會這麼笑我，不過是出於疼愛而非惡意──而且多希望我沒在階梯上撞到他，發現他其實不打算把我丟到火裡，如果以上任何事真能如我所願，我可能只會脹紅臉跑開而已。但我沒有，反而衝動地把托盤往桌上一丟，大喊：「那你為什麼選我？你為什麼不選卡莎？」

我說完後馬上閉嘴，感到羞愧又恐慌，本來想開口急匆匆地說些什麼挽回這句話，並向他道歉，說我不是故意的，解釋我並不是想要他改抓卡莎來替代我，我本來想說我這就去幫他準備另一盤飯菜──

他不耐地說：「誰？」

我目瞪口呆看著他，「卡莎！」我說，他望著我的眼神好像我又提供了新證據來證明我有多蠢，困惑之餘我忘了原先的慷慨意圖，「你本來要帶她走的！她……她很聰明、勇敢、廚藝又好，而且──」

他看起來越來越惱怒，「是，」他咬牙切齒打斷我的話，「我記得那個女孩：既沒有馬臉也不蓬頭垢面，我猜換作她的話，此時此刻應該不會對著我哼哼唧唧。夠了。你們村莊的女孩一開始行事多少都有點邋裡邋遢，但顯然妳是無能的極致典範。」

「那麼你大可不必留我下來！」我勃然大怒，憤慨又受傷──說我**馬臉**真的很刻薄。

「我非常遺憾，」他說，「妳這樣想就錯了。」

他攫住我的手腕，一把將我轉過身，他就近站在我身後，拉長我的手臂懸在食物上方。「禮林塔蘭，」他說，舌尖吐出一串液體般流暢的怪異字詞，在我耳裡響亮地迴盪，「跟我一起念。」

「什麼？」我說，我從沒聽過這個詞，但是他更貼近我的背，嘴巴在我耳朵旁邊，嚇人地耳語道：「一起念！」

我發抖，一心只想讓他放過我，於是手臂保持在托盤上、和他一起說：「禮林塔蘭。」

食物上方的空氣波動，好像整個世界變成一座他可以隨意丟擲小石子的池塘，讓人望而生畏，空氣恢復平靜後，食物改變了，烘蛋變成烤雞；那碗燉兔肉變成一堆小小的春豆，雖然它們的產期已經結束七個月了；烤蘋果化身為鋪滿蘋果薄片的餡餅塔，鑲著肥美的葡萄乾，還裹上一層蜂蜜。

他放開我，沒了支撐後我抓住桌緣，感到肺部空蕩蕩的，好像適才有人坐在我胸腔上，我像一顆被擠乾的檸檬，星星戳刺著視野邊緣，我在半暈眩狀態下彎著腰，只模糊瞥見他低頭看餐盤，臉上的怒容怪異，好像同時覺得驚訝又惱羞。

「你對我做了什麼？」終於能正常呼吸時，我輕聲說。

「別再抱怨了。」他斥責，「只不過是道咒語而已。」他收起臉上的驚訝之情，在餐點前坐下，一邊對著門揮了一下手，「好了，出去，我已預見妳會浪費我大把時間，但今天我已經受夠了。」

至少這項命令我樂於遵從，我沒試著拿回托盤，只放輕腳步慢慢走出藏書室，兩手環抱著自己，我仍舊虛弱地跌跌撞撞，花了快半小時才拖著身軀爬回頂樓。我走進小房間關上門，把梳妝檯拖到門前擋住，然後一頭倒在床上，如果我睡覺時惡龍穿門進來，那我也沒聽見任何聲音。

2

接下來整整四天都沒看見惡龍，我從早到晚都待在廚房裡，我在那兒找到了幾本食譜，狂熱地試做了一道又一道，亟欲成為世界上最頂尖的大廚，儲藏櫃裡的食材非常充足，我不用在意浪費多少，如果做出了什麼難吃的東西，我便自己吃掉。我按照書裡的建議，用餐時間前五分鐘將他的餐點送到藏書室去，蓋好托盤後就匆匆離去，我過去時他沒一次在場，所以我心滿意足，而且也沒聽見他有任何怨言。我在房間裡一個盒子裡找到幾件粗布裙，勉強合身——雖然必須露出膝蓋以下的雙腳、手肘以下也都光溜溜，還得綁緊腰身，卻是我有生以來最乾淨整潔的狀態了。

我不想取悅他，而且真的不想讓他再那麼做一次，不管那是什麼咒語，都害我晚上從噩夢中驚醒了四次，雙脣上和嘴裡都有「禮林塔蘭」的味道，彷彿它屬於那裡，也感覺到他抓住我手腕的地方熱辣辣的。

恐懼和勞動不全然是壞事，它們是我的夥伴，兩者都比孤單好。而且我知道最深沉、最糟糕的恐懼是會成真的：接下來十年，我不會再見到父母親，不會再住在自家房子裡，不會在樹林中四處跑。最終，改變惡龍帶走的女孩那奇怪的化學作用也會改變我，結束後我將不再認得自己是誰。至少我在爐灶前又是切菜又是汗如雨下時，完全不必想到這些。

幾天之後，我明白他不會每餐都跑來強迫我使用那個咒語，終於不再瘋狂做菜，但是發現自己就算沒事找事，也仍然無事可做，這座高塔很大，但不需要清潔：窗角邊沒有灰塵堆積，就連鍍金窗框上細緻的藤蔓雕刻也不會藏汙納垢。

我還是不喜歡房間裡那幅地圖畫作，每晚我都覺得自己聽到它傳出咕嚕聲，好像水在排水溝裡流淌的聲音，那幅過度輝煌的畫作每天夜晚都兀自懸掛在牆上，企圖逼迫我看它，我對著它怒目瞪視一陣後走下樓，倒光了地窖廚房裡的一袋蕪菁，扯斷袋子的縫線後用一整塊布料遮住地圖，掩蓋了它的奢華金光後，房間住起來感覺好多了。

那個早晨剩下的時間我都在窗邊眺望河谷，孤單無比，思鄉病發作得緊，這是個尋常的工作日，男人一定聚集在田野裡忙著收割，女人則在河邊洗衣，就連黑森林在我眼裡看起來似乎都提供了些許慰藉，那片遼闊又無法穿透的黑暗蠻荒之地是一個永恆的定數。河谷北邊，疑似來自拉多斯科的一大群綿羊在山腳低緩的坡地上嚼食青草，看起來像一朵飄飄蕩蕩的白雲。我看著牠們游移了一會兒，小小啜泣了一番，但就連悲傷也有其極限，到了晚餐時間我已經無聊得發慌。

我家並不貧窮，但也不算太富裕，屋裡有七本書，我只讀過四本，我生命中的每一天幾乎都在戶外度過，連寒冬和陰雨時也不例外，但現在我沒太多選擇了，於是那天下午送晚餐到藏書室時我掃視了一下書架，拿一本應該無傷大雅吧，其他女孩們一定也拿了書，因為她們離開惡龍高塔時都聲稱自己有多麼博學。

所以我大膽地走到書架前挑了一本彷彿呼喚著我去碰它的書：漂亮的小麥色拋光皮革裝幀在燭火裡微微發亮，顏色豐富誘人。我抽出書之後卻不禁猶豫起來，它比我家的任何一本書都更大更重，而且封面上有金色顏料繪成的精緻圖樣，不過這本書沒有上鎖，所以我還是把它搬回房間，覺得有點罪惡感，同時卻安慰自己感到罪惡是件很蠢的事。

但更蠢的是我翻開之後發現完全看不懂，並非普通的那種不懂單字或字句的涵義——那些字我都懂，前三頁的內容也全都理解，但接著不禁停下來思索，這本書的內容是什麼？我竟說不出，完全無法重述剛剛到底讀了什麼。

我翻到最前面又讀了一次，又一次確認自己完全理解，且內容十分有道理，甚至比言之有理的感覺更為深刻，它感覺起來像真理，或說是某種我一直以來都知道但無法以言語表達的事物，又或者說它以清楚簡單的方式解釋了我從未理解過的謎團。我邊讀邊滿意地點頭，這次行雲流水讀到了第五頁，卻再度驚覺我仍舊說不出第一頁以及在那之後每一頁的內容。

我厭惡地怒目瞪視那本書，然後翻到第一頁開始大聲朗讀，一次一個字，字詞像美麗的鳥兒從我口中飛出，接著又如同糖霜水果般融化。我還是沒辦法將成串的字句留在腦海中，但是我繼續念下去，沉醉其中，直到房門砰地打開。

這時候我已經不再用家具擋門了，而且把床推到光線充足的窗戶下，我坐在床邊，出現在門口的惡龍就在我正對面，我驚訝地僵住、噤聲，嘴巴還開開的，他火冒三丈，眼睛閃閃發光又駭人，他伸出一隻手說：「圖瓦里達托。」

書企圖跳出我的雙手，想飛過房間去找他，我被錯誤的直覺所誤導，不知所措地緊抓住書本，它扭來扭去試著掙脫，我愚蠢又頑固地用力一扯，把書抱入懷中，他張大嘴瞪著我，更加怒不可遏，越過狹小的房間衝向我，我急急忙忙想站起身時已經太遲了，他迅雷不及掩耳地撲向我，把我緊扣在枕頭堆裡。

「所以，」他說，嗓音低柔，一隻手按在我的鎖骨上，毫不費力就把我壓在床上，我感覺心臟在肋骨和背脊之間來回撞擊，每一次心跳都撼動全身，他用另一隻手把書拿走——至少這次我沒笨到想繼續抓著書，惡龍把書往旁輕輕一拋，丟在小桌上，「艾格妮絲卡，是吧？德弗尼克的艾格妮絲卡？」

他看起來想要一個答案，「對。」

「艾格妮絲卡，」他喃喃說，彎腰靠近我，他想吻我，我嚇壞了，不過有一半的我卻又想要他趕快親並且速速了結這一切，我就不必再提心吊膽。但是他什麼也沒做，我和他的距離近到能在他眼中看見自己眼睛的倒影，他說：「告訴我，親愛的艾格妮絲卡，妳到底是從哪來的？是不是獵鷹派妳來的？還是國王親自下達的命令？」

我本來惶恐地盯著他的嘴巴看，現在視線跳到他的雙眼，「我——什麼？」我說。

「我會查清楚的。」他說，「不管妳主人的符咒多厲害，我都一定找得到破綻，妳的——家人——」他冷笑著說出最後兩個字，「可能覺得他們記得有妳這個女兒，但其實他們屋裡根本找不到任何小孩子的東西。手套？舊鴨舌帽？壞掉的玩具？在妳家根本找不到這些東西，對吧？」

「我的玩具都壞掉了嗎？」我無助地說，緊抓住我唯一聽得懂的部分。「它們是……是嗎？我的衣服一直都破破爛爛，我們家的雜物都收在破布袋——」

他更用力把我往床上壓，壓低身子，「妳膽敢撒謊！」他嘶聲說，「我會把真相從妳喉嚨裡扯出來——」

他的手指擱在我脖子上，雙腿跪在床上卡在我兩腿間，驚惶之下我用全身力氣撐住床板、雙手抵在惡龍胸膛上用力一推，推得我們兩人都滾下床，我壓在他身上，像隻兔子一樣跳起來衝出門，逃向螺旋梯。我不知道自己想往哪裡去，我不可能從大門離開高塔，除此之外也沒別的地方可去，但我還是逃之夭夭，連滾帶爬逃下兩層樓，聽到他的腳步聲追上來時，我撲進燈光昏暗的實驗室，裡頭依舊充斥嘶嘶作響的氣體和煙霧，我絕望地從桌子底下爬進一個高聳櫥櫃後方的陰暗角落，雙腳併攏縮在胸前。

我剛才關上了門，卻掩蓋不了我的行跡，惡龍打開門往房裡看，我越過一張桌子邊緣，從兩個燒杯之間看到他冰冷憤怒的眼神，臉孔被火焰染成深深淺淺的綠色，他走進來時步伐平穩緩慢，繞過走道盡頭時我竄出角落，從另一個方向往門邊逃——興起了把他反鎖在房裡的念頭，但途中我撞到了一座窄窄的架子，其中一個軟木塞栓住的玻璃瓶掉下來砸到我的背然後滾到地上，在腳邊砸個粉碎。

一陣濃密的灰煙籠罩我全身，竄進鼻孔和嘴巴，讓我窒息、動彈不得，我雙眼刺痛、卻連眨眼都沒辦法，也無法伸手揉眼睛，手臂不聽使喚。咳嗽卡在喉嚨裡再也出不來，整個身體緩緩僵滯在原地，我仍舊蹲在那裡，但是不再感到害怕，過了一會兒之後連不適的感覺都消失了。我莫名地同時感到永無止境的沉重和輕盈，覺得一切再與我無關，惡龍走過來，腳步聲變得隱約又遙遠，他在我身前停下來，我卻不在乎他想做什麼。

他站在那兒俯視著我，冷漠又不耐，我沒猜想他的意圖，我無法思考也不感到好奇，整個世界灰濛濛，而且靜止不動。

「不，」過了一會兒後他說，「不——妳不可能是間諜。」

他轉身，把我留在那兒，不知道留了多久——我說不出到底多久，可能是一小時或者一星期又或者一整年，雖然之後我發現確切時間是半天。半天後他終於回來，撇著嘴角，看起來堅定又不悅，他舉起一個破爛小東西，它曾經是一隻小豬玩偶，用羊毛編成的，裡頭塞著稻草，我此生的前七年都拖著它在樹林裡到處跑。「所以，」他說，「不是間諜，是個自作聰明的傢伙。」

然後他一隻手放在我頭上說：「塔札風塔後許，塔札風塔後許，奇伊，坎曾，里護許。」

他不像在念誦這些字，比較像吟唱，幾乎像在唱歌。隨著他說話，眼前的世界又有了顏色、時間和生氣。我的頭可以動了，便從他手掌下縮回去，原本化為石頭的筋肉重新變得柔軟，我的手臂鬆開來，揮舞著想找支撐物，仍然是石頭的雙腳卻將我困在原地，惡龍抓住我的手腕，等我全身都能正常動作後還是被他的手揪著，哪裡也逃不了。

但是我也沒有企圖逃跑。忽然恢復流暢的思緒如一群脫韁野馬般往各個方向狂奔，好像想追上失去的那些時間，我猜如果他想對我做些殘忍的事，大可以讓我繼續當一尊石像，而且至少他不認為我是間諜了，我不懂他何以認為有任何人想監視他，尤其是國王，他不是效忠國王的巫師嗎？

「妳現在就告訴我：妳到底在幹嘛？」他說，眼神多疑，冰冷閃爍。

「我只想找本書讀，」我說，「我以……我以為沒什麼大不了的——」

「所以妳只是恰巧從書架上拿了《路斯召喚咒》，打算當成休閒讀物？」他說，譏諷的口氣極盡挖苦之能事，「純粹只是巧合——」直到我臉上警戒卻一頭霧水的表情似乎說服了他，他住嘴，用毫不掩飾的厭煩表情看著我，「妳引發災難的天賦真是無人能敵。」

然後他對著我腳邊皺眉頭，我跟著他的視線看見腳邊的碎玻璃，他咬牙切齒地呼出一口氣，忽然說：「清乾淨，然後過來藏書室。**別**碰其他東西。」

他踱步離去，留下我去廚房找破布來撿拾碎玻璃，雖然沒有液體灑出的痕跡，我還是拿了一個水桶順便把地板也拖乾淨，魔法似乎像火燒布丁上的酒精一樣迅速揮發殆盡。我時不時停下動作，舉起擦拭石頭地板的那隻手檢查指尖是不是又變回了石頭，忍不住好奇他為何收藏這種東西，也好奇他是否用在別人身上過——讓受害者變成石雕，眼神僵滯地站著，時間就這麼從身旁奔流而過。

我打了個寒顫。

我很小心很小心不要碰到實驗室裡的其他東西。

終於準備好走進藏書室時，我發現之前拿走的那本書已經又放回書架上，惡龍來回漫步，擺在小桌上的書被推到一邊冷落著，我進門時他又看著我皺起眉頭，我低頭一看，發現拖地時裙子沾滿水痕，而且裙擺原先就太短，連膝蓋都遮不住，上衣的袖子更慘不忍睹，今早煮他的早餐時袖口沾上了一些蛋液，而我趕在燒焦前將吐司搶救出爐時，也不小心讓手肘處的布料焦了一塊。

「就從那裡開始吧。」惡龍說，「省得我以後每次看妳時都覺得眼睛受辱。」

我閉起嘴忍住道歉，如果我開始為了自己衣著邋遢賠不是，那麼這輩子的時間豈不都得花在道歉上。雖然我只在高塔中待了幾天，但看得出來惡龍喜歡美麗的事物，他的藏書大軍每一本都獨一無二：不同顏色的皮革裝幀，扣鎖和卡榫都是純金打造，有些甚至鑲有寶石。無論是藏書室窗框上的吹製玻璃杯，或者我房間牆上掛的畫作，只要是任何會有人看見的東西都非常美麗，而且適得其所，逕自散發著光彩，互不干擾。我則是這完美一切中的大汙點，但我不在乎，不覺得自己有義務為他打扮。

他不耐煩地示意我過去，我謹慎跨出一步，他抓住我的兩隻手，讓我雙臂交叉在胸前，一邊指尖按著另一邊的肩窩，接著他說：「現在說：『凡納絲塔蘭』。」

我用無聲的反抗看著他，他說的字詞像他拿我施的另一個咒語一樣在耳中迴盪，我感覺得到它想經由我的嘴巴說出，想吸乾我的精力。

惡龍抓住我的肩膀，手指緊抓得我發疼，隔著衣物我仍感覺得到每一根指頭的熱度，「我也許可以忍受無能，但絕對不容許懦弱。」他說，「**開口說**。」

我記得當石像的感覺，他還會對我施以更糟糕的懲罰嗎？我發著抖非常小聲地說：「凡納絲塔蘭。」好像降低音量就能防止它控制我。

我的身體匯集了一股力氣，隨著咒語從嘴巴湧出，一離口，四周的空氣便開始蕩漾、旋動著包圍我的身體，我往地上一癱，目瞪口呆地發現自己坐在特別蓬鬆的裙擺裡，深綠與紅褐色的絲綢互相摩挲，皺褶從腰間往外擴散，看似永無止境的布料淹沒了雙腿。一頂彎曲的頭飾壓得我的頭微微前傾，面紗垂到肩膀上，白蕾絲上有金線繡成的花朵。我愣愣看著惡龍的皮靴，上頭雕有蜷曲的藤蔓。

「看看妳，又因為一個小咒語精疲力竭，」他俯視著我說，聽起來對自己一手打造的成品感到很煩躁，「至少妳的外觀有所改善，現在就看看妳能不能維持體面的儀容。明天，我們再試另一個咒語。」

皮靴轉了個方向，走離我身邊，我猜他又坐回椅子上讀書了，雖然不是百分之百確定。過了一會兒後我手腳並用爬出藏書室，過程中完全沒抬起頭過。

接下來幾個星期的時光模糊成一團，每天早晨我都在黎明前不久醒來，躺在床上看著窗外逐漸變亮，絞盡腦汁思索逃跑的辦法，而每天早晨計畫逃跑失敗之後，我便下床把他的早餐端到藏書室去，接著他會和我一起施咒，如果我不夠整潔——通常如此——他就會先用凡納絲塔蘭整頓我，然後再施第二個咒語，我所有的粗布裙一件接一件消失，笨重的華麗裙子像一座座小山散落在臥室中，裙身因為織錦和刺繡硬梆梆的，就算沒有我的身體在裡頭撐著也可以半立在地上不會倒塌。睡覺前我得死命扭動才能爬出裙子，獸骨裙撐勒得我喘不過氣。

念完咒語後我總是精疲力盡，每天早晨過後都必須拖著快散架的身體爬回房間，我猜惡龍會自己準備午餐，因為我什麼都做不了，在床上躺到晚餐時間才踮著腳尖走下樓簡單吃一頓，大多是受飢餓所驅使，不是關心他有沒有東西吃。

最糟糕的是我不懂他為何要這樣利用我？每天夜裡沉入夢境前，我根據傳說和童話想像最慘的情況，像是吸血鬼和夢淫男妖吸乾少女的生命力，然後嚇得自己狠狠發誓隔天早晨一定會想辦法逃出去。當然，我從未想出辦法。唯一的慰藉是我並非第一個有此遭遇的女孩，我告訴自己他也是這般對待之前的女孩，她們都熬過來了，但安慰效果其實不大，十年對我來說近乎永恆，但我仍然緊緊抓住任何可以稍微緩解心中痛苦的念頭。

惡龍完全不給我絲毫安慰，每次我走進藏書室時他都很暴躁，就連少數幾個我外表體面的日子裡也是，好像我的出現是為了打擾和中斷他的工作，而不是受他折磨與利用。他透過我完成咒語之後就留我癱軟在地板上，皺著眉低頭看我，說我沒用。

有一次我試著躲他一整天，以為我如果提早送餐點過去能讓他忘記我一天，天亮時我就將早餐擺在藏書室桌上，然後快步走開去躲在廚房深處，但是七點鐘一到，他變出的鬼火，也就是我有時候會看到沿著紡錘河飄往黑森林的燐火精靈，就從階梯上滑下來找我，那東西近看像扭曲變形的肥皂泡，泛著漣漪、不停游移，如果不是漾著虹彩的表皮剛好反射光線，否則近乎隱形。燐火精靈在轉角處飄上飄下，最後飛到我跟前，頑固地在我膝蓋附近盤旋，我縮成一團瞅它，發現自己幽靈般的臉孔回看著，我慢慢站起身，跟著燐火精靈爬上樓到藏書室，惡龍把書放到一邊，怒目瞪視我。

「看妳像疲憊的鰻魚般掙扎著施一個小咒語會帶來一些微小樂趣，儘管我非常樂意放棄這樣的樂趣，」他咬牙切齒地說，「但我們已經見識過讓妳自生自滅的後果。妳今天當多久懶婦了？」

我一直竭盡所能保持衣著整潔，這樣至少能避免第一個咒語，今天準備早餐時我只沾上幾處汙點而已，外加一條油漬，我緊抓著一條皺褶遮住痕跡，但惡龍還是用厭惡的眼神看我，我跟隨他的視線，沮喪地發現我躲在廚房角落時，不小心黏上了一張蜘蛛網。我猜整座高塔就這麼一張蜘蛛網吧，它現在像一條破爛的頭紗垂在我裙子後方。

「凡納絲塔蘭，」我跟著他一起重複，無力爭辯，眼看一波美麗的橘黃色絲綢從地板襲捲而上，包圍我全身，有如秋天小徑上被風颳起的落葉。我搖晃了一下，鼻息沉重，他重新坐下。

「現在，」他說，桌上已經擺好一疊書，他伸手一推，書本凌亂四散，「把它們按順序排好：達倫達托。」

他的手往桌面一揮，「達倫達托。」我跟著他小聲念道，咒語從我喉嚨掙扎而出，桌上的書一陣抖動，紛紛豎直、旋轉著排好，紅色、黃色、藍色、棕色的書封好像珠寶作成的古怪鳥兒拍動翅膀。

這次我沒有癱倒在地，只伸出雙手抓住桌緣緊靠著，他皺眉看著那疊書，「這是哪門子的蠢招？」他質問，「根本沒按照順序——妳自己看看。」

我看著所有的書擺成整整齊齊的一疊，顏色相似的堆在一起——

「——**顏色**？」他說，聲音越來越大，「按照顏色排列？妳——」他暴跳如雷，好像這是我的錯，我是不是在他汲取我的力量來餵養他的魔法時干擾了咒語？「喔，出去！」他咆哮，我快步離去的同時心中偷偷充滿復仇的喜悅：噢，我很**高興**自己莫名其妙地毀了他的魔法。

上樓時我得中途停下，讓被裙撐勒住的自己歇口氣，但我停下來時，以往那陣使我頭暈目眩的迷霧並沒有出現，我甚至可以一口氣爬完剩下的階梯，雖然之後仍然倒在床上昏睡了半天，至少感覺不像一具心智被掏空的空殼了。

又過了幾星期，暈眩感越來越輕微，好像所有的練習讓我日益強壯，更能承受他拿我做的那些事。而每一次的過程也漸漸變得——稱不上愉快，而是不恐怖，只是一件煩人的雜務，如同在冷水中刷洗鍋具一樣討厭，我又能在夜晚正常入睡了，精神也振作了點，每天都覺得好一些，但也越來越憤怒。

我無法再穿回那些荒謬的禮服——我試過，但搆不著背後的鈕釦和繫帶，而且為了脫掉它們，我通常會撐破縫線、把裙擺壓得一塌糊塗，所以每天晚上我都得把一坨衣裙推到旁邊免得礙事，每天早上則換上新的粗布裙，盡可保持整潔，而每隔幾天他便會對我的邋遢失去耐心、換掉我身上的粗布裙，現在我只剩下最後一件了。

我把最後一件未經染色的羊毛織成的粗布裙抓在手裡，感覺像在抓一根浮木，我心裡一陣不服，把它留在床上，將自己塞進那件綠色和紅褐色的長裙中。

我摸不到鈕釦，就拿了頭飾的那條長長紗布在腰間纏了兩圈後打結，勉強防止整件裙子從我身上解體掉落，接著我衝下樓到廚房，準備早餐時根本不在意會不會弄髒裙子，我挑釁地端著餐盤到藏書室，全身沾滿蛋汁、培根的油脂和茶漬，頭髮毛燥糾結，看起來活像從舞會逃跑後奔進樹林裡的瘋狂女貴族。

當然，這副模樣維持不久，我才剛憤恨地和他一起念出凡納絲塔蘭，他的魔法立刻揪著我，抖落我全身的汙漬、把我擠進裙撐裡、髮絲整齊盤回頭上，讓我再度變得活像一只給公主玩的娃娃。

但是那天早晨是我幾個星期以來最快樂的時候，從此之後這變成我的祕密抗爭手段，我想要他每次看見我時都被深深惹惱，他也用一個個不敢置信的怒容回報我，「妳是怎麼把自己弄成這副德性？」他問我，近乎驚嘆，有天我頭頂著一小坨米布丁晃悠進門——我不小心用手肘撞到湯匙，將一些布丁彈飛到空中——美麗的奶油色綢緞前襟上還沾滿一大坨果醬。

我把最後一件粗布裙好好收在衣櫃裡，每天他放過我後，我就回樓上奮力脫下禮服，從絲綢和頭飾中拉出頭髮，弄得珠寶髮夾散落一地，然後換上柔軟、破舊的裙子和粗布罩衫，用手洗的方式讓它們保持乾淨，換好衣服就下樓到廚房自己做麵包，靠在火爐邊等它烤好，不必擔心裙子上有柴灰或者麵粉留下的幾個汙點。

我又再次有精力覺得無聊了，但我沒回藏書室拿書，而是找了一根針，儘管我痛恨縫紉。既然每天早晨都必須為了製造新裙子耗盡力氣，何不把它們剪開來利用，做一點比較實用的東西：可能縫一點床單或手帕。

我沒動過一直放在房間置物箱裡的縫衣籃，高塔裡除了我自己的衣服之外沒東西需要縫補，之前我總懷抱著一股慍怒的快樂放任衣服繼續破著不去修補。我打開縫衣籃，發現裡頭有張小紙片，上頭用一小截短短的炭筆寫著字，字跡來自我廚房裡的朋友。

妳很害怕，但妳用不著害怕！他不會碰妳的，他只想要妳看起來體體面面，他不會給妳任何東西，但妳可以到客房拿件好裙子修改合身。他找妳時就唱歌或說個故事給他聽，他想要人陪，但不想被打擾太久，準備好他的餐點，可以的時候就避開他，他不會要求太多的。

要是我第一天晚上就打開縫衣籃，這些留言該有多寶貴啊！現在我只能手拿紙片呆站著，想起他的嗓音如何蓋過我遲疑的話語，從我身上汲取咒語和力量，用絲綢和天鵝絨包裹著我。我錯了，並不是所有女孩都和我有同樣的遭遇。

3

那天晚上我蜷縮在床上整夜沒睡，再次感到絕望至極，但是逃離高塔並不會因為我更想要而變得簡單，不過隔天清晨我還是跑到大門前面，儘管這個意圖很可笑，我第一次試著舉起橫擋住門板的木頭，但當然無法撼動它一絲一毫。

我下樓到儲藏間用一只長柄鍋當槓桿撬開火坑上的鐵蓋，探頭往下看見深處有火光，看來是無法從這裡逃跑了。我用力把鐵蓋推回原位，然後雙手貼著牆面開始搜尋，搜遍每個陰暗角落，想找任何可能的開口或通道。然而就算真的有，我也沒找到，這時從我身後的樓梯傾瀉而下的金色曙光像一名不速之客，提醒我該做早餐了，我必須準備好餐點後端著托盤去面見厄運。

我擺好食物：一盤蛋、吐司、果醬，看了又看擺在一旁的切肉刀，鋼鐵長刀鋒閃閃發亮，把手從刀架凸出來正對著我，我用它切過肉，知道有多鋒利，我父母每年都養一頭豬，殺豬時我都在旁幫忙，拿水桶接豬血，不過拿刀捅一個活生生的人完全是另一回事，我無法想像也不願去想像，我把刀子擺進托盤端上樓。

進入藏書室時，他背對我站在窗框前，肩膀因為惱怒看起來很僵直，我機械式地擺好每一道菜，直到剩下空蕩蕩的餐盤和那把刀。我的裙子沾滿麥片粥和蛋，再過幾秒鐘後他就會說——

「快點做好，」他說，「然後上樓去。」

「什麼？」我呆滯地說，刀子還藏在餐巾下，淹沒了所有其他思緒，我花了一點時間才意識到自己可以走了。

「妳忽然聾了嗎？」他斥道，「別再玩那些碗盤，走開，沒我的命令不要離開房間。」

我的裙子髒兮兮又皺巴巴，猶如一堆打結的緞帶形成的廢墟，但他甚至沒轉頭看我一眼，我二話不說抓起托盤逃離房間飛奔上樓，少了施咒後的那股倦怠拖住我的腳跟，感覺飛也似的。回到房間後我關起門，脫下絲緞華服坐在床上，雙手環抱自己的身軀，活像剛逃過鞭笞處罰的小孩。

然後我看見丟在地上的餐盤，亮晃晃的刀子裸露在外。噢，我真是個傻瓜，光是有這個念頭就已經夠蠢，他是我的領主，要是我有可怕的運氣相助，真的殺了他，也一定會被處死，很有可能株連我的父母，謀殺罪無可赦，直接往窗外一跳還比較容易。

我還真的轉身痛苦地看了窗戶一眼，這時才發現剛剛讓惡龍滿臉厭惡的原因，通往高塔的道路上有一團煙塵逐漸接近，並不是載貨馬車，而是有頂蓋的馬車，像長了輪子的房屋，由一隊冒著蒸氣的馬兒拉著，兩名騎士在前方開道，所有人身著灰色和艷綠的外套，另外四名衣著類似的騎士押隊。

馬車在大門外停下，車身印著綠色徽章：一隻多頭怪獸。所有騎士和侍衛翻身下馬，開始忙得團團轉，我撼動不了半分的高塔大門輕巧地自動打開時，他們都微微瑟縮、往後退了一點。我拉長脖子往下窺探，惡龍獨自踏出門外，站在門檻上。

一名男子鑽出馬車：高大、金髮、寬肩，身披同樣亮眼的鮮綠色披風，他忽略原本為他擺好的階梯一躍而下，單手拿起隨從雙手奉上的長劍，迅速穿梭過大隊人馬，一邊把劍扣在腰間、一邊毫不遲疑地走向大門。

「比起奇美拉，我更痛恨馬車。」他對惡龍說，聲音越過跺腳噴氣的馬匹、清清楚楚往上飄到我窗前，「憋在這鬼東西裡面整整一星期。你為什麼都不進宮？」

「恐怕只能請殿下見諒了，」惡龍冷冷地說，「我在這裡有要務纏身。」

我大半身子都探出窗外，把所有恐懼和痛苦忘個精光。邦亞的國王有兩個兒子，王儲西格蒙王子是個明理的年輕人，受到良好教育、娶了北邊某個伯爵的女兒，為邦亞贏得了一個盟友和一個港口，兩人膝下已有一名小王子，確認了繼承權，還另有一名錦上添花的小公主，西格蒙王子應該會是個英明的統治者和國王，但大部分的人民都不太在乎他。

馬列克王子就有趣得多，我聽過至少一打故事和歌謠描述他如何屠殺九頭蛇怪，每個版本都不盡相同，但我確定都是由千真萬確的細節拼湊而成，除此之外他還在上一場對抗洛斯亞的戰役中擊敗了至少三或四或九個巨人，他甚至曾經意圖策馬前去殺了一隻真正的惡龍，只是後來發現只是某些農民假裝被龍攻擊，把綿羊藏起來，聲稱被龍吃掉想逃稅。最後馬列克王子並未懲罰他們，反而譴責他們的領主要求的稅賦過高。

他和惡龍一起進入高塔，大門在他們身後關上，王子的人馬開始在門前的空地紮營，我轉身回到小房間，開始繞著圓圈踱步，後來躡手躡腳跑到階梯上試圖偷聽，一步步往下逼近，直到聽見他們的談話聲從藏書室飄出，五個字中我大概只能聽見一個字，但我聽得出他們在講和洛斯亞的戰爭，還有黑森林。

我並沒有太賣力偷聽，不是很在意他們說了些什麼，目前對我來說更重要的是燃起了一絲獲救的希望，不管惡龍對我做了什麼，這種被吸乾生命力的恐懼一定違反了國王的法律，他要我躲到一旁別讓人看見，如果原因不只是我邋遢的樣貌會害他丟光臉呢？他大可以用一個字就端正我的儀容。如果真正原因是他不想讓王子知道他的所作所為？倘若我撲到王子前面求他垂憐，請他帶我走——

「夠了。」馬列克王子說，聲音打斷我的思緒，字句聽得清楚了些，好像他往門靠近了一點，他聽起來很生氣，「你和我父親和西格蒙都一個樣，像羊一樣咩咩叫個不停——不，夠了，我絕不會就此罷休。」

我腳步遲疑，光著腳盡可能悄然無聲地快步上樓，客房在三樓，就在我的臥室和藏書室之間的樓層，我坐在螺旋梯頂端聽著他們的腳步聲逐漸遠去，不確定自己有沒有勇氣直接反抗惡龍，如果他逮到我企圖敲王子的門，一定會對我做一些恐怖的事。但他已經對我做了恐怖的事，我敢說換作卡莎一定會把握機會，她會去敲門，跪在王子腳邊求他伸出援手，不會像受驚的小孩一樣哭鬧不休，她會表現得像故事中的少女。

我回到房間練習，低聲喃喃念著臺詞，窗外落日西沉，最終天色終於暗下來，夜深後我躡手躡腳走下樓，心臟怦怦跳，仍然非常害怕，我先下樓確定藏書室和實驗室的燈都熄了，惡龍已經睡了。爬到三樓時，微弱的橘色火光從第一間客房的門縫透出，我看不出惡龍的臥房那兒有任何動靜，他的房間淹沒在長廊盡頭的暗影中，不過我仍然在樓梯口踟躕不前——最後轉身下樓到廚房。我告訴自己我肚子餓了，吃了幾口麵包和起司補充體力，站在爐火前發抖了一會兒，然後爬上樓，直接回房間。

我沒辦法真的想像自己去敲王子的門，雙膝著地發表一篇優雅的演說，我不是卡莎，不是什麼特別的人，我只會崩潰大哭，看起來像個瘋婆娘。他可能會把我轟出去，更糟糕的是叫惡龍好好修理我一頓，他憑什麼相信我？一個穿著粗布衣裙的庶民女孩、惡龍高塔裡低賤的僕人在三更半夜吵醒他，只為了講述一個偉大巫師如何折磨她的荒謬故事？

我了無生趣地走回房間，但在門口猛然止步，馬列克王子就站在我臥室正中央凝望那幅圖畫，他把我蓋在上面的布拉下來，轉身用狐疑的表情上下打量我，「爵爺，殿下。」我說，不算真正說出口，太小聲了，聽在他耳裡一定只是含糊不清的噪音。

他似乎不介意，「啊，」他說，「妳不會是他的美女之一吧？」他只跨了兩步就穿越似乎忽然縮小的房間來到我面前，手放在我下巴上，把我的臉左右轉來轉去看著，我愣愣地瞪著他，這麼靠近他感覺很奇怪，非常壓迫，他比我高，幾乎可說是長年住在盔甲裡，體格因而非常壯碩，臉龐如同肖像畫一般英俊，鬍渣刮得很乾淨，渾身散發剛沐浴完的香味，仍然潮濕、呈現深色的金髮在後頸蜷曲著，「但或許妳有些特殊能力，可以彌補容貌上的不足之處？他常常這樣說，可不是嗎？」

他的口氣並不殘酷，只是調侃而已，低頭看著我微笑，彷彿這是只有我們兩人才懂的幽默，我一點也不覺得受傷，只因為他如此注意我而感到暈陶陶，好像我用不著說半個字就已經獲得拯救，然後他大笑出聲，忽然吻我，雙手更是一刻也不得閒地伸向我的裙子。

我驚嚇地像隻想跳出漁網的魚，掙扎著推開他，但就像想推開高塔大門一樣徒勞無功，他甚至沒感覺到我在掙扎，再度放聲大笑，親吻我的頸項，「別擔心，他沒辦法抗議的。」他說，好像這是我反抗的唯一理由，「就算他熱愛在這荒郊野外當個山大王，不管怎麼說也還是我父親的屬下。」

他並沒有從強迫我就範之中獲得什麼樂趣，因為我還是發不出聲音，我再三捶打他的反抗之舉中夾雜著一絲困惑，腦中一邊想：他一定不會這麼做，馬列克王子不會幹出這種事，他是英雄，而且也不會真的想要我吧。我沒尖叫也沒出聲求饒，我猜他根本沒料到我會拒絕，大概一般在貴族家裡，某些樂意之至的廚房女僕想必早就偷偷溜到他臥房中，省了他自己找尋的麻煩。就這點來說，我說不定會願意，如果他先開口問我，給我足夠時間驚訝並回應他，我的掙扎多半是反射動作，而非真心想拒絕。

當他終於壓制住我之後，我開始真正感到害怕，想要逃走，我一邊推著他的手，「王子殿下，不要，拜託，等一下。」一邊語無倫次地說。他應該不想被反抗，而真正有人反抗他時，他也不放在眼裡，只變得很不耐煩。

「好了，好了，沒事。」他說，好像我是一匹需要抓緊韁繩安撫的馬匹，他把我的雙手按在身側，我的裙子只單憑一條飾帶綁成蝴蝶結固定，他已經把結鬆開，現在正把裙襬往上拉。

我想拉下裙子、想推開他然後逃出他的掌控，但是一點用也沒有，他隨隨便便就按住我，眼看他的手伸向自己的褲頭，我不經思考就大聲又絕望地說：「凡納絲塔蘭。」

力量從身體中竄出，圓滾堅硬的珍珠和鯨骨像盔甲般在他手掌下覆蓋住我全身，他抽開手往後退，天鵝絨禮服彷彿一堵牆般窸窸窣窣在我們中間延伸，我靠著牆壁發抖，試著想喘過氣，他盯著我看。

然後他換上截然不同的聲音、用我不太能解讀的語調說：「妳是女巫。」

我像隻警戒的動物一般後退遠離他，覺得暈頭轉向，我沒辦法正常呼吸，禮服救了我，但裙撐緊得讓人窒息，曳地的裙擺非常沉重，似乎故意要確保自己毫無被脫下的可能。他更緩慢地靠近我，伸出一隻手，「聽我說——」但我毫不打算知道他到底想說什麼，我抓起仍然放在梳妝桌上的早餐托盤，用力往他頭上一敲。托盤邊緣撞擊他顱骨時發出響亮的鏗鏘聲，把他敲得往旁一晃，我兩手抓住托盤再次舉起手，一敲再敲，盲目又不顧一切。

房門碰的一聲打開時我還在敲，惡龍出現了，睡衣外罩著華麗的睡袍，眼神凶狠，他往門內踏進一步，然後停下腳步瞪大眼，我也停下動作，喘著氣，托盤揮到一半，王子在我身前雙膝跪地，臉龐流下汩汩鮮血，額頭也有血淋淋的瘀傷，他雙眼緊閉，碰一聲倒下失去意識。

惡龍看清楚發生了什麼事，看著我說：「妳這個白癡這下子又幹了什麼好事？」

我們一起把王子抬到我狹窄的小床上，他的臉因為布滿瘀傷一片烏青，地板上的托盤嚴重凹陷，呈現出他頭顱的曲線。「太棒了。」惡龍咬牙切齒說，一邊檢視王子的傷勢——他睜開眼睛時雙眼發直、眼神古怪空白，他的手臂也跟著舉起，然後又無力地垂落在小床上，懸掛在床邊。

我站在一旁看著，被緊身胸衣勒得直喘氣，絕望的憤怒消失不見後只剩下驚駭之情。雖然這麼說很奇怪，但我並非害怕自己會有什麼下場，而是不想要王子死掉，他在我腦中還是半個傳說中意氣風發的英雄，形象和剛剛那頭攻擊我的野獸混亂地攪和在一起。「他該不會……該不會……」

「如果妳無意殺人，就不該反覆重擊他的頭部。」惡龍斥責道，「去實驗室，把最後面架子上透明扁瓶裝的黃色藥水拿來給我。**不要**拿成紅色的、也**不要**拿成紫色。上樓梯時麻煩不要跌個狗吃屎弄碎了瓶子，除非妳想試著說服國王相信妳的節操比他兒子的性命還珍貴。」

他把雙手放在王子頭上，開始輕聲吟唱，字詞讓我背脊發涼，我抓起裙擺跑向樓梯，用不了多久就帶著藥水回到樓上，因為遲疑和裙撐的束縛上氣不接下氣，惡龍還在念咒，他繼續吟唱，不耐地朝我伸出一隻手，淩厲地招我過去，我把扁瓶交到他手中，他用單手起出瓶口的軟木塞，倒了一整口到王子嘴裡。

藥水的氣味非常可怕，像腐爛的魚，我光是站在旁邊就差點作嘔嗆到，惡龍把扁瓶和軟木塞塞回給我，看都沒看我一眼，我必須閉氣才能重新塞好瓶子。惡龍用雙手把王子的下顎扳上，王子雖然失去意識又受了傷，還是企圖吐出藥水。不知為何，藥水在他口中發光，光芒耀眼到我能看見他下巴和牙齒骷髏一般的輪廓。

我成功把軟木塞堵回瓶口，沒吐出來，然後跳起來幫忙，用力捏住王子的鼻子，過了一會兒後他終於嚥下液體，光芒沿著他的喉嚨進入肚腹，透過衣服我看得見光蔓延過王子的四肢百骸，在抵達雙臂雙腳時黯淡下來，最後終於隱沒不見。

惡龍放開王子的頭，停止吟唱咒語，他閉起眼頹然往後倚著牆壁，我以前從沒見過他這麼精疲力竭，我焦慮地在床邊徘徊不去，看顧著他們兩人，最後終於忍不住開口說：「他會——」

「不會，可真多虧了妳。」惡龍說，足以讓我放心下來，我倒坐在地上，一堆奶油黃的天鵝絨簇擁著我，我把臉埋進金色蕾絲衣袖包裹的雙臂裡。

「我猜妳現在要開始哭哭啼啼了。」惡龍垂首看著我的頭頂說，「妳到底在想什麼？如果不想引誘他的話，為何還穿這一身荒唐的裙子？」

「總比穿著被他扯掉的那件好！」我大喊，一滴淚也沒掉，我的眼淚已經流乾，只剩下怒氣，「不是**我**自己要穿成這樣的——」

我停頓，盯著手裡抓的厚厚一疊絲緞，那時惡龍不在我旁邊，他沒施展任何魔法、沒念任何咒語，「你對我做了什麼？」我低語道，「他說——他叫我女巫。你把我變成了女巫。」

惡龍哼了一聲，「倘若我能把人變成女巫，絕對不會挑一個資質駑鈍的農村女孩當材料。除了企圖把幾個可悲的咒語敲進妳那近乎無法穿透的腦袋之外，我沒對妳做任何事。」他一推床板借力站起來，疲憊地嘶了一聲，掙扎著站直，有點像我在那幾個糟糕的星期掙扎的模樣——

他**教我魔法**的那幾個星期。仍舊跪在地上的我抬頭看他，驚訝卻還不願意開始相信，「那你為什麼還要教我？」

「我很樂意讓妳留在妳那銅板大小的村莊內發霉腐爛，但我的選擇有限。」他怒目瞪視我茫然的表情，「有天賦的人就必須接受教育：國王頒布的律法規定的。無論如何，我不會愚蠢到放任妳像顆熟透的李子在那兒招搖，直到有東西從黑森林衝出來吞了妳，把妳變成真正恐怖的怪物。」

這個念頭嚇得我瑟縮了一下，惡龍皺著眉轉向在睡夢中小聲呻吟騷動的馬列克，他快醒了，伸出一隻顫巍巍的手揉著臉，我爬起來，警戒地從床邊退開，靠近惡龍一些。

「這個咒語，」惡龍說，「喀立垮。比起把姦夫毆打到不省人事有用多了。」

他若有所指地看著我，我也回看著他以及慢慢甦醒的王子，「如果我不是女巫，」我說，「如果我不是女巫的話，你可以讓我——我可以回家嗎？你沒辦法把我變成普通人嗎？」

他沉默不語，我已經習慣了他那張巫師臉孔上的矛盾，既年輕又古老，雖然已有年歲，眼角卻只有些許紋路，雙眉間僅有單單一道皺痕，面帶怒容時嘴巴四周的線條堅毅。他舉手投足像個年輕人，如果說隨著人年紀變大會越來越和藹慈祥，在他身上一點也看不出來，但此時此刻，他的眼神完全是長者的眼神，而且非常疏離，「不行。」他說，而我相信他。

然後他甩開這個念頭，轉身指著，我發現王子用手肘撐起身體，眨眼看著我們兩個，仍然暈頭轉向、搞不清楚狀況，但就在我看著他的同時，他臉上閃過一絲理解的亮光，記起我是誰，我輕聲說：「喀立垮。」

力量從我身體裡湧現，馬列克王子重新癱倒在枕頭上，閉上雙眼沉睡，我跌跌撞撞走到牆壁邊往地上一坐，切肉刀還躺在它落地的位置，我撿起刀子，它終於派上用場，我拿刀劃過裙子和裙撐上的絲帶，雖然禮服在身側裂了長長一條縫，但我終於可以呼吸了。

我往回靠向牆壁，閉目養神了一會兒，然後抬頭看惡龍，他不耐地撇開視線，不想看我疲倦的樣子，而是煩躁地瞅著王子。「明早他的手下不會找他嗎？」我說。

「妳以為妳可以把馬列克王子鎖在我的塔裡永遠不醒來嗎?」惡龍轉頭說。

「可是,他醒來之後,」我說,然後停頓了一下,問道:「你能——你有辦法讓他忘記嗎?」

「噢,當然,」惡龍說,「他醒來時頭痛欲裂、外加有一段記憶徹底空白,他肯定完全不會注意到事有蹊蹺呢!」

「如果……」我掙扎起身,抓著刀子,「如果讓他記起別的事呢?比方說回自己的房間睡覺——」

「請盡量不要這麼蠢,」惡龍說,「妳說妳沒引誘他,那就表示過來這裡是他自己的意思了,他是什麼時候有這個意圖?是今晚躺在床上時才突發奇想?還是一路上都在想——溫暖的床和歡迎他的臂彎——對,我知道妳沒有,反而恰恰相反,」我本要開口抗議,惡龍怒聲補上一句。「據我們所知,他出發前就有此計畫了,這是經過算計的羞辱。」

我想起王子提過惡龍「常常這樣說」,好像他事前就想到了,好像一切都已計畫好,「對**你**的羞辱嗎?」我說。

「他認為我帶走女人是為了強迫她們出賣肉體,」惡龍說,「宮廷裡大多數人都這麼認為,要是他們有機會一定也想幹這種事,所以我猜王子此舉意在讓我戴綠帽,然後樂得回宮裡散播謠言,那些權貴名流的時間都浪費在關注這種事情上。」

他嫌惡地說,但他剛剛衝進房間時肯定非常氣我,「為什麼他想羞辱你?」我怯生生地問,「他來找你不是為了討魔法嗎?」

「不是喔,他是來欣賞黑森林美景的,」惡龍說,「他當然是來要魔法的啊,但我叫他只管做好他份內的事,也就是砍殺敵軍,別和他不懂的事物瞎攪和,」他哼了一聲,「他開始聽信他的吟遊詩人,想要救回皇后。」

「但皇后已經死了呀。」我說，大感困惑，那是戰爭的開端：大概二十年前，洛斯亞的儲君維斯利王子以大使身分來訪邦亞，他和漢娜皇后墜入愛河，兩人私奔，在國王的追兵逼近時，他們離開小徑逃入黑森林。

這就是故事的結局，進入黑森林的人沒一個出來過，至少沒人完好無缺、安然無恙地出來過。有時候他們回來時瞎了眼、一邊尖叫著；有時候他們的軀體扭曲變形、畸形到認不出是誰；最糟糕的是那些外表沒有異狀卻暗藏殺意的人們，他們的內心發生恐怖的劇變。

皇后和維斯利王子再也沒出現過，邦亞的國王怪罪洛斯亞的王位繼承人綁走他的皇后；洛斯亞的國王認為邦亞必須為他繼承人的死負起責任，從此兩國戰爭不斷，中間穿插著幾次短暫休戰期以及命不久長的和平協議。

在河谷這裡，我們聽到這個故事時都猛搖頭，大家都同意是黑森林在背後搞鬼，皇后丟下兩個小孩私奔？和自己的丈夫開戰？國王和皇后之間的戀情眾所皆知，更是有一打以上的曲子歌頌他們的婚禮，我母親唱過其中一首她記得的段落給我聽，當然，那些行吟歌手不再演奏這些歌謠了。肯定是黑森林搞的鬼，可能有人汲了溪流沒入黑森林那個河段的河水，暗中給兩人下毒；可能有大臣沿著山間小徑前往洛斯亞時，不小心在黑森林邊緣度過了一夜，回到宮廷的只是大臣的皮囊，裡頭裝著別的東西。我們知道鐵定是黑森林，但無濟於事，漢娜皇后仍然消失無蹤，而因為她和洛斯亞的王子一起消失，戰爭就此沒完沒了，黑森林每年都往兩國蔓延一點，由犧牲的士兵和所有的死亡所滋養。

「不，」惡龍說，「皇后沒死，她還在森林裡。」

我盯著他，他聽起來只是在陳述事實，雖然我從沒聽說過這種事，但恐怖程度足以讓我相信：

困在黑森林中整整二十年，以某種方式遭到永恆的囚禁——這正是黑森林會做的事。

惡龍聳聳肩，朝王子一揮手，「總之，沒辦法救她出來，要是王子闖進森林的話會引發更糟糕的事，但他聽不進別人勸阻。」他悶哼，「他覺得自己殺死一隻才剛孵出一天的九頭蛇就稱得上英雄了。」

沒有半首曲子提過蛇怪才出生一天而已，這讓故事失色不少。

「不管如何，」惡龍說，「我猜他覺得憤恨不平，儘管王公貴族們討厭魔法，卻更討厭自己有多需要魔法。沒錯，他侵犯妳的用意就是因為小心眼想報復我。」

我很快就相信他所言，也理解他想強調的重點，如果一開始王子就打算要享用陪伴惡龍的女孩，不管她是誰——我感到一波怒火升起，想到如果換作是卡莎，甚至沒有不請自來的魔法可以拯救她——王子不可能直接回房就寢，那段記憶無法吻合他腦中的其他片段，就像一片錯置的拼圖。

「但是，」惡龍用高高在上的口氣補充說，好像我是隻忍住不咬鞋子的小狗，「這不算個完全無用的點子，我應該可以把他的記憶更改成另一個版本。」

他舉起一隻手，我疑惑地說：「什麼另一個版本？」

「我會讓他記得自己非常享受妳的服務，」惡龍說，「妳充滿熱情，他則非常滿意讓我出醜，我很確定他十分願意欣然接受。」

「什麼？」我說，「你要讓他——不行！他會……他會——」

「妳是想告訴我，妳在意他對妳的看法嗎？」惡龍質問，揚起一邊眉毛。

「如果他認為我和他同床共枕過，那該怎麼阻止他想要再來一次！」

惡龍漫不經心地揮揮手，「那我就給他一段不愉快的記憶——手肘撞來撞去、少女尖聲咯咯笑，而且很快就結束了。還是**妳**有更好的建議？」他接著挖苦道：「或者妳寧願他醒來後記得妳盡心盡力企圖謀殺他？」

所以，隔天早晨，我只能痛苦地看著馬列克王子在高塔大門外停住腳步，抬頭看向我的窗戶，給我一個雀躍且毫不羞赧的飛吻，我是為了確定他真的離開了才在窗邊觀看，竭盡每一分自制力才沒朝他的頭丟東西，我丟下的可不會是表示情意的信物。

但是惡龍的小心謹慎確實有理，雖然腦中置入了這麼一段合情合理的記憶，馬列克王子步上馬車時還是遲疑了一會兒，微微皺眉，再度抬起頭看我，好像心裡有什麼煩惱，最後才終於低頭鑽進馬車，讓車隊載著他揚長而去，我站在窗邊看著道路上馬車揚起的灰塵逐漸遠去，最後真的消失在丘陵後方，這才離開窗邊，覺得自己安全了——身在黑巫師的魔幻高塔裡、皮膚下還有魔力流竄，會有這種感覺真奇怪。

我穿上紅褐和綠色禮服，緩步下樓到藏書室，惡龍又坐回椅子上，書攤開放在膝頭，他轉身看我，「很好，」他說，口氣一如往常尖酸刻薄，「今天我們來試試——」

「等等，」我插嘴，他停下來，「你可以告訴我怎麼把這東西變成我真的能穿的衣物嗎？」

「如果妳到現在都還沒學會怎麼用凡納絲塔蘭，我也不知道該怎麼幫妳了。」他厲聲說，「老實說，我甚至開始相信妳有些心智障礙。」

「不是！我不想要——那個咒語。」我猶疑地說，避免說出那串字詞，「穿著那些裙子我根本沒辦法移動、沒辦法自己綁好衣帶，也沒辦法打掃任何——」

「妳為什麼不用清潔的咒語就好？」他質問，「我教了妳至少五個。」

我盡可能把它們全忘了，「用咒語比要我刷地板還累！」我說。

「是的，我看得出妳的咒語厲害到可以讓天空破一個洞，」他惱怒地說，「妳這生物真奇怪，不是所有農村女孩都夢想著王子和禮服嗎？那妳幹嘛不試著縮減咒語？」

「什麼？」我問。

「省略部分字詞，」他說，「含糊帶過、輕聲念，諸如此類——」

「任何部分都可以嗎？」我懷疑地說，但仍然嘗試了一次：「凡納蘭？」

簡短的字詞念起來感覺好多了，莫名地較為小巧也較為友善，雖然可能只是我的幻覺。禮服一陣窸窣，周身裙擺往內縮，化為質料舒適的亞麻襯裙，長度到小腿處，外罩一件簡單的棕色外裙，可以用一條綠色腰帶繫緊，我開心地深吸一口氣，終於不用從頭到腳都掛著累人的重物、沒有勒得我喘不過氣的胸衣和長得永無止境的裙擺，取而代之的是平凡、舒適、自在的衣物，咒語也沒像平常那樣可怕地吸乾我的精力，我一點也不覺得累。

「如果妳對自己的打扮滿意了，」惡龍說，聲音滿溢著嘲諷，他伸出手，召喚一本書從書架上飛過來，「我們就從音節組成開始學起。」

4

儘管我不喜歡魔法，仍然慶幸自己不用隨時隨地感到害怕，不過我並非資質優異的學生，就算沒馬上忘記他教我的咒語，字詞還是會在我口中變調，念咒時我嘰哩咕嚕、嘟嘟囔囔，所以一個應該要能整齊備好烤派所需十幾項材料的咒語，卻把食材混成一團硬物，連我想留著當晚餐吃也沒辦法。「我應該沒訓練過妳怎麼調製魔藥吧？」惡龍苛刻地評論道。另一個咒語應該要能整齊堆好藏書室暖爐裡的柴火，但卻什麼事也沒發生——直到我們聽見遠方傳來一聲不妙的劈啪聲響，上樓才發現泛著綠光的火焰從藏書室正上方客房的壁爐中竄出，讓織錦床簾著火了。

等他終於撲熄那頑固又活躍的火焰後，在盛怒之下對我大吼大叫了十分鐘，罵我是養豬農生的羊雜腦後代——「我父親是樵夫。」我說。「那就是揮斧頭的莽漢生的羊雜腦後代！」他怒吼，但就算這樣我也不怕，等他罵累了就越來越小聲，然後叫我走開，知道他不會真正傷害我之後，我現在一點也不在意他的咆哮了。

我幾乎因為無法表現得更好而感到抱歉，因為現在我知道他的挫敗感源自他對美麗無瑕事物的熱愛，他原本不想要學徒，但如今被迫將就於我，他想把我教成法力精湛高深的女巫，把他的一門技藝傳授給我。他示範更進階的魔咒給我看，由一連串的手勢和字詞交織而成，宛如歌謠，我看得出他熱愛他的作品，他的雙眼在咒語發出的光芒中閃爍、眼神矇矓，臉孔因為沉浸在那超然的體驗，幾乎稱得上英俊。他熱愛魔法，也願意與我分享那份熱愛。

但念咒時我還是樂於含混敷衍，聽完非聽不可的長篇大論後就開心地下樓去地窖廚房，用手工慢慢切午餐用的洋蔥，這總能氣得他七竅生煙，他生氣不是沒道理，我知道我的行為很愚蠢，但我不習慣把自己想成是什麼重要人物，我總能比別人蒐集到更多核果、蘑菇和莓果，就算是在他人已經搜刮過十幾次的樹林裡也不例外。我還是能找到秋末僅剩的藥草，或者早春提前成熟的李子，母親說只要有把自己弄得骯髒無比的機會我總是不放過，如果必須挖地或者撥開灌木叢或者爬樹才能有所收穫，我還是會帶回一整籃豐碩的成果討好母親，讓她看到我的衣服時發出的是包容的嘆息而非不悅的驚呼。

但我一直認為我的天賦就僅止於此，而且只有家人會在乎，就連現在我也沒好好思考過：除了製造荒謬的禮服和完成親力親為也能很快解決的瑣碎雜務之外，魔法到底能有什麼意義，我不介意自己缺乏進展、也不介意他因此多惱怒，某種程度上我甚至能滿足度日，直到時光流逝、隆冬降臨。

從臥室的窗戶瞭望，可以見到每個村莊廣場裡都燃起了蠟燭木，像是一座座閃爍的小小燈塔，一直延伸到黑森林邊緣，在德弗尼克的家中，母親一定正用豬油塗抹大火腿，一邊翻動下方滴盤中的馬鈴薯，父親和哥哥們則忙著挨家挨戶載送節慶所需的大批木柴，最上頭堆著新鮮的松樹枝，他們一定修剪了咱們村裡的那棵蠟燭木，讓它看起來筆直英挺、枝椏呈現完美的圓弧。

隔壁的雯薩一定正烤著栗子、風乾李子和胡蘿蔔，準備和一條肥厚鮮嫩的牛肉一起帶來我們家，而卡莎——卡莎一定也在場，她鐵定正在火爐前旋轉紡錘形的模具製作精美可口的樹蛋糕，一層層淋上麵糊並勾勒出松樹尖尖的形狀，她十二歲就學會怎麼做樹蛋糕，雯薩將她婚禮時披的、長度整整是她身高兩倍的蕾絲白紗給了一個斯莫尼克的女人，請她傳授卡莎獨門配方，替卡莎準備好為爵爺下廚。

我試著為卡莎感到開心，大部分時間我都自怨自艾，獨自待在高塔裡的寒冷房間離群索居非常難受，據我所知，惡龍不慶祝任何節日，他甚至連今天是什麼節日都不知道，我照常去藏書室，含糊念過另一個咒語，他吼叫了一會兒，然後就叫我走了。

我試著想緩解寂寞，於是下樓到廚房為自己煮了一小桌豐盛的餐點——火腿、穀物糊和燉蘋果——但我把盤子都擺在一起時，看起來還是極其平淡空虛，因此我第一次出於自願用了禮林塔蘭，渴望更有慶典氛圍的食物。空氣波動，忽然之間我有了一大盤讓人食指大動的烤豬肉，熱騰騰滴淌著粉紅肉汁；我最愛的濃稠麥片粥，加了一瓢融化的奶油，碗中央還有紅糖麵包塊；一堆剛採下的新鮮豌豆，村民們得等到春天才能吃得到；一塊我只嘗過一次的水果蛋糕，那次輪到我們家在收成時到村長太太家作客，才有機會在她餐桌上吃到，糖漬水果看起來像五顏六色的珠寶，甜麵糰麻花烤成完美的金黃色，點綴小小白白的榛果，所有餡料都在一層蜂蜜下閃閃發亮。

但這仍非我熟悉的冬至大餐，我並沒有因為整天不停的烹飪和掃除而飢腸轆轆；桌旁並沒有因為擠了太多正在說笑和取菜的親朋好友而一片歡欣吵雜。我低頭看著一人份冬至大餐，只覺得孤單至極，還想起母親，少了我這雙笨拙的手幫忙只能一個人煮飯，我把刺痛的雙眼埋進枕頭，餐盤留在桌上動也沒動。

過了兩天，我仍然眼皮浮腫又心情低落，甚至比往常更加笨手笨腳，那名騎士就是在這天快馬趕來，大門前一陣混亂的馬蹄聲，接著響起碰碰敲門聲，惡龍放下他正試圖教我的書本，我跟在他身後下樓，大門在惡龍面前自動敞開，信使差點跌倒，他穿著黃沼地士兵的暗黃色外衣，臉上大汗淋漓，他單膝跪下，猛吞口水、面色蒼白，但沒等惡龍允許就逕自開口說：「男爵大人求您立刻趕去，」他說，「有隻奇美拉突襲我們，從山脈隘口出現——」

「什麼？」惡龍淩厲地說，「現下不是奇美拉出沒的時節，你說的到底是什麼怪物？該不會有些白癡錯把雙足翼龍當成奇美拉，然後一傳十、十傳百——」

信使把頭搖得像鐘擺一樣，「蛇尾、蝙蝠翅膀、山羊頭——我親眼看見的，惡龍大人，所以爵爺才派我——」

惡龍煩躁地低低嘶了一聲：怎麼有奇美拉膽敢在不該出沒的時節出沒，造成他的不便。對我來說，我根本不知道奇美拉有習慣出沒的時節，只知道牠一定是種魔物吧，可以愛怎麼樣就怎麼樣？

「盡量不要幹太蠢的事。」我緊跟著惡龍回到實驗室時他說，他打開一只手提箱，指示我拿來一個個小瓶，我悶悶不樂但小心翼翼地照做，「奇美拉雖然滋生於腐敗的魔法，卻是活生生的野獸，有自己的習性，牠們主要透過蛇類繁衍，從蛋裡孵出來，牠們是冷血動物，冬天時多半一動也不動地躺著曬太陽，夏天時才會飛行。」

「所以這隻為什麼在這個時候跑出來？」我說，試著跟上。

「很可能根本沒有奇美拉，那個上氣不接下氣的粗人看到影子就嚇得逃跑。」惡龍說，但那個上氣不接下氣的粗人在我看來並不愚昧，也不是膽小鬼，我想惡龍可能也不太相信自己所言，「**不是**，不是紅色的那管，蠢女孩，那是火心，奇美拉逮到機會就會牛飲精光，然後變得跟真正的火龍差不了多少。給我紫紅色那瓶，更遠的第二瓶。」雖然我覺得它們全都是紫紅色的，還是更換了正確的魔藥給他，「好了，」他說，闔上手提箱，「不要讀藏書室裡的任何書、不要動實驗室裡任何東西，如果可以的話，**任何**房間裡的東西都不要碰，然後在我回來前盡量別把這座塔夷為廢墟。」

這時我才明白他要把我留在這裡，我沮喪地瞪著他，「我一個人在這裡要做什麼？」我說，「我不能……跟你一起去嗎？你會離開多久？」

「一個星期、一個月，如果我分心了或做出什麼特別蠢的事，被奇美拉撕成兩半的話，可能就永遠吧，」他厲聲說，「也就是說答案是**不行**，**妳不能**跟我一起去，並且，如果有半分可能的話，妳留在這裡的時候什麼也別做。」

然後他一陣風似地離開，我跑到藏書室從窗戶往下看，惡龍步下階梯時大門在他身後關上，信使跳起來，「我要騎走你的馬，」我聽到惡龍說，「你步行到奧桑卡，我會在那兒換馬，把這匹留給你。」然後他挺直身體，傲慢地一揮手，一邊低喃著什麼：他眼前冰封的道路上燃起一小團火焰，像球一樣往前滾去，在道路中央融出一條小徑，他立即策馬離去，雖然馬匹雙耳平貼，看起來很不安，我猜讓他憑空出現在德弗尼克然後又回到高塔的咒語面對這麼長的路途並不管用，也或者那個咒語只在他的領地上有效。

我繼續瞭望，直到他完全不見蹤影才離開藏書室，我並不覺得有他陪伴很愉快，不過少了他的高塔感覺空蕩蕩的滿是回音，我試著把他的離去當成假期來享受，但我還沒疲倦到能閒下來，我斷斷續續在百衲被上縫了一點東西，之後乾脆坐在窗邊眺望河谷，看著我愛的那片田野、村莊和樹林，我看著牛隻和羊群走去喝水，看著雪橇移動和道路上偶爾出現形單影隻的騎士，看著凌亂飄落的雪花，最後終於靠著窗框睡著。半夜時我忽然驚醒，黑暗中，我看見底下燃起綿延的烽火，幾乎蔓延了整座河谷。

我盯著火焰看，半睡半醒間糊裡糊塗的，還以為蠟燭木又點亮了。我這輩子只看過德弗尼克點燃過三次烽火：第一次是因為青綠之夏；第二次我九歲，原因是黑森林衝出來的雪妖馬；第三次我十四歲，是因為一夜之間吞沒村子邊緣四座房屋的蔓生怪藤。每次點燃烽火後，惡龍都會趕來解救我們，他抵禦了黑森林的攻擊，接著又揚長而去。

我越來越驚慌，往回數著烽火，看看信息是從哪個村莊發出的，然後感覺渾身血液都涼了：沿著紡錘河的烽火線總共有九座烽火，第九座是德弗尼克，而九座都點燃了，是我自己的村莊所發出的求救訊息，我站在那兒看著火焰，然後才驚覺：惡龍不在。他這時應該已經穿越通往黃沼地的山間隘口，他不會看到烽火，就算接到口信，也得先解決奇美拉——他說過要一星期，而且沒有其他人可以——

直到現在我才明白自己過去有多愚蠢，我從沒想過魔法、**我的**魔法能有什麼用處，直到這時我站在窗前，明白只剩下我了，不管我體內的力量多麼貧瘠、笨拙、未經訓練，都已經比村裡任何人會的魔法還多，他們需要我，我是唯一能解救他們的人。

我只僵立了幾秒，便轉身衝下樓奔向實驗室，我滿心恐懼地進門，拿了曾把我變成石頭的灰色藥水，也拿了火心和惡龍用來保住馬列克王子性命的黃色藥水，還帶上一瓶他說過是種植作物用的綠色藥水，我想不到能派上什麼用場，但至少知道它們的用途，我甚至不知道其他魔藥叫什麼名字，也不敢去碰。

我打包藥水回房，接著開始死命撕扯房間裡那堆禮服小山，把一條條綢布綁在一起做成繩索，等夠長——希望夠長——之後，我把繩索往窗外一拋，探頭往下看，夜色昏暗，底下沒有任何光線可以告訴我繩索是否及地，但我別無選擇、只能一試。

我先前小小的縫紉作品中有幾個利用禮服布料做成的絲綢袋子，我把玻璃瓶放進其中一個，塞滿好些破布，往肩上一揹，試著不去想接下來要做的事，我的喉頭感覺堵了一個逐漸膨脹的死結，我用兩隻手抓著絲緞繩索，翻身越過窗框。

我爬過古老的樹木，我深愛巨大的橡樹，光靠一根懸掛在樹枝上的破爛繩索就能手忙腳亂往上爬，但這和爬樹截然不同，高塔外牆的石頭異常光滑，石塊間的接隙也非常細小，用泥漿填滿，而且並沒有隨著歲月出現任何裂痕或缺口。我踢掉鞋子，任由它們往下墜，不過就連光溜溜的腳趾也找不到任何落腳處，全身重量都只能仰賴絲繩支撐，我的雙手被汗水浸濕、肩膀發疼，我往下滑了一點，掙扎了一下，有時候只是緊抓著繩索掛在那兒，沉重礙事的袋子在我背上晃來晃去，液體在玻璃瓶中翻動。我繼續往下，因為這是唯一能做的事，往上爬回去會艱難許多，當我開始幻想起如果放開手會如何，就知道力氣快耗盡了。在說服自己掉下去並不會太糟的半途中，我的腳傳來一陣劇痛，它直直穿越半呎深的柔軟雪堆撞到堅實地面。我把鞋子從雪裡挖出來，沿著惡龍清出的那條小徑跑向奧桑卡。

我剛到達時，他們完全不知道該拿我怎麼辦，我滿身大汗卻又凍得發僵地出現在酒館裡，頭頂的髮絲糾結成一團，兩頰邊的頭髮因為呼出的蒸氣結了霜，那裡的人我半個都不認識，我認得出村長，但我從來沒和他說過話，他們很可能會把我當成瘋女人，幸好波瑞斯也在，他女兒瑪塔是同我一起讓惡龍挑選的女孩，那時波瑞斯在場，他說：「那是惡龍的女孩，她是安德烈的女兒。」從沒有其他惡龍挑中的女孩在十年期滿之前離開過高塔。儘管烽火多麼十萬火急，我想他們寧願去對付黑森林來的任何東西，也不想要我這個不速之客，我鐵定是個大麻煩，而且沒人相信我能幫上什麼忙。

我告訴他們惡龍去黃沼地了，說我需要人帶我去德弗尼克，他們鬱悶地相信了第一件事，但我很快就了解到他們絲毫不考慮第二件事，儘管我將惡龍教授我魔法的事情全盤托出，「妳來我家過夜吧，我太太會照顧妳。」村長說，把頭轉向別處，「達努石克，快馬去德弗尼克報信，他們必須知道不管來的是什麼怪物，都只能先靠自己撐住了，我們也得了解該如何幫助他們，然後也派人進山去通知——」

「我才不要去你家過夜！」我說，「如果你們不帶我去，我就自己走路，我還是會比任何其他援軍更快抵達！」

「夠了！」村長斥責我，「聽著，妳這愚蠢的孩子——」

他們當然很害怕，他們以為我從高塔逃跑，只一心想回家，他們聽不進我的哀求，我想他們對於把女孩獻給惡龍的羞恥更加深了這種不情願，他們心知這是不對的，卻還是做了，因為別無選擇，而且這件事並沒有糟糕到足以刺激他們群起反抗。

我深吸一口氣，再一次使用凡納絲塔蘭作為我的武器，我想惡龍該以為我榮，因為每個音節都有如剛磨好的刀鋒般銳利，魔法在我身邊旋轉時眾人紛紛後退，耀眼的光芒讓爐火顯得黯淡許多，光芒褪去後，我身著奢華禮服，宮廷裡穿的高跟長靴讓我高出幾吋，我看起來像一名哀悼中的皇后：黑蕾絲收邊的黑色天鵝絨長裙，還有小小的黑珍珠點綴，襯托我近半年沒曬過太陽的蒼白皮膚，垂墜的長長袖擺在上臂處纏繞著一圈圈金色緞帶，外罩著長裙的外衣更加絢麗奪目，燦金和猩紅的絲緞，一圈黑色毛皮滾邊圍住我的頸項，用一條金色腰帶繫緊。籠罩我頭髮的金色絲網散布著小巧堅硬的寶石。「我不蠢，也不是騙子，」我說，「就算我幹不出什麼好事，至少多少能做一點事，立刻幫我準備馬車！」

5

這麼做當然有效，因為他們沒人知道這個咒語不過是個華而不實的花招，也沒人看過真的魔法，我將錯就錯、沒告訴他們實情。他們將四匹馬拴上所有雪橇中特別輕巧的一架，由河邊那條積滿雪的道路向德弗尼克奔馳而去，我穿著一身愚蠢——但溫暖！——的華服，行進速度很快，但旅程並不舒適，我們飛馳過結冰的路面，一刻也不得緩，但速度還是不夠快、也沒難受到能讓我分神不去想，除了慘死之外能做什麼事的希望有多渺小，而且甚至不是有用的事。

波瑞斯自願為我駕車：不用多說我就能理解他的罪惡感，被抓的是我——不是他的女兒，她安全在家，或許已有人追求或者訂好婚約了，而我離開還不滿四個月，看起來卻幾乎變了一個人。

「你知道德弗尼克發生了什麼事嗎？」我問他，縮在馬車後方一堆毛毯下。

「不知道，還沒有消息。」他轉頭回答，「烽火才剛點燃不久，報信的騎士應該在路上了，如果——」波瑞斯停頓，我知道他原本想說的是：如果他們還有騎士能派出的話，「我猜我們會在半途遇見他。」他改口說。

夏天時，我父親駕著高頭大馬和巨大的載貨馬車從德弗尼克到奧桑卡也需要一天的時程，中間必須休息一次，現在，隆冬的道路上積雪將近一呎深，而且壓成了堅實的冰塊，只剩下最上方一層粉雪，好在天氣晴朗，馬匹穿著堅固的鐵雪鞋，我們徹夜不停趕路，黎明前幾小時，我們在維歐斯納村換馬，但沒有好好休息，我甚至沒爬出雪橇，維歐斯納的村民沒多問，波瑞斯只說：「我們正要趕去德弗尼克。」他們用好奇和饒富興味的眼神看著我，不過沒有一絲懷疑，也沒認出我是誰，他們將新馬匹上好鞍具後，馬廄主人的太太緊抓著身上的毛皮斗篷，拿了一個剛出爐的鮮肉派和一杯熱紅酒朝我走過來，「暖暖手吧，尊貴的夫人。」

「謝謝妳。」我說，渾身不自在，感覺像個偽裝者以及半個小偷，但還是狼吞虎嚥，不出十口就把肉派吃個精光，然後也喝了紅酒，大部分是因為除此之外我想不出該怎麼做才不會冒犯到她。酒精讓我暈陶陶，思緒模糊，世界感覺柔軟、溫暖又舒適了一點，大大減輕我的憂慮，我鐵定喝多了，但仍然慶幸不已。換了新馬後波瑞斯加快速度，我們往晨曦點亮的天邊奔馳了一小時後，看見一個男人蹣跚地迎面而來，隨著距離接近，我發現那根本不是什麼男人，而是穿著男孩衣服和厚重長靴的卡莎，她直直走向我們，想必我們是唯一朝德弗尼克前進的人馬。

她抓住雪橇側邊喘氣，行了一個屈膝禮後立刻說：「牛隻感染了──它奪去了所有牛隻，如果人被咬到也會感染。我們把牛大致圈在一起，先困住牠們，村裡的每一個人都幫忙才勉強──」我從毛毯堆中直起身子把手伸向她。

「卡莎。」我哽咽地說，她愣住，看著我，我們在全然靜默中對望了好一會兒，然後我說：「快，上來雪橇，一邊趕路，我一邊告訴妳。」

她爬進來和我一起蜷縮在毛毯堆中，我們看起來真是滑稽的一對，她穿著骯髒的粗布裙、養豬男孩的外衣，長髮塞進扁帽中，再披一件羊皮外套，我則極盡華麗之能事，我們倆看起來就像神仙教母駕臨拜訪正在清掃爐火灰燼的可憐姑娘，但我和卡莎緊緊握著手，這比起什麼都還要真實。雪橇向前疾馳，我一股腦地傾吐我的故事，儘管吐出的都是凌亂破碎的片段──關於那艱難的頭幾天、關於惡龍開始要我念咒語時那幾個疲憊漫長的星期，以及之後他如何教我魔法。

卡莎一直握著我的手，當我最後遲疑地說出我能使用魔法時，她的回應讓我驚訝地屏住氣：「我早該知道的，」我瞠目結舌看著她，「妳時常遇到奇怪的事。比方說妳從樹林回來時會帶著產季已過的水果，或者其他人從沒看過的花朵。我們還小時，妳總愛跟我說松樹告訴妳的故事，直到有天妳哥哥嘲笑妳愛幻想……然後妳就再也不說了。還有妳的衣服總是一團亂——就算是故意的也沒辦法弄得這麼髒，我知道妳向來不是故意的，我曾經看過一棵樹伸出樹枝扯破了妳的裙子，就那樣伸出去——」

我瑟縮，出聲抗議，卡莎住口，我不想聽她說，不想她告訴我魔法一直都跟著我，因此我註定無處可逃，「如果這就是魔法，除了總是讓我一團亂之外什麼用也沒有。」我說，試著讓口氣和緩一點，「因為**他不在**，所以我才提來。告訴我，到底發生了什麼事？」

卡莎說：牛幾乎在一夕之間發病，一開始的幾隻身上有齒痕，似乎是被巨大的野狼咬了，雖然整個冬天村莊四周都沒人見過有狼出沒。「是耶爾西的牛，他沒有立刻撲殺。」卡莎嚴肅地說，我點頭。

耶爾西應該要更明理的，一旦看見牠們被狼咬了卻又在牛群間遊蕩，就應該立即隔離那幾隻牛，劃破牠們的喉嚨，普通的野狼不會做這種事，但是他很貧窮，無田可耕、無生意可做，乳牛是他全部的財產，他太太曾不只一次來我們家低聲哀討麵粉，每當我從樹林帶回足夠的野果時，母親總要我帶一籃去給他們，耶爾西掙扎了好幾年，才存夠錢買第三頭乳牛讓家裡脫離貧困的生活，那不過是兩年前的事。今年收成時，他太太克莉緹娜戴了一頂嶄新的蕾絲飾邊紅頭巾，他則身穿一件紅色背心，兩人都非常自豪，他們有四個孩子在取名前不幸早夭，克莉緹娜正懷著另一胎，所以耶爾西並沒有當機立斷撲殺牛隻。

「牠們咬了耶爾西，然後混進牛群裡。」卡莎說，「現在牠們全都變得很凶猛，靠近牠們非常危險。妮絲卡，妳打算怎麼做？」

惡龍也許知道怎麼淨化生病的牛隻，但我毫無頭緒，「我們必須把牠們全燒了，」我說，「希望惡龍之後可以收拾殘局，但這是我現在所知唯一能做的事。」老實說，雖然這件事很可怕而且損失慘重，我仍然慶幸、深深慶幸不是噴火的怪物或者致命的瘟疫，至少我知道自己能做點什麼，我拿出火心藥水給卡莎看。

到達德弗尼克時，大家都同意這個作法，村長太太丹珂看到我從雪橇上爬下來，和卡莎以及奧桑卡的人們一樣驚訝，但她還有更值得煩惱的事。

每個健康的男人以及強壯的女人都操起鐵耙和火把，輪流圍堵那些飽受折磨的可憐野獸，他們的腳步在冰上打滑，雙手凍得失去知覺，其他村民試著不讓他們冷著、餓著。這是一場力氣的拉鋸戰，看哪一方先放棄，村民屈於弱勢，他們早試過要放火燒牛隻，但天氣太冷了，火堆還來不及起火就被牛隻踊得七零八落，我告訴丹珂魔藥的作用後，她點點頭，命令沒在圍欄邊圍堵牛隻的所有人都去拿冰鑿和鏟子來挖防火線。

然後她轉身面對我，「我們需要妳父親和哥哥們運來更多柴火。」她直言不諱，「他們正在妳家，已經工作了一整夜沒睡，我可以請妳去通知他們，但是這次相見，妳之後得回高塔的時候，可能會讓你們彼此更加難受。這樣妳還想去嗎？」

我嚥了一口口水，她說得沒錯，但除了想去之外我說不出別的答案，卡莎仍抓著我的手，她同我一起往我家飛奔時，我說：「妳能不能先去通知他們？」

所以我進門時，母親已經淚流滿面，她完全沒注意到我的禮服，只看見她的女兒，我們在一團天鵝絨中一起跌坐在地，互相擁抱，父親和哥哥們跌跌撞撞從屋後跑來，帶著睡意的臉上滿是疲倦，儘管我們叮囑彼此沒時間哭泣了，仍舊忍不住抱頭痛哭，我淚眼婆娑地告訴父親接下來的計畫，他和哥哥們立刻衝出門備馬，幸好馬匹都待在屋子旁邊厚實的馬廄中，所以平安無事。我逮住最後寶貴的幾分鐘和母親一起坐在廚房桌邊，她一次又一次用手撫過我的臉龐，眼淚依舊掉個不停，「他沒碰我，媽媽。」我告訴她，但沒透露任何馬列克王子的事，「他還可以。」母親沒回答，只繼續摸我的頭髮。

我父親探頭進來說：「我們準備好了。」我得走了，但母親說：「等等，」然後跑進臥房，捧著一個包袱回來，裡面是我的衣服和其他小東西，「我本來想拜託奧桑卡的人帶去高塔給妳，」她說，「春天時他們送慶典獻禮去給他時可以順道帶去。」她再度親吻我，又抱了我最後一次，然後鬆開手。的確更加難受，千真萬確。

我父親駕著馬車經過村裡每戶人家，哥哥們跳下車到每間柴房中把他們之前載送來此的所有木枝掃蕩一空，抱著一堆堆柴火疊放在四角立著長木桿的雪橇上，裝滿後即刻前往柵欄，這時我才終於看見那些可憐的牲口。

牠們看起來一點也不像牛了，軀體腫脹變形、尖角變得又大又重又扭曲，幾隻牛的身體插著箭矢或長矛，深深戳進牠們的身體後又像恐怖的鐵叉一樣探出頭來，從黑森林跑出來的東西除了火燒或斬首之外是殺不死的，傷口只讓牠們更生氣發狂，許多牛隻的前腳在踏熄早先升起的火苗時燒得焦黑，牠們衝撞厚重的木柵欄，搖晃著異常笨重的犄角發出低沉哞哞聲，那叫聲如此尋常熟悉，反倒更加可怖，一團男男女女擠在一起抵擋牠們的攻勢，草耙、長矛和削尖的木棍像一片多刺的森林，往回戳擋牛隻。

幾個女人已經開始把地上劈砍乾淨，耙走糾結的枯草，靠近柵欄的地面積雪大多已經清理乾淨，在一旁監督的丹珂揮手要我父親過去，我們家的馬匹靠近柵欄、嗅到風中的腐敗氣息後開始不安地噴氣，「好了，」丹珂說，「我們會在中午前準備好，必須把木柴和乾草堆進柵欄裡，散落在牛群中，然後用魔藥點燃火把丟進去。省點用，可能還得試第二次。」她對我補充道，我點點頭。

更多人前來幫忙，他們休息時被提早搖醒加入這最後的奮力一搏，大家都知道牛隻著火時會試著撂倒柵欄衝出來，任何舉得起木棍的人都加入防堵的戰線，其他人則叉起團團乾草拋進柵欄中，固定的繩圈落地時裂開來，乾草四散，哥哥們開始丟進一捆捆木柴，我焦躁不安地站在丹珂身旁，握著玻璃瓶，感覺魔法在裡頭翻攪和指尖下的熱力，藥水搏動著，似乎知道它即將被釋放、發威。終於，丹珂認為一切準備就緒，她手拿第一捆引信伸過來讓我點燃：一截長長的乾木頭，中間到末段劈開，裡頭塞滿細枝和乾草，外頭也綁了一圈。

我剝開封印紋章時火心試著竄出瓶外，我緊緊壓著瓶塞，藥水才不情願地落回瓶中，我拔開瓶塞，倒了一滴——最少、最小的一滴——在木頭末端，引信迅速起火，丹珂差點沒時間把它丟過柵欄，之後她立刻把手戳進雪堆裡，邊痛得瑟縮，她的手指已經紅腫發泡，而我正忙著把瓶栓塞回去，等抬起頭時，看見柵欄裡已是一片火海，牛群憤怒地嚎叫。

魔法火焰的猛烈讓我們都看傻了眼，雖然大家都聽過火心的傳說——它在無數關於戰爭和圍城的歌謠中都出現過，也有故事述說它的製造過程，據說需要千斤重的黃金才能由法力高深的巫師煉出一小瓶火心，而且只能在石造大釜中提煉。我謹慎不去提到惡龍並**沒**允許我取走塔裡的魔藥，但如果他會發怒，就衝著我一個人來吧。

曾經耳聞的故事萬萬不如親眼所見，我們措手不及，生病的牛隻已經陷入瘋狂，有十幾頭聚在一起把後方的柵欄撞出一個洞，奮不顧身地繼續撞擊，無視鐵耙和木棍，大家都很害怕被刺到或咬到，甚至不敢碰觸牠們：黑森林的邪惡輕而易舉就能蔓延開來。幾名守軍開始往後退，柵欄鬆動時丹珂聲嘶力竭地大喊。

惡龍曾抱著陰鬱的決心、孜孜不倦地教過我幾個縫補、修理和整復的小咒語，我沒半個拿手，但在絕望之下仍然決定一試，我爬上父親空蕩蕩的雪橇，指著柵欄說：「帕倫，奇維拓許，法倫坦。帕倫，帕倫，奇維坦！」，我知道有哪裡漏了一個音節，但一定相去不遠，因為裂開的那根最粗的木板跳回原位，忽然長出了新枝嫩葉，老舊的鐵十字撐條也拉直了。

唯一堅守原地不動的是老婦韓可──「我一把老骨頭太硬了，死不了。」事後她這麼說，將自己的勇敢之舉輕描淡寫──她拿的鐵耙原本只剩木柄，斷掉的尖端插在一頭公牛的犄角之間，這下子，她手中短短的木柄變成一根亮閃閃的金屬利器，由精鋼所製成，她直直戳進正在狂嚎著推擠柵欄的那隻牛嘴巴裡，長矛一路穿刺，從牛的頭顱後方冒出來，那龐然巨獸忽然倒地，擋住後面的牛隻無法繼續前進。

結果整場戰役最慘烈的部分就屬這段了，我們成功守住柵欄其他處，幾分鐘之後，事情簡單許多，牠們都著火了，一股難聞的臭味揪著眾人的腸胃，牛隻在驚惶之下已失去了陰險狡詐的能力，重新變回普通的牲畜，反覆再三撞擊著柵欄卻徒勞無功，最後都遭火焰吞沒。我又用了兩次修復咒語，快結束時只能癱靠在卡莎身上，她爬上載貨馬車扶著我。年紀較大的孩子們氣喘吁吁地四處跑，拿水桶裝半融的雪水澆熄彈落地面的火星，每個拿著棍棒的男女都耗盡氣力，臉龐在火焰的熱力中紅通通、滿是汗水，背部則被冷空氣凍得發僵，我們一起圍住了野獸，火勢和牠們的腐敗都沒有蔓延開來。

終於，最後一頭牛倒地，嘶嘶冒著煙，脂肪在火焰裡劈啪作響，我們沿著柵欄七零八落圍成一圈，避開煙霧，邊看著火心平靜下來，剩下餘燼，把裡頭所有東西燒成灰。很多人在咳嗽，但沒人交談或歡呼，我們沒有理由慶祝，大家都很高興熬過了最危險的難關，但付出的代價太高了，耶爾西不是唯一因為這場大火而孑然一身的村民。

「耶爾西還活著嗎？」我輕聲問卡莎。

她猶豫了幾秒鐘後點點頭，「我聽說他感染得很嚴重。」她說。

黑森林的疫病不是每回都無藥可救——我知道惡龍救過別人。兩年前，我們的朋友翠娜在河邊洗衣時吹到一陣古怪的東風，她跌跌撞撞回家後就生了病，洗衣籃中的衣服罩了一層銀灰色孢子，她母親不讓她進門，把衣服全燒了，然後帶翠娜到河流下游再三浸洗，丹珂則立刻派人快馬加鞭去奧桑卡報信。

惡龍當天晚上來了，我記得我到卡莎家和她一起在後院偷看，我們沒看見惡龍本人，只看到一團森冷藍光從翠娜家二樓的一扇窗戶透出，隔天早晨在井邊，翠娜的阿姨告訴我她會沒事的，兩天後，翠娜就下床活蹦亂跳，和往常沒兩樣，只跟重感冒剛痊癒後一樣有點累，還很開心她父親在家旁邊掘了口井，這樣一來她就用不著再大老遠跑到河邊洗衣服了。

那只不過是一陣不懷好意的狂風吹來一波孢子所造成，而這次是自我有記憶以來黑森林最嚴重的一次掠奪，這麼多牛隻遭到感染，變得面目全非，還能迅速地散播腐敗，種種跡象都顯示事態慘烈。

丹珂聽見我們提及耶爾西，走到馬車旁看著我的臉，「妳能為他做點什麼嗎？」她開門見山問。

我知道她真正的請求為何，如果不淨化腐敗之氣，死亡的過程會漫長痛苦，黑森林會如同腐蝕朽木般一點一滴將人啃噬殆盡，從內部掏空，留下一具滿是毒物的空殼，只要我說我愛莫能助、只要承認自己什麼也不知道、只要坦言我已精疲力盡——耶爾西感染得如此嚴重，惡龍還要一個多星期才能趕到——丹珂會立刻下令。她會帶幾個男人到耶爾西家，先把克莉緹娜帶到村莊另一邊，男人們會進屋，把耶爾西包在一捆厚重的裹屍布裡帶回這裡，然後跟焚燒中的牛隻屍體一起丟到柴堆上。

「有個方法我可以試試。」我說。

丹珂點點頭。

我緩慢笨拙地攀下馬車，「我跟妳一起去。」卡莎說，邊用手圈住我的臂膀攙扶我，用不著我說一個字，她就知道我需要她的幫忙，我們一起慢慢走向耶爾西家。

他家地處偏僻，在離柵欄最遠的村莊角落，樹林蔓生到他的小花園周邊，大家都還在柵欄邊忙碌，下午時分的道路異常安靜，我們的腳步踩在昨晚降下的新雪上發出清脆響聲，我穿著禮服艱辛跋涉過角落的雪堆，但不想浪費精力更換比較實際的衣物，靠近屋子時，我們聽見耶爾西的聲音，齜牙咧嘴、唏哩咕嚕的哀嚎，而且持續不斷，隨著我們越靠近房屋就越大聲，實在很難伸手敲門。

房子很小，但等了很久才有人應門，終於，克莉緹娜吱的一聲打開門，探出頭來，她盯著我，沒認出我是誰，我也幾乎認不出她，她雙眼下方掛著暗紫色圈圈，還挺著便便大腹，她望向卡莎，卡莎說：「艾格妮絲卡從高塔趕來幫忙。」然後克莉緹娜又轉頭看我。

過了漫長難熬的一刻，克莉緹娜說：「進來吧。」聲音很沙啞。

她剛才都坐在爐火邊的搖椅中，就在門旁邊而已，我忽然了解原來她一直都在等，等他們來帶走耶爾西。屋裡只有一個隔間，簡單用布簾擋住，克莉緹娜走回搖椅坐下，她沒在打毛線或縫紉，也沒問我們要不要喝杯茶，只盯著火焰前後搖動椅子，屋子裡的哀嚎聲越來越響亮，我抓緊卡莎的手，我們一起走到布簾前，卡莎伸出手撥開簾子。

耶爾西躺在他們的床上，床鋪是用一截截小小的枯木拼湊而成的笨重成品，然而現在我們卻十分慶幸有這龐然大物，他雙手雙腳綁在床柱上，圈圈繩索繞過他的軀幹、繞過床底，和床板固定在一起，腳趾的尖端發黑，指甲快剝落了，繩索在他身上磨擦出血肉模糊的傷口，他邊拉扯著繩索邊發出噪音，舌頭腫脹發青，幾乎塞滿整個口腔。我們走進來時他安靜下來，抬起頭直直看著我，微笑著露出血淋淋的牙齒，瞇起黃濁的眼睛，他開始大笑，「看看妳，」他說，「小女巫，看看妳，看看妳，」他音調起伏，唱歌似的，他繃緊身體抵住繩索，整張床一跳，往我的方向前進了一吋，他咧嘴對我笑啊笑，「靠近一點，來呀來呀來呀，」他唱道，「小艾格妮絲卡，來呀來呀**來呀！**」像首兒歌，卻讓人毛骨悚然，隨著他扯動繩索，床一吋一吋往我前進，我用顫抖的手打開包包拿出藥水，試著不去看他。我從來沒這麼靠近過遭到黑森林感染的人，卡莎把手放在我肩膀上，冷靜又筆直地站著，如果沒有她，我應該早就落荒而逃。

我不記得惡龍用在馬列克王子身上的咒語，但他教過我一個符咒，可以治癒烹飪和打掃時的小傷口和燒傷，我想反正無傷大雅，便開始輕柔地唱著，邊把一口份量的魔藥倒在一只大湯匙上，聞到爛魚的臭味時皺起鼻子，卡莎和我小心翼翼靠近耶爾西，他對我喀喀咬牙，扭動手臂想抓我，在繩索上留下斑斑血痕，我遲疑了，很害怕會被他咬到。

卡莎說，「等等，」她走到外面房間拿了撥動木炭用的鐵棒和厚皮革手套，克莉緹娜看著她來去，表情木然，不帶一絲好奇。

我們一人一邊用火叉橫壓住耶爾西的脖子將他按在床上，然後我無畏的卡莎戴上手套，從上方捏住他的鼻子，不管耶爾西怎麼前後甩頭她都緊緊捏著。終於，耶爾西忍不住張嘴呼吸，我倒進一口藥水，及時往後跳，他下巴一抬，咬住我絲絨衣袖垂墜的蕾絲邊，我扯開手退到一邊去，繼續用顫抖的聲音吟唱符咒，卡莎放開耶爾西的鼻子回到我身邊。

他身上沒出現我記憶中的奪目光亮，但至少不再唱那首可怕的歌了，我看見魔藥的微光滑下他喉嚨，他往後倒，躺在床上左右痙攣，發出鼻音濃濁的抗議聲，我繼續唱，眼淚汩汩湧出：我**好累好累**。和剛到惡龍高塔前幾天同樣累——甚至更糟，但我繼續唱著符咒，心知它有可能改變眼前的恐怖事物，所以絕對不能停下。

克莉緹娜聽見吟唱聲，從另一個房間慢慢起身來到門邊，臉上出現一線希望，卻讓我感到畏懼。魔藥像滾燙的炭火一樣停留在耶爾西肚子中，透出微光，他胸膛和手腕上幾個血淋淋的割傷漸漸癒合，我繼續唱著，但深綠色煙霧瀰漫過光芒，像遮住滿月的雲霧，綠煙越來越濃密，直到光芒黯淡消逝。耶爾西慢慢停止掙扎扭動，身體放鬆躺進被褥裡，我的吟唱漸弱至無聲，然後靠近了一點，心裡仍懷抱希望，不過這時候——這時候他抬起頭，眼神仍然混濁瘋狂，又對我咯咯笑：「再試一次，小艾格妮絲卡，」他說，像狗一樣撕咬著空氣，「來呀，再試一次，來呀，來呀！」

克莉緹娜放聲哀鳴，靠著門框癱坐在地縮成一團，淚水刺痛我的雙眼，挫敗感讓我作嘔、掏空我整個人。耶爾西發出駭人的大笑，再度抖動，顛得床往前進，沉重的床腳碰碰碰撞擊木地板，我沒改變任何事，黑森林贏了，腐敗太嚴重、太深入，「妮絲卡。」卡莎輕聲說，沮喪的語氣中帶有疑問，我用手背一抹鼻子，陰沉地開始在布袋中翻找起來。

「把克莉緹娜帶出去。」我說，等卡莎攙扶著低聲哭泣的克莉緹娜離開，卡莎離去前焦慮地看了我一眼，我試圖報以微弱的笑容，但累到沒辦法好好控制我的嘴角。

靠近床邊時，我脫下厚重的天鵝絨外裙包住口鼻，來回纏繞了三四次，直到幾乎快把自己悶死，然後深吸一口氣拿起微微震盪的灰色藥水瓶，拆開封口紋章時屏住氣，接著倒了幾滴石化符咒在耶爾西齜牙咧嘴獰笑的臉上。

我快手把瓶塞壓回去，盡可能迅速往後跳開，他已經吸進了一口氣：灰煙溜進他的鼻孔和嘴巴，他臉上閃過一抹驚訝神情，皮膚開始變灰變硬。他仍然雙眼圓睜、嘴巴大張，但陷入沉默，軀體靜止，手也僵住不動，腐敗的臭味開始褪去，石頭像海浪一樣席捲他全身，完成了。我顫抖著，覺得既鬆了一口氣又驚駭不已：一具雕像躺在床上，只有瘋子才刻得出的雕像，臉孔被不屬於人類的狂怒所扭曲。

我確定瓶口已經封好，才把藥水放回布袋，然後走去打開門，卡莎和克莉緹娜兩人雙頰濡濕、表情絕望，我讓她們進來，克莉緹娜佇立在房門口看著床上那尊生命忽然暫停的雕像。

「他不會感覺到痛苦，」我說，「不會感覺到時間流逝，我向妳保證。這樣一來，如果惡龍知道怎麼淨化腐敗……」我沒把話說完，克莉緹娜癱軟在椅子裡，好像再也支撐不了自己的重量，她垂著頭，我不確定這麼做對她來說到底算不算一種慈悲，又或者只為了讓自己不那麼痛苦，我從沒聽過像耶爾西感染得這麼嚴重的人被治癒過，「我不知道怎麼救他，」我輕聲說，「但……也許惡龍可以，等他回來之後，我覺得值得試試看。」

至少屋裡安靜下來了，聽不到狂嚎也聞不到腐敗的臭味，克莉緹娜臉上那空洞疏離的可怕表情消失了，好像她剛剛連思考往後的可能性也承受不起，過了一會兒後，她手放在肚子上，低頭凝望，她不久便要臨盆，我甚至可以透過她的衣服看見一點點胎動，她抬頭看著我問：「乳牛呢？」

「燒掉了，」我說，「全部的牛都燒掉了。」她聞言垂下頭，沒有丈夫、沒有牲口、孩子即將呱呱墜地。丹珂當然會盡量幫她，但今年對村裡任何人來說都是難關。我忽然開口說：「妳有衣服可以給我嗎？我拿這件跟妳換？」她抬起視線瞪著我，「再穿著它我實在走不動了。」她滿心懷疑，挖出一件補丁處處的老舊粗布裙給我，還有一件粗糙的羊毛斗篷，我開心地把那堆絲絨、綢緞、蕾絲組成的巨大工藝品留在她桌邊，它一定至少能換到一頭乳牛，而將來有好一段時間，牛奶在村裡一定比什麼都還值錢。

卡莎和我終於走出門時，天色已經暗了下來，柵欄那邊的營火繼續燒著，在村子那一頭散發輝煌的橘色火光，村民都還沒回家，冷空氣滲進我身上較為單薄的衣物，而我感覺像是精力滴乾後的一團渣滓。我勉強跌跌撞撞跟在卡莎後面，她幫忙撥開雪堆，還時時調頭握住我的手鼓勵我。有個開心點的念頭溫暖著我：我沒辦法回高塔去，因此可以回家和母親待在一起，直到惡龍來接我。我還有哪裡好去呢？「他至少會離開一星期，」我告訴卡莎，「說不定他受夠我了，願意讓我留下來。」我其實根本不該萌生這個念頭，「不要告訴別人。」我猶豫地說，她停下腳步環抱我，緊緊擁著。

「我已經準備好要跟他走了，」她說，「這麼多年來——我已經準備好要鼓起勇氣離開，可是看他帶走妳讓我好難承受，感覺我這些年來的準備都浪費了，所有事都一如往常，好像妳根本沒存在過——」她停頓，我們一起站在哪裡，握著手對彼此又哭又笑，然後她忽然臉色一變，揪住我的手臂把我往後拉。我轉身看。

牠們緩緩從森林中走出，每一步都謹慎平穩，腳掌踏著大步，卻沒踩破積雪表面的薄冰，狼會在我們的樹林裡覓食，動作敏捷俐落的灰狼，牠們會叼走受傷的綿羊，不過會閃避村裡的獵人。眼前這幾隻並不是尋常的狼，牠們覆蓋著厚重白毛皮的背脊高達我的腰部，粉紅色舌頭鬆垮垮垂在下顎外，巨大下顎則密密麻麻長著利牙，牠們用淡黃色眼珠看著我們倆——看著**我**。我想起卡莎說過第一頭生病的牛是被野狼咬了。

領頭的那匹狼身形較小，牠朝我的方向嗅聞空氣，左右甩著頭，視線卻從沒離開我身上，又有兩隻踏出樹林，牠下了什麼命令似的，狼群散開來，左右包夾、想困住我，牠們在打獵，獵物是**我**。「卡莎，」我說，「卡莎，走啊，快點跑！」我的心臟撲通亂跳，手臂掙脫她的抓握，在布袋中翻找著，「卡莎，快跑！」我大喊，然後拔開石頭藥水的瓶塞，丟向朝我撲過來的領頭狼。

牠被灰色煙霧淹沒，接著一尊巨大石像沉甸甸地砸在我腳邊，完全靜止下來前血盆大口還在我腳踝邊猛力開闔，另一隻狼碰到灰霧邊緣，石頭蔓延過牠身體的速度較慢，牠用前腳扒雪扒了一會兒，試著想逃開。

卡莎沒有逃跑，她抓住我的手臂把我拉起來跑向最近一棟房屋後方——艾娃的屋子。狼群齊聲發出恐怖的嚎叫，謹慎嗅聞兩尊石像，然後其中一隻咆哮一聲，牠們聚在一起，轉身朝我們狂奔而來。

卡莎拉著我穿過艾娃前院的大門後把門甩上，狼群像跳躍的野鹿一樣輕鬆躍過籬笆，我不敢在周遭沒有任何防止火勢擴散的保護時把火心丟出去，今天目睹了它的效果之後尤其不敢，火心會燒光整個村子，或許整座河谷，我們兩人鐵定會一起陪葬。我拿出小小的綠色玻璃瓶，希望足以讓牠們分神，我們好趁機躲進屋裡。「這藥水能讓草長出來。」我問惡龍時，他這麼輕蔑地回答過，當時那看起來溫暖健康的翠綠色讓我覺得很親切，不像實驗室裡其他冰冷怪異的魔法，「也會順便養出一大堆雜草，只有在整片原野燒光後才有用。」我原本設想能在火心燃盡後用這管魔藥讓放牧牛隻的草地重新冒出嫩芽。我顫抖著手拉開瓶塞，藥水灑在手指上，氣味非常美好，良善、乾淨新鮮，觸感黏稠卻討人喜歡，像搗碎春天時多汁的草葉，我雙手捧著魔藥丟進冰封的花園裡。

狼群原本正直衝向我們，藤蔓像翻騰的毒蛇從枯萎的花床爆出，顏色是亮麗奪目的鮮綠，藤蔓撲向狼群，粗大的卷鬚纏繞狼腿，把牠們拉倒在距離我們不過幾吋的地面上，院子裡所有植物都忽然蓬勃生長，好像把一年的時間濃縮進一分鐘，豌豆、蛇麻草和南瓜蔓生過地面，不可思議的巨大，它們擋住眼前的道路，野狼在其中掙扎、又撕又咬，藤蔓長得更巨大，冒出刀刃大小的棘刺，一隻狼被腫脹得和樹幹一樣粗的莖稈擠扁，一顆南瓜掉到另一隻狼身上，沉甸甸的重量將牠擊垮在地，南瓜也應聲爆開。

卡莎對只顧著目瞪口呆的我伸出手，我轉身，踉踉蹌蹌跟上她，前門鎖上了，無論卡莎怎麼扭轉拉扯都紋風不動，我們只好改道空蕩蕩的小馬廄、砸上門。這裡其實還比較像給豬遮風避雨的棚子，四下都找不到鐵耙，一定拿去柵欄那裡幫忙了，唯一能充當武器的是一柄劈砍木柴用的小斧頭，絕望之下我操起斧頭，卡莎則用身體擋著門，剩下幾隻狼已經掙扎通過爆滿的花園，繼續追捕我們，牠們直立起來，對著門又抓又咬，然後忽然停下，這是不祥之兆。我們聽見牠們移動，其中一隻在馬廄側邊嚎叫，就在高處的小窗外頭，我們警覺地轉身查看時，三匹狼從窗戶一隻接一隻飛躍而入，牠們的同伴在門外嚎叫回應。

我腦袋一片空白，試著想出也許能對抗野狼的符咒，任何惡龍教過我的咒語都好，也許魔藥就像恢復花園生命力一樣為我注入活力，又或許是狗急跳牆，暈眩虛弱的感覺消失了，我再度覺得能夠施展一些咒語，要是能想到有用的就好了，我狂想著凡納絲塔蘭能不能召喚盔甲，然後開口說：「洛塔蘭？」——我摸索著，將它和磨利菜刀的咒語結合——一邊抓起一個老舊破爛的錫水瓢。我不知道咒語會有什麼效果，但還是懷抱希望。可能魔法想拯救我也想自救，水瓢攤平後化為一面厚重的巨大鋼盾，卡莎和我背靠牆角蹲在盾牌後，狼群撲過來。

牠們扒抓盾牌邊緣，卡莎從我手中抓過斧頭，劈砍牠們的利爪和口鼻。為保小命，我們絕望緊抓著盾牌把手，然後我驚駭地看到其中一隻狼——一隻狼！——竟然故意走到木條擋住的馬廄門前，用鼻子頂掉木條，門開了。

外面的狼也衝過來，我們無處可逃，我的布袋裡也沒其他把戲了，卡莎和我緊緊攀著彼此，頂住盾牌。忽然之間，我們背後的整面牆忽然崩解開來，我們往後摔進雪地，東倒西歪躺在惡龍腳邊，狼群嚎叫著一起撲向他，他舉起一隻手，唱出一整句長得不可思議的句子，中間完全沒停下吸氣，半空中的狼群就這麼紛紛**碎裂**，發出像細枝斷裂的可怕聲響，牠們在雪地中死成一團。

野狼屍體紛紛砸落時，卡莎和我仍然緊抓彼此，我們抬頭盯著他，他垂首怒目瞪視我，姿勢僵硬又憤怒，吼道：「在妳做過的蠢事中這是數一數二的愚蠢，妳這個駑鈍程度驚天滅地的瘋女人——」

「小心！」卡莎大喊，但太遲了，最後一隻狼跛著腳，毛皮被南瓜染成橘色，牠奮力越過花園圍牆，雖然惡龍邊轉身邊吐出一道咒語，揮舞的狼爪仍擊中他的手臂，狼掉在地上死了，而三滴閃亮的鮮血滴在惡龍腳邊，白雪染成腥紅色。

他跪倒在地，抓著受傷手臂的手肘處，黑羊毛外衣扯破了一個大洞，抓傷四周的皮膚已經被腐敗感染發綠，病態的顏色延伸到他手指握著手肘的地方止住，手指透出微弱光芒，但他前臂的血管已經開始腫脹，我摸索著布袋裡的魔藥。「倒在傷口上。」他咬牙說，我本來要讓他喝下藥水，這時依言把液體倒在傷處，三人都屏息以待，但烏黑的痕跡並沒有消退，只是擴散得沒那麼迅速。

「回高塔。」他說，額頭汗濕一片，咬緊的下顎幾乎說不出話，「聽好：左奇南，瓦里蘇；阿奇南，希尼蘇；柯左南，瓦里蘇。」

我兩眼發直，他怎麼會把這種事託付給我？施咒回高塔？但他沒再說話，顯然將力氣都用來抵擋腐敗擴散，我遲至此時才憶起他說過的事，關於如果黑森林把我抓走，儘管我是未經訓練又沒用的女巫，還是能變成真正可怕的怪物。如果黑森林控制了**他**呢？王國內法力最高強的巫師會變成什麼樣的怪物？

我轉向卡莎，翻出火心塞進她手裡，「告訴丹坷，她必須派人到高塔去，」我直白又絕望地說，「如果我們兩人沒出來說一切都沒事，如果情況有異——馬上燒毀高塔。」

她眼裡盈滿對我的擔憂，但還是點點頭，我轉向惡龍，跪在他身邊的雪地裡，「很好。」他短促地說，迅速瞥了卡莎一眼，這時我明白我最深的恐懼其來有自，我抓住他的手臂，閉起眼想著高塔裡的房間，念出咒語。

6

我攙扶著惡龍，沿走廊循最短距離搖搖晃晃走到我的小房間，絲綢禮服編的繩索還掛在窗邊，不可能帶他回自己房間了。我讓他坐到床上時，重量都必須靠我支撐，他仍然抓著手抵抗腐敗擴散，但手掌四周的光芒正逐漸黯淡。我扶他慢慢往後躺倒在枕頭上，在他身旁焦慮打轉了一陣子，等他開口說些什麼，告訴我該如何是好，但他什麼也沒說，眼神空洞地看著天花板，原本小小的抓傷已經如同毒蛛咬出最嚴重的傷口一般腫脹，他呼吸急促，肘部以下的手臂都是觸目驚心的慘綠——和汙染耶爾西皮膚的顏色一模一樣，他的指甲也開始發黑。

我跑下樓到藏書室，中途還滑了一跤撞得下巴血淋淋，卻絲毫不覺疼痛，藏書室裡的書一如往常排列得優雅整齊，面對我的需求沉著冷靜且不為所動，有幾本已是我的舊識，以前我會稱呼它們為宿敵，因為它們寫滿符咒和法術，念在我嘴裡必定出錯。碰觸羊皮紙時，書頁摸起來麻麻刺刺、令人不適，我仍舊爬上木梯把書從架子上拿下來，一本又一本翻開瀏覽目次，卻一無所獲：儘管了解如何萃取桃金娘花液在施行許多咒語時非常實用，現在可幫不了我，而且在這十萬火急的時候，讀到正確密封魔藥瓶的六種方法真讓人怒火攻心。

白費力氣的這段時間倒是讓我冷靜下來思考，了解到不能指望他拿來教我魔法的書中有方法可以解決這等駭人危機。如同他三番兩次告訴我的：這些書裡寫的不過都是些花招和雕蟲小技，任何有點智識的巫師都能立刻掌握。我遲疑地看著下層書架，他自己讀的書都收在那兒，惡龍諄諄告誡過我千萬不能碰。那些書有的以完整光滑的皮面裝訂再燙金；有的老舊不堪，書頁幾乎都散開；有的和我的手臂一樣長；有的小到可以捧在掌心。我雙手滑過書脊，憑著直覺抽出一本小書，裡頭塞滿零散的紙張，封皮因經年累月的碰觸磨得平滑，上頭燙印著平實的字體。

這本札記由模糊難辨的小字寫成，而且滿是縮寫，一開始幾乎看不懂。紙張上是惡龍的字跡寫成的筆記，幾乎每頁都夾著一張紙，上頭記載著施行相同咒語的不同方法，並加註解釋。至少這本書感覺比較有希望，好像他的聲音穿透紙張對我說話。

書裡有十幾種治療和淨化傷口的咒語，不過是針對疾病或壞疽，而非腐敗的詛咒，不過依舊值得一試。我讀完其中一個咒語，它建議切開中毒的傷口，敷上迷迭香和檸檬片，還要按照作者所說的**對它呼氣**。針對這道咒語惡龍寫了整整四頁筆記，還劃了一排排橫線，其中記載了五十幾種不同的作法：不同份量的迷迭香，或乾或濕；不同份量的檸檬，留皮或去皮；用鋼刀或鐵刀，這樣或那樣唱誦。

他沒說哪種方式的效果最好或最差，但如果他花了這麼多心力鑽研，這個咒語一定多少有點功效，目前我只需要讓他恢復到能對我說出幾個字、給我一些指示就好。我飛奔下樓進廚房找到一大束垂掛著的迷迭香和一顆檸檬，也拿了一把乾淨的削皮刀、洗好的亞麻布和一鍋熱水。

然後我猶豫了，眼神飄向躺在石頭砧板上的切肉大刀，如果別無他法、如果我無法讓他開口說話——我真的不確定自己是否能做到，我能砍下他的手嗎？我腦中浮現耶爾西躺在床上的樣子，青面獠牙對我咯咯笑，和平常在路上遇到時對我點頭的那個寡言憂鬱的男人相差甚遠，我也看見克莉緹娜空洞的臉龐，我吞了口口水，拿起切肉刀。

我磨利兩把刀，堅決不胡思亂想，然後把東西都端到樓上，窗戶和房門都敞開著，但我的小房間裡腐敗的刺鼻臭味已經越來越濃烈，不僅讓我的肚腹充滿恐懼，還開始翻攪起來，我不確定自己能不能承受看見惡龍被腐化，所有的稜角都磨平，伶牙俐齒退化成嚎叫和嘶吼。他的鼻息越來越淺促、雙眼半閉、臉色慘白，我把亞麻布墊在他臂膀下打了幾個結綁緊，削下一條條粗粗的檸檬皮，把迷迭香的葉片從莖上拔下來，搗碎後丟進熱水中，升起一股濃烈甜香驅逐了臭味。然後我咬著嘴脣、硬起心腸，用切肉刀劃開腫脹的傷口，綠色的黏稠膿汁噴出，我在傷口上倒了一杯又一杯熱水，直到它完全乾淨為止，然後抓起一把把浸濕的藥草和檸檬，緊緊壓在傷口上包紮好。

惡龍的筆記沒提到在傷口上吹氣是什麼意思，所以我彎下腰、對著傷口輕吐出咒語，然後又試了另一個咒語，聲音粗啞，念在嘴裡都不太對勁，感覺彆扭又邊角銳利，而且什麼事也沒發生。我沮喪地看著原作者歪扭的小字，有一行寫著「凱和提哈斯，用唱的似乎不錯，會有特殊功效。」惡龍的咒語全都包含這幾個音節的各種變化，不過和其他字詞串在一起，精雕細琢的冗長詞語在我舌頭上打結，於是我彎腰唱著提哈斯，提哈斯，凱提哈斯，凱提哈斯。一遍又一遍，發現自己搭配著那首關於長命百歲的祝壽歌的音調哼唱。

聽起來很荒謬，但那旋律簡單熟悉，而且撫慰人心，我不再想那些字詞是什麼意思，讓它們盈滿我的嘴，接著像水溢出茶杯一樣傾瀉，我不再回想耶爾西瘋狂的笑聲，還有那朵可憎的綠雲如何淹沒他體內的光。剩下的只有簡單起伏的歌曲，還有關於數張臉龐聚集在桌邊歡笑的記憶，最後，魔法終於開始流動，但不像惡龍教的咒語那樣從我體內翻腸倒胃地衝出來，我感覺到吟唱咒語的聲音化為一條只承載著魔法的小溪，我則拿著取之不竭的水瓶站在岸邊，將一條銀色細線倒進湍急水流中。

我手掌下升起迷迭香和檸檬的甜香，越來越濃郁，完全掩蓋了腐敗的腥臭，傷口流出越來越多膿汁，我本該擔心的，但惡龍的手臂看起來恢復得越來越良好，可怕的青綠逐漸褪去，發黑腫脹的血管也縮回原本大小。

我上氣不接下氣，不過感覺似乎已經結束了，我的工作已經完成，我簡單將咒語作結，音階升高後又降低，到結尾時我其實只是在哼唱了。惡龍抓著手肘處發出的亮光越來越強，益發燦爛，忽然間發光的線條從他手指下四射出去，像樹枝一樣沿著血管擴散，腐敗開始消失，傷口的血肉看起來健康許多，膚色也恢復原狀——儘管是他平時那缺乏日照的蒼白臉色，卻再正常不過了。

我屏息觀察，幾乎不敢奢望，然後惡龍的整個身體動了一下，他又吸了一口氣，這次更緩更長，對著天花板眨眨恢復意識的雙眼，一一鬆開鐵鉗般握住手肘的指頭，我簡直要因為大鬆一口氣而啜泣，我不敢置信又滿懷希望地抬頭看他的臉，嘴角醞釀著一個微笑，卻發現他用驚愕憤怒的表情瞪著我。

他從枕頭上掙扎起身，拆掉手臂上所有迷迭香和檸檬敷料握在拳頭裡，滿臉都是懷疑，然後他傾身從蓋住雙腿的床單上一把抓起小札記本，我把它放在那裡，好邊工作邊讀，他盯著那道咒語，把書翻過來查看書背，好像他不敢相信自己親眼所見，然後開始連珠砲似地對我說：「妳這個空前絕後、卑劣可鄙、顢頇愚蠢的煞星，**這次**到底又幹了什麼好事？」

我原本跪坐在床邊，心中感到些許憤慨，往後把臀部靠回腳踝上：我竟然受到**這種對待**。我剛才不只救了他的命、阻止他變成任何東西，而不管黑森林會把他變成哪種怪物，我也拯救了整個王國不被牠摧毀，「不然我應該做什麼？」我質問，「而且我怎麼會知道該怎麼做？再說了，我做的事有用，不是嗎？」

因為某些原因，這只讓他更加惱怒而語無倫次，他從我的小床上撐起身子，把書砸到房間另一頭，所有筆記四散飛舞，然後二話不說奪門而出，「好歹也對我說一句**謝謝**！」我朝他身後大喊，也怒不可遏，然而當我回想起他受傷都是為了救我一命、而為了幫我，他一定竭盡全力趕來之後，早已聽不見他的腳步聲。

這個念頭當然讓我很鬱悶，如同清理我那可憐小房間和更換被褥的繁瑣雜務一樣令人開心不起來。汙漬冥頑不靈，所有東西還是散發著惡臭，但至少那股不對勁的感覺消失了。最後我決定用魔法解決此事，原本我要開始使用惡龍教我的一個符咒，卻反而走到角落拾起札記本，我很感激那本小書以及許久之前寫下這本書的巫師或女巫，儘管惡龍對我毫無感激之意。我很開心地在前幾頁找到一個整理房間的符咒：「第霈塔，唱時音調上下各一階，邊工作邊導引魔法幫忙。」我在腦海中想像宛轉的音調，偶爾哼唱出聲，一邊把潮濕髒汙的床單從乾草袋上剝下來。我四周的空氣變得冰冷沁脾卻不刺骨，咒語完成後，棉被乾淨亮麗，彷彿才剛洗好，床單聞起來有如包著新鮮的夏日乾草，我重新鋪好床，沉沉往上一坐，感到最後一絲絕望之情也離我而去，但同時也帶走我所有精力。我倒在床上，才剛拉起被單蓋好就旋即入睡。

我緩緩甦醒，感到平靜安詳，窗外透進陽光灑在我身上，過了好一段時間我才察覺惡龍也在房裡。

他坐在窗戶邊小小的工作椅上，目光炯炯看著我，我坐起身揉眼睛，也瞪回去，他舉起手中的小書，「是什麼原因讓妳挑了**這本**？」他逼問道。

「因為裡面都是筆記！」我說，「所以我猜它一定很重要。」

「它一點也不重要，」他說，儘管他為此事大發雷霆，我仍然不相信他，「它毫無用處——從以前到現在一直都是，距離它寫成已經五百年了，研讀了一世紀之後，我還是找不到任何用處。」

「嗯，但**今天**倒是派上用場了。」我說，雙臂交叉在胸前。

「妳怎麼知道該用多少迷迭香？」他說，「還有多少檸檬？」

「表格記錄了你試過的各種份量！」我說，「所以我想用多少應該沒什麼差別。」

「那些表格是**失敗**的紀錄，妳這胡言亂語的蠢材！」他大喊，「沒有一種配方有效——不管用何種比例、不管怎麼混合、搭配什麼咒語吟唱都沒用——妳到底做了什麼？」

我盯著他，「我取了足夠的份量混合出我覺得好聞的味道，然後磨碎讓氣味更強烈，最後用書上寫的咒語唱。」

「這裡沒寫什麼咒語！」他說，「兩個無足輕重的音節，沒半點力量——」

「我唱得夠久之後魔法就開始湧出，」我說，「我用『長命百歲』的旋律唱。」我補充說明，他臉色脹紅、更加惱怒。

接下來一個小時，惡龍都在盤問我施咒的細節，越問越生氣，我幾乎回答不了他的問題，他想要我精準描述每個音節以及重複的次數，想知道我距離他手臂多近、迷迭香枝椏和檸檬皮的用量，我盡可能告訴他，不過感覺答案都不太對勁。他火冒三丈寫筆記時，我終於忍不住脫口而出：「但這些全都無關緊要！」他抬起頭眼帶威脅地看著我，我雜亂無章但語氣堅定地說：「這只是其中一種方法。但方法不只一種。」我揮手示意他的筆記，「你這是在試著找一條根本不存在的道路……跟在樹林裡採集很像，」我突兀地補充道，「你必須想辦法穿越灌木叢和樹木，但每回走的路都不盡相同。」

我用勝利的語調作結，很高興終於找到令人滿意的清楚解釋，他丟下筆，氣鼓鼓地往椅背一靠，「胡說八道。」他說，聽起來幾乎是難過，他低頭看著手臂，感覺很挫折，好像寧可繼續腐敗也不願考慮自己有出錯的可能。

我這麼告訴他時，他眼神灼炙——那時我也開始滿肚子火了，口乾舌燥又飢腸轆轆，仍然穿著克莉緹娜給的粗布裙，殘破不堪的裙子懸掛在我肩上，並不保暖。我受夠了，於是站起身，忽略他的表情，宣布道：「我要下樓去廚房。」

「隨便。」他怒聲說，一陣暴風似地颳回藏書室。然而他無法忍耐問題懸而未決，在我的雞湯煮好之前，他就又現身廚房桌邊，拿著一本新的淡藍皮革燙銀的書，是本優雅的大部頭。他把書放在桌上的木砧板旁，堅決表示：「一定是了，妳具有療癒的特殊專長，因此自然而然拼湊出真正的咒語——雖然妳忘了確切細節。這倒解釋了妳其他無能的表現，療癒是魔法這門藝術中非常特別的一個分支。一旦我們專注在療癒這個學科後，我預期妳會有長足的進步。我們就從葛洛席諾的簡易咒語著手。」

「等我吃完午餐之後再說。」我說，沒停下手邊的工作，我正在切胡蘿蔔。

他喃喃自語說了些什麼，關於無禮傲慢的白癡，我不予理會。不過我遞給他一個碗時，他倒願意坐下來喝湯，搭配厚厚一片我做的農村麵包——**前天才剛做好的**，我忽然發現。我不過離開高塔一天一夜而已，感覺卻像過了千年之久。「那隻奇美拉怎麼了？」吃飯時，我舉著湯匙問。

「拉迪米爾不是白癡，謝天謝地。」惡龍說，用變出的一條餐巾擦嘴巴，我過了一會兒才明白他指的是黃沼地男爵，「他派信差來通報後，用木樁插著小牛犢當誘餌，把那東西誘引到接近國界處，命令長槍兵從四面八方包圍牠。他損失了十個士兵，但是成功把牠引到距離隘口騎馬約一小時路程的地方，讓我可以很快殺死牠，很小一隻奇美拉，體型和小馬差不多大。」

不知為何他聽起來很陰鬱，「這不是件好事嗎？」我說。

他不悅地望著我，「這是個**陷阱**，」他咬牙說，好像對任何會思考的人來說都再明顯不過了，「原先的設計是要使我遠離德弗尼克，在我來得及趕到之前讓腐敗吞噬整座村莊。」他低頭看著手臂，鬆開拳頭又握緊，他換了衣服，身穿綠色羊毛上衣，手腕處以金釦固定，遮住了皮肉，我好奇衣袖下方是否有疤痕。

「所以說，」我大膽問，「我趕去村裡是個好主意囉？」

他的表情和暴露在盛夏高溫中的牛奶一樣酸，「妳在不到一天之內浪費了我花費五十年累積、最寶貴的魔藥，當然是個好主意囉！妳到底有沒有思考過：如果可以這麼隨手亂用，為何我不發個半打給每位村長，省卻每次趕去村莊的麻煩？」

「它們不會比人命更寶貴！」我回嘴。

「妳救了眼前的一條命，卻犧牲了三個月後幾百人的性命，」他說，「聽著，妳這個蠢人，我還有一瓶火心正在精煉中，我從六年前開始熬，那時國王還負擔得起所需的金子，不過還需要四年才能煉成。如果我們在那之前就消耗完所有存量，妳覺得洛斯亞知道我們即將餓死、在反擊前就會求和討饒時，還會慷慨克制著不進犯我們的土地嗎？妳浪費的其他魔藥也有其代價。而且洛斯亞有三名大巫師能熬煮魔藥，我們只有兩個。」

「可是目前我們沒在打仗啊！」我抗議道。

「春天時就會開戰了，」他說，「如果他們聽見關於火心和石頭皮膚和恣意浪費的歌謠，覺得自己有利可圖。」他停頓了一下，然後沉重地加了一句，「或者，如果他們聽說有強大的醫者能淨化腐敗，認為我們很快將破壞原本的權力平衡占了上風呢？等妳受過訓練之後？」

我吞了口口水，看著湯碗，他提及洛斯亞會因為**我**、因為我的所作所為以及將來有能力做的事而宣戰時，感覺很不真實，但我再次記起惡龍不在時，目睹烽火燃起的恐懼，知道自己對所愛之人的幫助有多麼渺小，我仍然毫不後悔拿了那些魔藥，但再也無法假裝我一個咒語也學不會這件事無關緊要。

「你覺得我受過訓練後能幫得上耶爾西嗎？」我問他。

「救治已經徹底感染腐敗的人？」惡龍皺著眉看我，但還是不情願地承認：「妳本不該有能力救我的。」

我拿起碗喝完剩下的湯，然後放到一邊，越過滿是刀痕和凹洞的廚房桌看著他，「那麼，」我陰沉地說，「開始吧！」

很不幸的，願意學習魔法並不代表就能學得好，葛洛席諾的簡易咒語讓我窒礙難行，梅哲多拉的召喚術也堅決不讓我召喚出任何東西。我讓惡龍又教了我三天療癒咒語，每一個感覺都十分彆扭又不對勁，隔天早晨我拿著那本破舊的小筆記氣勢洶洶衝進藏書室，把書擺在桌上，他見狀滿臉怒容，「你何不用**這本書**教我？」我質問。

「因為沒辦法教，」他啐道，「就連最簡單的小術法我也沒辦法轉譯為有用的形式，不用說更高等的咒術了。不管她多麼惡名昭彰，實際上幾乎一點價值也沒有。」

「惡名昭彰？什麼意思？」我問，然後低頭看著小書，「這本書是誰寫的？」

他對我橫眉豎目，「瑘珈。」他說，我全身僵硬發冷地佇立在原地好一會兒，老瑘珈已經死了很久，但關於她的歌謠並不多，吟遊歌手們唱著僅剩的那些時也小心翼翼，只在夏日中午時分唱。

距離她過世並下葬已經五百年了，但四十年前琊珈竟然出現在洛斯亞新生小王子的受洗大典上，把六個想阻止她的侍衛變成癩蛤蟆，讓其他兩個巫師陷入沉睡，然後走到嬰孩旁邊，低頭蹙眉打量，接著直起身子，不悅地宣布：「我真是挑錯時間了。」之後消失在一大團煙霧中。

所以死亡想必也無法阻止琊珈忽然現身來要回她的魔法書，我的表情讓惡龍更加惱怒，「別那副戰戰兢兢、六歲小孩的模樣，事實和老百姓的想像相反，她**死了**，不管她死前怎麼在時間裡迷走，我向妳保證：比起四處竊聽別人怎麼對她說長道短，她還有更重要的事情要做。至於那本書，我花費了大筆金錢和心力才弄到手，起初還很高興自己有所斬獲，直到我發現它殘缺不全得令人火大。顯然只是用來幫助她記憶，裡頭沒有任何關於實際施咒的細節。」

「我試了四個都很有用呀！」我說，他盯著我。

他要我施行了五六個琊珈的咒語後才相信我，它們都差不多：幾個字、幾個手勢、一點點藥草和物品。沒有任何一個成分是全然不可或缺，唱念咒語時也沒有嚴格順序。我的確看得出他為何說這些咒語無法教授，因為就連施咒時我都不記得自己到底做了些什麼，更別提解釋自己為何進行某個步驟了。經過了惡龍硬塞給我那些過於複雜的咒語後，琊珈的書無以名狀地讓我鬆了一口氣。我最初的描述仍然真確：感覺像在陌生的樹林中找路，琊珈宛如另一名經驗豐富的採集者，走在我前面某處，回頭對我說：「北邊山坡下有藍莓」，或者「那邊的樺樹下有無毒的蘑菇」，或者「灌木叢左邊有一條比較好走的路」。她不在意我走哪條路找到藍莓，而是指出正確的方向讓我漫步過去，自己摸索路徑。

惡龍好討厭這種方式，我幾乎要為他感到難過了，他最後只得站在我身後看我施最後一個咒語，把我做的每件小事都記下來，就連我嗅聞肉桂時吸了太大一口氣而打了個噴嚏也照寫不誤。結束後他自己試了一次，看著他有如我動作延遲卻美化許多的鏡中倒影實在很詭異，他重複了每一個動作，但更加優雅、完美精準，念出每個我含糊帶過的音節，但他還沒進行到一半，我就察覺沒有用，我動了一下身體好提醒他，他氣呼呼瞪了我一眼，於是我放棄，任由他被我想像中的灌木叢卡住。等他完成咒語、但什麼事也沒發生後，我說：「你那時候不應該說米可。」

「妳有說！」他斥道。

我愛莫能助地聳聳肩，我沒懷疑自己說過，但老實說我不記得了，這也不是什麼需要記住的重點，「我做的時候沒問題，」我說，「但輪到你時就不對了，就像是……你企圖循著一條小徑，但同時有棵樹倒了，或者長出了一片樹籬，你卻堅持要照原路走，而不是改道而行——」

「沒有什麼**樹籬**！」他咆哮。

「我想，」我若有所思地對著空氣說，「如果獨自一個人在室內過了太久，就會忘記活生生的事物不會一直待在你設想的地方。」

他在尷尬的盛怒之下將我逐出房間。

惡龍真的值得讚許：這星期接下來幾天他都陰沉沉的，從架上挖出幾本其他咒語書，全都塵封已久，裡頭的符咒全都和琊珈書裡的那些同等鬆散，它們都像渴切的朋友們一樣來到我手上。他挑選出其中一本，查閱了其他書裡幾十條參考資料，然後利用這些知識為我安排一系列研究和練習，他警告我關於進階咒術的危險性：關於咒語如何中途脫離你的掌控並狂野扭擺；關於迷失在魔法之中，彷彿遊走於栩栩如生的夢境中，卻沒注意到你的身體正因缺水而漸漸死去；關於企圖施展超過自身極限的咒語，任由它吸乾你根本沒有的精力。雖然他還是不了解適合我的那些魔咒怎麼會成功，仍然扮演我施咒結果的嚴厲批評者，要求我事先告訴他預期會發生什麼事。而當我沒有準確預測成果時，他便強迫我一次次重複施咒，直到我知道最後會發生什麼事。

簡單來說，他盡可能把我教好，在我跌跌撞撞穿越新發現的樹林時提供建議，儘管那對他來說是全然陌生的國度。他依舊痛恨我的成功，並非出於嫉妒，而是原則問題：我草率的咒術**真的**大大違反了他對萬物秩序的認知。不管我表現得好或犯下明顯錯誤，他露出的表情都同等憤怒。

距離我的新訓練開始已過了一個月，我掙扎著想製造出一朵花的幻象時，他目光如炬地看著我，「我不懂，」我說——老實說其實是發牢騷，這當真難得離譜。我前三次的嘗試讓花朵看起來像是破棉布做的，而現在勉強拼湊出一朵尚能服人的野玫瑰，只要你不去聞的話。「直接**種**一朵花簡單多了，為什麼有人想這麼麻煩？」

「取決於規模，」他說，「我向妳保證，創造出一支軍隊的幻象比實際招募要簡單很多。到底為什麼還**有用**？」惡龍脫口而出，當我的表現明顯糟糕到超越他的容忍範圍時他就會這樣爆發，「妳根本沒在維持咒術——沒有吟唱咒語、也沒有手勢——」

「我還是不斷給它魔法，**大量**魔法。」我不悅地補充。

前幾個咒語沒像拔牙一樣把魔法從我體內拖拉而出，實在令我大鬆一口氣，因此有一半的我認為最糟糕的部分已經過去了，誤以為自己了解魔法如何運作——不管惡龍針對此項議題的說法——一切都輕而易舉。嗯，我很快就學聰明了，驅策了我生平第一個咒語的是絕望和恐懼，而接下來的幾次嘗試，用的都是惡龍最初想教我的幾個把戲，那些他期待我不費吹灰之力就能掌握的雕蟲小技，所以我的確沒付出過任何努力。之後他毫不留情地要我開始練習真正的咒語，一切又再度變得——就算沒像一開始那麼難以招架，至少也可說是無比艱辛。

「妳是**如何**給它魔法的？」他咬牙切齒問。

「我已經找到路徑了！」我說，「只是沿著走而已，難道你沒感覺到嗎？」我唐突地問，用雙手捧著花朵湊到他面前，他皺著眉伸手圈住，然後說：「薇迪亞，洛沙，伊莉卡，圖溪。」第二個幻象疊在我製造出的幻象上面，兩朵玫瑰占據了同一個空間——可想而知，他的花朵有三層完美無瑕的花瓣和細緻的香味。

「試著模仿看看。」他漫不經心地說，手指微微移動，我們迂迴地讓兩個幻象漸漸相似，直到分不清它們之間有何差別。然後他忽然說，「啊！」這時我開始窺見**他的**咒語結構：幾乎像他桌子中央那個奇怪的發條裝置一樣精確，由數個閃閃發亮的部分組合而成。衝動之下我試著讓兩人的咒語並肩齊進：我想像他的魔法像磨坊水車，我的則像推動它旋轉的湍急水流。「妳在做什——」他開口，然後霎時間我們眼前只剩下單獨一朵玫瑰，它開始生長。

不只有玫瑰而已，藤蔓從四面八方沿著書架蔓生，纏繞著古老的典籍、探出窗外；一棵棵抽高的柏樹張開手指似的枝椏，淹沒門口兩旁細長高聳的石柱；青苔和紫羅蘭布滿整片地板，小巧的蕨類舒展葉片；花兒四處綻放，甚至有我從沒看過的種類，奇異的花朵懸垂而下，有的花瓣末端尖尖的、色彩濃豔。房間裡花香濃郁，摻雜碾碎的葉子和辛辣藥草的味道，我四下張望，因為驚奇而滿臉發光，我的魔法仍舊輕易地奔流著，「這是你的構想嗎？」我問他，這其實比召喚出單獨一朵花還容易，但他只是瞠視著我們四周生機勃勃的花草，和我一樣訝異。

他看著我，大惑不解而且第一次看起來猶疑不決，好像在毫無準備的情況下撞見了什麼，他纖細修長的手包著我的手，我們兩人一起捧住那朵玫瑰，魔法在我體內歌唱、透過我歌唱，我感覺到他的力量低喃附和著相同的曲調。我忽然覺得好熱而且異常忸怩，於是把手抽回來。

7

翌日，我躲了他一整天，很蠢，而且後知後覺地想到我成功躲開意味著他也在躲**我**，因為他從不允許我錯過任何一堂課。我不在乎原因，試著假裝這不代表什麼，不過是我們兩人都想要暫停辛勤的訓練、想要休息一下而已。但那天晚上我輾轉難眠，隔天早晨下樓到藏書室時眼睛乾澀又緊張兮兮，我走進門時他沒看我，簡短指示：「從第四十三頁的芬奇亞開始。」那是一道嶄新的咒語，他說完後繼續低頭看書，而我立刻慶幸地躲進自己用功的安全之中。

我們在近乎全然的靜默中度過了四天，我猜如果沒有什麼變數，說不定會持續一整個月，每天交談都不超過幾個字。但是第四天早晨，一輛雪橇駛到高塔門前，我往窗外看，是波瑞斯，卻非隻身一人，還載著卡莎的母親雯薩，她在後座縮成小小一團，抬起包在披巾中的蒼白圓臉看著我。

烽火燃起那晚後，我就沒見過任何德弗尼克的人，丹珂請人把火心送回奧桑卡，藥水和口信一起經過河谷裡的每個村落，每個村落也都派出一名護衛同行。我把惡龍和自己送回高塔後的第四天，他們的大批人馬來到塔前，這些農夫和工匠來這裡面對我們任何人都無法想像的恐懼實在很勇敢。對於要不要相信惡龍已經痊癒了，他們也謹慎以對。

奧桑卡的鎮長甚至膽敢要求惡龍讓村裡的大夫看看傷口，他勉為其難答應了，捲起袖子露出淡淡的白色疤痕，傷口只留下這點痕跡，他甚至還叫大夫從指尖抽點血，湧出的血液是乾淨的紅色。村民甚至帶了一位身穿紫袍的老祭司來為惡龍祈福，惹得他火冒三丈。「你信這些瞎扯淡到底有什麼用處？」他質問祭司，顯然和他有過幾面之緣，「我准許你要求十幾個腐化的靈魂向你懺悔，他們有誰如你所說長出了紫色玫瑰，或忽然聲稱自己得救或被淨化了？如果我**真的**被腐敗之氣感染，你覺得對著我唸禱詞會有什麼幫助嗎？」

「所以您真的沒事。」祭司口乾舌燥地說，他們終於容許自己相信了，鎮長也大鬆一口氣，把火心交還給惡龍。

不過，我的父親和哥哥們當然不允許前來，連同我村裡的任何人也一概不准，他們要是看到我慘遭燒死一定傷心欲絕。至於真的前來高塔的那些男人，我不知道該怎麼形容他們看著我站在惡龍身邊的表情，儘管我又穿回舒適的樸實衣裙，他們離開時還是注視著我，不帶敵意，但不會有人這樣注視德弗尼克村中樵夫的女兒，那是我剛開始看著馬列克王子的眼神，我在他們眼中恍如從故事裡走出的人物，也許會騎馬經過、遭到眾人矚目，卻完全不屬於他們日常生活的一部分。我在他們的注視下瑟縮，很高興可以回到高塔中。

那天，我拿著琊珈的書來到藏書室，要惡龍別再假裝我對療癒魔法會比其他符咒在行，請他就讓我學習我做得到的那些咒語吧。我沒試著寫信回家，雖然我猜惡龍應該會准許我寄封信，我能說什麼呢？我回了家鄉一趟，還救了它，但我再也不屬於那裡了；我無法再去鎮裡廣場和朋友們一起跳舞，就跟六個月前我想像自己闖入惡龍的藏書室並在他書桌邊坐下一樣不可能。

不過遠從藏書室的窗戶俯望雯薩的臉龐時，我沒想到以上這些，我讓進行到一半的咒語懸浮在半空中，奔向樓下，儘管惡龍再三警告過我絕不要這麼做。他對我的背影大喊，但說了什麼我都充耳不聞：因為如果卡莎能來，絕對不會輪到雯薩前來找我。我跳下大廳的最後幾階梯級，在門前只遲疑了幾秒鐘：「*伊雷納爾、伊雷納爾！*」我大叫。這只是個用來解開縫衣線繩結纏繞的符咒，而且發音含糊不清，但我在它背後恣意注入大量魔法，彷彿決心要披荊斬棘強行通過，不想花時間繞遠路，大門受驚似地跳了一下，然後為我敞開了。

我往前一跌，忽然之間雙膝發軟——正如惡龍老愛語帶挖苦地告訴我的，較強大的咒語也較複雜，這是有原因的——我踉蹌上前抓住雯薩正舉起準備敲門的雙手。近看之下，她的臉因為哭泣而皺成一團，頭髮披在背上，大團大團髮絲掙脫了又粗又長的髮辮，身上衣物扯破了而且沾滿汙漬，她穿著睡衣、外披一件罩衫。「妮絲卡，」她說，把我的手抓得緊到都失去了知覺，指甲刺進我的皮膚中，「妮絲卡，我非來不可。」

「怎麼了。」我說。

「今早牠們抓走了卡莎，她去取水的時候，」雯薩說，「有三隻，三隻木屍。」她的聲音碎裂。

就算只有一隻木屍從黑森林裡現身，像拔取水果一樣把人從樹林間抓走，也算是情況很糟的一年春天，我曾經在林木間遠遠看過一隻，貌似巨大的竹節蟲，幾乎隱身在草叢裡，模樣歪扭可怕，當牠移動時我發著抖往後退，一邊作嘔。木屍的手臂和腿狀似樹幹，細長的手指像枯枝。牠們會穿越樹林，在小徑邊或水邊找好位置靜待良機，如果有人進入牠們的臂長範圍就沒救了，除非附近剛好有一大群拿著斧頭和火把的人們。我十二歲時，他們在札托切克過去一哩處捕獲一隻，札托切克是河谷裡最後一個村莊、黑森林前最後的一座村莊。木屍抓了一個小男孩，他去提水讓母親洗衣服，母親目睹木屍抓住兒子時放聲尖叫，附近有為數眾多的女人向村裡示警並拖慢牠的速度。

村民最後用火擋住牠，但還是花上一整天才把牠砍成碎片，小孩的臂膀和雙腿被木屍揑住的地方都骨折了，牠緊抓不放，直到村民砍穿牠樹幹般的軀體、卸下四肢後才鬆開。儘管如此，還是需要三名壯漢才得以將指頭從小男孩的身體上拔開，他的手臂和腳上都留下疤痕，有著橡木樹皮的紋路。

木屍抓進黑森林的那些人們就沒那麼幸運了，我們不知道他們發生了什麼事，有時候他們會回來，這樣的腐敗最為悲慘：他們滿臉微笑又雀躍，而且毫髮無傷，在不熟識的人眼中他們一如往常，你甚至還可能和他們其中一人交談大半天，卻絲毫沒察覺任何異狀，直到發現自己不知不覺拾起刀，砍斷了自己的手，或者剜出眼睛和舌頭，而他們只是不斷陰森森地微笑，接著他們會拿起刀，走進你家中、靠近你的孩子，把眼睛、窒息、連尖叫聲也發不出的無助的你丟在屋外。如果我們的摯愛之人慘遭木屍抓走，我們僅能希望他們就此死了，而這也只是奢望而已，我們從來都不確定，直到看見有人從黑森林走出來證明自己沒死，然後我們就必須獵殺他們。

「不要是卡莎，」我說，「拜託不要是卡莎。」

雯薩垂著頭，往我手上哭泣，她仍然鐵鉗似地掐著我，「求妳，妮絲卡，求妳了。」她嗓音沙啞、絕望無比。出於自知，她絕不會來求惡龍，她求的是我。

雯薩止不住啜泣，我帶她進來塔中小小的玄關廳，惡龍趾高氣昂走進來，遞出一帖藥劑，她嚇得退卻、藏住臉，只得換我把藥拿給她，她幾乎剛喝下肚就昏沉沉放鬆下來，表情也和緩了，任由我扶她上樓到我的小房間裡，然後靜靜躺倒在床上，雖然雙眼還睜著。

惡龍站在門邊看我們，我拿起雯薩掛在脖子上的墜子，「她有一綹卡莎的頭髮，」我知道那是挑選之日前一天晚上，她覺得從今而後沒有東西能讓她懷念女兒，因此才從卡莎頭上剪下來的。

「如果我用洛伊塔拉——」

他搖搖頭，「除了一具微笑的屍體之外，妳以為還能找到什麼？那女孩已經沒救了。」他用下巴指指雯薩，她緊閉著雙眼，「睡個覺後她會比較冷靜，叫那個車伕明天早晨來接她回家。」

他轉身離開，最糟糕的是他那實事求是的語氣，沒對我發怒或罵我蠢，也沒說一個農村女孩的性命不值得我冒著成為黑森林另一名人質的危險，他沒說我沉醉在亂扔魔藥以及憑空變出花朵所達成的成就裡，忽然認為自己可以拯救黑森林奪去的人。

那女孩沒救了。他甚至語帶遺憾，以他個人唐突的方式表達。

我坐著陪雯薩，全身麻木冰冷，把她粗糙又發紅長繭的手握在我膝頭，外頭天色漸暗，如果卡莎還活著，她會在森林裡看著日落西沉，枝葉間的餘暉逐漸消逝。從裡到外掏空一個人要花多久時間？我想到木屍抓住卡莎的模樣，想到那些長長的手指纏住她的雙腿雙臂，心知肚明現在正發生著什麼事，還有她即將落得什麼下場。

我留雯薩在房間裡睡覺，自個兒下樓到藏書室，惡龍正在那裡查看一大本他用來記錄的條目。我站在門口盯著他的背脊，「我知道妳和她很親近，」他回頭說，「但是給予不切實際的希望並非仁慈之舉。」

我什麼也沒說，瑯珈的咒語書攤在桌面上，破舊的一本小書，這星期我只研讀了關於土的咒語：芬奇亞、芬戴許、芬席塔，全都堅實穩固，所有魔法中就屬它們最不同於風與火組成的幻影。我在惡龍背後將那本書藏進口袋裡，然後轉身悄悄走下階梯。

波瑞斯還在外頭等待，板著表情空洞的臉，我走出高塔時，他騎在披著毛毯的馬匹上抬頭看。

「你可以載我去黑森林嗎？」我問他。

他點點頭，我爬上雪橇蓋好毛毯，他一邊備馬，接著爬上車，對馬匹說了些什麼，叮咚搖動韁繩，然後雪橇便往雪地裡馳騁而去。

那晚的夜空高掛著一輪渾圓美麗的月亮，在四周晶瑩閃爍的雪地灑下藍光。我們飛奔向前時，我翻開琊珈的書，找到一個可以讓腳步輕快的符咒，我柔聲對馬兒唱著，牠們的耳朵抖向後方聽我歌唱，雪橇揚起的氣流變得更加安靜卻強烈，緊緊貼著我的臉頰、模糊了視線。紡錘河全結凍了，像一條淡銀色的道路與我們並肩而馳，東邊出現一道陰影，越來越巨大，直到馬匹不安地慢下腳步，然後不等任何命令或韁繩拉動就自己停住，世界不再往後飛逝。雪橇停在一小叢參差不齊的松樹下，穿越前方一片未經踩踏的雪地後，就是黑森林。

每當一年一次的融雪時間到來，惡龍就召集所有十五歲以上的未婚男子去黑森林邊界，他會沿著林木邊緣把一大片土地燒得光禿焦黑，男人們跟著他的火焰往地面灑鹽，這樣一來任何東西都無法生根。這時每座村莊都能看見縷縷煙霧從黑森林另外一端往上升，遠在洛斯亞的那頭，心知他們正在進行相同的差事，但通常火焰蔓延到黑暗樹木的陰影中就熄滅了。

我爬下雪橇，波瑞斯低頭看我，表情緊繃又害怕，但還是說：「我在這裡等。」雖然我知道他做不到：要等多久？等什麼呢？在黑森林的陰影下等待？

我想像換作是我父親在這裡等瑪塔，如果我跟她互換命運的話。我搖搖頭，若我能救出卡莎，應該可以帶她回高塔，希望惡龍的咒語能成功讓我們進去，「回去吧，」我說，然後出於忽如其來的好奇，我問道：「瑪塔一切都好嗎？」

他微微點頭，「她嫁人了，」他說，然後猶豫了一下，「快要生孩子了。」

我記起五個月前挑選之日時她的模樣：紅裙、漂亮的黑髮辮、蒼白驚恐的瘦長臉龐，好難想像我們曾經站在一起：她和我和卡莎排排站。我想像她坐在自家火爐前，已經是名準備迎接孩子誕生的年輕少婦，讓我的呼吸變得艱難痛苦。

「我很替她開心。」我說，努力不因為嫉妒而抿起嘴唇，不是說我想要丈夫或小孩；其實我並不想要。也可以說我想要這些東西的方式就跟我想活到百歲一樣，是對遙遠事物的一種想望，並未仔細思考其細節，但它們代表的是**生活**，她生活著、不像我。就算我能活著走出黑森林，也永遠無法擁有她所擁有的。至於卡莎……卡莎可能已經死了。

但我不想懷抱這些負面想法進入黑森林，我深吸一口氣，強迫自己說：「我祝福她順產，母子均安。」我甚至真心這麼認為：生產已經夠可怕了，雖然算是比較熟悉的一種恐懼。「謝謝你。」我又加了一句，然後轉身踏上那片荒涼雪地，朝著巨大黑色樹幹排列而成的高牆前進。我聽見身後傳來鞍具的叮噹聲，波瑞斯調轉馬頭離去，但是聲音好像被什麼給蒙住，而且很快就聽不見了，我沒轉頭看，往前踏了一步又一步，在第一根樹幹下止住腳步。

天空飄著小雪，靜悄悄落下的柔軟雪花，我打開雯薩的墜子，觸手冰冷。琊珈有數個簡單輕鬆的追蹤咒語，好像她時常亂放東西似的。「洛伊塔拉。」我對卡莎那綹彎曲的髮辮輕聲說。「適合以部分搜尋主體。」潦草的筆記如此解釋這個咒語。我的鼻息霧化為一小團蒼白雲朵飄開，指引著方向，我穿過兩根樹幹之間，跟著它進入黑森林。

我原先預期黑森林會比眼前的景象更可怕，起初它只不過是一片好古老、好古老的森林，無止境的黑暗空間裡生長著參天大樹，每棵樹都隔得很開，地毯一般的墨綠青苔覆蓋著扭曲多節的樹根，小小蕨類捲起羽毛形狀的葉子過夜，一簇簇細長慘白的蘑菇像列隊前進的玩具士兵。就算正值隆冬，地面也無半分積雪，薄薄一層白霜包裹住葉子和細枝。我在林木間小心行走時，聽見遠處傳來貓頭鷹的呼啼。

月亮還高掛天頂，皎潔白光從光禿的枝椏間透入，我跟著那朵霧濛濛的吐息，想像自己是躲避貓頭鷹捕獵的小老鼠，正在尋找玉米粒或堅果。我去樹林裡採集時，通常都會邊走邊作白日夢，我在陰涼的綠蔭下迷走，被鳥兒和青蛙的歌聲還有小溪淙淙流過岩石的咕嚕聲所環繞，現在我也試著以相同的方式迷失，試著融入森林，成為不引人注意的一部分。

但是有東西正在注視我，隨著往黑森林深處踏出的每一步，被窺看的感覺就越強烈，像鐵軛一樣沉甸甸壓在我的雙肩。我原以為會看見每根樹枝上都垂掛著死屍，還會有野狼從暗影裡跳出來攻擊我。不出多久，我便覺得寧願是野狼，這裡有更可怕的東西，我從耶爾西眼裡驚鴻一瞥的那個東西也在這裡，**活生生**的。而我和它一起被困在一個空氣凝滯的房間裡，被逼到狹窄的角落。這座森林裡也有歌聲，不過是首野蠻的歌，耳語著，關於瘋狂和撕裂和憤怒。我繼續躡手躡腳前進，駝著背，企圖把自己縮得小小的。

然後我誤打誤撞來到一條小溪邊，幾乎只是細細的一道水流，溪流兩側的樹林都很濃密，黑色溪水從中間流過，枝葉縫隙滲進月光。這時，我看到水流另一邊有一隻木屍，牠低下那畸形狹長的細枝頭顱喝著溪水，嘴巴只是臉上的一條裂縫，接著牠抬起頭直勾勾望著我，水從嘴邊淌落，牠的眼睛像樹幹裡的節瘤，兩個被掏空的窟窿又圓又黑，裡面也許能住一些小動物。牠的腳上掛著一條綠色羊毛衣的碎片，剛好卡在關節處突出的木刺上。

我們隔著狹窄的涓涓小溪瞪視彼此，「芬戴許。」我用顫抖的聲音說，然後地上裂開一道縫隙，把牠的兩隻後腿吞了進去，牠用僅存的細長前肢耙抓河岸，無聲地扭動，掀起陣陣水花，但是土壤已在牠軀體中央闔上，牠沒辦法把自己拉出來。

但我卻蜷縮起來，硬吞下一聲痛苦的吶喊，感覺像有人拿樹枝往我肩膀上甩了一下，黑森林察覺了我的魔法，我很確定，現在它要把我揪出來，它不斷尋找著，用不了多久就會找到。我必須強迫自己前進，我躍過小溪，跟在迷濛的雲朵咒語後方跑著，它仍飄在前方繼續往前進。我繞過木屍時，牠想用斷裂的細長手指抓我，但我一溜煙跑過，然後經過一圈較大的樹幹，發現自己來到了比較開闊的空地，空地中央有一棵小樹，這裡的積雪很厚。

空地橫亙著一株倒塌的樹木，這龐然大物的樹幹寬度甚至超越我的身高，它倒下形成了這塊空地，冒出一棵新的樹取而代之，但不是同一種樹木，我在黑森林裡見到的其他樹木都是熟悉的樹種，它們的樹幹滿是汙點、樹枝以不自然的角度扭曲，但我依然認得出是黑柏樹和高大的松樹。眼前這棵樹是我從沒見過的種類。

距離大樹倒下應該沒過多久，但就算我雙臂圈在一起也無法完全抱住新生的那棵樹，古怪多節的樹幹外層是光滑的灰色樹皮，修長的樹枝從樹幹高處往外形成均勻的圓圈，形狀像落葉松。樹木的枝椏並未因入冬而凋零，上頭有許多乾掉的銀色葉子，在風裡窸窸窣窣，那噪音似乎是從他方傳來，好像有人在視線恰好不能及之處輕聲交頭接耳。

我吐出的霧氣已經在空氣中消失無蹤，我看著深深積雪上木屍的腳戳出的痕跡，還有牠們的肚腹拖曳出的線條，全都朝向那棵樹而去，我小心翼翼在雪上前進了一步，又一步，然後停下來。卡莎被綁在那棵樹上，她的背抵著樹，兩隻手臂往後環繞樹幹。

我一開始沒看見她，因為樹皮已經覆蓋住她全身。

她的臉角度微微朝上，透過包裹卡莎的那層樹皮，我看得出她在樹皮覆蓋住全身時放聲尖叫，嘴巴因而張得大大的沒閉上。我無助地發出一聲哽住的哭喊，踉蹌衝上前伸手去摸她，樹皮摸起來已經變硬了，灰色表皮光滑堅硬，好像卡莎已經整個人被吞入樹中，成為它的一部分，也成為黑森林的一部分。

我發狂似地又摳又剝，還是剝不開樹皮，只刮掉她臉頰處的一小片，然後看見底下是卡莎自己柔軟的肌膚——還溫溫的、還活著。當我伸出手指去摸時，樹皮迅速闔上，得趕快抽回手才不會被困住，我雙手掩著嘴，感到更加絕望，我知道的仍然那麼少，沒有任何咒語浮上心頭，沒有任何方法可以救出卡莎，就算有足夠的時間挖她出來，我也沒辦法憑空變出一柄斧頭或一把刀。

黑森林知道我在這裡，此時此刻森林裡頭的生物正朝我移動，踩著鬼鬼祟祟的腳掌穿越森林，也許是木屍、野狼或更糟糕的東西。忽然之間，我很確定一定有東西從來沒離開過黑森林，那是沒人目睹過的恐懼，現在，他們要來找我了。

「赤腳站在泥土中，芬米亞，帶著信念重複十次，如果妳的力量足夠，連土地的根柢都能撼動。」瑯珈的書曾這樣告訴我，惡龍有幾分相信，因此不讓我在靠近高塔的地方練習。無論如何，關於「信念」我是半信半疑，也從不覺得自己和「撼動土地的根柢」會有什麼關係，不過這時我還是匍匐在地，挖開積雪、落葉、腐葉和青苔，直到結凍的堅硬土壤裸露出來。我撬起一塊大石頭，拿它一遍遍砸土，讓泥塊碎裂，並朝它哈氣好讓它軟化一些，我把融化在手邊的積雪敲打進土中，也把自己動作時流下的熱淚敲打進去，卡莎還在我上方，頭往上仰、嘴巴大張發出無聲哭喊，彷彿教堂裡的雕像。

「芬米亞，」我說，手指深深插進土裡，紮實的土塊在我指縫間碎裂，「芬米亞，芬米亞，」我吟唱了一次又一次，指甲裂開流血，感覺到土壤聽見了我的咒語，心中惴惴不安，這裡就連土壤都被汙染了，含有劇毒。我往泥土裡吐口水，尖叫：「芬米亞！」想像我的魔法像水一樣流入地底，尋找縫隙和弱點，在我的雙手和發冷潮濕的膝蓋下擴散。然後，地面抖了一下、土壤翻騰，我的手掘進泥土裡的地方傳出低迴的震盪，跟著我開始拉扯樹根，樹根周圍凍結的泥土碎成一塊塊，地面持續震動，海浪般一波接一波。

我頭上的樹枝示警似地猛烈搖晃，葉子原本的竊竊私語變成壓抑的咆哮，我雙膝跪地直起上半身，「放她出來！」我對著樹尖叫，用沾滿泥巴的拳頭捶打，「放她出來！否則我就把你扳倒！芬米亞！」我在盛怒中大喊，重新撲回地面。我的拳頭觸地之處，土地像雨中暴漲的河流一樣漲高滿溢。魔法從我體內汩汩泉湧而出，惡龍告誡過我的每件事都被遺忘忽略，我寧願就在此時此地竭盡全力而死，就算只為了擊倒這株邪惡的樹木。如果我丟下這棵樹不管，讓卡莎的生命和心跳繼續餵養這腐敗妖異的東西，我無法想像自己繼續存活這樣的世界裡。我寧願死、寧願在自己召喚出的地震裡粉身碎骨，並拖著那棵樹同歸於盡。我耙抓地面，準備好震開一個大坑將我們連人帶樹吞進去。

然後傳來彷彿春天時冰層裂開的聲響，樹皮沿著卡莎的身體直直裂開一條縫，我立刻從汙泥裡跳起來把手指戳進縫隙裡，用力往兩旁扒開，然後伸手去拉她，抓住她的手腕，她的手臂綿軟卻沉重，我用力一拉，她隨之掉出那個可怕的黑洞，上半身往前傾倒，像只破敗的娃娃。我拉著她全身的重量往後退到雪地上，兩隻手臂環抱卡莎腰間，她病懨懨的皮膚呈魚肚白，好像畢生曬過的所有陽光全被吸走了，聞起來像春雨的樹液從她身上流淌下無數綠色的涓涓細流。她一動也不動。

我往她身旁一跪，「卡莎，」我啜泣著說，「卡莎。」樹皮上那縫線一般的裂隙再度闔上，遮住卡莎原本困在裡頭的大洞。我用又濕又髒的手握住卡莎的手，貼在臉頰上，舉到嘴唇邊。她的手很冰涼，但沒我的那麼冷，而且有一絲生機，我彎腰揹起卡莎。

8

黎明時，我跌跌撞撞走出黑森林，卡莎像一捆柴薪橫壓在我肩頭，所經之處，黑森林都隨之退卻，好像害怕又逼我使出那個咒語。一路上，芬米亞有如低沉的鐘鈴在我腦中叮咚作響，我支撐著卡莎的重量，放在她蒼白四肢上的手仍然覆滿汙泥，最後終於搖搖晃晃走出樹木間、踏上黑森林邊界深深的積雪後摔倒在地。我從卡莎身下爬出，她雙眼半閉，浸滿樹液的頭髮在臉龐糾結黏纏，我抬起她的頭靠在我肩膀上，閉起眼睛念出那個咒語。

惡龍在高塔頂端的房間等我們，他的臉和往常一樣嚴厲陰鬱，他一把捏著我下巴抬高我的頭。他端詳我的臉、在雙眼裡搜尋時我回看他，全身疲倦又空洞。他拿著一罐狀似藥水的東西，看著我好一陣子後才把瓶栓拔掉塞給我，「喝掉，」他說，「全部喝光。」

他回到仍然動也不動癱躺在地的卡莎身邊，舉起手懸在她身上，我本來發出聲音而且伸出手準備要抗議，他怒瞪了我一眼，「**馬上喝掉**，」他斥道，「除非妳想逼我對付妳，這樣我就得立刻先把她給火化。」他等我開始喝時，才迅速低聲說了一個咒語，灑了一些磨碎的粉末到卡莎身體上，一張閃爍的琥珀金網冒出，像鳥籠一樣罩住她，然後他轉身監督我喝完藥水。

剛喝進嘴裡的味道莫名順口，就像喉嚨痛時吞下溫熱的蜂蜜和檸檬，但越喝越甜、我的腸胃開始翻攪，喝到一半時非停下來不可，「我沒辦法。」我說，一邊嗆咳。

「全部喝完。」他說，「然後再喝一杯，如果我覺得有需要。**快喝！**」我逼自己吞下一口、又一口、再一口，直到喝乾整杯，然後他抓住我兩隻手腕說：「蘿吉斯托斯，索符安塔。莓吉歐，苛左。蘿吉斯托斯，莓吉歐。」我放聲尖叫，感覺他在我體內放了把火，看得見光芒穿透肌膚，把我的身體變成一個熾烈燃燒的燈籠。舉起雙手時，我驚恐地看見幽微暗影在皮膚下蠢動，頓時，我忘了燒灼的痛苦，一把拉起外裙脫掉，惡龍和我一起跪在地板上，我像太陽一樣閃耀著，細小的陰影在我身體裡游來竄去，彷彿冬日冰面下的魚兒。

「把它們弄出來！」我說，一旦看見它們，就忽然感覺到它們的存在，在我體內留下黏液般的痕跡，我還傻傻以為自己沒被抓傷、割傷或咬傷所以很安全，我原以為他只是以防萬一而已，現在我懂了：在黑森林的枝椏下，我早已從空氣中吸進腐敗之氣，我沒察覺到它們作祟，因為它們太微小太狡猾，「把它們弄出來——」

「知道，我在試了，」他咬牙切齒說，用力握緊我的手腕，閉起眼睛開始念起一長串緩慢且永無休止的咒語，讓我體內的火焰越燒越旺，我的眼神固定在窗戶上，看著流瀉而進的陽光，試著在烈焰焚身時呼吸，奔流的淚水在臉頰上感覺熱辣辣的。他的抓握在我的臂膀上觸感冰冰涼涼，這還是頭一遭。

我皮膚下的陰影越縮越小，輪廓在亮光中燃盡，像是水流淘洗掉的沙粒，它們到處亂竄，想找地方躲藏，惡龍不讓任何一處的光芒黯淡下來，我看得見自己的骨骼和內臟發光的形狀，其中之一是胸腔中劇烈跳動的心臟，它漸漸慢下來，每一下都跳得更沉重。我陰鬱地發現：關鍵是他能不能在我的身體不堪負荷前，燒盡所有腐敗之氣，我在他的抓握下搖晃，他忽然搖了我一下，我睜開眼睛發現他瞪著我，與此同時從沒停止念咒，但他用不著開口：**妳膽敢浪費我的時間，妳這個不像話的白癡**。他憤怒的雙眼說，我咬住嘴唇，努力再多撐一會兒。

最後幾隻陰影小魚正在融解，成為一條條扭動的細線，然後它們都消失了，縮小到肉眼看不見。惡龍慢下念咒的速度，然後停止，火焰隨之減弱，讓我感到難以言喻的舒緩，「夠了嗎？」他陰鬱地問。

我張開嘴想說夠了，想說拜託。「不夠。」我小聲說，異常害怕。我感覺得到陰影那水銀般的痕跡還殘留在我體內。如果現在停止，它們會蜷縮在我身體深處，躲在血管和肚子裡，它們會生根發芽、不斷茁壯，直到把我給勒死。

他點點頭，伸出手低語了一個字，出現另一只扁瓶，我渾身發顫，需要他幫忙才能把藥水倒進口中，我哽嚥下液體，他又開始吟唱，火焰再度在我體內熊熊燃燒，無止無息、光亮奪目又猛烈。我吞了三口，幾乎可以肯定每吞進一口都讓火舌竄到最高，為了安全起見，我逼迫自己再吞一口。終於，我用近乎啜泣的嗓音說：「夠了，這樣夠了。」我沒料到他又強灌了第五口，我嗆咳的時候，他用手摀住我的口鼻，吟誦了另一個咒語，並不灼燙，而是讓我的肺部緊閉。在長達五次心跳的可怕時間內，我完全無法呼吸，只能抓著他，在充足的空氣中窒息，感覺比之前發生的一切更糟糕。我盯著他，看見他的黑眼凝視我，無情地搜尋著，然後他的雙眼開始吞噬整個世界，我的視野閉闔起來、雙手漸漸無力，最後他終於停下來，我劇痛的肺部像風箱一樣灌進大量空氣，我大喊一聲，發出惱怒又無言的怒吼，然後把他推得往後一跌、七仰八叉倒在地上。

他掙扎坐起身，竟還能保護扁瓶中的藥水不灑出來，我們惡狠狠瞅著對方，兩人都同樣生氣，「我目睹妳幹過這麼多驚天蠢事，就屬這次最蠢！」他咆哮。

「你大可以事先和我說一聲吧！」我大喊，雙手環抱身體，仍因為剛才的驚嚇顫抖著，「其他的我都忍過了，這個我也可以——」

「如果妳已經遭腐敗的話就沒辦法，」他單刀直入地打斷我的話，「如果感染得很嚴重，要是我告訴妳，妳會企圖閃躲。」

「那你不就照樣可以知道我被腐敗了嗎？」我說，他把嘴巴緊抿成一條細線，姿態異常僵硬地撇開視線。

「是，」他簡短說道，「那樣我也可以知道。」

那麼一來——他就得殺了我，可能就必須在我苦苦求情時殺了我，我會哀求他、假裝沒遭受汙染——可能心中也當真如此相信。我靜下來，以和緩穩定的吸吐將鼻息穩定下來，「那我現在……現在乾淨了嗎？」最後我問，卻害怕知道答案。

「乾淨了。」他說，「沒有任何一絲腐敗可以逃過最後那個咒語。如果一開始就用這個咒語，會要了妳的命，因為黯影必須從妳的血液中奪走氧氣好才能存活下去。」

我垂頭喪氣捂著臉，他站起來把瓶子塞好，喃喃說：「凡納絲塔蘭。」一邊移動雙手，然後往我身邊一站，塞給我一件整整齊齊摺好的斗篷，厚重的深綠色繡金緞邊絨布，我木訥地看著它，抬頭注視惡龍，等他帶著惱怒又不自在的表情撇過頭時，我才發現體內最後一點餘燼的光芒也黯淡至無光，而我仍然渾身赤裸。

然後我突然搖搖晃晃站起身，斗篷緊抓在胸口卻忘了穿上，「卡莎。」我急切地說，轉身走向還躺在籠子裡的卡莎。

他不發一語，我回頭絕望地看著他，「去把衣服穿好，」他終於開口說，「不急。」

不過我一踏進高塔時倒是立刻被他逮住，一分半秒也沒浪費，「肯定有什麼方法，」我說，「必須找到方法。牠們才剛抓走她，她在樹裡的時間不算久。」

「什麼？」他凌厲地說，蹙眉聆聽我一五一十描述空地上那棵恐怖的樹，我試著告訴他黑森林如何緊迫逼人地監看著我，以及那種被追獵的感覺，我說得支支吾吾，似乎無法以言語表達，但他的臉色越來越陰沉，最後我以跌跌撞撞走到乾淨雪地上作結。

「妳實在幸運至極，」他終於說道，「而且瘋狂至極，雖然對妳來說兩者似乎是同一件事，很久沒有人像妳一樣這麼深入黑森林而後全身而退了，自從——」他停頓，不知怎的，用不著他說我就知道是瑯珈，瑯珈也曾經走入並安全離開黑森林，他見我想通了，瞪了我一眼：「當時，」他冷冷地說，「她已經一百歲了，全身魔力充盈，所到之處甚至會冒出朵朵毒菇。即便如此，她也沒笨到在黑森林中施咒，雖然我承認，依照妳的情況來說，除此之外也無計可施，妳就是因為這樣才保住性命。」他搖搖頭，「早知道那個農婦一來，我就該把妳鍊在牆上。」

「她叫雯薩。」我說，遲鈍疲累的心智還掛念著一件事，「我必須告訴雯薩。」我望向走廊，但他出聲阻止。

「告訴她**什麼**？」他說。

「告訴她卡莎還活著，」我說，「說她從黑森林裡出來了——」

「並且仍然非死不可？」他殘酷地說。

我下意識退到卡莎身邊，擋在她與惡龍之間，舉起我的手——如果他有心擊倒我，這也只是徒勞之舉罷了，「別像隻護食的公雞，」他說，疲倦多過於氣惱的語氣讓我很不高興，「現在我們最不樂見的就是妳還願意再為她傻傻付出多少，只要我們將她束縛住，妳愛讓她活多久就活多久，但是妳終將了解隱瞞才是慈悲。」

那天早晨稍晚，雯薩醒來後，我還是告訴她了。她緊抓我的手，雙眼圓睜，「讓我看她。」她懇求，惡龍卻斷然拒絕。

「不行。」他說，「妳愛怎麼折磨自己就由妳吧，這是我的極限，別給那女人任何不切實際的承諾，也別讓她靠近。妳應該聽從我的意見，告訴她那女孩死了，讓她回去繼續過活。」

但我堅強起來告訴雯薩事實真相，我覺得讓她知道卡莎離開黑森林、雖然沒有解藥可治但她的苦痛已劃下句點會比較好。我不確定自己是否做對了，雯薩又是哭嚎又是啜泣，不斷乞求我。要是我能，我會違抗惡龍的命令帶雯薩去看卡莎，但他並不信任我，因此早已把她帶走、關進高塔深深地底某處的牢房內。他說在我學會保護咒來抵禦黑森林的腐敗之前，是不會帶我下去的。

我告訴雯薩我沒辦法，還必須按著心臟再三發誓我沒說謊她才相信，「我不知道她關在哪裡！」最後我大喊道，「**真的！**」

雯薩不再哀求我，轉而怒目瞪視，一邊大口喘氣、雙手緊抓我的臂膀，然後說：「邪惡、嫉妒……妳向來都恨她，一直以來，妳希望她被抓走！妳和佳琳達，妳們母女倆知道惡龍會選她，心知肚明而且暗自慶幸，現在妳恨她，因為被抓走的是妳——」

她一陣陣猛烈地搖我，我任由她搖了好一會兒，聽她告訴我這些事好可怕，彷彿我平常汲取清水的地方忽然湧出毒藥，我疲倦至極，因為淨化而全身不適，也因為救卡莎出黑森林竭盡了全力。終於，我掙脫她，再也無法承受，我跑出房間、站在走廊上靠著牆壁哭泣，整張臉髒成一團，連擦拭的力氣都沒有。過了不久，雯薩悄悄跟出來，她也啜泣著：「原諒我，」她說，「妮絲卡，原諒我，我沒那個意思，真的。」

我知道她是無心的，不過雯薩講的是實話，說出了幾分扭曲的真相，勾起我隱藏心中的罪惡感，讓我想起自己曾經喊過：**你為什麼不選卡莎？**這些年來，母親和我的確慶幸會被抓走的不是我，而事與願違之後我也吃盡苦頭，儘管我從沒因此恨過卡莎。

惡龍把雯薩請回家，我並不難過，那天他拒絕教我保護咒時我甚至沒抗議，「盡量別超越自己的愚蠢極限好嗎，」他斥道，「就算妳不願意，還是需要休養生息，在我把保護咒敲進妳腦袋之前，我本人倒是很需要好好休息，因為那絕對是一番折騰。沒必要趕時間，不會有事情改變。」

「但如果卡莎和我一樣被感染。」我開口說，然後住嘴，他正搖著頭。

「幾絲黯影從妳齒縫間溜進去，立即進行淨化可以保妳不被它們控制，」他說，「她的情況全然不同，她不是遭到間接感染，不像被妳無故變成石頭的那個倒霉牧牛人。妳知道妳看到的那棵樹，是黑森林的心樹之一嗎？它們在哪兒生根、黑森林的邊境就往哪兒拓展，木屍吃它們的果實維生。沒人像她這樣被黑森林的力量影響得如此深遠。去睡吧，幾個小時對她來說並沒有差別，而且有助於防止妳犯下新的愚行。」

我太疲累，我心不甘情不願地承認，雖然正醞釀要出言抗議，但還是忍住，留待晚點再說，然而如果一開始我就聽從他的意見，卡莎現在一定還困在心樹裡，被黑森林吞噬、腐爛；如果我照單全收所有他關於魔法的言論，現在一定仍因為念誦小咒語而耗盡氣力。他親口告訴我沒人從心樹裡被救出來過、沒人從黑森林裡出來過——但瑯珈成功過，現在我也成功了。他可能錯了，關於卡莎的事他一定想錯了，絕對。

黎明第一道曙光乍現前，我就醒了。我在瑯珈的書裡找到「嗅聞出腐爛」的一則簡單咒語，「翼希、翼希、翼希蔓。」我在廚房裡練習，找出木桶後一處發霉的地方、牆面上灰漿爛掉的一個小點、幾顆撞傷的蘋果和一顆滾到酒架下壞掉的甘藍菜。等陽光終於照亮階梯後，我上樓到藏書室，開始大聲地碰碰碰把書從架上拿出來，直到惡龍帶著睏倦的雙眼和惱怒的表情出現為止。他沒責罵我，只短暫皺了一下眉頭，然後不發一語轉過身，我寧願他對我大吼大叫。

他拿出一支小小的金鑰匙打開房間那端一座上鎖的黑木櫥櫃，我往裡頭窺探：整櫃都是薄薄扁扁的玻璃片，疊成一疊，中間夾著一張張羊皮紙。他抽出一張，「我原本當珍玩收藏，」他說，「現在似乎很適合妳用。」

他拿出仍然保存在玻璃片中的羊皮紙放到桌上：單單一張紙片布滿凌亂的手寫字，很多字母奇形怪狀，還有一張簡略的插圖描繪一根冒煙的松樹枝，煙霧飄進一張臉的鼻孔中，紙上列出十幾種不同的咒語變化：索娃塔厄，維戴爾。索利亞塔，阿可拉塔。維戴爾倫。阿可戴爾。艾斯特噴。除此之外還有更多。「我該用哪一個？」我問他。

「什麼？」他說，我告訴他那些都是不同的咒語，並非一則特別長的咒語，他勃然變色，顯示以前從不知道這件事，「我毫無頭緒，」他簡短地說，「妳挑一個試試看。」

我不禁暗自狂喜：再一次證明他的知識有其極限。我去實驗室拿松針，在玻璃碗裡頭升了一小堆火擺在藏書室桌上，然後急切地低頭讀著羊皮紙，挑了個咒語嘗試，「索娃塔厄。」我說，在嘴裡摸索字詞的形狀——但覺得哪裡怪怪的，有種邊角歪斜的感覺。

「瓦羅迪他，艾洛托。尅司，法洛弗。」他說，堅硬苦澀的聲音像魚鉤一樣揪住我，然後他用一根指頭猛地一勾，我的雙手從桌面舉起來，自己互拍了三下。感覺不像無法控制自己，也不像從夢境中甦醒時那種不由自主的震顫。我感覺得到動作背後的意圖、嵌進肌膚中的木偶線，有人移動我的手臂，不過不是我自己。我差點想找咒語攻擊他，然後他再度彎曲手指，魚鉤鬆脫，繩線也收了回去。

我站起來，在控制住自己前已經跨過大半個房間走向他，一邊喘著氣，我瞪著他，但他半句道歉也沒說，「當黑森林試著控制妳時，」他說，「妳不會感覺到鉤子的存在。再試一次。」

我花了一個小時才摸索出可用的咒語，其他的念出來都不對勁，和紙上寫的不同，我必須一個一個念，將它們在舌尖上翻來滾去，最後才發現有些字的發音和我設想的不一樣。我試著修改，如果意外找到的一截念來流暢的音節，便拿來替換，然後又找到一個、又一個，直到全部拼湊完成。他要我重複練習了好幾個小時，我吸入松針煙霧、吐出字詞，他用一個又一個令人不適又扭曲的咒語試探我的心智。

中午時，他終於讓我停下來休息，我垮在椅子上，好像被刺蝟攻擊過而且疲累不已，保護咒的屏障有用，但我感覺好像遭到尖銳的棍子反覆戳弄，我低頭看著那古老的羊皮紙，這麼細心保存，而且上頭的文字奇形怪狀，我想知道它到底有多古老。

「非常古老。」他說，「比邦亞還老，甚至比黑森林還老。」

我瞠目結舌，因為在這之前從沒想過黑森林其實並非一直都存在，並非一直都是這副模樣。

他聳聳肩，「據我所知是如此，它鐵定比邦亞和洛斯亞古老，而且在你我定居於這座河谷前就存在了。」他點點玻璃中的羊皮紙，「定居世界這頭的先民們所遺留下來的，大概有幾千年歷史了。他們的巫王來自洛斯亞另一端的荒涼地帶，移居河谷時將魔法之言帶往西方，然後黑森林吞沒他們，摧毀了他們的堡壘、把田野都變成荒煙蔓草。他們的創造物只有極少數保存下來。」

「但是，」我說，「如果他們剛定居河谷時黑森林還不存在，後來是怎麼出現的呢？」

惡龍聳聳肩，「如果妳到王都去，可以找到很多吟遊詩人樂意為妳唱首黑森林崛起的故事。他們很愛唱這個主題，尤其是知道聽眾懂的甚至比他們更少的時候，他們因而有了可以揮灑創意的遼闊空間，我猜他們應該有誰恰巧說中了真的故事吧。把火點燃，我們再來一次。」

直到傍晚、日光逐漸消退時，他才滿意我的表現，他企圖要我先去睡覺，但我拒絕了，雯薩說的話還在我腦中反覆刮擦著，我忽然想通惡龍可能是故意消耗我的精力，好再拖延一天，我想親眼看看卡莎，想知道自己面對的、必須想辦法擊垮的腐敗是什麼模樣。「不要，」我說，「我拒絕，你說過我學會保護自己後就可以見她。」

他雙手往空中一抛，「好吧，」他說，「跟我來。」

他帶我走到階梯底端，經過廚房進入地窖，我想起從前以為他想吸乾我的生命力時，曾在這裡絕望地搜索牆面。為了找尋出口，我的手撫過每一面牆壁、指頭戳進每一道縫隙、拉扯過每一塊破舊的磚頭。現在他領著我來到一面打磨光滑的牆壁前，一整片完整的蒼白石塊，沒有塗抹灰泥的痕跡。他用單手指尖輕輕碰觸，然後拱起手指，形狀像蜘蛛。我感覺到他魔法運作的輕微震顫，整片石塊往後縮進牆裡，露出一道由相同白石打造而成的梯井，閃著微光的陡峭階梯往下延伸。

我跟著他走下通道，這裡和高塔其他部分感覺不同：更古老而且更詭譎，階梯邊角銳利，中央卻磨得柔滑，兩邊牆面底部都刻著一排文字，既非我們的語言也不是洛斯亞語，卻很類似記載保護咒的羊皮紙上的文字。我們似乎往下走了很長一段時間，我越來越意識到四周石塊的重量，死寂的重量，這裡感覺像座墓穴。

「這裡**就是**墓穴。」他說，我們來到階梯底部，身處一個圓形小房間，空氣似乎更加凝滯，文字從階梯旁的一面牆壁蔓延到房間壁面上，高高的弧線先升高後又降低，形成一道拱形，然後往回與階梯旁另一面牆壁上的文字相連。拱形中央靠近底部的地方有一小塊石頭的顏色較淺——好像築好牆壁後又將它封死，大小看起來足以讓一名男人爬過去。

「還有……還有人埋在這裡嗎？」我膽怯地問，壓低了聲音。

「是，」惡龍說，「但就算是國王，一旦死後也不介意與人共享了。聽好了，」他轉身面對我說，「我不會教妳穿越牆面的咒語，妳想見她時，我會親自帶妳去，如果妳試著碰她或讓她近到能碰到妳，我會立刻帶妳出去。現在，如果妳還堅持要做的話，下保護咒吧。」

他讓我開始害怕最糟的狀況已經發生：卡莎和耶爾西那樣飽受折磨，口吐白沫而且撕扯著自己的肌膚；卡莎身體裡充滿著蠕動的腐爛黯影，蠶食她體內的一切。我準備好面對任何事，強打起精神。但他帶我穿過牆壁後，卻只看到卡莎瑟縮著坐在牆角一塊薄草席上，兩手環抱膝蓋。旁邊地上有一小碟食物和水，她吃喝過、還洗了臉、頭髮整整齊齊編成辮子，看上去疲倦害怕，但仍然是正常的模樣，她掙扎站起身朝我走來，兩手往前伸，「妮絲卡，」她說，「妮絲卡，妳找到我了。」

「別再靠近了，」惡龍冷冷地說，然後加了一句：「瓦絲爾，潑鋸絲。」我和卡莎中間忽然竄起一道橫跨整個房間的火焰，我本來已經不由自主地朝她伸出手。

我兩手垂落在身側，緊握成拳頭，卡莎也往後退離火焰，順服地對惡龍點點頭，我站在原處無助地凝望她，不禁滿懷希望，「妳有沒有——」我說，話語哽在喉嚨裡。

「我不知道，」卡莎顫抖的聲音說，「牠們把我抓進黑森林之後的所有事，我都不記得了，牠們把我抓進黑森林，然後牠們……牠們……」她停頓，嘴巴微微張開，眼睛裡有恐懼，和我發現她困在心樹裡、埋在樹皮之下時所感到的恐懼一模一樣。

我克制著去碰她的衝動，感覺自己好像重返黑森林，再度目睹卡莎視而不見的雙眼、窒息的臉龐和乞求的雙手。「別說了，」我說，沉重又痛苦，一股對惡龍的憤怒油然而生，氣他拖了我這麼久的時間。我已經構思好計畫，首先用琊珈的咒語找出腐敗在她體內生根之處，然後請惡龍示範他曾用在我身上的淨化咒語，我也會在琊珈書中搜尋類似的咒語來將卡莎體內的腐敗連根拔除。「現在先別想那麼多，告訴我，妳感覺怎麼樣?有沒有——生病，還是覺得冷?」

這時我才終於四下環顧房間，牆壁同樣是磨得晶亮的骨白色大理石，房間深處有道深深的凹槽，裡頭有座厚重的石盒，長度超過一名成年男子的身高，頂蓋刻著相同的古文字，側邊也有裝飾：開花的高聳樹木、互相糾纏的藤蔓。一朵藍色火焰在石盒上方燃燒，氣流從牆上的隙縫裡滲進來。這是個美麗的房間，但非常寒冷，不適合任何生物居住，「我們不能把她關在這裡，」我凶狠地對惡龍說，儘管他已連連搖頭，「她需要陽光、新鮮的空氣。可以把她關在我房間——」

「在這裡總比黑森林好了!」卡莎說，「妮絲卡，拜託告訴我，我母親還好嗎?她本來想跟蹤那些木屍……我很怕她也被抓走了。」

「還好，」我說，擦擦臉，深吸一口氣，「她沒事，很擔心妳，非常擔心，我告訴她妳沒事——」

「我可以寫封信給她嗎?」卡莎問。

「不行。」惡龍說，我猛然轉向他。

「我們可以給她一支鉛筆和一些紙!」我生氣地說，「這不算太過分的要求吧!」

他的表情淡漠，「就連妳也不該笨到這種地步，」他對我說，「她被埋在心樹裡一天一夜，妳覺得她還能這樣若無其事地跟妳說話?」

我陷入沉默，開始覺得恐懼，琊珈尋找腐爛的咒語在我脣間徘徊，我張開嘴準備念咒——不過那是卡莎沒錯呀，是我的卡莎，我全世界最了解的人。我看著她、她也回看著我，悶悶不樂而且害怕，但是堅決不哭泣或畏縮，「牠們把她困在樹裡，」我說，「因為那棵樹所以留她一條活路，我在樹抓住她之前就把她拉出來了——」

「不行。」他斷然表示，我瞪了他一眼，然後轉身看著卡莎，卡莎還是對我露出微笑，一個勉強又勇敢的微笑。

「沒關係的，妮絲卡。」她說，「只要媽媽沒事就好。我……」她嚥了口口水，「我會發生什麼事？」

我不知道該如何回答，「我會想辦法淨化妳，」我說，半是絕望，不想看惡龍的表情，「我會找到確保妳平安無事的咒語……」但這只是空泛的承諾，我不知道該怎麼向惡龍證明卡莎沒事。他顯然不願相信，如果我無法說服他，若有必要他會把卡莎關在這裡一輩子，和古老的國王一起關在墓穴裡不見天日，再也看不到她愛的人、再也無法真正活著。對卡莎來說惡龍就和黑森林一樣危險，他原本就不願我去救卡莎。

我心中升起一個苦澀的念頭，早在卡莎被黑森林抓走之前，不是也有可能被惡龍抓走嗎？他也可能利用卡莎、為了私利將她的生命吸食殆盡。以前他就不在乎將卡莎帶離原本的生活並囚禁在高塔中服侍自己——他現在又為何要在乎卡莎的死活、為何要冒險釋放卡莎？

他站在我身後幾步，離火焰和卡莎更遠，他繃著臉，不透露半分情緒，薄唇緊抿，我移開視線，想撫平臉上表情、隱藏思緒，如果找得到能讓我穿越牆壁的咒語，我就能趁他不注意的時候溜下來，或許可以下咒催眠他，還是在他午餐的飲料中加點什麼：「苦艾和紫杉漿果一起熬煮，汁液燉成糊，滴入三滴血後念一段咒語，藥效迅速且無臭無味的毒藥就完成了——」

松針焚燒濃郁刺鼻的氣味忽然湧入我鼻中，剛才的念頭顯得怪誕毒辣，其中的錯誤也再明顯不過了，我退卻，驚駭地甩開這個想法，也顫抖著往後退離火牆一步。烈焰那邊，卡莎正等著我說話：她表情堅決、眼神清澈且充滿信任、愛和感激——還有少許恐懼和擔憂，這些都是再平常不過的人類情緒了。我看著她，她焦慮地回望，仍然是卡莎的模樣，但我說不出話，嘴裡滿是松針的味道、眼睛被煙霧刺痛。

「妮絲卡？」卡莎問，因為逐漸升高的恐懼而動搖，我仍然什麼也沒說，她隔著火焰看我，朦朧中的臉孔先是微笑、又露出不悅之色，她的嘴巴顫抖，換上不同形狀，嘗試著——嘗試著不同的表情。我又後退一步，情況急轉直下，卡莎頭一歪、微微睜大的眼睛直勾勾盯著我，她移動身體重心，換了個姿勢，「妮絲卡，」她說，聽起來不再害怕，反而自信且溫暖，「沒關係的，我知道妳會幫我。」

惡龍在我旁邊沉默不語，我深吸一口氣，仍然什麼也沒說，喉嚨緊閉著，只勉強耳語道：「翼希蔓。」

一陣刺鼻苦澀的氣味瀰漫開來，「拜託，」卡莎對我說，嗓音忽然碎裂成啜泣聲，演員從一幕移轉到下一幕，她伸出手，靠近火焰一些，傾身向前，離我太近了，那氣味越來越濃烈，像燒得樹液淋漓的青綠枝椏，「妮絲卡——」

「停止！」我吶喊，「別再演了。」

她停下來，有好一會兒，眼前站著的仍然是卡莎，然後她垂下雙臂，表情變得空洞，一波木柴腐敗的味道席捲過整個房間。

惡龍舉起一隻手，「庫奇亞絲，維奇亞絲，黑席蔓。」他說，掌中射出光芒照耀她的皮膚，光線所及之處，我看見深綠色黯影，像一層層堆積的腐敗落葉糊成一團，有東西透過她的雙眼看我，它的臉平靜怪異，一點也不像人類，我認得它，和我在黑森林裡感覺到、想找出我在哪裡的東西一模一樣。沒有半縷卡莎的痕跡。

9

惡龍半支撐著我，將我拉過牆壁，回到墓穴前一個房間，一離開牆壁，我就癱在地板上眼神空洞地盯著那小小一堆松針灰燼，幾乎要怨恨它們幫我揭開謊言，我連哭都哭不出來，這比卡莎死了還糟。惡龍站在我旁邊。「一定有方法，」我說，仰頭看他，「可以把那東西從她身體裡弄出來，」我像哭鬧的小孩一般哀求，他什麼也沒說，「你用在我身上的那個符咒——」

「不行，」他說，「無法用在她身上，連淨化妳都差點失敗了。我警告過妳了。它是不是企圖說服妳傷害自己？」

想起當時嘴巴裡灰燼的味道和腦海中作祟的恐怖念頭，我不禁全身發抖，**苦艾和紫杉漿果**，藥**效迅速的毒藥**。「傷害你。」我說。

他點點頭，「這樣一來就順了它的意：先說服妳殺了我，然後想辦法引誘妳回黑森林。」

「**它**到底是什麼？」我問，「在她身體裡的那個……**東西**到底是什麼？我們總稱呼它為黑森林，但那些樹木——」我非常確定，「那些樹木也和卡莎一樣被深深腐化了。黑森林是它**居住**的地方，不是它本身。」

「沒人知道，」他說，「它在我們來到這裡之前就存在了，或許比先民還更早，」他補了一句，朝壁面的銘刻一揮手，「它們驚醒了黑森林，或者甚至製造了黑森林，然後與之對抗了一會兒，最後被摧毀，身後只遺留下這座墓穴。邦亞占領這座河谷後，黑森林又再度甦醒。」

他陷入沉默，我仍崩垮在地，跪坐著蜷縮成一團，無法停止顫抖，最後他沉重地說：「妳準備好讓我了結這事了嗎？她很可能已經腐敗殆盡，妳根本無從拯救了。」

我想說**好**，我想要那東西消失、毀滅——戴著卡莎臉皮的那東西，不僅用她的雙手，還利用她心裡和腦海裡的所有東西來摧毀她所愛的一切。我幾乎不在意真正的卡莎是否還藏在那具軀殼裡的某處。如果是、如果她被那東西像只妖異的娃娃一般操弄著，我無法想像還有什麼事比這更恐怖。惡龍說她已經無藥可救、他不知道有任何魔法可以挽回她，而我無法說服自己繼續質疑他的說法。

然而我救過惡龍，當時他也以為自己無藥可救，而且我現在的所知所學仍然如滄海一粟，遇到的每個關卡似乎都是絕境，我想像幾個月或一年之後赫然在某本書裡找到可行的咒語，那該有多痛苦，「還沒，」我低聲說，「還沒結束。」

如果我以前是名漫不經心的學徒，現在則成為同等糟糕、態度卻截然不同的學徒，我主動翻遍一本又一本書籍，趁惡龍不經意時自己從書架取下他不給我看的書，任何能找到的資料都不放過，我會施咒施到一半然後丟棄，換一個新的，還會在不確定自己是否有能力進行的情況下開始一個咒語。我在魔法的森林中橫衝直撞，推開擋路的灌木叢，不在意擦傷或染上汙泥，也沒注意自己往哪個方向前進。

至少每隔幾天，我就會發現幾個希望渺茫但仍足以說服自己值得一試的咒語，只要我要求，惡龍就會帶我下去見卡莎，而我下去見她的次數遠比找到真正有嘗試價值的咒語還來得多。惡龍任由我在他藏書室翻箱倒櫃，我在他桌上灑了油或粉末時他也沒多說什麼，他沒逼我送走卡莎，我憎恨他和他的沉默，深知他的用意只是要讓我自己明白一切都是徒勞。

她——她體內的那個東西——不再費心假裝。她用鳥兒一般明亮的雙眼看著我，有時在我的符咒失效時露出微笑，「妮絲卡呀，艾格妮絲卡。」她反覆輕聲唱道。偶爾我必須吟唱咒語，就必須邊聽她說邊掙扎著繼續下去，離開房間時我感到全身瘀傷、病入骨髓，只得慢慢爬上階梯，眼淚邊從臉頰滴落。

這時候春天已經降臨河谷，如果從房間窗戶望出去，每天都能看見紡錘河夾雜著融冰的滾滾白流，一抹青綠從河畔低地蔓延開來，把白雪逐回兩側的高山，雨水像銀色幕簾般降下。但現在我鮮少有時間在窗邊眺望，高塔裡的我像荒地一樣飢渴，琊珈的小書每一頁都翻遍了，適合我放蕩不羈的魔法的每一本古籍以及惡龍所建議的書目也都看過了。從治癒的咒語到洗滌、更新、甦活的咒語。任何帶來一線生機的咒語我都試過。

播種前村民們會先舉行春日祭典，奧桑卡堆高乾柴、燃起熊熊營火，我從高塔這裡就能清楚看見炎炎火光。有天我獨自在藏書室裡，聽見遠處隨風飄來一陣模糊樂聲，探頭看見奧桑卡正在舉行慶典，似乎整個河谷都生機蓬勃，早發的嫩芽從田野裡冒出頭，每個村莊周圍的樹林都雲霧繚繞，一片蓊鬱。然而，遠在冰冷石梯下的地底，卡莎正關在墓穴裡，我別過眼，把頭埋進手臂裡趴在桌上啜泣。

我再度抬起頭時，滿臉斑斑點點的淚痕，看見惡龍坐在我附近眺望窗外，表情肅穆，雙手在膝上交疊、十指互扣，好像阻止了自己不要伸出手安慰我，我前方的桌面上有一塊他放的手帕，我拿起來擦擦臉、擤鼻涕。

「我試過一次，」他忽然沒頭沒尾地說，「當我還是個年輕人時，那時我住在王都。有個女人——」他的嘴巴自嘲地微微扭曲，「她自然是全宮廷最美麗的女人。我猜現在說出她的名字應該無傷大雅，有鑑於她已經在墳墓裡躺了四十年了：她是露米拉伯爵夫人。」

我差點目瞪口呆，不確定到底哪個部分最使我困惑。他是惡龍，過去不是應該一直都待在高塔裡嗎？而且未來也會，他是恆常不變的定數，像西邊山脈那樣。他曾經在別的地方生活，而且曾經是個年輕人這兩件事感覺全然不對勁，同時，他愛過一個已經死了四十年的女人這個念頭也讓我難以接受。現在我已經很熟悉他的臉龐，但仍不禁吃驚地看著他。如果仔細找，可以瞧見他的眼角和嘴角都有淺淺細線，但這是唯一透露他年歲的線索，其他部分依舊是年輕男子的模樣：他毫不圓滑的態度、沒有半縷銀白的黑髮、未經風霜的滑順臉頰以及修長優雅的雙手，我試著想像他擔任宮廷巫師的樣子──他那身華服看起來頗為稱頭，還追求著一些風姿綽約的女貴族──我的想像力到此便卡住了，他愛的是書和蒸餾瓶，屬於藏書室和實驗室。

「她……她被腐化了嗎？」我不知所措地問。

「噢，沒有，」他說，「不是她，是她丈夫。」他停頓，我猜想他會不會繼續說，他不曾對我吐露私事，除了貶損之外也沒提過宮廷的事。過了一會兒後他繼續說下去，我聽得入迷。

「伯爵經由山脈隘口去洛斯亞談條約，帶回來的卻是令人無法接受的條件和一絲腐敗之氣。露米拉家裡有個睿智的女人，一個乳娘，基於她過去的所見所聞，她向露米拉提出警告，於是他們把伯爵關進地牢，在門邊撒鹽困住他，然後對外宣稱他生病了。

「一個年輕貌美的少婦在較年長的丈夫病痛纏身時和別的男人有染，王都裡沒人覺得這有什麼好大驚小怪，至少她來追求我的時候，我完全沒起疑，那時我年輕蠢笨，認為我的魔法引來的會是愛慕之情而非警戒心，她則聰明堅決，利用了我的虛榮心。她把我玩弄於股掌之間，然後要求我救她丈夫。」

「她對人性的見解特別敏銳，」他自嘲地加上一句，「她告訴我，她沒辦法就這樣丟下丈夫，聲稱她願意放棄在宮廷的地位，頭銜和聲譽皆可拋，只要伯爵還身染腐敗之氣，她的榮譽心就不允許她背棄丈夫，因此，放她自由的唯一方式就是我拯救伯爵。她同時挑動了我的自私和自傲之心：我向妳保證，當時我覺得自己是名高貴的英雄，答應愛人會拯救她丈夫。然後，她讓我去見他。」

他安靜下來，我像躲在貓頭鷹棲木下的老鼠一般屏息以待，他陷入回憶的眼神變得朦朧，我忽然懂了什麼：我想到耶爾西在病床上對我恐怖地大笑、樓下的卡莎那雙格外駭人的明亮眼眸，我知道自己臉上也曾閃現相同的神色。

「我嘗試了半年，」他終於開口說道，「當時我已經被譽為全邦亞最強大的巫師，自信沒有做不到的事，我掃蕩了國王的藏書室和大學裡的圖書館，熬煮了許多魔藥。」他對桌子一揮手，琊珈的書擺在那兒，「它就是那時候買的，我還做了其他不太明智的事，但無一管用。」

他的嘴角又扭曲了一下，「然後我來到這裡，」他用一根手指繞圈，示意高塔，「當時在這裡守著黑森林的是另一名女巫：渡鴉。我以為她會有答案。那時她終於開始顯露出一點老態，宮廷裡的巫師能躲她多遠就躲多遠，因為沒人想在渡鴉死後來這裡接手她的工作，但我不怕，他們不會把法力這麼高強的巫師從宮廷裡送走。」

「但是——」大驚之下我脫口而出，然後一咬嘴唇，他這才定睛看我，揚起一邊眉毛，一臉挖苦的神色，「但最後你還是被派來這裡了嗎？」我不確定地問。

「不，」他說，「是我自己選擇留下來的，當時的國王並不樂見我的決定，他想就近看管我，他的繼位者也常施壓要我回去。但她……說服了我。」他移開視線，看出窗戶、越過河谷，眺望遠方的黑森林，「妳聽過一個名叫波若斯納的小鎮嗎？」

聽起來有些耳熟，「德弗尼克村裡的麵包師傅，」我說，「她的祖母是波若斯納的人，她會做一種特別的麵包卷——」

「是，是，」他不耐煩地說，「妳知道波若斯納大概在什麼位置嗎？」

我無助地亂猜，我連名字都不太熟悉了，「是在黃沼地一帶嗎？」我問道。

「不是，」他說，「札托切克再過去五哩處。」

札托切克距離黑森林前的那一長條荒地只有兩哩，它是河谷裡最後一個城鎮、黑森林前的最後一道堡壘，打從我出生開始就是如此了，「它被黑森林吞沒了嗎？」我輕聲問。

「對，」惡龍說，他站起身去拿一大本記事簿，雯薩趕來通知我卡莎被帶走的那天，我曾看過他在裡頭寫了些什麼，他把記事簿放在桌上翻開。每張大大的書頁上都整齊劃著線，像會計帳本一樣細心條列：不過每行寫的都是城鎮或人們的名字，還有數字：多少人被腐敗、多少人被抓走；治癒了多少人、撲殺了多少人。書頁寫得密密麻麻，我伸手往回翻，羊皮紙並未泛黃，墨漬猶然黑亮，書頁上依附著保存的魔法，越往回翻，年份越顯稀疏、數字也較少，近來的意外比較多，而且更為嚴重。

「渡鴉死去的那晚，它吞噬了波若斯納。」惡龍說，他伸手翻過厚厚一疊書頁，翻到比較沒那麼井井有條的某人所寫的紀錄，它像說故事一樣敘述每起意外，字跡較大、行列微微歪扭。

今天有人從波若斯納騎馬來報，七個人發燒，他中途沒停留在任何城鎮，因為他也病了。縛林藥水減緩了他的高燒，阿加塔的第七咒曲也有效拔除病根。施咒時消耗了價值七兩白銀的番紅花，調製縛林藥水又花了另外十五兩。

這是那手字跡寫下的最後一項紀錄。

「事發時，我正在返回宮廷的路上，」惡龍說，「渡鴉告訴我黑森林正在擴張——她拜託我留下來，我憤而拒絕，因為這事還輪不到我來做。她告訴我伯爵已經沒救了，我恨她這麼說，我趾高氣昂告訴渡鴉我會找到方法，我說不管黑森林的魔法做了什麼，我都能破解，我告訴自己她不過是個年老體衰的傻瓜，因為她的衰弱，黑森林才會侵犯我們的領土。」

他說話時我環抱著自己，低頭盯著無情的記事簿上那項紀錄下方的空白。現在我希望他別再說了，我不想繼續聽，他只想藉由向我坦承自己過去的失敗來展現仁慈，但我腦海裡只有**卡莎**、**卡莎**，像是蓄積在體內的一聲哭嚎。

「之後，據我所知，她去了波若斯納，一名歇斯底里的信差在路上攔住我跟我說的，渡鴉帶上她所有的魔藥，在治療病人時竭盡全力。當然，黑森林就是趁這時攻擊，她及時把一群小孩送到隔壁城鎮——我想你們村裡麵包師傅的祖母應該就是其中之一。人們描述那天晚上有七隻木屍抬著一棵剛萌芽的心樹到波若斯納。

「我趕到時，還能勉強穿越四周的林木，那已經是一天半後的事了，牠們把心樹種在渡鴉的身體上，她還活著，如果那也算活著的話。我幫助她死得乾脆，但我能做的僅止於此，我必須逃跑，村莊已經沒了，黑森林成功擴張了邊界。

「那是最近的一次大舉入侵，」他補充說，「我接下了渡鴉的位置，阻止黑森林繼續前進，在那之後就一直守著——多多少少，但它仍然不斷嘗試。」

「如果那時你沒來呢？」我說。

「我是邦亞唯一有能力擋住黑森林的巫師，」惡龍說，並無半分驕傲之情，而是單純敘述事實，「每隔幾年它就會試探我的力量，而每隔十幾年左右就會真的企圖入侵——像你們村莊遭到攻擊那次。德弗尼克和黑森林邊界中間只隔了一座城鎮，如果它能在德弗尼克將我腐化，種下心樹——那麼等到另一名巫師姍姍來遲，黑森林早已把你們村莊和札托切克一起吞了，然後把觸角伸到通往黃沼地的東隘口，它若逮到機會就會繼續進逼。要是渡鴉死時我讓他們派一位不夠強的巫師來接替，現在村莊早已被黑森林盤踞了。

「洛斯亞那邊的黑森林邊界正像這樣擴張，他們過去十年來損失了四個村落，更早前折損了兩個，再來，黑森林會前進到凱瓦省的南邊隘口，接下來——」他聳聳肩，「我猜到時候我們就知道它有沒有辦法穿越隘口繼續擴張了。」

我們安靜地坐著，我從他的敘述中看見了黑森林緩慢卻殘酷地前進，吞噬我的家園、整座河谷、整個世界，我想像從高塔窗戶往下看見無盡的黑色樹木，彷彿坐困圍城，樹海充滿恨意的低語從四面八方乘風而來，放眼望去沒有一絲生機，黑森林會勒斃所有生靈，用根拖到地底，就像它摧毀波若斯納和卡莎一樣。

淚滴從我臉龐緩緩滑落，不是劇烈的啜泣，我已心涼到再也哭不出來，天光漸暗、燈燭還沒點燃，他的表情疏離難測，眼神在暮色中難以判讀，「他們最後怎麼了？」我問，想打破寂靜，感到一片空洞，「她最後發生了什麼事？」

他動了一下，「誰？」他說，從冥思中浮出，「噢，露米拉嗎？」他停頓了一會兒，「我最後一次回到宮廷，」他終於開口說，「告訴露米拉她的丈夫已經沒救了，我帶了另外兩名宮廷巫師去，證實他的腐敗已經回天乏術——看到我讓他活了這麼久，他們非常震驚——我讓他們其中一人殺了伯爵。」他聳聳肩，「事實上，他們逮住這個機會大做文章，巫師之間總是互相眼紅，他們向國王進諫，說應該要派我來守塔以示懲戒，但我想最後的懲罰微不足道。不管他人怎麼想，我宣布自願來此時他們真的很洩氣。

「至於露米拉——我沒再見過她，必須撲殺伯爵時，她氣得想把我的眼睛挖出來。我原本誤以為她對我有感情，也因為她當時所說的話而迅速幻滅了。」他悻悻然說，「她繼承了伯爵的財產，幾年後改嫁給一個地位較低的公爵，為他生了三個兒子和一個女兒，活到七十六歲，是宮廷裡的首席名媛。我猜宮廷裡的吟遊詩人都將我描述成故事裡的壞人，她則是情操高貴的忠誠妻子，不顧一切想拯救丈夫。我想應該也不算錯吧。」

這時我才發覺自己知道這個故事，我曾經聽人唱過。露米拉和巫師。只是歌曲裡描述露米拉偽裝成年老的農婦，為偷走她丈夫心臟的巫師煮飯、打掃，直到在巫師的屋子裡尋獲裝著心臟的盒子，她偷走盒子救了丈夫。熱淚刺痛我的雙眼，歌曲並未提及有人被黑森林腐敗到無藥可救，而主角永遠能救回他們，也沒有提到陰暗地窖裡那醜惡的一幕，三名巫師殺了伯爵，然後拿來當政治籌碼。

「妳準備好要讓她走了嗎？」惡龍說。

我沒有任何準備，但我不得不，我實在好累，無法承受一次又一次走下階梯去看那個戴著卡莎面孔的東西，我根本沒把她救出來，她還深陷在黑森林裡。但芬米亞仍然在我肚腹深處震盪、等待著，如果我對惡龍說**好**，如果我待在這裡，把頭埋進雙臂中，任由惡龍離開，然後再回來告訴我事情處理好了——我猜芬米亞會從我口中咆哮而出，把我們周圍的高塔震垮。

我看著書架，急切地四下環顧：無數書本的脊背和封面像城垛一樣。如果其中一本藏著我需要的祕密、藏著能讓卡莎重獲自由的訣竅呢？我站起身去把手放在書上，燙金字母在我盲目找尋的手指下不具任何意義，《路斯召喚咒》又一次吸引了我的目光，好久以前我借來讀然後惹怒惡龍的那本皮革裝幀的美麗典籍，當時我對魔法還一無所知，也不清楚自己的能力和極限在哪裡。我把手放在那本書上，我忽然說：「它能召喚什麼？惡魔嗎？」

「不是，少胡說，」惡龍不耐地說，「召喚靈體不過是騙術罷了，要聲稱你召喚出無形無體的事物非常簡單，《路斯召喚咒》寫的不是這類雞毛蒜皮的招數，它召喚的是——」他停頓，我驚訝地發現他是在搜索恰當的用詞，「真相。」他最後這麼說，微微聳肩，好像這詞還是不足以表達而且也不正確，但已經是他所能想到最接近的。我不懂要怎麼**召喚**真相，除非他的意思是看穿表面的假象。

「那我當時開始讀這本書，你為什麼那麼生氣？」

他怒目瞪我，「這在妳看來莫非只是雕蟲小技嗎？我以為某個宮廷裡的巫師派給妳一項不可能的差事——意圖是讓妳竭盡全力施咒，等咒體崩解後把高塔的屋頂給炸翻，順便讓我看起來像個徹頭徹尾的白癡，連個學徒都無法交付給我。」

「但那樣不會殺死我嗎？」我說，「你覺得宮廷的人會——」

「會犧牲一個有幾絲魔力的庶民來整我一次——讓我被召回宮廷，因此蒙羞？」惡龍說，「當然，對多數貴族來說，庶民的地位大概比乳牛高一級，不過又比他們的愛駒低一點點。如果犧牲一千個妳可以在洛斯亞邊界占得什麼蠅頭小利，他們眼也不會眨一下。」他揮開這殘酷的話語，「不管如何，我都不預期妳會成功。」

我盯著手掌下方擺在書架上的那本書，想起閱讀時那股篤定的滿足感，我忽然把書抽離書架，轉身面對他，緊緊抱著書，他警戒地看我，「它對卡莎有幫助嗎？」我問他。

他張開嘴想否定，我看得出來，然後他猶豫了，他看看書，皺眉沉思，然後開口說：「我很懷疑。但《召喚咒》是……是很奇怪的一種魔法。」

「反正不會造成什麼傷害。」我說，引來了一個惱怒的表情。

「當然可能造成傷害，」他說，「妳沒聽見我剛才說的嗎？這整本書必須一口氣念完，咒語才有用。如果妳力量不夠，在耗盡力氣時整個咒體就會隨之坍塌崩裂，引發一場大災難。我只看過一次有人施行這個咒語，由三個女巫一同進行，她們師徒三代輪流拿著書念，最後差點要了她們的命，而且她們的法力可不弱。」

我俯視書本，在我手中沉甸甸的、閃爍著金光，我沒質疑他。我記起當時如何喜愛書內文字在舌尖上的滋味，還有它牽引我的方式，我深吸一口氣說：「你願意和我一起施咒嗎？」

10

我們先將她鍊起來，惡龍用一道簡單的咒語把沉重的鐵枷鎖搬下樓，其中一端深深嵌進牆中，過程中卡莎——或者說卡莎體內的那個東西——往後一站，注視著我們，眼睛眨也不眨，我用一團火圈困住她，等惡龍固定好枷鎖後，便把她驅趕過去。惡龍用另一個咒語把她的手臂強押進枷鎖中。她反抗，不過我猜並非出於擔憂，而是為了享受給我們添麻煩的樂趣——她臉上一直掛著那副不像人類的空洞表情。那東西鮮少進食，她吃的份量足以不讓卡莎餓死，卻少得讓我必須眼睜睜看見她日漸消瘦，她越來越瘦骨嶙峋，臉頰慢慢凹陷。

惡龍召出一張窄窄的小木几，把《召喚咒》擺在上面，看著我說：「妳準備好了嗎？」他用僵硬拘謹的語調問我。他身穿數不清有多少層的絲綢和皮革和天鵝絨衣物，還戴了手套，似乎想武裝自己，好不被上次我們兩人一起施咒時發生的事所侵擾。那對我來說已經久得像一個世紀前發生的事，而且如同月亮一樣遙遠。我則隨便穿著粗布裙，頭髮綁成一個凌亂的髻，只是為了不要垂到眼睛裡。我伸手翻開封面，開始念。

符咒幾乎在轉瞬之間攫住我，現在我對魔法熟悉到感覺得出它在汲取我的力量，但《召喚咒》並不堅持要從我身上撕扯下什麼，我嘗試像施行其他拿手的咒語一樣去餵養它，供給它一道平穩節制的魔法細流，而非一股狂潮，它容許我這麼做，字詞感覺不再難以參透，雖然我依舊跟不上故事的進展，也記不起每個句子，就算我之前記得住，也會弄錯幾個字，像是依稀記得某個童年時喜愛的故事，再次聽見時卻覺得沒那麼精采，或者至少和我記憶中不一樣。《召喚咒》就是這樣讓自己臻至完美，它活在朦朧而幸福的記憶所存在的那個輝煌空間裡，我讓它流過我全身。我讀完那面後停下來，讓惡龍繼續。之前他無法說服我放棄時，只好陰沉地堅持我每讀一頁便換他讀兩頁。

他的嗓音念出字詞的方式和我有些差異，邊角爽脆、節奏也不那麼連貫，一開始我感覺不太對勁，不過就我所能判斷，咒體毫無困難地持續建構，他念完兩頁後，在我聽來也沒什麼問題了——彷彿聆聽一名才華洋溢的說書人講述同一個故事，不過是另一個我不喜歡的版本。他征服了我聽到別種講述方式時直覺的反感。換我繼續念時，我掙扎著，比念第一頁要困難許多。我們試著一同講述故事，卻將它往不同方向拉扯。在念誦的同時，我不開心地發現就算他是我的老師也還不夠，比起我和惡龍，他看過一起施咒的那三名女巫必定和彼此有更多共通點，不管是她們的魔法本身或施咒的方式。

我繼續念，艱難前行，總算到達那頁的結尾，等我念完，故事又如我所願順暢進行——不過原因是它再度變回了**我的**故事。這次輪到惡龍時，其中的齟齬更加嚴重，我用乾渴的嘴巴吞嚥，從桌面抬起頭——卡莎從她被鍊住的牆面看著我，臉色明亮卻醜惡，她很**開心**。她和我一樣不費吹灰之力就能看出這還不夠好——知道我們無法完成咒語，我看著惡龍陰鬱地繼續念，全心全意專注在書頁上，雙眉緊蹙。他警告過我，如果他覺得我們無法成功，就會在走火入魔之前中斷整個咒語，盡量試著安全拆解整個咒體並控管傷害。在我答應聽從他的判斷，而且會終止我這部分的咒語、不會妨礙他做該做的事之後，他才同意我們嘗試看看。

但是咒體已經非常強大，充滿能量，我們兩人都必須傾全力才能繼續，可能早已沒有安全的道路可走。我看著卡莎的臉，想起之前曾經有過的感覺、黑森林裡那股有東西潛伏的感覺，不管是什麼，現在也在卡莎體內，而且是**一樣的**東西。如果黑森林此刻正躲在卡莎身體裡、如果它知道我們在做什麼、如果它得知惡龍受過傷，喪失了好一部分的法力——它會立刻攻擊。黑森林會再次對德弗尼克伸出魔爪，或者只攻擊札托切克，暫時安於規模較小的斬獲。在我不顧一切想拯救卡莎，而惡龍可憐我這麼悲傷的同時，我們也奉送給黑森林一項禮物。

我盲目找尋自己能做的事，什麼都好，然後我嚥下猶豫，伸出一隻顫抖的手覆蓋住他按壓著書頁的手，他的眼神瞥向我，我深吸一口氣開始跟著他一起念。

他沒停下來，只是怒氣沖沖看著我——*妳以為妳在做什麼？*——但過了會兒後他理解了，明白我企圖要做什麼。一開始我們試著協調的聲音聽起來很恐怖，音調不對而且互相刮擦：咒體彷彿小孩用鵝卵石疊成的高塔般搖搖欲墜。然後我不再試著模仿他，而是單純與他唱和，跟從直覺的引領。我發現自己讓他念出書頁中的文字，然後用我的聲音把它們變成一首歌，挑選單一個字或一個句子反覆念唱兩三次，有時候用哼的代替，我的腳輕點著打拍子。

惡龍一開始很抗拒，堅持他精準的施咒風格，但我的魔法正向他的魔法提出邀請。於是，儘管他仍然口齒清晰，卻開始慢慢跟從我給的節拍。他也騰出空間讓我即興發揮，給予它們空氣。我們一起翻過書頁繼續念，沒有暫停。念到下一頁的一半時，一個句子從我們口中流暢飄出，那是真正的音樂，他清脆的嗓音承載著字詞，而我用或高或低的音調將它們往前推送。忽然之間，一切簡單得令人震驚。

不，簡單還不足以形容。他的手緊緊握住我的，我們十指交扣，我們的魔法也是，咒語歌唱而出，就像泉湧下坡的水流一樣輕鬆，停止還比繼續要來得困難。

現在我懂了為什麼他找不到正確的字，也無法告訴我書裡的咒語能否幫助卡莎，《召喚咒》並不會遣來任何野獸或物體，無法召喚任何忽如其來的力量，也沒出現任何火焰或閃電。它只讓房間內充滿清冷冰涼的光，一點也不明亮奪目，但在那光芒之中，一切開始看起來不太一樣，也變得不太一樣。牆上的石頭變成半透明，白色紋路像河川一樣流動，我盯著看時，它們告訴我一個故事：奇異、深沉、永無止境，不像任何人類的創造物，它更加緩慢且遙遠，感覺幾乎像是我又變回石頭了。石杯中的藍色火焰存在於無邊無際的夢境中，那是一首頭尾相連的歌謠，我注視著火光閃耀，看見火焰源自一處神殿，距離高塔非常遙遠，而且早已淪為廢墟，儘管如此，我仍忽然領悟到那座神殿位於何方，也明白了要用哪道咒語召喚在我死後還會繼續燃燒的火焰，墓穴裡有雕刻的牆面似乎活了過來，銘文閃閃發光，如果我看得夠久，一定就能讀懂，我很確定。

鎖鍊叮噹作響，卡莎正在劇烈掙扎，若不是房間裡充滿咒語的歌聲，鐵鍊撞擊牆壁的噪音一定很恐怖，但是摩擦聲被掩蓋，模糊成溫和的哐啷聲，似乎是從遠方傳來，無法讓我從咒語中分神，我不敢看她，時候還未到。當我看著她時——我會知道、知道卡莎還在不在、知道她是否已經被吞食殆盡，我會知道的。我死盯著書頁，怕得不敢抬頭看，我們繼續唱誦下去，我手掌下的書頁越積越多，符咒從我們口中流瀉而出，最後我終於抬起頭，胃部繃緊，望向卡莎。

黑森林透過卡莎的面孔回望著我：充滿窸窣枝葉、仇恨低語、渴望與憤怒的無底深淵。但惡龍停頓下來，我的手緊緊抓住他的。卡莎也在那兒，她確實在那裡，我看得到她在那片漆黑的森林中迷失遊走，往前伸出的雙手盲目摸索，她的眼睛視而不見，一邊瑟縮著躲開打在臉上的樹枝，以及在手臂上刮出深深傷口吸食鮮血的荊棘，她甚至不知道自己已經離開黑森林裡，她還困在裡頭，黑森林蠶食著她，暢飲她的苦痛。

我放開惡龍的手，走向卡莎，咒體沒有崩毀：惡龍繼續念下去，我也繼續將我的魔法注入咒語中。「卡莎。」我喚道，在她面前捧起手，咒語的光輝盈滿我雙掌之間：絢爛刺眼、無法逼視的白光，讓人難以承受。她圓睜的雙眼如鏡，我在其中看見自己的倒影，看見我那些私密的嫉妒之思。我**的確**想要她所有的天賦，卻不想付出她為之付出的代價。淚水湧上我的雙眼，感覺好像又再度遭受雯薩譴責，而這次我無處可逃。一直以來我都覺得自己無足輕重，我是那個不重要的女孩，沒有任何爵爺看得上我；一直以來我和卡莎相比，都顯得太高太瘦、頭髮衣著太凌亂。她擁有許多特別待遇：專門為她保留的座位、大家揮霍在她身上的禮物和注意力、每個人都把握機會盡可能愛她。曾經有某些時候，我渴望身為那名大家都知道惡龍會選中的特別的女孩，雖然沒渴望太久，從來都無法持久。現在回想起來那似乎是怯懦之舉：我享受著妄想自己與眾不同，彷彿偷偷呵護種子般藏著對卡莎的羨慕，雖然我擁有能隨時拋開這些白日夢的奢侈。

我停不下來：光芒照耀到卡莎，她轉身，在她迷失的那片森林中轉身面對我，我在她臉上看見屬於她的那份醞釀多年的深沉怒氣。她這輩子都確信自己會被帶走，無論她想不想要。千百個漫長黑夜的恐懼回望著我：她躺在黑暗裡，想知道自己會發生什麼事，想像一個可怕巫師的雙手在她身體上游移，他的鼻息吹吐在她的臉頰上，我聽見惡龍在我身後尖銳地倒抽一口氣，他結巴了幾個字，停頓下來，我雙手中的光芒明滅了一次。

我往回對他投以絕望的神色，但就在我回頭看的同時他又重新開始念咒，嗓音僵硬節制，視線定在書頁上，光芒完全穿透過他，好像他不知怎地讓自己變得如同玻璃般澄澈，清光所有個人思緒與靈感來讓咒語持續下去。噢，我多想也這麼做，但我不覺得自己能做到，我必須懷抱那些凌亂糾結的思緒和祕密的願望轉身面對卡莎，我得讓她看見它們、看見我，好像被翻轉過來的一截腐木下蠕動的蒼白蟲子，我也必須看見她赤裸裸的一面，那傷我更深，因為她也恨過我。

她恨我可以安然過活、恨我有人疼愛，我母親不曾要我去爬過高的樹木，也沒強迫我每天來回走三小時去隔壁鎮裡那家黏熱的烘焙坊學習怎麼為爵爺下廚；我母親不曾在我哭泣時轉身背對我並告訴我要勇敢；我母親沒有每天夜裡都為我梳三百下頭髮，讓我保持美麗，好像她**想要**我被捉去似的，好像她想要一個會進城去然後變得富有並寄錢回家給兄弟姊妹的女兒，她允許自己去愛的其他那些孩子——噢，我甚至沒想像過那祕密的苦澀，像餿掉的牛奶一樣酸。

還有。除此之外她甚至還恨我被捉走，結果中選之人根本不是她。我看見晚宴後她格格不入地獨自坐在桌邊，其他人都在竊竊私語，她從沒想過自己會在這裡，留在村中，等著回到不打算歡迎她回家的屋子裡。她原本已經下定決心付出代價、決心要勇敢，但現在沒有任何事情需要她的勇氣，也沒有燦亮的未來等候著她。村裡較年長的男孩們對她露出奇怪又滿足的自信微笑，晚宴時大概有六七名男孩來和她說話，這些人以前從沒對她說過隻字片語，或者只從遠處望過她，好像不敢碰她似的，他們現在全都親切地對她說話，似乎她現在除了在這裡枯等別人挑中之外無事可做。而我穿著絲綢和天鵝絨華服翩然回村，頭髮罩在珍珠網中，手裡滿是魔法，有力量做我想做的事，那時她想：「那個人應該是我啊！本來應該是我啊！」好像我是賊，偷走了原本屬於她的東西。

這一切太難以承受，我見到她也往後退縮，但不知為何我們倆必須承受住，「卡莎！」我哽咽著叫喚她，穩住光芒讓她看見，我望著她站在那裡遲疑了一會兒，然後跌跌撞撞朝我奔來，雙手往前探尋。她前進時，黑森林一邊拉扯著她，用樹枝撕抓、藤蔓纏住她的腿，我什麼忙也幫不上，只能站在那裡捧著光芒，看著她跌倒又掙扎著爬起身，然後又跌倒，表情越來越害怕。

「卡莎！」我大喊，她正在地上爬，仍然向我前進，堅決地繃緊下顎，在落葉和暗色青苔上留下一條血跡斑斑的痕跡，雖然樹枝將她往回打，她還是抓著樹根，拉著自己的身體前進。但她仍然離我好遠好遠。

我抬頭看著她的身體，那張被黑森林寄居的臉孔對著我笑，她沒辦法逃跑，黑森林故意讓她嘗試，把她的恐懼和我的希望當成一場宴席，它隨時會把卡莎拖回去，黑森林也許會讓她靠得夠近，近到能看到我或是她自己的身體、感覺到吹在臉上的空氣，然後藤蔓會掘地而出揪住她，狂風會吹起落葉覆蓋她，黑森林即將再次禁錮卡莎。我發出一聲抗議的哀嚎，幾乎錯過了咒語的脈絡，然後惡龍在我身後說話，嗓音陌生遙遠，好像是從很遠的地方傳來的：「艾格妮絲卡，淨化咒語。烏落絲脫。試試看，剩下的我可以自己完成。」

我謹慎地將我的魔法從《召喚咒》中抽回，小心再小心，像是傾斜一個瓶子，同時注意不要讓液體沿著瓶頸流下。光芒維持著沒有消失，我輕聲說：「烏落絲脫。」那是惡龍的咒語之一，不是我可以輕鬆施展的那種，但我讓字詞滾過舌尖，細心形塑，記起當時烈火灼燒血管的感覺，還有藥水嘗起來那股糟糕的甜味。「烏落絲脫。」我又說了一次，慢慢吐出，「烏落絲脫。」讓每個音節聽起來鏗鏘得像是燧石敲擊出的一朵火花，我看見黑森林裡一塊想蓋住卡莎的地衣冒出煙霧，我對它輕聲說：「烏落絲脫。」然後又對卡莎前方冒出的另一縷煙霧說了一次，我說第三次之後，她抓扯的手臂附近出現了一小朵顫抖的黃色火焰。

「烏落絲脫。」我對它說，為它注入更多魔法，好像在滿是死灰的爐中一堆新生的火焰旁放置一片片引火用的柴枝。火越燒越旺，火光照耀之處，藤蔓都紛紛退縮、往後捲回，「烏落絲脫，烏落絲脫。」我唱道，餵養著火焰，讓它更加灼炙。隨著火勢越來越旺盛，我從中拿取燃燒的樹枝，點燃黑森林其他部分。

卡莎掙扎起身，手從冒煙的藤蔓中抽離，她的肌膚被熱力染成粉紅色，但她可以移動得比較快了，她穿越煙霧和劈啪作響的樹葉朝我前進，四周的樹木著了火，熊熊燃燒，她的頭髮和扯破的衣物也著火了，淚水從她臉龐泛紅起泡的皮膚上滑落。我眼前那副卡莎的軀殼在枷鎖下拉扯著，蠕扭著發出憤怒的尖叫，我哭泣著又大叫了一次：「烏落絲脫！」火越來越大，我知道當初惡龍淨化我體內黯影時有可能殺死我，卡莎現在也可能死於非命，活活燒死在我手中。

現在，我很感激過想找到一點線索、任何線索都好的那漫長又糟糕的幾個月，我很感激那些失敗，以及和惡龍一起待在墓穴裡面對黑森林訕笑的每一分鐘，這一切給了我繼續支撐咒語的力量，惡龍的嗓音從背後傳來，唱誦《召喚咒》的最後幾段，堅定嗓音猶如船錨。卡莎越來越近，她四周的黑森林陷入火海，我幾乎看不見樹木了——她近到能透過自己的眼睛往外張望。熊熊怒吼的火舌舔舐她的肌膚，她的身體拱起來綳緊鎖鍊，十指僵硬箕張，忽然之間，她雙臂上的血管轉為鮮豔的翠綠。

她的雙眼淌出一滴滴樹液，眼淚般奔流下臉頰，濃烈新鮮的甜香聞起來百般不對勁，她圓張的嘴發出無聲吶喊，接著，白色的小根鬚從她指甲下冒出，好像有棵橡樹即將在一夕之間長成，根鬚用忽如其來的可怕速度爬過枷鎖，硬化成灰色木頭，枷鎖發出一聲冰塊在盛夏裡崩解的聲音，裂開了。

我什麼也沒做，根本沒時間反應，事情發生得太快，我甚至來不及看清，上一秒卡莎還被鎖鍊拴著，下一秒她就朝我撲來，她不可思議地強壯，把我甩在地面。我抓住她的肩膀，發出一聲尖叫擋住她。樹液從卡莎臉上滴落，弄髒了她的裙子，也像雨點般滴滴答答打在我臉上，樹液在我臉上崇動，碰到保護咒時凝固成細小圓珠。卡莎齜牙咧嘴，嘴唇往外掀，掐住我喉嚨的雙手像滾燙烙鐵，那些纏人的根鬚也爬到我身體上，惡龍越唱越快，念過最後幾個字，朝咒語的終點狂奔而去。

我掙扎著再次說出：「烏落絲脫！」抬頭看進黑森林、看進卡莎的臉，她的手越掐越緊，我在狂怒和痛苦之中扭動身軀，她低頭看我，《召喚咒》發出的光越來越明亮，充滿房間的每個角落，無處可躲，我們深深凝望彼此，所有私密而微不足道的仇恨與嫉妒都暴露無遺，她臉上的樹液與淚水混雜，我也在哭，她把我體內的空氣都擠壓出來、黑暗開始模糊視野的同時，淚水從我眼中滑落。

她用被勒緊的聲音說：「妮絲卡。」那是她自己的嗓音，堅毅得微微顫抖，然後她強迫自己的手指一根根離開我的喉嚨，我的視線再度清晰，抬頭看見卡莎臉上的羞恥正逐漸褪去，她用熱烈的愛和勇氣看著我。

我最後一次啜泣，樹液逐漸乾涸，火焰就要吞噬她，根鬚燒萎後碎裂成灰燼，她無法活過再一次淨化，我心知肚明，我看得出來，然後卡莎對我微笑，因為她說不出話了，她低下頭、緩緩點了一下，我感到自己的臉垮下來，醜陋歪扭，然後我說：「烏落絲脫。」

我仰頭凝望卡莎的臉，渴望看她最後一眼，但透過她雙眼回看我的卻是黑森林：漆黑的憤怒、濃煙密布、烈火焚身，扎得太深的根無法拔起，卡莎仍控制著自己的雙手遠離我的脖子。

然後——黑森林就這麼消失了。

卡莎跌坐在我身上，我發出欣喜的尖叫，一把抱住她，她抓著我邊啜泣邊發抖，仍然全身滾燙，從頭到腳都在發抖。然後她往地板上嘔吐、虛弱地哭泣，我一邊抓著她，她把我抓得太緊，我的肋骨在皮膚下痛苦地吱嘎叫，不過，這是卡莎沒錯。最後，惡龍闔上封面，發出沉重的碰一聲，房裡充滿璀璨光芒，黑森林無處可躲。這是真正的卡莎，而且只有卡莎而已。我們贏了。

11

在那之後，惡龍變得古怪又沉默，我們把卡莎扛上樓，動作緩慢疲憊。她幾乎沒有知覺，從昏迷中驚醒過來時也只是猛吸一口空氣然後又不省人事，她癱軟的身體異常沉重：重得像是堅實的橡木，好像黑森林讓她蛻變轉生。「它走了嗎？」我迫切地問惡龍，「它消失了嗎？」

「是，」他簡短地回答，我們將她抬上長長的螺旋梯，每步路都是一番掙扎，好像我們雙手之間抬的是一截木樁，而且我們倆都非常累。「如果沒消失的話，《召喚咒》會讓我們知道的。」我們把卡莎搬到樓上客房前，他都沒再多說什麼。然後他站在床邊皺著眉頭低頭看她，接著轉身離開房間。

我沒什麼時間管他，卡莎躺在床上發燒生病了一個月，她會在半睡半醒間忽然驚起，迷失在夢魘之中，以為自己還困在黑森林。她甚至可以甩開惡龍，一把抛到房間對面，我們必須用繩索將她綁在沉重的四柱大床上，最後還被迫動用鐵鍊。我蜷縮在她床腳的毯子上過夜，她大喊出聲時我就跳起來遞水，試著把幾口食物送進她嘴裡，剛開始她連一兩口白麵包都會嘔出來。

日夜模糊成一團，其中間隔著卡莎的甦醒——起初她每個小時都會醒來一次，我得花十分鐘再把她哄睡，所以自己一直睡不安穩，其他時間我都恍惚地在塔裡晃悠。度過第一個星期後我才開始確信她能活下來，我偷閒片刻草草寫了封信給雯薩，讓她知道卡莎自由了，而且正在康復中。「她會保密嗎？」我請惡龍送信時，他質問，我累到沒力氣問他為何在意，只把信拆開潦草補上一句：

「先別告訴任何人。」然後把信箋交給惡龍。

我應該問的，他也應該逼我謹慎一點。但我們的精力都像磨損的破布一樣殘破不堪，我不知道他在做些什麼，只在深夜搖搖晃晃下樓去廚房拿肉湯然後又上樓時，看見藏書室還有他點亮的燈光，桌上堆著填滿圖表和文字的零散紙張。一天下午，我聞到煙味後跑到實驗室查看，發現他睡著了，他身前的蒸餾瓶已經在蠟燭上燒乾。我叫醒他時他跳起來，撞翻了滿桌子的東西、引發了火勢，對他來說這樣的笨拙實在反常，我們手忙腳亂一起把火苗撲熄，他不開心尊嚴受辱，肩膀繃得和貓一樣僵硬。

過了三個星期，卡莎在安穩睡了四小時之後醒來了，轉頭看著我說：「妮絲卡。」看起來累壞了，不過是真正的卡莎，深棕色雙眼溫暖清澈，我捧著她的臉含淚微笑，她用爪子般有力的雙手輕輕包住我的手，也報以微笑。

在那之後，她迅速好轉。卡莎能站起來時，她那股嶄新的奇異力氣一開始讓她笨手笨腳，四處撞到傢俱，有次她想自己下樓去廚房時還一路滾落到階梯下，我聽見她的求救聲，從爐火旁猛然轉身去找她，我在樓梯底端發現卡莎，她毫髮無傷，連個瘀青都沒有，只是掙扎著想站穩。

我帶她到大廳重新練習怎麼走路，試著在我們慢慢繞行房間時扶她踩穩腳步，雖然我比較常被她不小心撞倒在地，惡龍下樓要去地窖拿東西時，站在門廊看了一下我們歪歪扭扭的進展，表情嚴峻難懂，我把卡莎送回樓上，等她小心爬上床再度陷入熟睡後，我下樓到藏書室去找他說話：「她怎麼了？」我逼問。

「沒事，」惡龍簡單地說，「就我所能判斷，她沒染上腐敗之氣。」但他聽起來不是太開心。

我不懂，我好奇是不是因為多了一個人住在高塔裡，所以給他添了麻煩，「她已經好多了，」

我說，「不會太久了。」

他看著我，露出明顯的惱怒之色，「什麼不會太久？」他說，「妳想拿她怎麼樣？」

我張開嘴，然後又閉起來，「她會——」

「會回家？」惡龍說，「嫁給一個農夫，如果她能找到哪個人願意娶木頭做成的女人當老婆？」

「她還是血肉之軀，不是木頭做的！」我抗議，但僅管不情願，我已經開始明白惡龍是對的：卡莎在我們村裡已經沒有立足之地，就和我一樣。我慢慢坐下，手抵在桌上，「她會……帶走她的嫁妝，」我說，笨拙地思索解決方式，「她可以離開，去城裡、去上大學，像其他女人一樣——」

他本來要說話，聞言停頓，問道：「什麼？」

「其他中選的女孩，你帶回高塔的那些女孩，」我說，沒有多思考半分，我太擔心卡莎，她該怎麼辦？她不是女巫，至少人們知道女巫是什麼。她只是單純地改變了，徹徹底底改變，我不認為她能隱藏這點。

惡龍打斷我的思緒，「告訴我，」他咬牙說，語氣酸苦，我驚訝地抬頭看他，「你們是不是全都覺得我霸王硬上弓？」

他怒視我時，我只能瞠目結舌，他臉色冰冷不悅，「對啊，」我說，一開始只覺得不知所措，「對啊，我們當然會這麼覺得，不然呢？如果你沒有，你為什麼不……為什麼不乾脆雇用一個僕人就好——」我嘴上雖然這麼說，卻開始尋思：那些女人們說得是否沒錯？包括留了字條給我的那位在內。他只是想有人陪伴——不過只要一下子而已，而且依照他的方式進行，他不喜歡有人想來就來、想走就走。

「雇用僕人無法達到我的要求，」他說，暴躁且語帶玄機，沒多做解釋，只不耐煩地一揮手，不瞧我一眼，如果他看到我臉上的表情，也許會住口，「我不想要那種成天哭哭啼啼的女孩，只想嫁給她在村裡的愛人，或者那種一看到我就嚇得退縮的——」

我猛地站起身，椅子翻倒在我後方的地板上，我體內緩緩升起一股遲來的、咕嚕冒泡的洶湧怒氣，像洪水一般。「所以你挑了像卡莎那樣的女人，」我大聲說，「夠勇敢、承受得住的女人，她們不會哭，所以不會讓家人更加痛苦，你覺得這樣就沒有錯了嗎？你沒有侵犯她們，不過是把她們關上十年之久，然後再來抱怨我們誤會你了？」

他盯著我，我也回瞪他，一邊喘氣，我沒想到自己會說出這些話，不知道怎麼會萌生這種想法，我從沒想像過自己會用這種態度對我的領主、對惡龍這麼說話，從前我是討厭他沒錯，但我不會責罵他，就像我不會去責罵劈中我家屋子的閃電。他不是真的**人**，他是貴族也是巫師，是屬於另一個截然不同世界的奇異生物，彷彿暴風雨和瘟疫那般神祕難測。

但他紆尊降貴踏出那個世界，對我展露過真正的善意。為了和我一起拯救卡莎，他讓他的魔法與我的魔法廝混，那怪異又令人屏息的親密感。我想如果我表達感謝的方式是對他大吼大叫，那一定很奇怪，但我想表達的不只是感謝，我想要他體會平凡人的感受。

「不對，」我大聲說，「這不對！」

他站說來，我們隔著桌子對峙了好一會兒，兩人都氣鼓鼓的，而且也同樣震驚，然後他轉身離開桌邊，雙頰泛著憤怒的紅潮，他雙手緊握窗沿，盯著高塔外的景色，我衝出門、跑上樓去。

那天接下來的時間，我坐在卡莎熟睡的床邊，握著她纖瘦的手，她摸起來很溫暖、活生生的，但惡龍沒說錯，她的肌膚雖然柔軟，底下的肌肉卻極為堅實，不似石頭，比較像打磨發亮的琥珀，雖然堅硬卻有流體的質感，所有稜角都磨得圓滑。她的頭髮閃爍著燭光的深金色澤，鬈曲的髮絲是樹上節瘤的漩渦狀。她看起來就像一尊精雕細琢的雕像，我的眼神被太多愛意所蒙蔽，因此看著她時只看到卡莎，倘若換作不認識她的人，一眼就能看出她的奇怪之處，她一直都美得脫俗，現在更是不像任何凡間之物，那是一種不朽又閃耀的美貌。

她醒來看著我說：「怎麼了？」

「沒事。」我說，「妳餓了嗎？」

我不知道能為她做些什麼，我好奇惡龍會不會讓她待在這裡，我可以和卡莎共用樓上的房間，既然他不喜歡訓練新僕人，也許會高興自己有了一名永遠無法離開的僕人。這是個苦澀的念頭，但我想不出其他理由，如果村裡來了一名貌似卡莎的陌生人，村民們肯定會覺得她被腐敗了，可能是黑森林派來的新妖物。

隔天早晨，我下定決心不顧一切去請他讓卡莎留下來。我回到藏書室，看見他在窗邊，一隻燐火精靈在他雙手上飄浮，我停住腳步，它柔柔泛著波紋的表面呈現出映像，好像一攤靜止的水窪，我從他身邊繞過去，看見它反射的不是這個房間，而是一片幽深無盡的黑暗樹林，有什麼東西蠢動著。我們觀看時，倒影漸漸改變，我猜是顯示出燐火精靈經過的地方。倒影在表面流轉時我屏息看著，一隻形似木屐的生物走過，但體型更小一些，腳也不是細長的樹枝狀，牠銀灰色的四肢非常粗大，還布滿葉脈般的血管，牠停下腳步，沒有五官的頭顱轉向燐火精靈，牠的前腳捧著一捆參差不齊、剛從土中拔起的青綠幼苗和其他植物，它們的根鬚垂盪著。牠的模樣竟有點像剛除完雜草的園丁。牠左右轉著頭，然後繼續走進森林深處，身影消失了。

「什麼事也沒有，」惡龍說，「沒有勢力集結、看不見任何準備——」他搖搖頭，「往後退。」

他回頭對我說，接著把飄浮的燐火精靈戳出窗外，從牆上拿起一把我想應該是巫師權杖的東西，尖端伸進爐火中點燃，然後直直往燐火精靈正中央一捅，那一團飄浮的光暈瞬間炸成一團藍色亮光，燒得什麼都不剩，一股淡淡甜香飄進窗戶，聞起來像腐敗的味道。

「牠們看不見燐火精靈嗎？」我著迷地問。

「偶爾會有一隻燐火精靈沒回來，我猜想牠們有時候會抓住一隻，」惡龍說，「但如果碰到的話，哨兵也只會自動爆炸而已。」他心不在焉地說，皺著眉頭。

「我不了解。」我說，「你預料會有什麼狀況？黑森林沒在準備進攻難道不是好事嗎？」

「告訴我，」他說，「妳當真認為她能生還嗎？」

當然我原本並不抱希望，這是奇蹟，我因為太過渴望這個奇蹟而完全不假思索，沒讓自己多忖度一時半刻，「是黑森林故意讓她走的嗎？」我輕聲問。

「不完全是，」他說，「黑森林留不住她，還被《召喚咒》和淨化咒驅逐出她的身體，但是無論如何，黑森林都不太可能慷慨地網開一面。」他正用指頭敲著窗框，那節奏有股古怪的熟悉感，我聽出那是我們唱誦《召喚咒》的旋律，他也同時發現了，立即停住手指的動作。他不自在地問道：「她恢復了嗎？」

「好多了，」我說，「她今早自己爬上了所有階梯。我把她安置在我的房間內——」

他輕蔑地一彈手，「我以為她的恢復期是黑森林刻意讓我們分心用的，」他說，「如果她已經好了——」他搖搖頭。

過了一會兒，他往後挺直肩膀，手離開窗框，轉身面對我，「不管黑森林意圖為何，我們已經浪費夠多時間了。」他說，「去拿妳的書，我們要重新開始上課。」

我盯著他看，「不要再對我目瞪口呆，」他說，「妳到底懂不懂我們做了什麼？」他指指窗戶，「我派出的哨兵絕對不只那一隻，還有一隻找到了困住那女孩的心樹，它極度引人注目，」他諷刺地補上一句，「因為它**死了**，妳燒光那女孩體內腐敗之氣的同時，也燒死了那棵心樹。」

儘管如此，我仍舊不明白他為何陰鬱，他繼續說時我又更加迷惑了，「那些木屍已經砍倒死木，重新種了一棵樹苗，如果現在是冬天而非春天、如果那塊空地更靠近黑森林邊緣——如果我們有所準備，也許可以召集一隊人馬拿斧頭進入黑森林，把黑森林淨空、往回燒到那塊空地。」

「我們可以——」我訝異得語無倫次，甚至無法以文字表達這個念頭。

「再做一次嗎？」他說，「是的，這也意味著黑森林必然會有所回應，而且不久了。」

我開始感受到他所說的事態緊迫，這和他對洛斯亞的擔憂很像，我忽然明白：我們也在跟黑森林作戰，而敵人知道我們現在握有可能不利於他們的新武器，他預期中黑森林的攻擊並不是為了報復，而是出於自衛。

「要再度達到相同的效果，我們還得準備很多事。」他補充道，揮手示意書桌，上頭散落著許多紙張，我定睛一看，這才發現那是關於施咒的筆記——我們共同施展的那個咒語。紙張上素描著一張圖表：我們倆簡化成兩個空洞的小圖示，各自站在《召喚咒》兩邊遠之又遠的兩個角落。我們對面的卡莎則簡化成一個圓圈，上頭標記著「渠道」，延伸出一條線，連接著一棵細心描繪的心樹。他點點那條線。

「最困難的是渠道的問題，我們不能期待每次都能輕易取得直接從心樹裡扯出來的受害者。不過，應該可以抓一隻木屍代替，或者腐敗沒那麼嚴重的受害者——」

「耶爾西，」我忽然說，「可以用耶爾西試試看嗎？」

惡龍停頓，緊抿起嘴脣，看起來心煩意亂，「也許可以吧。」他說。

「但是，首先，」他補充，「我們必須先列出咒語的準則，妳也得分開練習每個部分，我認為它屬於第五級咒語，由《召喚咒》提供架構，遭到腐敗的本體擔任渠道，而淨化咒供給動能——妳是不是把我教過妳的東西都拋諸腦後了？」眼見我咬著嘴脣，他質問。

我的確沒費心多記他講授的那些關於咒語等級的內容，那解釋了為什麼某些咒語會比其他的困難。就我所能理解的，這可以濃縮成一個顯而易見的原則：如果你合併兩個咒語來創造出一個新的，通常比單獨施行其中一個咒語困難。除此之外，我不覺得其他法則有任何用處，如果你合併三個咒語，肯定比單獨施行其中之一還困難，但至少由我施行時，並不覺得同時施行三個咒語比同時施行兩個的難度更高，這完全取決於你的意圖為何，以及順序為何。他的法則也和那天地窖裡發生的事情毫無關係。

我不想談論，而且知道他也不想，但我想到卡莎，雖然被黑森林撕扯，她仍然掙扎著爬向我，然後又想到座落在黑森林邊緣岌岌可危的札托切克，只消再一次攻擊就會慘遭吞噬，我說：「那些都不重要，你自己也心知肚明。」

他的手握緊紙張，把它們都捏皺了，有幾秒鐘的時間我以為他就要張口對我大吼大叫，但他低頭死盯著紙張看，半個字也沒說，過了一會兒，我去拿自己的咒語書，翻出漫漫幾個月前、還是冬天時我們一起施行的那個幻象咒語，當時卡莎還沒出事。

我推開成堆的紙張，在前方桌面清出一些空間，接著把書擺放在自己面前，一會兒之後，他不發一語地從書架上拿下另一本細長的黑色書籍，封面在他碰觸時微微閃爍，他翻到一處用清朗的字跡寫滿整整兩面的咒語，還畫有單獨一朵花的圖示，花朵的每個部分不知為何都與咒語的一個音節相連。「很好，」他說，「開始吧。」然後對桌子另一邊的我伸出手。

先前的絕望之情能有效使我分神，因而這次要握住他的手、刻意做出如此選擇時比較困難，我不禁想到他手掌緊抓的力道、他的手指扣著我的手，線條修長優雅，還有輕撫過我腕間溫暖長繭的指頭。我感覺得到他的脈搏在我指尖下跳動以及他皮膚的熱度。他開始他的咒語時，我低頭盯著自己的書，雙頰熱燙。他的幻象開始成形，又是另一朵作工完美無瑕的花朵，芳香美麗，而且再具體不過了，花朵的莖桿幾乎覆滿了刺。

我輕聲開始念咒，竭力不去想、不去感覺他貼著我肌膚的魔法。什麼事也沒發生，他什麼也沒跟我說，雙眼堅決不移地看著我頭頂上方某處，我停下來，在腦海中猛搖了自己一下，然後閉上眼睛感覺他魔法的輪廓：和他的幻象一樣充滿棘刺，既扎手又充滿防衛心。我開始喃喃念著自己的咒語，但是發現自己心中所想的並非玫瑰，而是清水和渴切的土壤，我構築他魔法的根基，而非製造與之相同的幻象。我聽見他銳利地倒抽一口氣，然後他的咒語稜角分明的結構開始不情願地讓我的魔法進入，我們之間的那朵玫瑰開始沿著桌面伸出長長的根鬚，也冒出新的枝椏。

眼前浮現的不是我們第一次施咒時製造出的那片叢林，他克制著法力，我也一樣，兩人都只用一股涓涓細流般的魔法來支撐咒體，但那玫瑰花叢呈現另一種不同的具象，我再也無法判斷它是否僅止於幻影，花叢堅韌的根鬚互相糾結、手指似的探入桌面上的裂縫，也纏繞著桌腳。花朵並不只具有玫瑰的表象，而是真正生長於森林中的野玫瑰，半數含苞待放，另一半則已經盛開，花瓣飄落、邊緣染上了黃褐色，空氣中滿是太過香甜的馥郁花香。我們支撐著咒體時，一隻蜜蜂從窗外飛進來，爬上其中一朵花，心意堅決地戳戳它，當牠汲取不出任何花蜜時，便又換了一朵、然後又一朵，小小的腳摩擦著花瓣，花瓣微微下沉，彷彿真的承載了蜜蜂的重量。

「你在這裡找不到花蜜的。」我告訴那隻盤旋的蜜蜂，對牠吹了口氣，牠又嘗試了一次。

惡龍不再盯著我頭頂上方看，任何尷尬都在他對魔法的熱愛之中崩解，他檢視我們糾結在一起的符咒，那表情和他鑽研最艱深的咒語時同等熱切，咒語發出的光芒照亮了他求知若渴的臉龐和瞳眸，「妳可以獨自維持咒語嗎？」他要求道。

「應該可以。」我說，他慢慢把手掌從我手中抽開，讓我維持那狂野生長的玫瑰花叢，少了他所賦予的嚴謹框架，它似乎出現崩塌的跡象，彷彿少了棚架的藤蔓，但我發現自己可以抓住他的魔法，僅僅一角而已，卻足以支撐起一副骨架，並挹注我自己的魔法、填補其弱點。

他垂手翻動書頁，直至找到另一個能召喚出蜜蜂幻象的咒語，如同花朵的咒語以圖表呈現，他迅速念出，符咒從他舌尖翻滾而下，製造出六七隻蜜蜂，在玫瑰花叢上方飛舞，害得我們的第一位蜜蜂訪客更加困惑，他一隻隻召喚出蜜蜂，再交付給我，伴隨著某種輕推的動作。我得以抓住每隻蜜蜂，將牠們一一安置在玫瑰花叢的咒體上，然後他說：「現在，我想要在牠們身上加入監視咒語，和哨兵身上咒語一樣。」他說明。

我點點頭，一邊專心維持咒語：在黑森林裡有什麼東西會比蜜蜂更不招人耳目呢？他翻到書本最後幾頁，那兒有一串以他的親筆字跡寫成的咒語。他開始念誦後，咒語的重量沉甸甸壓在蜜蜂的幻象上，也加諸於我，但我掙扎著維持住，感覺到自己的魔法乾涸的速度超過補注的速度，然後我勉力發出一聲無言的噪音表達挫敗之意，他從咒語中抬頭看我，對我伸出手。

我不經意地以手掌和魔法去抓扶他，與此同時他則用魔法擠壓著我，他喘著尖銳的鼻息，我們的咒語互相勾扯，魔法狂湧而入。玫瑰花叢又重新開始生長，根鬚從桌面往外爬，藤蔓也溜出窗外，花朵間的蜜蜂嗡嗡作響成一團，每一隻都有異常閃亮的眼睛，四處游移，如果我抓住一隻仔細觀看，便能從那些複眼中看見牠所輕觸過的每一朵玫瑰。但我的心神並無餘裕思考蜜蜂或者監看黑森林。除了魔法之外，我別無他想。在那股洶湧狂潮中，他的手本該是唯一的磐石，但他卻隨我一起被席捲而入。

我感覺到他驚駭地警戒起來，我下意識將他和我一起拖向魔法較不湍急的地方，彷彿真是在一條漲潮的溪流中試圖爬上岸。我們一起成功掙脫驚濤駭浪，玫瑰花叢逐漸縮減，只剩下單單一朵綻放的玫瑰，有的假蜜蜂爬進其他正在闔上的花苞裡，有的直接消散在空氣中，最後一朵玫瑰也闔上花瓣消失了，我們兩個往地板上重重一坐，雙手還緊扣著，我不知道剛發生了什麼事：他很常告訴我關於缺乏足夠的魔法來支撐咒語的危險，但從來沒有提過魔法氾濫的凶險。我轉頭要問他時，他仰頭靠身後的書架，眼神和我一樣警戒，我發現他和我一樣對剛才發生的事感到困惑。

「嗯，」過了一會兒後我說，內容無關緊要，「我想這代表咒語有用吧。」他盯著我，怒火已開始醞釀，我開始大笑起來，無法克制，我大笑到幾乎發出呼嚕聲，魔法和警戒心讓我感到頭暈目眩。

「妳這瘋子真令人難以忍受。」他對我怒聲說，接著忽然用手捧著我的臉吻了我。

我並未好好思考到底發生了什麼事，與此同時也回吻他，我的笑聲灑進他嘴巴裡，讓親吻變得斷斷續續，我仍然和他緊緊相連，兩人的魔法彼此糾纏成一團混亂的繩結，我過去沒有任何經驗可與這樣的親密感相比擬，我感受到其中的尷尬，但我之前以為這就像在陌生人面前赤身裸體一樣，我並未聯想到性愛——性愛是歌謠裡的創作橋段、是我母親所給的實際指南，也是在高塔中和馬列克王子共度的那段糟糕醜惡的短暫時光，對王子來說，我充其量只是隻布娃娃罷了。

但是現在，我把惡龍推倒，抓著他的雙肩，隔著裙子感覺到他的大腿夾在我的兩胯之間，隨著一波震顫，我開始懂了某些從前不懂的事。他呻吟，嗓音變得低沉，雙手滑進我的髮絲，解開肩膀處鬆脫的髮髻，我的雙手和魔法都緊攀著他，半是驚嚇、半是欣喜，我的指尖感覺到他精瘦結實的體格、身上那些精緻絨布與絲綢壓扁壓皺。忽然之間，這一切的意義再也不同，我跨坐在他膝上，夾著他的大腿，他緊貼著我的身體發燙，雙手隔著裙子緊抓我的大腿，力道大得幾乎讓人發疼。

我俯身再度親吻他，在一個充滿單純渴望的美好之地，我的魔法和他的魔法合而為一，他的手沿著我的大腿滑下、伸入裙中，靈活敏捷的大拇指往我兩腿之間一撫，我發出一聲訝異的小小悶哼，好像在冬天遭到電擊似的。一陣無法控制的閃爍光輝竄過我的雙手和他的身體，恍若河流上的瀲瀲波光，他外罩長衫的前襟上那些看似不可計數的鈕釦自動解開滑脫，上衣的繫帶也鬆開來。

我的手擱在他赤裸的胸膛上，直到這時都還不太了解自己在做些什麼，或者說還沒讓自己想清楚該怎麼用文字表達，但現在見他如此衣著凌亂，實在令人震驚不已，這時我無法再逃避思考，就連他長褲的繫帶也鬆開了，我感覺到繩線貼著我的大腿，他大可以把我的裙襬撥開，然後——

我的雙頰滾燙，迫切地想要他，但同時也想要把自己拖離現場、逃跑走避，但我最想要的，無非是搞清楚這兩件事之間我比較想要選擇何者。我的動作凍結，睜大眼睛看著他，他也回看，比我過去任何時候見過的都還要儀容不整，他臉頰緋紅、頭髮凌亂，敞開的衣衫垂掛在身上，又驚又怒，然後他用幾乎聽不見的聲音說：「我這是在做什麼？」他抓住我的手腕拉離開他的身體，拉著我們兩人都直立起身站好。

我踉踉蹌蹌往後退，靠著桌子穩住身軀，在鬆了一口氣與後悔之間掙扎著，他轉身離開，雙手已經在拉緊衣物的綁帶，背部拉直成僵硬的一直線，我的魔法那些散亂的絲線逐漸蜷縮回體內，他的魔法也從我身上溜走，我用手壓住滾燙的臉頰，「我沒有要——」我支支吾吾說，然後閉上嘴巴，不知道自己沒有要做什麼。

「對，非常明顯，」他回頭怒聲說，正在把敞開的上衣外的罩衫扣好，「走開。」

我落荒而逃。

卡莎坐在我房間裡的床上，表情鬱悶地與我的針線籃奮戰：桌上有三根斷掉的針，她正萬分艱難地用一塊剩下的破布練習縫補。

我奔進房間時她抬頭看我，我的臉頰依然紅通通，衣物也凌亂不整，喘得像剛剛賽跑完。「妮絲卡！」她說，丟下針線站起來，朝我踏近一步，伸出手臂想握我的手，但猶豫了，她開始學會顧忌自己的力氣，「妳被——他是不是——」

「沒有！」我說，不清楚自己到底是高興還是遺憾，我體內湧流的魔法已經全然是屬於自己的了，我往床上一坐，發出不開心的碰一聲。

12

我無暇思考當前的窘境，那天晚上剛過午夜不久，卡莎在我身旁驚坐起身，我差點掉下床，惡龍站在門廊上，表情僵硬難測，掌上有一團光亮，他穿著睡衣睡袍，「有士兵往這裡來，」他說，「穿好衣服。」然後便轉身離去，沒再多說半個字。

我們兩個手忙腳亂爬起來著裝，又手忙腳亂跑下樓到大廳去，惡龍在窗戶邊，已經換好衣服了，我看得見遠方有騎士，為數眾多，最前方有兩盞掛在長竹竿上的燈籠開道，隊伍最後方也有一盞，鞍具和盔甲反射著光線，押隊的兩名侍從領著一隊無人騎乘的馬匹，隊伍前豎立著兩桿旗幟，旗幟前方各飄浮一團魔法召喚出的白色光球，白色旗幟上有一隻像龍的綠色三頭怪獸，那是馬列克王子的紋徽，綠龍後方還有另一個紋徽，是一隻張牙舞爪的紅色獵鷹。

「他們來這裡做什麼？」我輕聲問，雖然他們距離還很遠，聽不見我說話。

惡龍沒有立刻回答，過了一會兒才說：「因為她。」

我在黑暗中伸出手緊緊握住卡莎的手，「為什麼？」

「因為我感染了腐敗之氣。」卡莎說，惡龍微微頷首，他們是來撲殺卡莎的。

這時才想起我寫的那封信已經太遲了，我沒收到任何回覆，甚至忘了自己曾經寄過信，之後才知道雯薩離開高塔回家後病倒了，整個人變得呆滯麻木，來探望她的一個女人在病榻邊拆閱了信件，原本是出自善意，但她把謠言傳得滿天飛：我們從黑森林中救了人出來的消息。風聲傳到黃沼地那裡，還被吟遊歌手帶進了王都，接著便引來了馬列克王子。

「他們會相信你的話，覺得她沒被腐敗嗎？」我問惡龍，「他們一定會相信你——」

「也許妳還記得，」他悻悻然說，「很不幸，我在他們眼中並不是特別可靠，」他瞥向窗外，「而且，我不覺得獵鷹會為了附和我而大老遠跑來這裡。」

我轉頭看卡莎，她的臉色冷靜，而且面無表情到近乎不自然，我吸了一口氣，抓住她的雙手，「我不會讓他們得逞的，」我告訴她，「絕對不會。」

惡龍發出一聲不耐煩的悶哼，「妳打算炸掉他們嗎？然後再炸掉國王派來的大軍？然後呢——逃到山裡當亡命之徒嗎？」

「要是我真的別無選擇的話！」我說，但卡莎的手指輕壓我，讓我回過身，她輕輕對我搖頭。

「妳不能這樣做，」她說，「行不通的，妮絲卡，大家都需要妳，不是只有我而已。」

「那麼妳就必須一個人躲進山裡，」我反抗地說，感覺自己在做困獸之鬥，邊聽著磨刀霍霍，「或者我帶妳去，然後再回來——」大隊人馬已經近到我能聽見馬蹄聲蓋過我自己的聲音。

沒有時間了，我們逃不了，我把卡莎的手緊握在手裡，站在惡龍高塔大廳裡一個半圓形壁龕中，惡龍坐在椅子上，表情嚴峻疏離，眼神精光閃爍，三人一起等候。馬車轟隆隆前進的聲響止息，馬匹跺著地面、一邊噴氣，男人們的聲音隔著厚重大門聽起來悶悶的。過了一會兒，卻沒聽見我預期中的敲門聲，再過了一會兒我才感覺到魔法緩慢的祟動，一道符咒在門另一邊成型，企圖抓住門板、強行打開，它戳弄、刺探著惡龍布下的咒語，試著想撬開，接著，忽然一陣猛烈的撞擊：魔法猛力一推，想突破他的掌握，惡龍的眼睛和嘴角緊繃了一下，一陣劈啪作響的淡藍色光芒蕩漾過門板，然後就結束了。

敲門聲終於響起，包覆在盔甲中的拳頭重重敲擊，惡龍彎起一根手指，大門向內敞開，馬列克王子站在門檻上，他旁邊站的那個人雖然身形比王子窄了一半，存在感卻同等強烈，他身披一件白色長斗篷，上頭有鳥羽一般的黑色紋路，他的髮色很像水洗過的羊毛，但髮根是黑色的，感覺是自己漂白了頭髮。斗篷自一邊肩頭往他身後垂掛，底下是銀黑二色的衣物，他臉上掛著精心算計過的表情：像一本寫滿「憂傷的關切」的書。他們兩人背光而立，門口框著天空中的太陽與月亮，宛如一幅肖像畫。接著馬列克王子踏進高塔中，一邊摘掉手套。

「是的，」他說，「你知道我們來意為何，來看看那女孩吧。」

惡龍什麼也沒說，只朝卡莎站立的方向比了個手勢，我站在她身後，被她擋住了一點，馬列克立刻轉身盯著她，瞇起的眼睛露出打量的目光，我惡狠狠瞪著他，雖然他沒占卡莎便宜。他瞧也沒瞧我一眼。

「薩肯，你幹了什麼好事？」獵鷹說，往惡龍的座位走去，他的聲音高而清脆，像演技精湛的演員的嗓音一樣迴盪不散，整個房間都充滿了他語帶遺憾的指控，「難道你躲在這荒郊野外，已經完全失去了理智不成？」

惡龍仍然坐在椅子上，頭倚著握成拳的手，「告訴我，梭亞，」他說，「你有沒有想過，要是我**真的**放走了某個被腐敗的人，你在我的大廳裡找到的會是什麼？」

獵鷹停頓不語，惡龍刻意從椅子上緩緩起身，他四周的大廳以忽如其來的可怕速度暗了下來，幽影蔓延，吞沒了長長的蠟燭和閃亮的魔法光球，他步下臺階，每一步都迸發攝人心魄的渾厚鐘鈴聲，一聲接著一聲，馬列克王子抓住劍柄，「如果我被黑森林腐敗了，」惡龍說，「你們來我的高塔裡，能做些什麼呢？」

獵鷹兩隻手放在一起，拇指和食指相觸形成三角形，低聲喃喃自語，他的魔法開始堆砌，細細閃閃的光線在他手指框起的空間裡閃爍，越閃越快，直到三角形中燃起火苗，好像是個引信，一圈白色火焰竄起，包圍他的身體，他兩手往外一張，滋滋啪啪的火焰布滿雙手，火星如傾盆大雨灑落地面，好像他正準備要擲出火球，他的咒語和瓶子裡的火心一樣散發出飢餓感，似乎連空氣都想吞噬殆盡。

「淬歐納，瀆席尼。」惡龍說，凌厲的話語一出，火焰像風中殘燭一樣熄滅，冷冽刺骨的寒風咻咻颳過大廳，吹得我的皮膚涼颼颼，然後又消散無蹤。

他們盯著他，停下動作——惡龍張開雙臂、誇張地聳聳肩，「幸運的是，」惡龍用平常那種酸溜溜的語氣說，「我沒有你們想像中那麼愚蠢，算你們走運。」他轉身回到位置上，幽影從他腳邊消散、退去，光線又回來了，我可以清楚看見獵鷹的臉孔，他似乎不覺得特別感激，表情冷若冰霜，嘴巴抿成一條直線。

我猜獵鷹厭倦了屈居為邦亞排名第二的巫師，連我都聽說過一點他的事蹟——描述和洛斯亞打仗的歌謠時常提及他的名字，當然了，在我們的河谷裡，吟遊詩人鮮少談論其他巫師，我們想聽的是關於惡龍的故事、關於**我們的**巫師，帶有一點占有慾，聽到他的故事時我們會感到滿心驕傲，他確實是王國裡最強大的巫師，但當時我沒有多思考這到底真的代表了什麼，而且因為和他過於親近地相處了太久，我也忘了要害怕他，現在目睹他怎麼信手捻熄獵鷹的魔法，有如當頭棒喝般提醒了我，他是世界上的一方強權，足以讓國王們和其他巫師心生畏懼。

我看得出馬列克王子和獵鷹一樣不喜歡這個下馬威，他的手逗留在劍柄上，臉上的表情有點不自然，但他再度轉頭看卡莎，我瑟縮了一下，卡莎往前一站、踏出壁龕朝房間那頭的馬列克王子走去，我試圖拉住她，但撲了個空。卡莎對王子行屈膝禮，垂著她金色的頭，我吞下那個原本想斷聲說出的警告，太遲了。卡莎直起身，定定地直視王子的臉，就像好幾個月前我想像自己會做的那樣。她一點也沒有結巴：「殿下，」她說，「我知道您一定懷疑我，也知道自己看起來很奇怪，但我已經脫離黑森林的掌控了，千真萬確。」

絕望之下，我腦袋裡閃過一連串咒語，如果他對卡莎拔劍——如果獵鷹想擊倒她——

馬列克王子看著她，板著臉拉長嘴角，神情專注，「妳在黑森林裡待過？」他質問道。

卡莎頷首說：「我被木屍給捉去。」

「你來看看她。」他轉頭對獵鷹說。

「殿下，」獵鷹開口，來到王子旁邊，「任何明眼人都看得出來——」

「等一下，」王子說，聲音和刀鋒一樣銳利，「我不比你喜歡他多少，但我不帶你來這裡不是為了政治角力，**看看她**，她到底有沒有沾染腐敗之氣？」

獵鷹住嘴，皺著眉頭，他很訝異，「在黑森林裡被困了一夜的人必定——」

「**她被腐敗了嗎？**」王子問他，每個字都咬牙切齒，鏗鏘清脆，獵鷹慢慢轉頭望著卡莎，第一次真真正正看著她，兩邊眉毛困惑地靠攏在一起，我看向惡龍，不敢希望卻又深深希望著，如果他們願意聆聽——

但惡龍沒看我、也沒看卡莎，他的視線停留在王子身上，臉色和岩石一樣灰暗。

獵鷹立刻開始測試她，向惡龍索討他儲備的魔藥和架上的書籍，惡龍派我跑來跑去準備這些東西，毫無異議。他命令我其他時間都待在廚房裡，我一開始以為他是想免去我旁觀卡莎進行那些試驗的痛苦，因為其中某些和我從黑森林回來時他用在我身上的那個讓我窒息的魔法一樣糟糕。就算在廚房裡，我也能聽到頭頂上傳來獵鷹念誦咒語和魔法劈啪作響的聲音，它在我骨頭裡迴盪，宛如遠方擊響的巨鼓。

第三個早晨，我在一個銅製大水壺上瞥見自己的倒影，這才發現自己看起來亂糟糟：頭頂上的轟鳴和我對卡莎的擔心讓我沒想到要變一些乾淨的衣物換穿。我不懷疑自己身上累積了許多斑點、汙漬、淚水，反正我也不介意，但惡龍倒是沒多說什麼，他不只一次下樓來廚房，告訴我該去拿什麼東西，我盯著倒影看，他下次出現在廚房時，我脫口而出：「你是不是故意支開我？」

他停頓，甚至連最後一階梯級都還沒踏完，然後回答道：「我當然是故意支開妳啊，妳這個白癡。」

「但是他不記得。」我說，指的是馬列克王子，我的語氣聽起來像是個焦慮的問句。

「要是有那麼一點機會，他會記起來的。」惡龍說，「這件事情對他來說太重要了。妳不要礙事，表現得像一般女僕，不要在任何他或梭亞看得見的地方使用魔法。」

「卡莎還好嗎？」

「好得不能再好了。」他說，「那是妳最不該擔心的事，現在要傷害她比傷害一般人困難許多，梭亞也並非蠢到無可救藥，無論如何，他非常清楚馬列克王子想要什麼，照常理而言，獵鷹會想順著王子的意。去取三瓶樅樹汁液。」

嗯，我不知道王子想要什麼，也不喜歡他能得逞的這個念頭，不管是什麼東西。我上樓到實驗室拿樅樹汁液，那是惡龍用樅樹針提煉的藥劑，不知為何在他的調理之下變成無味的乳白色液體，雖然他教我做過一次，我只製造出一堆濕搭搭又臭烘烘的樅樹針和水。它的作用是將魔法固定在身體裡，每種治療用的魔藥以及把皮膚變成石頭的魔藥中都有樅樹汁液，我把瓶子拿到大廳裡。

房間中央有兩圈用鹽巴和磨碎的藥草精心撒成的同心圓，卡莎站在正中間，他們在她脖子上套了一個沉重的頸圈，好像公牛會戴的軛，黑鐵打造的頸圈上刻有亮銀色字體寫成的符咒，她連一張可以坐的椅子都沒有，頸圈的重量原本應該將她壓得彎成兩半，但她依舊輕輕鬆鬆站得筆挺，我進入房間時，她對我微微一笑：「我沒事。」

獵鷹看起來比卡莎警戒許多，馬列克王子嘴巴張得老大在打呵欠，一邊搓揉著臉頰，不過他也只是坐在一旁的椅子上袖手旁觀，「放那裡。」獵鷹朝我的方向說，對他擺滿東西的工作桌揮揮手，除此之外沒有多注意我。惡龍坐在他高高在上的座位，見我猶豫時對我投來凌厲的一瞥，但我違背他的命令，把瓶子放在桌上後並未離開房間，而是退到門廊處觀看。

獵鷹把淨化咒溶進瓶中，三個瓶子各裝一個不同的咒語，他用一種精準直接的態勢工作著，如果說惡龍把魔法摺疊成無窮無盡的精緻皺褶，獵鷹就是直直畫出一條線。但他的魔法也以某種類似的方式運作，在我看來他應該只是在許多路徑中挑選了不同的一條，不像我在樹林中遊蕩。他用一把鐵鉗夾著三個瓶子遞給圓圈內的卡莎，隨著工作進行，他並沒有放下戒心，反而越來越小心翼翼。卡莎喝下的每瓶魔藥都透過她的皮膚發出亮光，光芒持續不散，她喝完三瓶魔藥後，發出的亮光已經照亮了整個大廳，她體內沒有一點黯影的痕跡，沒有殘留半絲半毫的腐敗之氣。

王子躺坐在座位上，手肘邊擱著一大杯紅酒，看上去隨性又放鬆，不過我注意到他根本沒碰紅酒，視線也沒離開過卡莎的臉，這讓我雙手發癢，想求助於魔法：為了讓他不要再看卡莎，我很樂意賞他一巴掌。

獵鷹盯著她看了好一會兒，從短外套口袋裡掏出一條眼罩矇住雙眼，那是厚厚的黑色天鵝絨做的，上頭繡有銀色字體，面積足以覆蓋他的額頭，他戴眼罩時一邊呢喃著什麼，字體發出亮光，然後額頭中央的布料打開了一個洞，單單一隻眼睛從裡頭往外望：眼睛很大而且形狀古怪，圓滾滾的，巨大的瞳孔周圍那圈顏色深沉近乎全黑，銀色小斑點散落其上，他走到圓圈邊緣、用那隻眼睛盯著卡莎：上上下下打量，一邊繞著她走了三圈。

終於，他往後一站，那隻眼睛閉上，眼罩上的洞也闔起來，他舉手摸索著解開繩結然後拿下眼罩，我忍不住盯著他的額頭看，那裡並沒有第三隻眼睛的蹤跡，也沒有任何記號，但他的雙眼滿是血絲，獵鷹往椅子上頹然一坐。

「怎麼樣？」王子厲聲問。

獵鷹隔了一會兒才說話，「我找不到任何腐敗的痕跡，」他終於勉強地說，「但我不保證之後不會——」

馬列克王子沒在聽，他站起身，從桌上拿起一根沉甸甸的鑰匙，橫越房間走向卡莎，她身體裡耀眼的光芒正在消退，但還沒完全消失。王子踏過那圈鹽時，靴子把界線給弄糊了，他解開卡莎脖子上沉重的頸圈和枷鎖，拿下後丟在地上，然後對卡莎彬彬有禮地伸出手，好像她是貴族一樣，他的眼睛吞食著她。卡莎猶豫了——我知道她擔心會不小心折斷他的手，我倒是希望如此。卡莎謹慎地把手放進馬列克王子手中。

他緊緊握住，轉身把她帶出圓圈，來到惡龍寶座的臺階之下，「現在呢，惡龍，」他柔聲說，「你會告訴我們這是怎麼做到的，」他晃了一下卡莎被他舉起的手臂，「然後我們就前往黑森林，如果你太懦弱不敢來，我就和獵鷹一起去，**我們會救出我母親**。」

13

「我不會給你另一樣武器去自尋死路，」惡龍說，「如果你真的堅持要這麼做，用你已有的佩劍已經足以傷害其他人了，雖然相較之下所造成的傷害輕微很多。」

馬列克王子繃緊肩膀，脖子附近的肌肉明顯糾結起來，他放開卡莎的手，一個箭步踏上臺階，惡龍的表情依然冰冷且毫不退讓，我猜王子應該很想毆打他。這時，獵鷹從椅子上站起來說：「請恕我直言，殿下，大可不必質問惡龍。您記得我們在凱瓦抓到尼科夫將軍的部隊時，我用的那個魔咒嗎？它在這裡也派得上用場，可以讓我看見惡龍是如何施行符咒的。」他朝惡龍微笑，沒露出牙齒，嘴唇緊閉，「我想薩肯必定得承認，就連他也無法在**我的**目光下有所隱藏。」

惡龍沒否認，但咬牙切齒說：「如果你想加入這場瘋狂之舉，我會承認你是個比我想像中更會大費周章拍馬屁的傻瓜。」

「我可不會把任何能救出皇后的嘗試視為『大費周章』，」獵鷹說，「我們之前總是對你的睿智鞠躬哈腰，薩肯。冒險營救皇后之後再撲殺她的確沒有意義，但是看看我們在做什麼，」他朝卡莎比了個手勢，「有證據顯示我們有另一條可能的道路能走，你為什麼隱瞞了這麼久？」

獵鷹見風轉舵的速度之快，他一開始來此的目的顯然是要堅持事情別無他法，並且指責惡龍放任卡莎活下來！我幾乎要對他目瞪口呆，但他沒表現出任何察覺自己立場驟變的跡象，「如果皇后還有一線生機，卻不出手營救，我會稱之為叛國罪。」獵鷹補充道，「成功過一次，就能成功第二次。」

惡龍哼了一聲，「就憑你？」

嗯，就連我也看得出來這遠非勸阻獵鷹的好方法，他瞇起雙眼，冷冷地轉身對王子說：「王子殿下，請容我先退下，明天早晨施咒之前，我得先恢復力氣。」

馬列克王子手一揮讓他去了，我驚覺自己忙著看獵鷹和惡龍角力時，他都在和卡莎說話，用雙手包住她的手，她的臉龐仍然平靜得不自然，但我已經學會怎麼讀懂她的表情，看得出她覺得很困擾。

我原本要去解救她，但這時王子就放開她的手，大步一跨自個兒離開了大廳，上樓時靴子的鞋跟在階梯上敲出回音，卡莎走過來，我抓住她的手，惡龍正面對階梯露出猙獰的表情，煩躁之中手指輪流敲擊著座椅的扶把。

「他做得到嗎？」我問他，「他看得出符咒是怎麼施行的？」

叩、叩、叩，他的手指繼續敲。「也要他找得到那個墓室。」惡龍終於開口說，過了一會兒又心不甘情不願地補上一句，「他很可能找得到，他對視力方面的魔法特別擅長，不過他還是必須想出辦法進入墓穴，我猜可能會耗上他至少好幾個星期的時間，足夠讓我捎信通知國王，希望他可以阻止這場荒謬鬧劇。」

他揮手要我走開，我樂於遵命，把卡莎拉在身後一路爬上樓，一邊注意前方是否有動靜，來到三樓時我探出頭，確保王子和獵鷹都不在那裡，才帶卡莎穿越走廊，回到我房間後我要她在門外等，我推開門往裡面看：空空的。我這才讓她進房間，然後關門、上門閂，再把一張椅子推到鎖下方卡住。如果惡龍沒事先警告我，我很想用魔法封住房門，不過儘管我不想看到馬列克王子再度來訪，我更不想讓他回憶起上次他來我房間時實際到底發生了什麼事。我不確定如果關在房間裡使用一個小咒語，獵鷹會不會察覺，但在廚房裡的時候我確實感覺到了**他的**咒語，所以並不想冒險。

我轉向卡莎：她重重往床上一坐，背挺得筆直——現在她總是這個樣子——但她的手緊緊疊在膝頭，頭往前低垂。「他跟妳說了什麼？」我逼問，肚子裡開始醞釀一股怒氣，但卡莎搖搖頭。

「他要我幫他，」她說，「他說明天會再跟我談。」她抬起頭看著我，「妮絲卡，妳救了我——妳**能**救漢娜皇后嗎？」

那瞬間我好像又回到黑森林中，深陷在枝葉裡，仇恨的重量壓在我身上，黯影隨著每一次呼吸鑽入我體內，恐懼勒緊我的喉嚨。但我也想到芬米亞，像隆隆雷聲一樣在我肚腹深處滾動，也想到卡莎的臉龐以及另一棵高大的樹木，樹皮下的一張臉隨著樹木二十年來的生長而變得平滑模糊，好像流水逐漸蝕平抹糊的雕像。

惡龍在藏書室，心情暴躁地寫著字，我拿卡莎的問題進去問他時他依舊很暴躁，「妳已經夠蠢了，不需要再更蠢，」他說，「妳還是看不出陷阱嗎？這是黑森林一手操控的局面。」

「你認為黑森林操控了……馬列克王子？」我問，想知道會不會這就是原因，所以那時候他才——

「不，還沒。」惡龍說，「但他會把自己外加一個巫師送到黑森林手裡，黑森林丟了一個農家女孩，卻換來更大的一份禮，要是妳又順便送上門的話那可多好！黑森林會把心樹種在妳和梭亞的身體上，然後一星期之內就能吞沒整座河谷。**這**就是為什麼黑森林放走了卡莎。」

但我記得當時黑森林猛烈的掙扎，「它沒放卡莎走！」我說，「黑森林不讓我帶走她！」

「在一定範圍內，」他說，「黑森林會盡可能保全心樹，正如同將軍會設法保全一座堡壘。不過一旦心樹毀了——而且已經回天乏術，不管那女孩是死是活——那麼它當然會想辦法把損失轉為獲利。」

我們來回爭辯。並不是說我覺得他的看法錯了，這種把愛當成武器來利用的扭曲計謀確實是黑森林會做的，但我想這並不表示這個機會不值得把握，如果救出皇后，也許能終止和洛斯亞之間的戰爭，並加強兩國的實力，如果過程中我們成功毀掉另一棵心樹，那麼也許能趁機瓦解黑森林的勢力，讓它沉寂好多年。

「是啊，」他說，「如果有一打天使下凡，拿著熊熊燃燒的劍把黑森林劈個精光，那麼情況將會大大改善呢！」

我煩躁地悶哼一聲，去拿大記事簿，碰一聲擺在我們之間的桌面上，翻至最後幾頁，滿是他謹慎細小的字跡寫成的一筆筆紀錄，我雙手往書頁上一放，「它一直在贏，對不對，儘管你做了這麼多？」他冰冷的沉默已是足夠的回答，「我們不能坐以待斃，不能永遠把祕密鎖在高塔裡，想等自己完完全全準備好。如果黑森林正在醞釀一波攻擊，我們就必須反擊，而且動作要快。」

「要求完美和無法挽回的躁進之間有一段很大的差距，」他說，「妳真正的意思是，妳聽過太多私下流傳的歌謠，關於失蹤的可憐皇后和傷心欲絕的國王，妳以為自己是某條歌謠中的人物，有機會成為英雄。妳覺得被心樹啃噬了整整二十年之後，她還剩下什麼？」

「至少比過了二十一年後還剩下更多吧！」我砲轟回去。

「如果還剩下的夠多，足以察覺到黑森林把她的孩子送進心樹裡去陪她呢？」他說，毫不留情，這可怕的念頭嚇得我瞬時噤聲。

「這就交由我來煩惱，與你無關。」馬列克王子說，我們兩人同時從桌邊扭過身，他站在門廊上，穿睡衣打赤腳，因而沒發出任何聲響。他注視著我，我看得出那道給了他虛假記憶的咒語正土崩瓦解：他記起了我是誰，我也驟然想起他看見我使用魔法時如何臉色大變，更回憶起他的聲音：「妳是**女巫**。」一直以來，他都在找可以幫助他的人。

「是妳做的，對不對？」他對我說，雙眼閃閃發光，「我早該知道這隻乾巴巴的老毒蛇絕對不會以身犯險，就算是為了這等國色天香他也不會出手相救。讓那女孩重獲自由的人是**妳**。」

「我們——」我結結巴巴說，絕望地瞥了惡龍一眼，但馬列克哼了一聲。

他踏進藏書室，朝我走來，我看得見他髮際被我用沉重的托盤發狂亂敲所留下的淡淡疤痕，魔法像一隻老虎蹲伏在我肚子裡，隨時可能咆哮著衝出，但無法遏抑的恐懼緊掐我的胸膛，他靠近時，我的鼻息變得短促，如果他再靠近、如果他碰我，我應該會尖叫——不過當然是尖叫出某種詛咒：十幾個珊珈所創、效果卑鄙的咒語飛掠過我腦海，宛如螢火蟲，等著我舌尖一捲。

但他停在距離我一臂之遙的地方，只朝我微微傾身，「那女孩沒救了，妳知道吧，」他說，凝望著我的臉，「國王不想放任巫師聲稱他們淨化了遭腐敗的人，有太多巫師在說了大話不久後自己也腐敗了。依照王法，必須處死她，獵鷹也不可能替她作證。」

我違背了自己的意願，心知他所言不假，但仍不禁瑟縮：「幫助我救出皇后，」他繼續說，話聲輕柔、充滿同情，「妳就能幫讓那女孩爭取到活命機會，要是母親回到國王身邊，他肯定會一起寬赦她們兩人。」

我很清楚這是威脅而非利誘，他想表達的是如果我膽敢拒絕，他便會處死卡莎。我更恨他了，但與此同時我卻無法憎恨他到底，我懷抱著那樣子的絕望，感覺它在我體內搔抓，度過了恐怖的三個月。他自小就跟這種絕望共處，被迫與母親分離，人們都說她不在了，下場比死還恐怖，而王子永遠也找不到母親。我並不替他感到難過，但我能懂。

「等你們成功鬧個天翻地覆之後，我看太陽也會從西邊升起囉！」惡龍斥道，「你唯一能成功做到的就是去送死，還順便拉她陪葬。」

王子猛地轉身面對他，雙手緊握成拳頭往桌面一拍，蠟燭和書本全都轟的震了一下，「你救了一個無用的庶民，卻想任由邦亞的皇后在森林裡腐爛？」他怒吼，桌面的木頭飾板傳出崩裂聲，他停頓下來，深深吸了一口氣，強迫他的嘴巴彎成一個搖搖晃晃的虛假微笑，「你太過分了，惡龍，就連我哥哥也不會再聽你在他耳邊嘟嘟噥噥的那些意見，這些年來，我們只能硬吞下你說的那些關於黑森林的事——」

「既然你質疑我，就帶人馬進去，」惡龍斬聲回嘴，「自己親眼瞧瞧。」

「我會的。」馬列克王子說，「我會把你的小巫女也帶去，還有你那個可愛的農村女孩。」

「如果她們不想去，你也休想帶走她們。」惡龍說，「你從小時候就幻想自己是傳奇英雄——」

「總好過刻意龜縮的懦夫。」王子說，對惡龍露出一個齜牙咧嘴的笑容，暴戾之氣有如活生生的動物一般在兩人中間成形，在惡龍來得及回答之前，我說：「如果可以在進入黑森林**之前**先削弱它的力量呢？」他們原本死盯著對方，現在都轉頭驚訝地看著站在一旁的我。

疲倦的克莉緹娜在看到我身後的大隊人馬、巫師、閃亮鎧甲和跺足的馬匹時睜大眼睛、表情僵住，我輕聲說：「我們是為了耶爾西來的。」她歪歪扭扭點了一下頭，沒看我一眼，然後往房子裡後退讓我進去。

搖椅上放著她正在織的毛線，小寶寶在火爐邊的嬰兒床裡酣睡：胖嘟嘟的，健康而且臉頰紅通通，手裡握著一個他拿來啃的木搖鈴。我當然忍不住上前看他，卡莎跟在我後面進來，越過燭火張望，我差點出聲喚她過來，但是她別過臉，避免火光照到，而我沒多說什麼，沒必要讓克莉緹娜更害怕。她和我一起退到牆角，惡龍進門時她不時越過我肩頭偷看，她用幾乎聽不見的音量告訴我寶寶名叫安納托，她的話聲在馬列克王子低頭踏進小屋時戛然而止，獵鷹的斗篷是耀眼純白，上頭沒有半個汙點，他們沒人注意到嬰兒或者克莉緹娜的存在。「感染腐敗之氣的人在哪裡？」王子說。

克莉緹娜對我耳語：「他在穀倉裡，我們把他放在……我想把房間空出來，我們不想……我不是故意要傷害……」

她用不著解釋為什麼不願意日日夜夜都看見那張受折磨的臉，「沒關係，」我說，「克莉緹娜，耶爾西可能——我們可以試試看，但也許不會——也許會成功，但他可能會在過程中死去。」

她的雙手緊抓搖籃兩側，只微微點了頭，我想事到如今，耶爾西在她心中早已死了，好像丈夫參與了一場已經潰敗的戰役，她不過是在等待接到噩耗。

我們走出小屋，屋旁新建的豬圈裡有七隻小豬正用鼻子拱著地面，牠們大腹便便的媽媽抬頭、索然無味地朝著我們的馬匹的方向嗅了嗅，柵欄的木柴依然是未經風霜的淡棕色。我們騎著馬繞過豬圈，排成一列縱隊沿著小徑進入長得十分茂盛的樹林，我們抵達一間灰色小穀倉，它佇立在高聳雜草間，草叢中有許多等不及要長大的小樹苗，屋頂被鳥兒啄開了好幾個洞來築巢，橫越門板的鐵棍在鉤環裡生鏽，這裡感覺像是荒廢已久的地方。

「去開門，彌哈爾。」侍衛長說，其中一個士兵滑下馬，小跑步穿越雜草，他是個年輕人，和大多數士兵一樣，他的棕髮又長又直，長長的鬍鬚上下跳動，落腮鬍編成辮，這些士兵的模樣都像惡龍記載著邦亞建國的歷史古書裡走出來的人，他和年輕的橡樹一樣強壯，就算以士兵的標準來說也稱得上高壯。他單手滑開鐵棍，輕鬆一推就打開兩扇門，午後陽光灑進穀倉中。

然後他忽然往後一跳，一聲無言的驚呼卡在喉嚨裡，他的手移往佩劍的腰帶，退後的同時差點被自己的腳絆倒，耶爾西靠在後牆上，陽光完全照亮了他扭曲的怒容，雕像的眼睛直勾勾盯著我們。

「好個醜陋的苦笑。」馬列克王子漫不經心地說，「好了，亞諾斯，」他對侍衛長說，自己也翻身下馬，「把人和馬匹都帶到廣場草地上，幫他們找好掩護，我猜一旦感覺到這麼多魔法和聽見狂叫聲，魔物們可不會安分。」

「遵命，殿下。」亞諾斯說，然後對他的副官一歪頭。

士兵們和馬匹一樣很開心能離開現場，也帶走了我們的座騎，急匆匆退開，其中幾個人偷瞄穀倉的門，我看見彌哈爾回頭看了好幾次，臉龐變得毫無血色。

他們沒人真正了解黑森林，他們都不是河谷裡的人——如我所說，惡龍不需要替國王的軍隊募兵——他們也不是從鄰近地區來的，這些士兵們的盔甲上有騎馬爵士的紋章，代表他們全來自北方塔拉凱一帶的省郡，那裡是漢娜皇后的故鄉，他們對魔法的概念就是劈打在戰場上的雷電，致命且乾淨俐落，他們不知道自己來此面對的是什麼。

「等等，」惡龍在亞諾斯調轉馬頭跟上其他士兵前說，「你去的時候，買兩大袋鹽，分裝進小袋子，分給每個男人，然後去找圍巾覆蓋住每個人的口鼻，如果有人願意出售斧頭，也全都買下。」他望向王子，「不能浪費一時半刻。如果這真的有用，我們頂多能爭取到轉瞬即逝的機會——一天，最多兩天，黑森林就會從攻擊中恢復過來。」

馬列克王子對亞諾斯點點頭，同意惡龍的指令，「可以的話，盡量讓大家找時間休息一會兒。」他說，「我們這裡的事解決之後，就直接騎往黑森林。」

「然後祈禱皇后的位置不是在黑森林深處。」惡龍口氣平淡地補上一句，亞諾斯瞟了他一眼，又瞥向王子，馬列克王子只往亞諾斯座騎的側身一拍，然後就轉過身去，意味著他可以退下，亞諾斯跟著其他人走了，沿著羊腸小徑離開，接著便不見蹤影。

穀倉裡只剩下我們五個人了，灰塵顆粒飄浮在陽光中，乾草的溫暖甜香之中隱藏著淡淡的枝葉腐爛氣味。我看見側邊牆壁上有個邊緣參差不齊的洞，當時狼群就是從那裡跳進來的，不是因為想吃掉牲口，而是想凌虐並感染他們。我用手臂環抱自己，天色漸暗，今晨破曉之後我們就策馬穿越河谷、直奔德弗尼克，路途中只停下幾次讓馬匹休息。風吹進門，氣流旋過我脖子，感覺冷冰冰的，橘黃色餘暉照著耶爾西的臉頰和大大睜開卻目不見物的眼睛。我想起變成石頭時那冰冷凝滯的感覺，納悶耶爾西是否能透過自己那目不轉睛的視線看見發生了什麼事，或者黑森林已經將他禁錮在黑暗之中。

惡龍看向獵鷹，誇張又嘲諷地往耶爾西一揮手臂，「也許你能幫上點什麼忙？」

獵鷹對他露出薄弱的微笑，鞠了個躬，然後去站在雕像前舉起雙手。解除石化咒語的字詞從他舌尖迴盪而出，發音很漂亮，他念著念著，石頭漸漸從耶爾西身上褪去，他的指尖抽了一下、彎起來。他擺在身體兩側、僵硬箕張的雙手也伸展開來，他的手腕原本拴著一端釘在牆上的生鏽鐵鍊，鐵環隨著他的動作在牆壁上刮擦，獵鷹往後退了一點點，但臉上仍然掛著微笑，石頭慢慢離開耶爾西的頭頂，他的眼睛開始轉動，左看右看。他的嘴巴鬆開，發出一連串尖銳細小的笑聲，然後石頭也釋放了他的肺部，耶爾西的聲音越來越響亮尖銳，獵鷹臉上的笑容滑落了。

卡莎靠著我移動，動作笨拙，我緊緊握住她的手，她站在我旁邊，看起來也像一尊雕像，渾身緊繃，回憶起之前的事。耶爾西嚎叫又大笑又嚎叫，不斷重複，似乎想把石頭封住他的肺部時發不出的那些狂嚎全都補回來。他叫了又叫，直到喘不過氣為止，然後抬起頭對我們咧嘴笑著，露出發黑的爛牙，皮膚還是那斑斑點點的青綠色，馬列克王子盯著他，手緊抓著劍柄，獵鷹已經退到王子身旁站著。

「哈囉，小王子，」耶爾西對他哄道，「你想媽咪嗎？想不想也聽到她的尖叫？**馬列克！**」他忽然發出尖叫，那是一個女人的聲音，淒厲又絕望。「**馬列克！救救我！**」

馬列克的身體一縮，好像有東西往他五臟六腑用力一擊，他的佩劍從劍鞘裡往外露出了三吋，直到他停下動作，「閉嘴！」他嘶吼，「讓他**安靜！**」

獵鷹舉起一隻手說：「艾烈喀達！」他仍然驚嚇地盯著耶爾西看，耶爾西原本大張著嘴巴咯咯笑，聲音忽然變得模糊，好像被關進了一間牆壁厚實的房間，只透出一聲聲「**馬列克、馬列克**」的微弱哀鳴。

獵鷹一旋身，面對我們說：「你們該不會想淨化這個東西吧——」

「啊，所以你**現在**又開始害怕了嗎？」惡龍說，語氣冰冷挖苦。

「你看看他！」獵鷹說，轉過身念道：「拉雷亞，帕雷許！」然後張開的手凌空一抹，好像正在抹掉窗戶上的水蒸氣。我往後縮，卡莎的手握得我的手發疼，我們恐懼地看著，耶爾西的皮膚變成半透明，像薄薄一層發綠的洋蔥外皮，而皮囊下什麼都沒有，除了一團黝黑蠕動的腐敗之物，滾燙且滋滋作響。很像我在自己皮膚底下見過的黯影，不過已經肥碩到把耶爾西體內的一切都吞噬殆盡，甚至蜷縮在他臉皮底下，他汙濁發黃的眼睛幾乎都要被那怪異、沸騰的黑雲遮得看不見。

「你卻覺得自己已經準備好，想歡天喜地、浩浩蕩蕩進入黑森林？」惡龍繼續說，他轉身，馬列克王子瞪著耶爾西，臉色像銀鏡表面一樣灰撲撲，他的嘴巴抿成一條無血色的細線，惡龍對他說：「聽我說。**這東西**？」他指向耶爾西，「這還不算什麼。他的腐敗是輾轉了三次間接感染的，而且因為用了石化藥水，腐敗擴散的程度其實只相當於三天。如果是輾轉了四次才感染到的，我就可以用平常的淨化過程滌淨他。皇后困在心樹裡二十年了，如果我們找得到她、如果能救她出來、如果能淨化她，而以上這些都只是如果，她仍然被黑森林用最糟糕的手段折磨了二十年，我們無法抹滅這點。她不會擁抱你，甚至不會認得你。

「我們眼下有個對付黑森林的大好機會，」他繼續說，「要是我們成功淨化這個男子，要是我們在過程中順道摧毀了另一棵心樹，我們不該莽撞躁進、不顧一切就直搗黑森林深處，應該要從最鄰近的邊界開始，日出時分就動手往森林裡劈砍出一條道路，直到日落，在黑森林裡施放火心之後再撤退，我們有可能奪回這個河谷整整二十哩的失地，讓黑森林虛弱整整三個世代的時間。」

「如果連我母親也一起燒死了呢？」馬列克王子逼近惡龍，質問他。

惡龍朝耶爾西的方向點點頭，「難道**你**寧願用那種狀態活下去？」

「她先燒死的話就什麼可能也沒有了！」馬列克說，「不，」他艱難地吸了一口氣，好像胸膛上烙著熱鐵，「絕不。」

惡龍緊抿著嘴，「如果我們能削弱黑森林的勢力，找到她的機會——」

「不行，」馬列克說，手一揮打斷了他的話，「我們會救出母后，途中能夷平多少黑森林算多少，**然後**，惡龍，等你淨化她、燒毀困住她的心樹之後，我發誓會讓你得到我父王所能提撥最多的人力和斧頭，我們不只會奪回二十哩的失地，還要把黑森林一路燒回洛斯亞，永除後患。」

他邊說邊站得更直，雙肩往後挺，腳步踩得更穩。我咬著嘴唇，我一點也不相信馬列克王子，他是個自私自利的人，但我不禁覺得他有權利這麼做，如果我們能燒掉二十哩的黑森林，那會是一大勝利，但也只是一時的勝利，我想要黑森林全部燒光。當然，以前我一直都討厭黑森林，但那感覺並不切身，它是收成前的地獄煉火、是田野裡的一群蝗蟲，不過更可怕，比較像一場夢魘，但也只是依它的天性行事。現在，黑森林是截然不同的東西，是帶著全然惡意張牙舞爪，刻意想殺害我和我愛之人的生物，它的陰影籠罩整座村莊，準備像吞沒波若斯納一樣吞沒德弗尼克。我並不夢想成為什麼巾幗英雄，儘管惡龍曾經這樣指控我，但我的確想高舉斧頭和火炬縱馬進入黑森林，想把皇后從它的魔爪中拉扯出來，召集森林兩頭的軍隊，把它燒成一片焦土。

過了一會兒，惡龍搖搖頭，但沒說什麼，他沒多作爭執，這時，獵鷹倒是出聲抗議了，他看起來一點也不像馬列克王子那樣堅定，視線還逗留在耶爾西身上，用雪白斗篷的一角壓住口鼻，彷彿比我們看到了更多東西，也害怕吸進病灶，「希望你原諒我的遲疑：可能我對這方面的事情無知得可悲，」他說，即使隔著斗篷，還是可以清楚聽見他嗓音裡濃濃的挖苦之意，「但我敢斷言，這人腐敗得非常嚴重，甚至連焚燒前先將他斬首也不安全，也許我們最好先確保你**有能力**放他自由，再決定接下來要選擇哪一個根本無從開始的浮誇計畫。」

「我們說好的！」馬列克王子說，猛地迴身面向獵鷹，急切地反對。

「我們說好這事值得冒險，但**前提是**薩肯真的找到淨化腐敗的方法，」獵鷹對他說，「但是這個——」他又望向耶爾西，「現在我必須眼見為憑，就算真的親眼目睹我也會深思再三。先不管我們聽說了什麼，說不定那女孩一開始就沒感染腐敗，是惡龍刻意造謠，想替他的聲譽多添風采。」

惡龍厭惡地哼了一聲，沒給他任何解釋，他轉身走到一捆零落四散的陳年乾草堆旁，拉出一把草莖，對它們喃喃念了一個咒語，手指邊把草莖彎折在一起。馬列克王子抓住獵鷹的手臂把他拉到一邊，憤怒的竊竊私語。

耶爾西仍在靜音的咒語下自顧自唱歌，但開始拉著鎖鍊晃來晃去，他往前跑，雙臂在身後伸長到極限，身體被鎖鍊拉得緊緊的、卻又繼續使勁，猛力拉扯鍊條，同時把頭往後仰，撕咬著空氣。他的舌頭垂在口腔外，那是個腫脹發黑的噁心東西，好像有隻蛞蝓爬進他嘴裡，他搖動舌頭，對我們骨碌碌轉著眼珠。

惡龍忽略他，他手中的乾草莖變厚，長成一張桌腳多節的小桌子，寬不到一呎，然後他拿起帶來的皮包，打開後小心翼翼拿出《召喚咒》，夕陽讓燙金字體熠熠生輝，他把書攤在小桌上。「好了，」他說，轉身面向我，「我們開始吧。」

這時我才真正思考起這件事，王子和獵鷹轉頭看著我們，我才想到要在眾目睽睽下握著惡龍的手，在他們的注視下讓我的魔法和他的魔法匯流，我的胃像乾掉的李子一樣皺起來，我瞥了惡龍一眼，但他的臉龐刻意保持疏遠，似乎對於我們即將要做的事只有一點點興趣。

我心不甘情不願地走去站在他身邊，獵鷹的視線在我身上，我確定他的凝視帶有魔法，虎視眈眈而且犀利無比，我討厭暴露在他和馬列克面前，卻更討厭有卡莎這麼了解我的人在場，我沒告訴她太多關於那晚的事，關於上次我和惡龍試著一起施咒時發生了什麼事，我無法用言語敘述，甚至連想都不太願意想。但是我沒拒絕，因為耶爾西像個玩具一樣拉著鐵鍊舞動，好像父親用木頭削給我的玩具，在兩根木棍間跳動、後空翻的滑稽小木頭人。

我吞了一口口水，把一隻手放在《召喚咒》封面上，翻開書，惡龍和我一起開始念。

我們僵硬又怪異地並肩而立，但兩人的咒語交織在一起，好像這次沒有我們也知道該往哪裡去。我的肩膀放鬆下來，抬起頭，開心地深吸一口氣進入肺中，我忍不住，沒辦法在乎是不是全世界都在看，《召喚咒》像河流一樣在我們四周流動，他的聲音是汩汩流水，由我加進瀑布和跳躍的魚兒，大清早的旭日在周遭灑下耀眼燦爛的光芒。

然後，黑森林透過耶爾西的臉望出來，用無聲的仇恨對我們齜牙咧嘴。

「有用嗎？」在我們身後的馬列克王子問獵鷹，我沒聽見他回答，耶爾西和卡莎一樣迷失在黑森林中，不過他已經放棄了，癱坐在一棵樹的樹幹下，伸長流血的雙腳，下巴鬆垮地張開，空洞的眼神瞪視著擺放在膝上的雙手。我對他大喊：「耶爾西！」的時候他動也不動，然後才愣愣地抬起頭、愣愣地看著我，接著又垂下頭。

「我看到了——的確有渠道，」獵鷹說，我瞥向他時，看見他又戴上眼罩面具，額頭上那隻古怪的鷹眼往外窺看，黑色瞳孔大張，「那就是腐敗之氣從黑森林裡往外逸散的方法。薩肯，要是我現在立刻將淨化的火焰灌入渠道——」

「不行！」我迅速出聲抗議，「耶爾西會死的。」獵鷹輕蔑地看了我一眼，他當然一點也不在乎耶爾西是死是活，但卡莎一個轉身奪門而出，沿著小徑跑開，一會兒之後帶著看起來戰戰兢兢的克莉緹娜回來，懷裡抱著小寶寶，她看到魔法和扭動的耶爾西不禁退卻，但卡莎對她急切低語了幾句，克莉緹娜把寶寶抱得更緊，然後慢慢往前踏了一步、又一步，直到她望進耶爾西的臉，她的表情改變了。

「耶爾西！」她叫喚，「耶爾西！」然後對他伸出手，克莉緹娜想碰他的臉，但被卡莎攔住，不過我看見森林深處的耶爾西再度抬起頭，然後，慢慢地，他站了起來。

《召喚咒》的光芒對他也一樣毫不留情。這次我感覺到光芒隔了一段距離，它不像之前那樣直接碰觸我，但耶爾西的內心在我們面前赤裸裸攤開，滿是憤怒：那些孩子的小小墳塚、克莉緹娜默默受苦的臉龐、緊緊捏著肚子的飢餓感，還有假裝沒看見屋子裡那些救濟他們的小提籃時心中的怨怒酸楚，他知道她又去求人了。然後是看見牛隻變成怪物時那純粹、原始的絕望，他脫離貧困的最後一線希望也沒了，有一半的他希望乾脆被那些野獸殺死算了。

克莉緹娜的臉龐也盈滿絕望之情，無助的黑暗念頭：母親早就告誡她不要嫁給窮困的男人；她住在拉登斯科的妹妹有四個小孩，丈夫織布維生，她妹妹的小孩都活了下來，她妹妹的小孩從來不用挨餓受凍。

耶爾西的嘴巴因為羞恥而大大張開，顫抖著，咬緊牙根，但克莉緹娜又再次啜泣，朝他伸出手，然後寶寶醒了，開始哭叫，那是個難聽的噪音，相較之下卻很美好，如此平凡單純，只是想表達原始的需求。耶爾西往前踏了一步。

在這之後，事情忽然變得簡單許多，惡龍是對的：耶爾西的腐敗程度不比卡莎當時嚴重，他不像卡莎那樣深陷在黑森林裡，一旦開始移動，便搖搖晃晃快速朝我們前進，穿越想阻礙他的樹枝，它們只是拍打著的細瘦枝椏，耶爾西舉起手臂擋在面前，開始跑向我們，一邊推開那些樹枝。

「維持住咒語，」快結束時，惡龍對我說，他的魔法抽離開來，我咬緊牙關用盡全身力氣支撐《召喚咒》的咒語，「趁現在，」他對獵鷹說，「等他出來的時候。」耶爾西靠近他自己的臉孔，獵鷹和惡龍並肩舉起雙手，同時開口說：「烏落絲脫，索伏安塔！」

耶爾西往前推進，穿過淨化之火，雖然他淒厲尖叫，還是成功通過火焰：幾滴瀝青狀的腥臭液體從他眼角擠出、也從鼻孔裡流下，滴落在地面，嘶嘶冒煙，他被鐵鍊縛住的身體癱軟傾斜。

卡莎踢起一些泥土蓋過地上的液體，惡龍往前一踏捏住耶爾西的下巴，將他撐立起來，我則唸完最後一段《召喚咒》，「快看。」他對獵鷹說。

獵鷹用手捧著耶爾西的雙頰，念出咒語，那道咒語像一支箭，在《召喚咒》最後一道耀眼光芒中疾疾射出。在鐵鏈中間、耶爾西頭頂上方的牆壁上，獵鷹的咒語打開了一扇窗，那時我們全都看到了一棵高大古老的心樹，比困住卡莎的那棵還要大上一倍，它在劈啪燃燒的烈火中瘋狂扭動著枝幹。

14

隔天早晨我們在黎明前的寧靜中離開德弗尼克時，士兵們高聲說笑，他們已經全副武裝，穿著閃亮鎧甲、頭盔上的羽毛輕點著、身披綠色長斗篷、繪有圖樣的盾牌掛在馬鞍上，看上去雄赳赳氣昂昂，他們也深知這點，因此騎馬穿過漆黑的街巷時深感自豪，就算馬匹們全低垂著頸子。當然，一個小村莊很難擠出惡龍所指示的三十條圍巾，因此多數士兵都圍著冬天用的厚重又使人發癢的羊毛圍巾，凌亂地圍住脖子和臉頰。他們三不五時得中斷精心擺出的姿勢，忍不住偷偷把手伸到圍巾底下搔癢。

從小我就習慣騎乘父親那體型龐大、步伐緩慢的重輓馬，要是我在牠們寬闊的背上倒立，牠們才會微微驚訝地轉過頭來看，牠們也拒絕小跑步，更不用說是慢跑了。但是馬列克王子要我們騎他的士兵多帶的幾匹馬，牠們和父親的馬感覺是截然不同的物種，當我不小心用某種錯誤的方式拉動韁繩時，我的座騎用兩隻後腿直立起來，前蹄往前揮，一邊踏步前進，我緊張兮兮攀住牠的鬃毛，過了一會兒之後牠才重新站好，雖然我也不知道牠聽從的是哪個指令，然後牠昂首闊步往前走，看起來非常滿意自己的表現，至少在我們經過札托切克前牠都信心滿滿。

河谷中的道路漫無止境，我猜很久以前它應該延伸得更遠——直通波若斯納，也可能通往更遠的幾個早被黑森林吞噬的無名村落。但現在，隨著札托切克橋邊的磨坊在我們身後隱沒，雜草開始嚙咬著道路邊緣，再過一哩，就幾乎看不出腳底下還有道路的蹤影。士兵們仍然在大笑和唱歌，但他們的馬匹似乎比主人聰明，不等任何指示就自動慢下腳步，牠們噴氣甩頭，耳朵來回轉動，毛皮緊張地陣陣顫抖，好像有蒼蠅在騷擾牠們，不過這裡沒有蒼蠅。前方不遠處，一堵暗色的樹木高牆正在等候著。

「在這裡停下來。」惡龍說，所有馬兒幾乎是立刻止步，好像牠們聽得懂，也樂於以此當作藉口停下腳步。「有需要的話你們可以喝點水、吃點東西。等進到黑森林中，切記不可吃喝。」他翻身下馬。

我小心翼翼爬下馬，「我來照料她。」其中一個士兵對我說，他是個金髮男孩，有一張友善的圓臉，唯一的缺點是斷了兩次的鼻梁，他對我的母馬發出噠噠聲，精神奕奕而且很有自信，每名士兵都牽著馬兒去河邊喝水，一邊傳遞分吃著麵包和裝著酒水的扁瓶。

惡龍叫我過去，「布下妳的保護咒，越嚴密越好，」他說，「然後試試看能不能也在士兵身上施保護咒，如果妳做得到的話。我也會在你們身上布下咒語。」

「這能抵擋黯影嗎？」我懷疑道，「就算我們人在黑森林裡也有用？」

「無法抵擋，不過能拖慢它們的速度。」他說，「札托切克村外不遠有個穀倉，我在那裡囤滿淨化用的材料，免得有朝一日需要進入黑森林。我們一出來後立刻前往那裡喝下藥水，重複十次，不管妳多確定自己已經乾淨了。」

我看著那群年輕的士兵，大夥兒吃著麵包有說有笑，「藥水足夠這麼多人喝嗎？」

他冰冷篤定的眼神像鐮刀一樣掃視他們，「足夠讓剩下的人喝了。」他說。

我發抖，「就算我們成功淨化了耶爾西，你還是不覺得這是個好主意。」黑森林裡仍飄出一縷輕煙，那是心樹燒死的地方，我們昨天就看到了。

「這是個非常糟糕的主意。」惡龍說，「但是如果沒有我的陪同，讓馬列克獨自帶妳和梭亞進黑森林，那會更糟糕，至少我多多少少知道要面對的是什麼。來吧，我們的時間不多了。」

卡莎安靜地幫我蒐集咒語所需的一堆堆松針，獵鷹已經在馬列克王子周身精心堆砌出一道防禦咒語，磚牆般往上築起，直到覆蓋過馬列克的頭頂，然後整座牆往中心塌陷，如果我用眼角餘光瞄著馬列克，就能看見他的皮膚上有一層咒語發出的微光，獵鷹在自己身上也施了同樣的咒語，但我注意到他沒有下咒保護任何士兵。

我跪著用松針和細枝升起一小堆燻火，苦澀又令人喉頭發乾的煙霧瀰漫整片空地之後，我抬頭看惡龍，「輪到你了？」我問，惡龍的咒語感覺起來像是在火爐前披上一件厚重的外套，讓我渾身發癢不適，還胡思亂想到底為何我會需要它。我和著他的咒語哼唱出自己的保護咒，想像自己是在添加更多禦寒衣物來抵抗寒冬之心，不只外套，還加上手套、羊毛圍巾、扣好有耳罩的帽子、長靴外覆蓋針織長褲，最後再加上面紗，所有東西都妥切塞好，不留下任何可以讓冷空氣趁機入侵的空隙。

「你們所有人都把圍巾拉起來。」我說，眼神沒離開過冒煙的火堆，一時忘記了我命令的是一群大男人、一隊士兵，不過更古怪的是他們聽從了我的吩咐，我讓煙霧往外擴散，帶著保護的力量滲入包裹住他們的羊毛和棉布。

最後一點松針崩裂成灰燼，火熄了，我有點不穩地爬起身，被煙霧嗆得咳嗽，揉揉淚汪汪的眼睛，我眨眨眼讓視力恢復清晰之後，不禁瑟縮了一下，獵鷹正看著我，他拉起斗篷的一個皺褶覆蓋嘴鼻，但眼神飢渴又專注，我迅速別過身，去河邊喝水，把手臉的煙塵都洗掉，我不喜歡他的眼睛試圖刺破我肌膚的感覺。

卡莎和我分食一條麵包，那是德弗尼克的烘焙師傅每天都會出爐的家常麵包，灰棕色的麵包吃起來酥酥脆脆，還帶著點酸味，那是每個在家度過的早晨的味道。士兵們正把扁瓶收好，拍掉麵包屑，重新騎上馬，陽光已經從樹梢間透出。

「好了，獵鷹，」等眾人都上馬後，馬列克王子說，他脫下手套，他的小指第一個關節前套著一枚戒指，鑲有小小藍寶石的細緻金戒，一個女人的戒指，「帶路吧！」

「把你的大拇指懸在戒指上方。」獵鷹說，從他的馬匹上往前傾，他用寶石別針刺破馬列克的指尖，然後一擠，一滴圓胖的血滴落在戒指上，把金環染成猩紅色，獵鷹邊念出一個搜尋的咒語。

藍寶石變成深紫色，紫羅蘭色的光芒在馬列克手邊匯聚，他戴回手套後，光芒仍聚集在手上，他把拳頭舉在身前，左右移動，拳頭指向黑森林時，光芒變亮了，他帶領我們前進，馬匹一一踏過灰燼，進入黑暗的樹木之間。

春天的黑森林和冬天時截然不同，瀰漫著一股欣欣向榮又警醒的氛圍，碰觸到樹枝所投下的第一道陰影後，我的皮膚不禁一陣顫慄，感覺四處都有眼睛在監視著我們。馬蹄避開青苔和矮樹叢踩在地上發出悶悶的聲響，和我們擦身而過的荊棘叢伸來刺人的長長莖刺，沉默無聲的黑鳥在樹與樹之間飛躍，在我們周圍盤旋，忽然之間我很確定如果是春天時獨自前來，絕對找不到卡莎，至少必定經過一番苦戰。

但今天我們帶著三十名士兵一起進來，他們都身披盔甲、手持武器，拿著厚重的刀劍、火把和一袋袋鹽巴，遵照惡龍的指示。隊伍最前方的幾名騎士劈斬灌木叢拓寬小徑，我們跟在他們身後往前推進，後方幾名士兵放火燒小徑兩側的荊棘，一邊往我們經過的泥土路上灑鹽，好讓我們能沿原路撤退。

但是他們的笑聲止息了，我們悄無聲息往前騎，只聽得見鞍具模糊的叮噹聲，還有馬蹄踩在光禿禿的小徑上輕柔的嗒嗒聲，馬兒們連噴氣的聲音都沒發出，牠們用框著一圈白線的大眼睛瞪著樹木，我們全都有一種被狩獵的感覺。

卡莎騎在我身旁，她的頭在馬兒頸後垂得很低，我努力伸出手抓住她的指頭，「怎麼了？」我輕聲問。

她的視線從小徑上移開，指著遠處一株樹木，那是棵古老發黑的橡樹，多年前遭閃電擊中，枯死的枝幹垂掛著青苔，好像一個老女人彎腰拉開裙擺行屈膝禮，「我記得那棵樹，」她說，低下頭從馬兒的雙耳中間直直看出去，「還有我們剛剛經過那顆紅色的岩石，還有那叢灰色的荊棘——我全都記得，感覺好像從沒離開過這裡。」她也用耳語說話，「好像我根本沒離開過，我不知道妳是不是真實的，妮絲卡，如果這是我作的另一個夢怎麼辦？」

我無助地捏捏她的手，不知道該怎麼安慰她。

「附近有東西，」她說，「就在前面不遠。」

隊長聽見她的話，往回一看，「危險的東西嗎？」

「死掉的東西。」卡莎說，視線垂到她的馬鞍上，雙手緊揪著韁繩。

前方的光線越來越明亮，馬蹄下方的小徑也變寬了，馬蹄鐵發出空蕩的回聲，我低頭看見半埋在青苔下方碎裂的石板路，我重新抬起頭時不禁瑟縮了一下，遠方的樹木之間，一張鬼魂似的灰色臉孔回看著我，一隻空洞的眼睛下方還有一張方形嘴巴，是座空蕩蕩的穀倉。

「離開小徑，」惡龍突然說，「繞過去，往北或往南都可以，無所謂，但不要穿越廣場。我們不能停下來。」

「這裡是什麼地方？」馬列克問。

「波若斯納，」惡龍說，「或者說是波若斯納的廢墟。」

我們調轉馬頭往北方前進，小心穿越荊棘和簡陋小屋的殘骸，樑柱坍塌、屋頂下陷，我試著不去看鋪了厚厚一層青苔和嫩草的地面，年輕卻高聳的樹木朝陽光往上伸展，枝葉已經形成頂蓋，將陽光打碎成晃動、閃爍的斑駁光影。但是青苔下半埋著一些形體，時不時有一隻化為白骨的手戳穿土壤，森白指尖刺破柔軟綠毯，在陽光照射下閃著冷光。如果我朝原本村中廣場的方向看過去，在那些房屋之上，有廣大一片亮閃閃的銀色枝葉，我也聽得見遠處傳來心樹葉片的窸窣低語。

「我們可以停在這裡把心樹燒掉嗎？」我小聲對惡龍說，盡可能輕聲細語。

「當然可以，」他說，「使用火心之後立刻沿原路撤退。這才是明智的作法。」

他沒壓低音量，馬列克王子卻頭也不回，但是幾個士兵轉頭看著我們，馬匹伸長脖子發抖，我們迅速往前騎，把死者留在身後。

一會兒之後，我們停下來讓馬匹休息片刻，牠們都累了，不僅因為勞累也因為恐懼，小徑在這裡圍繞著一片沼澤地，那是一條春天小溪的盡頭，雪融得差不多之後就乾涸了，但還留下一點咕嚕冒泡的涓涓細流，在岩石嶙峋的河床積成一窪清澈的小池塘，「馬匹喝這水安全嗎？」馬列克王子問，惡龍聳聳肩。

「你們也可以喝。」他說，「反正喝水不會比把牠們帶到這些樹下還糟糕，無論如何，這趟走完你們也得撲殺全部的馬匹。」

亞諾斯已經滑下馬，一隻手放在牠的鼻子上安撫牠，他聞言猛然扭過頭，「牠們是經過訓練的戰馬！價值和牠們等重的銀子！」

「淨化魔藥價值和牠們等重的金子。」惡龍說，「如果你對牠們有感情，一開始就不應該帶牠們進黑森林。但是你也別太傷心了，說不定根本不會面臨這個問題。」

馬列克王子嚴厲地瞪了他一眼，不過沒出言爭執，而是把亞諾斯叫到一邊，說了些安慰的話。

卡莎站在空地邊緣，那裡有幾條野鹿的足跡往前延伸，她避開不看池塘，我想知道她在那四處遊蕩的漫長禁錮中是否也看過這個地方，她盯著黑暗的森林深處，惡龍走到她旁邊，望了她一眼，開口說了些什麼，我看到卡莎把頭轉向他。

「真好奇妳知不知道他虧欠了妳什麼？」獵鷹在我身後唐突地說道，我嚇了一跳、轉過頭，我的馬兒正口渴地喝水，我抓緊韁繩，朝著牠溫暖的側身靠近了一點，什麼話也沒回。

獵鷹揚起一邊黝黑工整的細長眉毛，「王國裡的巫師可不是取之不盡、用之不竭，依照王法，擁有魔法天賦意味著妳的地位比諸侯還高，現在妳在宮廷裡能享有一席之地，由國王親自供養，再也用不著關在這河谷裡，更不用說被當成苦役一樣對待。」他的手朝我的衣服從上往下一揮，我裝扮得像是要去森林裡採集：高筒防泥靴、麻布袋縫成的鬆垮工作褲，然後外罩一件長衫，他仍然穿著雪白斗篷，不管他在普通的樹林中用了什麼咒語來讓斗篷保持乾淨整潔，黑森林的惡意都更加強大，斗篷邊緣已經有些地方扯破了。

他誤解了我狐疑的表情，「妳父親是農夫，對吧？」

「樵夫。」我說。

他一擺手，好像在說這其中並無差別，「那麼我想妳對宮廷一無所知了。當初我的天賦展現時，國王冊封我父親為騎士，等我完成訓練後加封成男爵，他對妳也一定不會小氣的。」他俯身靠近我，我緊緊靠在馬兒身上，讓她往水中噴了好幾個泡泡。「不管妳在這荒郊野外長大時聽說了什麼，薩肯不是邦亞裡唯一傑出的巫師，我向妳保證，妳用不著認為自己有義務跟在他身邊，只因為他發現了一個——有趣的方法來利用妳。我很確定有很多其他巫師都可以成為妳的合作對象。」他對我伸出手，喃喃唸出一個字，手掌上升起一道螺旋狀的火焰，「也許妳會想試試看？」

「和**你**？」我脫口而出，絲毫不顧官場禮儀，他的眼角微微瞇起，但我一點也不覺得抱歉，「在你這樣對待卡莎之後？」

他換上一副受傷的驚訝表情，就和披上第二件斗篷一樣快，「我幫了她、也幫了妳一個忙，妳以為會有人願意聽信薩肯的話，相信她痊癒了嗎？妳的主人躲在這地方，有人召他進宮時才會出現，個性和暴風雨一樣陰沉，每每警告我們有災難要發生，卻似乎從沒發生過，說他個性古怪已經是很仁慈的說法了。他在宮廷裡沒有任何朋友，少數與他為友的人都是些烏鴉嘴，他們會毫不猶豫地處死妳朋友。如果馬列克王子沒出手干涉，國王派來的會是劊子手，還會把薩肯叫去王都問話，要他為放任她活了這麼久的罪行負責。」

獵鷹本人就是他口中那個劊子手，但顯然他不介意這件事，仍舊堅持他大發慈悲幫了我一個大忙，我不知道該如何回應這麼無恥的舉動，也許只能發出意味不明的憤怒嘶聲。但是他沒繼續逼我，只用一種暗示我不可理喻的柔和語調說：「想想我告訴妳的事吧，我不怪妳生氣，但別把良心建議當成耳邊風了。」然後他對我華麗地一鞠躬，卡莎走回我身邊時他優雅退開，士兵們紛紛重新騎上馬。

她表情嚴肅，搓揉著臂膀，惡龍已經登上他的馬匹，我瞥了他一眼，想知道他跟卡莎說了什麼。「妳還好嗎？」我問卡莎。

「他告訴我不用擔心自己還身染腐敗之氣，」她說，嘴巴動了一下，露出極其微弱的笑容，「他說如果我能感到恐懼，很可能表示我已經完全乾淨了。」她接下來說的話更加出人意料，「他還說很抱歉讓我這麼害怕——我的意思是害怕被他選中，他說他不會再帶走任何女孩了。」

我因為這件事吼過他，卻從不期待他會聽進去，我盯著卡莎，但是沒時間思考更多。這時已經騎在馬上的亞諾斯看著他的部屬，忽然說：「彌哈爾呢？」

我們清點人數和馬匹，往四面八方大聲叫喚，但是沒有回應，四周也沒有樹枝斷裂或者葉子騷動的痕跡來顯示他的行蹤，不久之前他還在這裡，等著帶他的馬兒喝水，如果他是被抓走的，那可說是無聲無息。

「夠了，」惡龍最後說，「他不在了。」

亞諾斯抗議地看向王子，但一陣沉默之後，馬列克終於說：「我們繼續前進，兩兩排列，保持在彼此的視線範圍內。」

亞諾斯的臉色嚴峻不悅，一邊用圍巾重新緊緊包住口鼻，他朝最前方兩名士兵一歪頭，過了一會兒後，他們開始動作，踏上小徑，我們繼續朝黑森林裡前進。

在樹枝下方很難判斷現在的時間以及我們到底騎了多久，沒有任何樹林會像黑森林這麼安靜，沒有昆蟲的嗡鳴，也沒有小樹枝在兔子腳下斷裂的聲音，就連我們的馬兒也很少發出聲音，牠們的馬蹄踩在柔軟的青苔、嫩草和小樹苗上，而非裸露的土壤。已經快看不出小徑的蹤影，隊伍前頭的士兵必須不斷劈砍灌木叢開道讓我們通過。

樹木間隱隱約約傳來潺潺流水聲，小徑又忽然變寬，我們停下腳步，我踩著馬鐙站起身，越過我前面士兵的肩膀看見前方樹木變得稀疏：我們又來到了紡錘河岸邊。

我們在河流上方大約一呎處走出林木之間，站在柔軟傾斜的岸邊，樹木和灌木叢懸在河面上，柳樹把草葉似的樹枝垂進水邊濃密生長的蘆葦中，水岸潮濕的泥土間露出糾結成一團的蒼白樹根。紡錘河的河面夠寬，陽光從河中央樹枝相交之處透進來，在河面閃爍，卻穿透不了。我們看得出已經過了大半天，在原地靜靜坐了好一陣子，如此撞見一條河流、就這樣切斷我們的去路，感覺不太對勁。我們本來朝東方騎，應該要與河流平行前進才對。

馬列克王子對著河流舉起拳頭，紫羅蘭色的光束益發燦爛，召喚著我們渡河，但是水流非常湍急，我們也看不出到底有多深，亞諾斯從樹上折下一截小樹枝丟進河中，它立刻就被捲走，消失在一小波發亮的浪頭下。「我們尋找淺灘渡河。」馬列克王子說。

我們調頭，排成一列縱隊沿著河前進，士兵們劈砍清空前方的植物，讓馬兒能在岸上站穩，這裡看不見任何通向水邊的動物足跡，紡錘河繼續往前奔流，河面並沒有變窄，這裡的紡錘河與河谷裡的不同，它在枝葉下湍急安靜地奔流，和我們一樣都深深籠罩在黑森林的陰影中，我知道它不曾從洛斯亞那頭冒出來過，而是消聲匿跡於黑森林的某個深幽之處，在黑暗的空間裡被吞噬。現在看著寬闊深沉的水流，似乎很難相信這件事。

我後方某處，有個男人悠悠嘆了口氣——一個放鬆的聲音，好像剛卸下了什麼重擔，在死寂的黑森林中聽起來特別清晰，我回頭去看，他的圍巾從臉上鬆鬆地垂落，是那位鼻梁斷掉、友善的年輕士兵，帶我的馬匹去喝水的那個人。他伸出一隻拿著刀子的手，刀鋒銳利、銀閃閃的，然後抓住騎在他前面那位士兵的頭顱，往他的喉嚨從左到右劃開一道深紅色的裂口。

那名士兵沒吭一聲就死了，鮮血噴灑在馬匹的後頸和周遭的樹葉上，牠發狂地用兩隻後腳站起來，嘶叫著，騎士滑落馬背時，牠撒腿就跑，消失在灌木間。拿刀的年輕士兵臉上仍然掛著微笑。他從馬匹上縱身一撲，跳進水中。

我們被這忽如其來的意外嚇傻了，馬列克王子在前面發出一聲大喊，跳下馬跑下河岸，滑到水邊時靴子在泥巴裡踩出一個個小坑，他試著去拉那士兵的手臂，但士兵並沒有伸手來抓。他像根漂流木一樣仰躺在水面，漂過馬列克王子，圍巾末端和斗篷拖曳在身後，他的靴子已經灌滿水，拽著雙腳往下拉，然後他的身體也開始沉沒。我們看到他的最後一眼是往上瞪視著太陽的圓臉，接著河水淹過他的頭、淹過他的歪鼻梁，綠色斗篷在水裡最後一次翻滾之後就不見了。他死了。

馬列克王子重新站穩腳步，佇立在河岸邊看著，抓著一棵小樹窄細的樹幹保持平衡，直到那士兵完全沒入水中，然後他轉身蹣跚爬上坡，亞諾斯也下了馬，他拉著馬列克座騎的轡繩，往下伸出手拉王子上來，另一名士兵抓住現在無人騎乘的那匹馬的轡繩，牠顫抖著、張著鼻翕，但不敢亂動。四周再度恢復平靜，河水繼續奔流、懸垂的樹枝動也不動、陽光繼續照耀河面，我們沒聽見落荒而逃的那匹馬所發出的聲音，好像剛才什麼事情都沒發生。

惡龍騎馬移動到隊伍前方，低頭看著馬列克王子說，「其他人在日落之前也都會沒命。」他不留情地說，「說不定連你也會一起送命。」

馬列克王子抬頭看他，表情第一次顯得毫無防備而遲疑，好像剛才目睹的事情超乎了他的理解範圍，我看見他們身旁的獵鷹正回頭查看排成一列的士兵，眼睛眨也不眨，銳利眼神企圖看見什麼隱形的東西，馬列克望著，獵鷹對上他的眼神，用非常輕微的動作點了一下頭表示確認。

王子爬上馬鞍，對他前方的士兵說，「清一片空地出來。」他們開始劈砍周圍的樹枝，其他人也一起幫忙，一邊用火燒和灑鹽，直到清出一塊大夥兒可以圍在一起的空地，馬兒們渴切地想把頭靠在一起、屁股朝外擠成一圈。

「聽著，」馬列克對士兵們說，眾人都凝望著他，「你們都知道自己為什麼會在這裡，你們每個人都由我欽點，都是北方的好漢，也是我手下最優秀的精兵。你們跟著我面對洛斯亞的巫術，在我身旁圍成一道人牆抵擋騎兵的攻勢，你們每個人身上都有戰鬥留下的傷疤。在我們動身之前，我問過你們每個人願不願意隨我深入這不毛之地，你們每個人都說願意。

「嗯，我現在不會發誓說能帶領你們活著離開，但我保證，每個隨我逃出生天的弟兄，都會享有我能給予的一切榮華富貴，每個人都能擁有爵位和封地。我們就在此時此地渡河，盡我們所能，我們會並肩策馬前行，不管等在前方的是死亡還是什麼更糟的東西，我們是男子漢大丈夫，絕不像鼠輩一樣膽怯。」

這時他們一定都心知肚明，明白馬列克不知道接下來會發生什麼事，明白他沒準備好要對抗黑森林的黯影，但我看得出他的一席話掃去了士兵臉上的些許陰霾，他們臉色明亮起來、深深吸氣，沒人要求撤退。馬列克從馬鞍上拿起他的狩獵號角，長長的號角是全黃銅打造的，打磨得晶亮，朝內彎成一個弧，他把號角舉到嘴邊費盡全力一吹，發出一個戰場上會聽到的巨大聲響，本不該讓我的心情雀躍，我卻不由自主地這麼覺得，那聲音雄壯威武、縈繞不去，馬匹跺著腳步，雙耳前後轉動，士兵拔劍出鞘，隨著號角聲吶喊。馬列克縱馬帶領我們排成一列衝下斜坡，進到冰冷黑暗的河水中，所有馬匹都跟隨著。

我們衝進河裡時，水碰到我的大腿，感覺像遭受電擊，在我的馬兒寬闊的胸口處形成一圈泡沫，我們繼續前進，水淹過我的膝蓋、然後淹過大腿，我的馬兒高舉著頭，鼻孔擴張，四隻腳踩著河床，一邊奮力向前、一邊試著踏穩腳步。

我身後某處，有匹馬絆了一下，沒站好，牠立刻被水沖得翻過身，撞上另一名士兵的座騎，河流把他們都捲走、吞個精光，我們沒停下：已經停不下來了，我盲目想找尋可用的咒語，但什麼也想不到，河水對我怒吼著，那兩名士兵已經不見了。

馬列克王子又再次吹響號角，他和座騎正爬上另一邊河岸，他正踢著馬繼續往林木中繼續前進，我們紛紛從河流裡脫身，渾身濕透，但馬不停蹄繼續往前奔：所有人馳騁過灌木叢，跟隨前方馬列克的紫色光芒和呼喚的號角聲，樹枝飛掠而過。河流這側的矮樹叢比較稀疏，樹幹卻較粗大，樹與樹之間距離較遠。我們不再排成一隊，我看得見其他馬匹在身旁的樹木間穿梭，我們飛奔逃竄，不像在往目的地前進，倒比較像是逃難。我已經放棄控制韁繩的希望，只能用手指盤著鬃毛緊緊抓住我的馬兒，俯身趴在牠的脖子上好避開樹枝的拍打。我看到卡莎就在我附近，前方也閃現獵鷹的白色斗篷。

我騎乘的母馬喘著氣、一邊顫抖，我知道她撐不了多久了，在跋涉過冰冷河水後還繼續狂奔，就連飽經訓練的強壯戰馬也會累垮，「南，艾爾夏勇，」我往她耳裡低語，「南，艾爾夏勇。」給了她一點點力量、一點點溫暖。她感激地揚起美麗的頭甩了甩，我閉起眼睛，試著將咒語擴散給所有的馬兒，「南，艾爾夏因。」咒語從我的手裡往卡莎的座騎推送出去，好像拋繩一樣。

我感覺到想像中的繩索圈中目標，於是丟出更多繩索，讓馬兒們集中一些，跑起來也比較輕鬆了，惡龍回頭瞥我一眼，我們繼續前進，跟隨著響亮的號角聲，現在我終於開始注意到在樹木間移動的東西。是木屍，很多的木屍，快速地朝我們移動，牠們長長的手臂整齊劃一地擺動，其中一隻伸出一隻長臂，把一名士兵抓下馬，但牠們追不上我們，好像沒預料到我們能逃竄得這麼快。我們一起衝過一排松樹，馬兒們跳起來躍過灌木叢，然後，一株怪物似的心樹矗立在我們眼前。

它的樹幹比一匹馬還寬，高聳樹幹連接著範圍遼闊的頂蓋，枝椏布滿淡銀綠色的葉子和發出可怕臭味的金色小果實，而在樹幹下方看著我們的，是一張人臉，被樹皮覆蓋撫平，只能依稀看出。

兩隻手在胸前交叉，像死人一樣。兩條粗大樹根從樹幹底部分岔出去，中間的凹處躺著一具骸骨，幾乎被青苔和腐葉吞沒，骷顱一邊眼睛的窟窿中探出一條扭曲的小樹根，青草也從它的肋骨和生鏽的鎧甲碎片之間冒出，一面盔甲的殘骸橫放在它身體上，黑色雙頭老鷹的圖案幾乎斑駁殆盡，那是洛斯亞的皇室紋章。

我們在心樹伸出的枝椏邊緣即時勒住邊發出呼嚕聲邊喘氣的馬兒，我聽見身後忽然傳來啪的一聲，好像有扇烤箱的門忽然大力關上，與此同時，不知哪來的一股重擊打中我，將我從馬鞍上撞飛出去，痛苦地撞擊赤裸的地面，擦傷了手肘、腳也瘀青了。

我翻過身體，卡莎跌在我身上，原來是她把我撞下馬匹。我的視線越過她，看見我的馬兒在半空中，牠的頭不見了，一隻螳螂似的怪物用兩隻前腳舉起牠的屍體，螳螂的顏色和心樹融在一起，牠金色的眼睛和果實的形狀一模一樣，身體是樹葉的銀綠色，牠衝向我們的同時張嘴一咬，就夾斷了馬兒的頭顱。我們身後的一個士兵也成了無頭屍體倒落在地，還有另一名士兵尖叫著，他的腿不見了，在另外一隻螳螂的鉗子中扭動著：有十幾隻那種螳螂生物正從樹木之間現身。

15

銀色螳螂把我的馬丟到地上，吐出牠的頭顱，卡莎掙扎爬起身，把我拉開。我們全嚇傻了，然後馬列克王子發出一聲無言的吶喊，用他的號角砸向銀色螳螂的頭部，接著拉出長劍，「集合！讓巫師們退後！」他大吼，策馬向前，擋在我們和那怪物中間，拿劍揮砍，他的長劍削過外殼，剝下一長條透明物體，好樣在削胡蘿蔔一樣。

戰馬證明了牠們的確值得等身重的銀子，換作其他尋常馬匹早就驚慌失措，但牠們沒有，而是用後腿站立，揮舞前蹄，邊發出響亮的嘶叫聲，馬蹄捶打在螳螂的外殼上發出空洞的砰砰聲。士兵們在我和卡莎身邊圍成鬆散的一圈，惡龍和獵鷹把馬兒拉過來各站在我們兩邊，所有士兵都把韁繩咬在嘴裡控制，有半數已經拔劍出鞘，用鋒利的劍尖築起一道牆來保護我們，其他人則先將盾牌固定在手臂上。

螳螂生物從樹林裡出現、包圍我們，在樹木搖曳的光影中很難看見牠們，不過牠們不再是完全隱身了，牠們移動時不像木屍那樣緩慢僵硬，而是用四隻腳輕快前進，震顫著前腳的鋸齒狀大鉗子，「蘇塔烈肯，蘇塔浪！」獵鷹正在大喊，召喚出他在高塔裡曾用過的白色烈焰，像鞭子一樣揮出去揪住最近一隻螳螂的前腳，牠原本挺起身準備抓住另一名士兵，獵鷹拉扯火鞭，好像在拉扯一頭頑抗的小牛犢，他把螳螂往前拉，火焰貼著外殼的地方劈劈啪啪飄出一陣油脂燒焦的苦澀氣味，縷縷蜷曲的白煙往外逸散。螳螂失去平衡，用可怕的下顎撕咬著空氣，獵鷹將牠的頭拉入防禦線，其中一名士兵開始砍牠的脖子。

我原本不懷抱太多希望，我們在河谷裡使用的尋常斧頭、長劍和鐮刀幾乎無法劃傷木屍的外皮，不過他們的劍竟能砍出深深的傷口。一片片殼屑在空中飛濺，另一邊的士兵將劍尖刺入頸部和頭交接之處，把全身重量壓在劍柄上直到完全刺穿，螳螂的殼發出彷彿蟹腳折斷的巨大斷裂聲，牠的頭一垂、下顎也鬆弛了，膿水從身體裡咕嘟湧出漫過劍刃，蒸氣冒出，我能瞥見水霧中有發光的金色字母，然後又迅速淡入精鋼中。

垂死的螳螂全身往前傾，倒進防線內，差點撞翻獵鷹的座騎。另一隻螳螂從防線缺口探進來想抓他，但他單手緊握韁繩，控制住想用後腿站起的馬兒，然後拉回他的火鞭，甩向第二隻螳螂的臉。

我和卡莎一起站在地上，幾乎看不見別處的戰況，只聽見馬列克王子和亞諾斯鼓舞士氣的大喊，還有金屬與甲殼相交的刺耳摩擦聲，這一切驚愕與噪音接踵而至，我連大氣都喘不過來，更無法思考，我慌張抬頭看向惡龍，他正努力控制緊張的座騎，我看見他低聲怒斥了什麼，然後踢掉馬鐙，把韁繩丟給另外一名士兵，那名士兵的馬兒胸口有一道恐怖的血口子，正頹然倒地。接著惡龍滑下馬站在我們旁邊。

「我們該怎麼辦？」我對他大叫，無助地想找尋可用的咒語，「莫切托——？」

「不！」他在一片混亂之中對我大叫，拉著我的手臂把我轉過身，面對心樹，「我們是為了皇后而來，如果把精力浪費在無謂的戰鬥上，這一切就都付諸流水了。」

我們原本刻意避開那棵樹，但螳螂正逼著我們一點一點靠近它，眾人不得不退到它的枝葉下方，果實的惡臭灼燒著我的鼻腔。樹幹醜惡粗大，就連在最幽深的樹林中，我也從沒見過這等龐然巨樹，巨大的尺寸看起來很滑稽，彷彿一隻吸滿血的巨大水蛭。

就算我能鼓起滿腔怒火召喚芬米亞，威脅在此時此刻也不管用。就算這棵心樹如此巨大，黑森林也不肯放過皇后來拯救它，因為黑森林已經知道我們之後能夠淨化她，從而殺死心樹。我無法想像現在能奈它何：心樹的平滑樹皮閃著一層金屬似的光澤，惡龍正瞇著眼看它，一邊喃喃低語、一邊比劃著雙手，但就在他召出的火焰撞擊到樹幹前，我就直覺地知道它不會有用，我也不相信士兵們施了魔法的長劍有辦法砍進木頭。

惡龍繼續試：碎裂的咒語、開啟的咒語、冰冷與雷電的咒語，儘管周遭戰況激烈，仍然有條不紊。他正在尋找弱點、尋找盔甲中的一道空隙，但是心樹抵擋住一切，果實的臭味也越來越濃，士兵們又殺了兩隻螳螂，而有另外四名士兵戰死。有個東西滾到我腳邊，碰的一聲停住，卡莎發出一聲摀住嘴的驚叫，我低頭看見亞諾斯的頭顱，他仍然皺著眉，清澈藍眼非常專注。我驚駭地往旁扭開，然後跌跪在地，同時覺得噁心又無助，我嘔吐在草地上。「**現在**不是時候！」惡龍對我大喊，好像我能控制似的。我從來沒看過戰鬥，沒看過眼前的慘況，死了好多人的大屠殺。他們有如牲畜一樣被宰殺，我雙手抵在地上跪著啜泣，眼淚滴入土壤中。然後我伸出手抓住靠近我的那條最粗大的樹根，開口說：「奇薩拉，奇薩拉，維許。」，像在吟唱一首歌。

樹根抽搐了一下，「奇薩拉。」我又念道，一次又一次，滴滴水珠開始凝結在樹根表面，更多水分從樹根中泌出，滾進小小的水珠中，水珠一顆接一顆冒出，水分擴散開來，在我雙手下匯聚成一圈，暴露在空氣中最細小的根鬚開始乾枯變皺。「圖雷翁，維許，」我說，輕聲哄著，「奇薩拉。」隨著水分擠出，涓涓細流泉湧著，樹根有如土裡的肥大蚯蚓般開始扭曲蠕動，我雙手下的土已經變成泥巴，越積越多，土壤從較大的樹根上剝落，露出更多樹根。

惡龍跪在我旁邊，開始唱起一首聽起來有點熟悉的咒語，我許久之前曾經聽過一次：就在青綠之夏過後的春天。那時他來村裡幫忙田野恢復地力，用自動掘出的河道為我們燒焦又貧瘠的耕地帶來紡錘河的水，但是，這次河道的源頭是心樹，當我念著咒語將水引出樹根，河道便隨之將水分送得更遠，樹根附近的土地開始乾涸成荒漠，泥土龜裂成灰塵和沙子。

然後，卡莎抓住我們兩人的手臂，幾乎把我們離地提起，她拉著我們踉蹌往前進，我們在樹林裡經過的那群木屍開始湧入空地，數量驚人，好像牠們已經先行埋伏好等著我們。銀色螳螂斷了一隻腳，仍然持續進攻，左閃右閃的，一逮到空隙就揮出長滿尖刺的前臂。亞諾斯生前所擔心的馬兒們大多不是死了就是逃跑了，馬列克王子站在地上和其他十六名士兵排成一列並肩打鬥，他們的盾牌互相重疊、形成一堵牆，獵鷹也還在他們身後揮舞著火鞭。但是我們正逐漸被困在一起，越來越靠近樹幹，心樹葉子可怕的竊竊私語越來越大聲，我們幾乎已經退到樹幹底下，我吸進一口氣，差點因為果實的恐怖臭味而再次嘔吐。

其中一隻木屍想從防線邊邊擠進來，歪著頭伸長脖子想看我們在做什麼，卡莎從地上抓起一把從某個士兵手中掉落的長劍，往旁邊劃了一個大弧，劍刃擊中木屍身側，伴隨著樹枝斷裂的聲音將牠劈了開來，牠崩成一坨抽搐的東西倒在地上。

果實的臭味嗆得惡龍在我旁邊連連咳嗽，但我們又開始迫切地繼續吟唱咒語，從樹根中抽走更多水分。在這麼靠近心樹的地方，較粗大的樹根抵抗了片刻，但我們的咒語一起將水分從樹根和土壤中引出，心樹周圍的泥土開始乾裂，它的樹枝顫抖著，樹幹也流淌下濃稠的綠色水珠。樹葉開始乾枯，像雨滴一樣飄落空中，但這時我聽見一聲駭人尖叫，銀色螳螂從防線裡揪出另一名士兵，這次並沒有立刻殺掉他，而是咬掉了他拿劍的那隻手，然後扔給木屍們。

木屍舉手摘下幾顆心樹果實，塞進那名士兵嘴裡，他含著果實發出尖叫，快被噎死，木屍塞進更多果實，強迫他闔起下巴，汁液在他臉上流淌，他整個身體拱了起來，在牠們的抓握之中掙扎著。木屍將他頭下腳上舉起，螳螂的利爪尖端往他咽喉一戳，噴出的鮮血彷彿甘露一般澆灌了乾涸口渴的樹根。

紅色細線湧向樹根，然後隱沒在銀色樹幹中，心樹發出一聲顫抖的嘆息。我駭然啜泣，看著生命從他臉孔流逝——一把匕首插進他胸膛，沉入他心臟中，是馬列克王子出手的。

儘管如此，已經讓我們先前的咒語徒勞無功，木屍正把我們圍在中心，等待著，現在看起來似乎很饑餓，士兵們靠得更近，氣喘吁吁。惡龍低聲咒罵，轉身面對心樹，開始另一個咒語，我看過他在製作魔藥瓶時用過的咒語。他開始念，手伸進我們腳邊乾巴巴的土壤裡拉出一捆捆發光的玻璃繩索，他對著暴露的樹根與落葉拋出一圈圈飛快旋轉的繩索，我們四周竄出小小的火苗，升起一股煙幕。

我正在發抖，因為眼前的恐懼和鮮血而頭暈目眩，卡莎將我拉到她身後，她手握長劍，儘管淚水不斷從她臉頰滾落，還是用身體保護著我。「小心！」她大喊，我轉身看見惡龍頭上一根巨大的樹枝裂開，重重砸在他肩膀上，撞得他往前一撲。

他下意識去扶樹幹好穩住腳步，放開了原本握著的玻璃繩索，他想抽開手，但心樹已經攫住他，樹皮蔓生過他的雙手，「不要！」我尖叫，伸手去抓他。

他成功拔出一隻手臂，但另一隻手卻陷得更深，銀色樹皮覆蓋到他手肘處，樹根從地上甩出，纏著他的腳，把他往內拉得更近，它們撕扯他的衣服。惡龍抓住腰間的一個小包，扯開綁帶後把某個東西塞進我雙手中：它咕嚕冒泡，是一小瓶光芒灼炙的紫紅色液體。火心。只有僅僅幾克。他搖搖我的手臂，「立刻做，妳這個傻瓜！如果它抓住我，你們都必死無疑！馬上燒了它然後**逃跑！**」

我的視線從瓶子移到他身上，發現他的意思是要我引燃心樹，要我把它燒個精光——連他一起燒死，「你覺得我寧願這樣苟且偷生嗎？」他對我說，聲音緊繃沙啞，好像這時已經視恐懼為無物，樹皮吞沒了他的一隻腳，而且幾乎蔓延到他的肩膀附近。

卡莎站在我旁邊，臉色蒼白驚異，她說：「妮絲卡，這比死更糟糕，真的。」

我緊抓著在手指間發光的瓶子呆立在原處，然後把手放在惡龍肩膀上，對他說，「烏落絲脫。淨化的咒語。跟我一起施咒。」

他盯著我，然後簡短點了一下頭，「把瓶子給她，」他咬牙說，我把火心交給卡莎，然後握著惡龍的手，然後一起念咒。我先小聲低語：「烏落絲脫，烏落絲脫。」有如穩定的鼓聲，然後他也加入，誦出咒語其餘悠長而精巧的段落。但我沒讓淨化的魔法奔流，而是像築水壩般蓄積它的力量，讓我們的咒語在我體內匯聚成一個寬廣的湖泊，魔法不斷積累。

它所散發的熱度充滿我全身，熊熊燃燒，幾乎無法承受，我呼吸困難，肺臟幾乎要在胸腔中被壓扁，心臟賣力搏動著，我看不見，戰鬥還在我身後某處進行，不過已是遙遠的喧鬧：吶喊、木屍發出毛骨悚然的敲擊聲、刀劍的嗡嗡鳴響。這些聲音越來越近，我感覺卡莎的背緊貼著我的背，她把自己當成最後一道屏障，火心在她緊握的瓶子裡雀躍又飢渴地歌唱，希望被釋放，迫不及待要吞沒我們所有人，這個念頭幾乎能撫慰人心。

我盡可能維持咒體，直到惡龍的聲音停歇才再度睜開雙眼，樹皮爬上他的脖子、臉頰，已經封住他的嘴巴，正往眼睛蔓延。他捏了我的手一下，然後我和他一起將力量灌入先前半成形的渠道中，朝著貪婪吞食著的心樹流去。

惡龍僵住，雙眼大張，已經看不見，他的手在無聲的痛苦中抓緊我的手。接著，蓋住他嘴巴的樹皮枯萎了，彷彿巨蛇蛻下的皮一樣斑駁脫落，然後他大聲尖叫，我把他的手緊抓在雙手中，咬著嘴脣承受他大喊時粗暴的抓握。他周身的樹幹焦黑碳化，我們頭頂的樹葉起火燃燒，變成燙人的灰燼紛紛掉落，果實煮熟融化的氣味中人欲嘔，果實汁液沿著小樹枝流下，樹幹和樹枝也噴出陣陣滾燙的樹液。

樹幹被我們逼出這麼多水分之後，和風乾多年的柴薪一樣輕易著火，樹皮開始鬆脫剝離，大條大條地掉落，卡莎抓住惡龍的一邊手臂，從樹幹裡拉出他癱軟的身軀，他渾身冒著水泡、滿是燒傷，我幫忙卡莎把他拖過越來越濃的煙霧，然後她轉身又投入煙幕中，我隱隱約約看見她抓住樹皮一角，拔下厚厚一片，她用長劍對心樹又砍又挖，更多樹皮碎裂崩落，我把惡龍放在地上，跌跌撞撞跑去幫她。儘管樹幹燙得沒辦法碰觸，我還是不管三七二十一用雙手蓋在樹皮上，手忙腳亂了一陣之後脫口而出：「伊爾梅翁！」**出來，出來**。好像我是琊珈，想從兔子洞裡喚出一隻兔子來當晚餐。

卡莎砍了又砍，木頭裂開一條縫，我看見裡頭一部分的女人臉孔，表情空洞、一隻藍眼睛瞪視著。卡莎把手伸進裂縫邊緣，開始拔下、敲碎更多樹皮。忽然，皇后就這麼往外掉出來，她整個身體從凹洞裡軟軟地往前彎，在樹幹中留下一個女人的輪廓，她從裂口中往外傾倒時，身上乾皺衣物有部分片片剝落，著了火。然後她停下來，就這麼懸在空中，她的頭卡住了，被一頭茂密金髮拉著，髮絲長得不可思議，鑲嵌在身周的樹幹中，卡莎用劍揮砍那如雲秀髮，然後皇后脫身了，掉進卡莎懷裡。

她像一截沉重呆滯的木頭，煙霧和火焰圈著我們，上方則是哀鳴扭動的樹枝，心樹燒成一根火柱。火心在瓶中熱烈翻滾，我幾乎能聽見它吵鬧的聲音，想要出來加入熊熊烈焰。

我們踉蹌往前，卡莎一人獨力拖著三個人：我、漢娜皇后和惡龍。我們離開心樹的遮蔭進入空地。所有人馬只剩下獵鷹和馬列克王子還站著，他們背靠背作戰，展現超凡戰技，馬列克的劍燃著獵鷹手中相同的白焰。最後四隻木屍互相靠近，猛地往前衝，獵鷹用一圈火焰鞭得牠們往後退，馬列克選了一隻，跳過火焰，用覆蓋著鎧甲的拳頭捏住牠的脖子，兩腳踩著牠的身體，其中一隻腳繞過木屍的前肢，奮力把長劍插入後頸和軀幹交接處一轉：動作就像要從樹枝摘下小嫩芽一樣。木屍狹長的頭顱從頸子上裂開斷落。

他把抽搐的軀體丟在地上，然後在其他木屍包圍他之前躍回漸弱的火焰圈中，四隻死狀相同的木屍趴躺在地，看來他是找到了殺死牠們的一套方法，但是這次木屍差點抓到他，他累得腳步搖搖晃晃，頭盔已經被他丟到一邊，王子低下頭用戰袍一抹濕漉漉的前額。他身旁的獵鷹也癱軟無力，雖然嘴唇一直振振有詞，雙手中的白焰卻逐漸變弱，白色斗篷也丟棄在泥土上，被飄落的樹葉燒出陣陣煙霧，剩下的三隻木屍往後退，準備另一次衝鋒，他拖著身軀站起身。

「妮絲卡。」卡莎說，讓我從呆滯的凝視中驚醒過來，我踉踉蹌蹌往前，張開嘴，不過只發出一個被煙霧燻得粗嘎嘶啞的聲音，我費力吸了一口氣，才勉強耳語道：「芬戴許。」或至少發出了聲音來賦予我的魔法一個輪廓，然後我往前一撲，雙掌按在地面，土地從手掌下往外裂開一條線，在木屍腳底張開，牠們扭動著墜入裂隙，獵鷹往裡頭投擲火焰，土地重新闔上。

馬列克轉身，忽然朝著正蹣跚直起身體的我狂奔而來，他腳跟先著地、往地上一滑，把我踹個四腳朝天，銀色螳螂剛從心樹焚燒的煙霧中衝出來，張著雙翅，渾身劈啪著火，想要進行最後復仇的一擊。我抬頭盯著牠非人的金色雙眼，可怕的爪子往後縮，準備下一次撲擊。馬列克這時平躺在牠肚腹下方的地面，用劍抵住牠甲殼上的一條縫，然後往牠四條腿中剩下的最後一隻猛踢，牠跌落、將自己刺穿在劍上。馬列克站起身，螳螂瘋狂亂扭，翻過身體，他拔出劍，一腳把螳螂踢進心樹熾烈燃燒的火焰中，牠再也不動了。

馬列克轉身把我拉起來，我的雙腳顫抖、全身都在打顫，沒辦法站直，我一直都不太相信關於征戰的故事或戰役的歌謠，村裡的男孩偶爾打架時，後果也只是沾滿泥巴、鼻子流血、互相抓傷，流流鼻涕和眼淚，沒什麼優雅或光榮的一面。但我看不出加上長劍和死亡何以能美化它，從前的我無法想像這種駭人的場面。

獵鷹跌跌撞撞走近一名蜷曲躺臥在泥土中的士兵，他拿出腰帶掛的一瓶魔藥，餵了那名士兵一些並扶他起身，兩人一起走向另一名士兵，他只剩下一隻臂膀，殘肢已用火焰燒炙過，他愣愣躺在地上瞪視天空。三十名士兵，最後只剩下兩個人。

馬列克王子似乎一點也不震驚，他漫不經心地用一隻手臂抹抹前額，臉龐沾上了一點煤煙，鼻息已經差不多平緩下來，他的胸膛起伏著，但毫不費力。他把我拉離火焰、來到空地邊緣較陰涼的林蔭下時，我差點喘不過氣。他沒跟我說話，我不確定他是否認識我，他的眼睛有點朦朧，卡莎也來到我們身旁，把惡龍扛在肩上，在他沉甸甸的重量下仍然站得筆挺。

獵鷹帶著剩下的兩名士兵走來時，馬列克的眼睛眨了又眨，然後似乎才終於注意到心樹延燒的火勢和紛紛斷裂的焦黑樹枝，他更用力抓著我的手臂，力道大到能讓我疼痛瘀青，手套邊緣刺進我的血肉中，我試著把他的手扳開。他轉身，搖晃著我，雙眼因為憤怒和恐懼而大大張著，「妳做了什麼？」他怒吼，聲音被煙燻啞了，然後他忽然僵住了。

皇后一動也不動站在我們眼前，被心樹的烈火照耀得金光閃爍，她雕像似的站在卡莎將她立起來的地方，兩隻手臂垂在身側，削短的頭髮和馬列克一樣都是金黃色的，細緻柔順，在她的頭四周有如一朵雲霧般飛舞著。馬列克盯著她，像飢餓的雛鳥那樣張開嘴，他放開我，然後伸出一隻手。

「別碰她！」獵鷹厲聲說，也因為吸入煙霧而嗓音沙啞，「去拿鐵鍊。」

馬列克停下來，眼神沒離開過她，有好一會兒我以為他不會聽勸，但他轉身，跌跌撞撞跑過戰場廢墟去到他座騎的屍體旁邊，馬鞍後方的一塊布裡包著獵鷹先前檢查卡莎時用來套住她的鐵鍊。馬列克把鐵鍊拉下來，帶著東西回來，獵鷹接過布袋裡的枷鎖，小心翼翼走向皇后，就像靠近一隻瘋狗般警戒。

她紋風不動，眼睛眨也不眨，彷彿根本沒看見獵鷹，但他還是遲疑了，念了一個保護咒覆蓋自己，這才拿枷鎖往皇后的脖子上一套，動作迅速然後立即退開。她還是靜止不動，獵鷹再度伸出手，隔著布料將手銬固定在她兩邊手腕上，然後把那塊布披在皇后肩膀上。

我們身後傳出一聲可怕的巨大斷裂聲，我們全都像兔子一樣驚跳起來，心樹的樹幹從中裂開，其中一大半往旁歪斜，轟隆隆地倒塌，撞過空地邊緣那些百年老橡樹，樹幹中心爆出一團橘色火星，而另外一半忽然之間全炸成火焰，咆哮著淹沒在火海中，樹枝抽搐了最後一次，最後動也不動。

皇后的身體猛然抽動一下，活了過來，鐵鍊隨著她的動作互相摩擦、鏗鏘作響，發出金屬的呻吟聲。她踉踉蹌蹌遠離我們，兩隻手舉在面前，布料滑落她的肩膀，但她沒注意到，她用彎曲且過長的指甲抓著自己的臉，發出斷斷續續的低聲哀鳴。

馬列克衝上前抓住她戴著手銬的雙手，皇后用異常強壯的力氣猛地將他甩開，他跌跌撞撞往後退，然後才穩住腳步直起身，馬列克雖然渾身是血，還沾滿煤煙和汗水，看起來仍然是個戰士和王子，胸前的綠色紋章也依然可見：戴著皇冠的九頭蛇。她先看看紋章、再看看他的臉，什麼話也沒說，但眼神從沒離開過他。

他短促銳利地吸了一口氣，開口說：「母后。」

16

她沒回應，馬列克雙拳緊握站在那兒，等待著，雙眼定定望著她的臉，但她還是沒有回答。

我們靜靜站著，大氣也不敢喘一口，仍然聞得到心樹、焦黑的士兵和黑森林怪物的死屍燃燒的煙味。最後，獵鷹回過神來，一跛一跛前進，舉起手放在她面前，猶豫了一會兒，但皇后並沒有瑟縮，獵鷹捧著她的雙頰將她轉過來，深深看進她，皇后的瞳孔擴張又縮緊、改變著形狀，虹膜的顏色從綠變黃又變黑，最後他沙啞地說：「什麼都沒有，我在她身體裡沒看到任何腐敗。」然後放下雙手。

雖然沒有腐敗，但也沒有其他東西，她沒看我們，也或許她看見了我們，不過那更是糟糕，皇后圓睜、瞪視的雙眼並沒有真的看見我們的臉，馬列克站在原地，胸膛起起伏伏喘著氣，凝望著她，「母后，」他又喚了一次，「母后，我是馬列克，我來接您回家了。」

她的表情沒有改變，一開始的恐懼已經褪去，現在她只無神地瞪視著，整個人被掏空，「一旦我們離開黑森林之後……」我說，但聲音在喉嚨中熄滅，我感到怪異又病懨懨，在黑森林裡待了二十年之後，真的有辦法離開嗎？

但馬列克王子把握了這個建議，「往哪裡走？」他問道，把劍收回劍鞘中。

我用一隻袖子抹去臉上的灰燼，低頭看著起水泡又乾裂而且沾滿鮮血的雙手。以部分尋找全體，「洛伊塔拉，」我對著我的血說，「帶我回家。」

我盡我所能帶他們走出黑森林，不知道要是遇到另一隻木屍該怎麼辦，更不用說是碰到螳螂了，我們已遠非今早浩浩蕩蕩騎入黑森林的威風隊伍。我想像我們是出來採集的人，要在夜幕低垂前神不知鬼不覺穿過黑森林，試著連一隻鳥兒也不驚動，我小心翼翼在樹木間穿梭，我們無法砍出一條路，必須挑野鹿走的路徑或者灌木比較稀疏的路線。

我們在日落半小時前蹣手蹣腳走出了黑森林，我跟隨咒語的微光，跌跌撞撞離開樹蔭的遮蔽：**回家，回家**，像首歌一樣不斷在我腦海中迴盪。閃爍的細線朝西南方蜿蜒而去，那是德弗尼克的方向，我的雙腳不斷往那兒邁進，穿過一條荒廢貧瘠的焦土帶，遇上一堵牆壁似的高聳野草，濃密得終於讓我止住腳步。我慢慢抬起頭，透過野草頂端眺望時，看見遠處升起一道覆蓋著林木的山坡，像城牆一樣，在斜陽光線下呈現霧濛濛的棕色。

北方山脈。我們離開黑森林的地方距洛斯亞的山脈隘口不遠，這似乎有理，如果皇后和維斯利王子當時逃往洛斯亞，有可能就是在那兒被黑森林抓住、擄走，但這也表示我們距離札托切克好遠好遠。

馬列克王子跟在我身後走出黑森林，低垂著頭還垮著肩膀，好像身後拖著什麼重物，倖存的那兩名士兵歪歪扭扭跟著他。他們脫掉了鎖鏈甲，半路扔在黑森林裡某處，佩劍腰帶也丟了。只有馬列克王子一人還全副武裝、手持長劍，但他一踏上草地，立刻癱跪在地，一動也不動呆在原地，兩名士兵跟上腳步，也癱在他兩側，臉朝下趴著，好像剛剛都是靠馬列克一路拉著他們前進。

卡莎把惡龍放在我旁邊的地上，用腳踏平野草清出一塊空間，他疲軟不動，雙眼緊閉，右側身體都是燒傷和水泡，發紅且泛出傷勢嚴重的光澤，他的衣物燒盡後從皮膚上剝落，我從沒看過這麼嚴重的燒傷。

獵鷹在惡龍旁邊倒坐在地，他拉著鐵鍊，另一端連著皇后脖子上的枷鎖，他扯動了一下，她便也停下腳步，在黑森林外圍那圈貧瘠焦土上獨自佇立，臉孔和卡莎一樣寧靜得不像人類，不過更糟糕，因為她的雙眼並沒透出半點人性，彷彿跟在我們後面的是個娃娃。我們往前拉動鐵鍊時，她就跟著往前，僵硬的姿勢有如在繩索上擺盪的木偶，好像再也不知道該如何使用她的雙臂和雙腳，四肢似乎無法自然彎曲。

卡莎說：「我們必須離黑森林更遠一點。」我們沒人回應或動作，她的聲音似乎是從很遙遠的地方所傳來，她小心抓住我的肩膀搖了搖，「妮絲卡。」她說，我沒回答，天光黯淡成暮色，早春的蚊子開始在我們四周忙碌起來，在我耳邊嗡嗡作響，一隻特別肥大的蚊子坐在我手臂上，我卻連伸手拍開的力氣也沒有。

卡莎直起身看著我們所有人，遲疑不定，考慮到我們目前的狀況，我不覺得她想把我們單獨留在這裡，但是眼下沒有太多選擇，卡莎咬著嘴脣，跪在我身前凝望著我說：「我現在就趕去卡米克，」她說，「我覺得應該比札托切克近，我會用跑的，撐著點，妮絲卡，我一找到人幫忙就立刻回來。」

我只愣愣望著她，她猶豫了，伸手到我裙子口袋中拿出琊珈的小書，按進我的雙手中，我用手指握住，但是沒有移動，然後卡莎便轉身，走進長長的野草間，奮力劈砍、撥開一條道路，跟隨最後一絲夕陽餘暉往西邊前進。

我像隻小田鼠呆坐草叢中，腦筋一片空白，卡莎奮力穿越長草的聲音逐漸遠去。我沿著琊珈書上的縫線撫摸，感覺皮革的柔軟起伏，漫不經心地盯著它。惡龍毫無知覺躺在我旁邊，他的燙傷逐漸惡化，皮膚表面布滿透明的水泡，我慢慢打開書翻動書頁。「對燒傷很有效，加入早晨的蜘蛛網和一點牛奶更好。」記載著較簡單幾條療法的頁面上簡單明瞭地寫著。

我沒有蛛網或牛奶，但遲鈍思索了一會兒之後把手放在附近一根折斷的草莖上，擠出幾滴乳狀的綠色汁液到手指上，用大拇指和食指揉搓著，一邊哼唱：「伊露呵，伊露呵。」音調上下起伏，彷彿在哄孩子入睡，然後開始依序輕輕碰觸惡龍身上比較慘的幾處傷口，它們抽動了一下，開始縮小，不再腫脹了，嚴重泛紅的地方也漸漸轉淡。

咒語讓我覺得——雖不能說是比較好，但是比較乾淨，就像用水清洗傷口。我繼續唱呀唱，「別再製造**噪音**。」獵鷹終於開口說，抬起頭斥道。

我伸出手抓住他手腕，「葛洛席諾治療燒傷的咒語。」我告訴他，那是惡龍還堅定認為我是個醫者時試著想傳授給我的魔咒。

獵鷹不發一語，然後啞著嗓子說：「歐伊蝶，維露呵。」那是一個咒語的開頭，我繼續哼唱，「伊露呵，伊露呵」一邊摸索他咒語的輪廓，脆弱的像是乾草莖而非木頭製成的車輪，我將魔法掛在那輪子上。他的念誦中斷了，我獨自撐著咒體，直到他在我的催促下又重新拾起咒語。

這和惡龍一起施咒截然不同，這比較像和一隻我不喜歡且年邁暴躁的騾子一起戴著鞍具往前推，而騾子殘暴堅硬的牙齒隨時可能咬我一口。咒語繼續時，我嘗試對獵鷹有所保留，但他重新開始念誦後，咒體便不斷成長，惡龍的燙傷淡化，蛻變為新生的皮膚，只剩下手臂中間和側身橫亙著一條扭曲閃亮的可怕疤痕，那是原先傷勢最嚴重的地方。

獵鷹的聲音在我身旁逐漸加強，我的頭腦也清醒多了，力量流竄過我們全身，重新蘊積的波浪慢慢升高，他搖搖頭、眨眨眼，手一扭抓住我的手腕，向我索求更多魔法。我下意識掙脫開來，我們便丟失了咒體的脈絡，但這時惡龍翻過身用手扶著地面，一邊喘氣作嘔，從肺裡咳出許多潮濕的黑煤渣，咳完後又疲憊地坐下，用手擦嘴巴，抬頭看見皇后還站在附近焦黑的土地上，像是黑暗中一根瑩光閃爍的柱子。

他用掌根揉揉眼睛，「有史以來最愚蠢的任務。」他嘶聲說，但沙啞得連我都快聽不見，他放下手，朝我伸過來，我扶他站起身。這片漸涼的茫茫草海中只有我們一行人，「我們得回去札托切克，」他催促，「去拿放在那兒的補給品。」

我呆滯回望他，魔法褪去後，我的力氣也隨之消滅，獵鷹已經又在地上癱成一團，士兵開始發抖抽搐，他們的眼睛空洞瞪視著，彷彿看見了什麼其他東西，就連馬列克也開始麻木，看起來像兩名士兵中間一塊安靜又駝背的大石塊。「卡莎去找人幫忙了。」我終於開口說道。

惡龍四下張望，看著王子、兩名士兵、皇后，又看回我和獵鷹，再望望我們渾身狼狽的模樣，他抹抹臉，「好，」他說，「幫我讓他們直直仰躺好。月亮快升起了。」

我們奮力將馬列克王子和士兵平放在草地上，他們三人全都空洞地仰望天空，我們疲累地將他們周圍的野草都壓平後，月光已經灑落在他們臉上。惡龍擋在我和獵鷹中間，我們無力進行完整的淨化：惡龍和獵鷹只念誦了幾輪他那天早上使用過的防禦魔咒，我則哼著滌淨用的小咒語，潑哈斯，潑哈斯，凱潑哈斯。他們的臉孔恢復了一點點血色。

卡莎不出一個小時就回來了，面色凝重駕著一輛樵夫的柴車，「對不起，我去了這麼久。」我沒問她是怎麼拿到柴車的，我知道人們如果看到她從黑森林的方向過來，又看見了她的長相，心裡會怎麼想。

我們試著幫忙，不過到頭來還是全靠卡莎一人，她把馬列克王子和兩名士兵抬上馬車，又把我們三人全推上去，我們坐在車尾，腳懸空晃呀晃。卡莎走到皇后面前，站在她和森林之間，打斷了她的視線，皇后用同樣空白的表情看著卡莎，「您不在黑森林裡了。」卡莎對皇后說，「您自由了，我們都自由了。」

皇后還是沒有回應。

我們在札托切克待了一星期，所有人躺在小鎮邊緣穀倉裡的草蓆上，我在柴車上睡著了，三天後才在溫暖慰人的乾草香中醒來，完全不記得期間發生的事，卡莎在我床邊拿濕布擦拭我的臉，我嘴裡瀰漫著惡龍的淨化魔藥那股可怕的蜂蜜甜味。那天早晨稍晚，等我強壯到能搖搖晃晃從小床上起身時，惡龍又讓我進行了一輪淨化，然後換我對他施咒。

「皇后呢？」之後我們坐在穀倉外的板凳上時我問他，兩人都又累又倦。

他往前努努下巴，我看見她了，皇后在空地另一邊的樹蔭中，坐在柳樹下的一截樹幹上，她還帶著那副施了魔法的枷鎖，不過有人給了她一條白裙換上，白裙上沒有任何斑點或汙痕，就連裙擺都乾乾淨淨，好像她穿上那件裙子之後就再也沒移動過。她美麗的臉龐如同一本未經書寫的書，徹底空白。

「嗯，她是自由了，」惡龍說，「不過值得三十條人命嗎？」

他語氣殘酷，我用雙臂環抱住自己，我不想回憶那場夢魘般的戰鬥，那場屠殺，「那兩名士兵呢？」我輕聲說。

「他們會活下來的。」他說，「我們的寶貝小王子也是，他的運氣遠超出他所應得的，黑森林的魔爪並沒將他們抓得太緊。」他站起身，「過來，我正一步一步淨化他們，該進行下一輪了。」

兩天後，馬列克王子又恢復正常的模樣了，速度快得讓我覺得自己很遲緩，不禁酸溜溜地羨慕他。早晨時他就下床了，晚餐時狼吞虎嚥下一整隻烤雞，還開始做運動，我強迫自己吞下幾口麵包，覺得幾乎索然無味。我看著他吊在樹枝上拉著自己的身體上上下下，相較之下我更像塊被清洗又擰乾太多次的破布。倖存的兩名士兵：托梅茲和歐列格也醒了，那時我才知道他們的名字，也因為自己不知道被我們拋在樹林中那些士兵的名字而羞恥不已。

馬列克企圖送食物給皇后吃，她只盯著他端出的盤子，當他把肉片送進她嘴中時，她也不咀嚼。然後他換一碗粥試試看：她沒拒絕，不過也沒幫忙吃，馬列克必須把湯匙送到她嘴中，像媽媽照顧剛學著吃東西的嬰孩那樣。馬列克陰鬱地努力著，但過了一小時之後，他也只不過成功讓皇后嚥了五六口，這時他站起身，粗暴地把碗和湯匙砸向一顆岩石，粥和瓷碗碎片飛濺四散，他怒氣沖沖地離開，皇后卻連眼睛也不眨一下。

我站在穀倉門邊，看了覺得很難受，我並不後悔救她出來——雖然被吞噬得只剩下那麼一點兒自我，至少她不用再受黑森林折磨了。不過這悲慘的活死人生活似乎比死更糟，她沒生病或者精神狂亂，如同卡莎淨化之後的那頭幾天。她只是剩下太少東西，再也不足以感覺或思考。

隔天早晨，我提著一桶井水蹣跚走回穀倉時，馬列克欺近我身後，一把抓住我的手臂，我嚇得跳起來，想掙脫他的抓握，水潑了我們滿身。他忽略灑出的水和我的掙扎，對我怒聲說：「夠了沒有！他們是士兵，不會有事的，如果不是惡龍一直灌他們藥水，他們早就已經好端端了！為什麼你們不幫**皇后**做點什麼？」

「你覺得還有什麼能做？」惡龍從穀倉裡走出來說。

馬列克把矛頭轉向他，「她需要治療！你們連藥也沒讓她喝，你明明有很多瓶——」

「如果她有腐敗之氣需要淨化，我們當然會著手清除。」惡龍說，「但你無法淨化一具空殼，你應該慶幸她沒隨著心樹一起燒死，如果你認為這是幸運而不是遺憾的話。」

「要是你就只會講些風涼話，那麼你沒燒死才是**可惜**。」

惡龍的雙眼精光閃爍，我可以讀出那眼神裡有十幾句尖酸苛薄的回覆，但他閉緊雙脣把話都吞回去，馬列克的上下排牙齒互相磨著，我也能從他的抓握中感到繃緊的張力，而儘管他曾經身處黑森林裡那塊恐怖的空地，在死亡與危險的包圍下還穩如磐石，現在我卻感覺到他身上彷彿馬兒受驚的一陣顫慄。

惡龍說：「她身體裡沒有任何腐敗之氣，其餘的，也只有時間和治療會有用了。等我淨化完你的手下之後，讓他們可以無後顧之憂回歸人群之後，我們就帶她回高塔，我會看看還能為她做些什麼。在那之前，去陪她坐著，聊一些她熟悉的事。」

「聊？」馬列克說，甩開我的手臂，他踱步走開時，更多水灑到我的腳上。

惡龍從我手中拿過水桶，我跟著他走回穀倉，「有任何能幫得上她的地方嗎？」我問。

「妳能拿一張白紙怎麼辦？」他說，「給她一點時間，也許能在白紙上寫些新東西，但是如果想讓她恢復成從前的那個人——」他搖搖頭。

那天接下來的時間馬列克都待在皇后身邊，我走出穀倉時偶爾會瞧見他板著一張嚴肅的臉，但至少他接受了她不會奇蹟似的恢復正常這件事。夜裡，他起身去和札托切克的村長談話。隔天，托梅茲和歐列格終於有力氣能走到井邊，然後再自己走回來時，馬列克緊緊抓住他們肩膀說：「明天早晨，我們在村裡廣場生火，為了弟兄們。」

札托切克的幾個男人牽了馬兒來給我們，他們戒慎恐懼，但我不怪他們。惡龍通知過札托切克我們會從黑森林裡出現，曾叮囑他們要把我們關在哪裡以及該察覺哪些腐敗的跡象。儘管如此，如果他們帶來的是火炬而非馬匹，準備把我們燒死在穀倉裡，我也不會感到意外。當然，如果我們被黑森林控制了，早就做出比安安靜靜累癱在穀倉裡一星期更糟糕的事了。

馬列克親自扶托梅茲和歐列格坐上馬鞍，然後把皇后抱起來坐上另一匹馬，她的座騎是一匹沉穩的棕色母馬，年紀大概十幾歲。皇后僵直筆挺地坐在馬背上，他得將她的腳一一放進馬鐙中。馬列克停下動作，從地上抬起頭，他把韁繩放進皇后上銬的雙手中，韁繩卻鬆鬆垂下，「母后？」他又試了一次，她沒看他，過了一會兒，他繃起下巴，去拿一條繩索做了引導韁繩牽她的馬，另一端掛在他自己的馬鞍上，就這麼帶著她往前走。

我們騎在馬列克後面，發現村民已經擺好高高一堆風乾的柴薪在等候，所有村民穿著節慶時最好的服裝站在遠遠那頭，手裡舉著火炬，我不認識任何札托切克的人，但春天時他們偶爾會在我們的市集出現，人群中有幾張似曾相識的臉孔，我則和王子與巫師站在這一頭，透過濛濛灰煙，他們看上去恍若來自前世的鬼魂。

馬列克拿過一根火把，站在柴堆旁，把燃燒的木頭舉向空中，一一念出陣亡士兵的名字，亞諾斯排在最後，他對托梅茲和歐列格示意，然後三人一起將火炬戳進柴堆中，煙霧立刻竄進我的雙眼和剛剛痊癒的喉嚨裡，散發的熱度也非常驚人。惡龍板著臉看著漸旺的火勢，然後別過頭去。我知道他並不認為王子表彰由他帶去送死的士兵值得讚許，但聽見他們的名字讓我感到心中有什麼東西鬆開了。

營火持續燃燒了很長一段時間，村民端出食物和啤酒，獻上他們所有的東西，堅持我們收下。

我和卡莎溜到一個角落，喝了太多杯啤酒，想洗刷掉痛苦和煙霧和嘴裡那股淨化藥水的可怕甜味，最後我們依偎著彼此輕聲啜泣，我得摟著卡莎，因為她不敢用力抱我。

酒精讓我同時感到更輕鬆卻也更遲鈍，我的頭開始發疼，用袖子摀著吸鼻子，廣場那頭，馬列克王子正在和村長以及一名瞪大雙眼的年輕車伕說話，他們站在一輛漂亮的綠色馬車邊，它看起來新上過漆，由四匹馬拉著，馬兒的鬃毛和尾巴也用綠色緞帶笨拙地編成辮子。皇后已經坐在馬車後座，靠在稻草上，雙肩披著羊毛斗篷，連著枷鎖的金色魔法鐵鍊在她的衣物上閃閃爍爍反射著陽光。

我在眩目陽光中眨了幾次眼，等我反應過來眼前的景象代表什麼時，惡龍已經三步併作兩步越過廣場，質問道：「你這是在做什麼？」我站起身走向他們。

馬列克王子在我靠近時轉過身，「安排送皇后回家的交通。」他喜孜孜地說。

「別傻了，她需要治療——」

「她在王都也可以接受治療，」馬列克王子說，「我可不想讓你把她關在高塔裡，關到你開心了才放她出來，惡龍，別妄想我會忘記當初你有多不情願跟我們一起來。」

「但你似乎忘記了很多其他事，」惡龍咬牙切齒說，「例如你發誓過如果我們成功，就把黑森林一路燒光到洛斯亞。」

「我什麼都沒忘。」馬列克說，「但我現在沒有足夠的兵馬可以幫你，還有什麼比回宮廷並向我父親索討你所需要的人力更好的方法？」

「你現在回宮，唯一能做的就是拿那只空洞的木偶到處炫耀、說自己是個英雄，」惡龍說，「**寫信**去要兵馬！我們不能就這樣離開，倘若我們現在騎馬走人，讓河谷門戶洞開，你覺得黑森林不會對我們的所作所為有所回應嗎？」

馬列克臉上仍掛著僵硬的笑容，不過微微顫動了一下，他的手解開配劍的固定釦，飛快按在劍柄上，獵鷹滑溜地往兩人中間一站，一隻手放在馬列克王子手臂上說：「殿下，雖然薩肯說話難聽，卻言之有理。」

有幾秒鐘的時間我以為也許他現在懂了，也許獵鷹親身感受到了黑森林的惡意，足以了解它所帶來的威脅，我帶著驚訝的希望之情看著惡龍，但他的臉色越來越嚴肅，獵鷹優雅地對他點了一下頭，「我想薩肯會同意：儘管他才華洋溢，垂柳卻比他更擅治療，如果有任何人能幫得上皇后，那必定就是她了。而且薩肯發誓過要守在這裡抵禦黑森林，他不能離開河谷。」

「很好。」馬列克王子立刻說，雖然咬牙切齒的，這是已經演練好的回覆，他們已經排練過了，此時我才在油然而生的怒火中明白這件事。

然後獵鷹又補了一句：「薩肯，你則必須明白，馬列克王子是不可能讓你把漢娜皇后和你的農村女孩留在身邊的。」他指指站在我身旁的卡莎，「她們兩人都必須即刻前往王都，面對檢驗腐敗的審判。」

「很狡猾的詭計，」惡龍之後對我說，「也很有效。他說得沒錯，若沒有國王的同意，我無權離開河谷，根據王法，她們也都必須受到審判。」

「但是不需要立刻進行啊！」我說，飛快瞥了一眼皇后，她無精打采又沉默地坐在馬車上，村民一邊在她身旁堆放過多的補給品和毛毯，足夠我們馬不停蹄往返王都和札托切克三趟有餘。「如果我們現在就帶她回高塔呢——還有卡莎？國王一定可以了解的——」

惡龍哼了一聲，「國王是個講理的人，如果我趁任何人看見她或者早在得知她獲救的消息之前，將她偷偷送到隱密的地方靜養，國王一定不會有異議。但現在？」他朝村民一揮手，村裡每個人都在馬車旁圍成一個鬆散的大圈，保持安全距離，盯著皇后看，一邊交頭接耳說著片片斷斷的故事。「不，他會大力反對我在眾目睽睽下違反王國的法律。」

然後他轉頭望著我說：「而且我也不能離開。國王可能允許，但黑森林不會放過這個機會。」

我愣愣地回看著他：「我不能讓他們帶走卡莎。」我說，半是請求，我知道我屬於河谷，河谷也需要我，但我怎能讓他們把卡莎拖到王都去審判，他們很可能依照王法處死她——我也不相信馬列克王子，除了相信他會不擇手段謀求自己的最大利益這點之外。

「我知道，」惡龍說，「也沒別的法子了。不能沒有一兵一卒就再度攻擊黑森林，我們需要大隊人馬。妳必須從國王那裡要到兵馬，不管馬列克說了什麼，他心裡只想著皇后，至於梭亞，他也許本性不壞，但精明了一點。」

最後我問道：「梭亞？」這名字念起來怪怪的，在我舌頭上移動，感覺像高空盤旋的鳥兒所投下的陰影，在我念出的同時，感覺到一抹銳利的眼神。

「在魔法的語言中意思是『獵鷹』。」惡龍說，「在妳確認加入巫師名單後，他們也會給妳一個名字。別讓他們把這件事拖延到審判之後，否則妳便無權作證。聽我說：妳在這裡所做的事自有一股力量，和魔法不同的力量，別讓梭亞搶了所有功勞，也不要羞於展現妳的力量。」

我毫無頭緒該如何執行他連珠砲似的指示：我要如何才能說服國王給我們兵馬？但這時馬列克已經在叫喚托梅茲和歐列格上馬了，我也不需要聽惡龍說我得自己想辦法，我吞了一口口水，點點頭，然後說：「謝謝你——薩肯。」

他的名字嘗起來像火焰和翅翼，像蜷曲的火焰，有百般奧秘而且充滿力量，還有鱗片窸窣摩擦的低語聲。他看了我一眼，不自在地說：「別跌進熱油鍋裡了，雖然對妳來說很困難，試著維持衣著端莊。」

17

我並沒有好好遵行他的忠告。

我們已經朝著王都連趕了八天的路，我的馬兒無時無刻都在扭頭：叩、叩、叩，然後忽然緊張地扭一下，把轡繩和我的手臂往前一拉，直到我的脖子和雙肩都硬得像石頭一樣。我時常落在隊伍最後方，馬車的大鐵輪在我面前揚起一團煙塵，我的馬兒還習慣每隔一段時間就打個噴嚏，在我們經過奧桑卡前，我全身就已覆蓋了一層灰白色的塵土，汗水把灰塵壓實成兩條粗粗的棕線卡在我指甲下。

惡龍利用我們在一起的那最後幾分鐘寫了封信讓我帶給國王，只用村民借的便宜紙張與稀薄油墨匆促寫成的潦潦數行字，他告訴國王我是女巫，並請求派兵，不過最後折好紙張後，他用匕首劃開大拇指，沿著邊緣抹了點血，在血跡上用邊角暈開的蒼勁黑體寫下他的名字：**薩肯**。我從裙子口袋裡拿出信用手指輕觸的時候，可以感覺到煙霧低喃與翅翼拍動的聲音靠近，讓人感到既安慰又挫折，隨著每天路程前進，我距離我應該所處、幫忙抵禦黑森林的地方也越來越遠。

「你為什麼堅持要帶走卡莎？」第一天晚上我問馬列克，最後一次掙扎，那晚我們在山腳下紮營，靠近一條急著奔去與紡錘河匯聚的清淺小溪。我看得見南方聳立著惡龍的高塔，被最後一絲落日餘暉染成橘色。「如果你堅持，就把皇后帶走，不過讓我們回去吧，你見識過黑森林了，你看過它到底是什麼樣子——」

「我父親派我來此，處理薩肯那個感染了腐敗之氣的農村女孩。」他說，邊往頭頸潑水，「他期望我會帶著她或她的頭顱回來，妳比較偏好我帶走哪一個？」

「可是一旦他見到皇后，就會理解卡莎是怎麼回事了呀！」我說。

馬列克甩開水珠抬起頭，皇后仍然表情空白、動也不動坐在馬車裡，盯著前方看，夜幕在她四周降下，卡莎坐在她旁邊，她們都不再是普通人的模樣，旅行了一天之後，她們的姿勢仍然詭異筆挺而且沒顯露半點疲態。兩人都像打磨發亮的木頭，但卡莎眺望著奧桑卡和河谷，嘴角和雙眼都寫滿擔憂，活生生的。

我們一起看著她們倆，然後馬列克站起身，「皇后和她在同一條船上。」他冷冷地對我說，接著就走開了。我挫敗地拍打水面，然後用手舀起河水洗臉，細細的黑色水流從我指尖流下。

「對妳來說一定很可怕，」獵鷹說，無預警從我身後冒出來，害我嗆咳著放下雙手，「由王子護送回克雷利亞，還號稱是女巫和女英雄，當真痛苦！」

我用裙子擦擦臉，「你到底為何會想要我出現在宮廷裡？那裡有別的巫師，他們大可以親自看出皇后並未遭到腐敗——」

梭亞搖搖頭，好像很同情我這個什麼也不懂的愚蠢農村女孩，「妳真的以為這只是小事一樁？王法不容挑戰：感染腐敗之人必須烈火焚身。」

「但國王會赦免她吧？」我說，語氣疑惑。

梭亞若有所思看向皇后，她幾乎隱沒在夜色中，成為眾多幽影的其中之一，他沒回答，回頭瞧了我一眼，「睡個好覺，艾格妮絲卡，」他說，「我們還有一段長路要趕。」然後就走回營火旁的馬列克王子身邊。

在那之後，我完全無法安睡，接下來幾天也是。

謠言的速度比我們更快，我們經過村莊和城鎮時，人們都紛紛停下工作、擠滿道路兩側，睜大眼睛看著我們，但是他們沒靠近，還緊緊把孩子抓在身邊，到了最後一天，有一大群人在進入國王的偉大都城之前最後一個十字路口等著我們。

那時我已經記不清現在是哪天的哪個時辰，我的手臂、背部、雙腿都痠痛不已，頭痛得尤其嚴重。有一部分的我仍然與河谷相連，卻已拉扯得面目全非，在我距離所有熟悉的事物如此遙遠時，還試著想理解一切。就連平常我視之為定數的山脈都消失了，我原以為總能看見它們在遠方某處，像月亮一樣。但是隨著我每次回首，它們越來越小，直到終於消失在起伏的丘陵地後方。廣袤豐饒、種植著穀物的田野似乎永無止境往四面八方延伸，平坦且綿延不絕，世界的形狀變得好陌生，這裡沒有森林。

我們爬上最後一座丘陵，頂端可以俯瞰克雷利亞王都的遼闊地景：寬廣閃耀的凡德勒斯河兩岸，黃色牆壁和橘棕色屋頂的房子像花團錦簇的野花，札美歐拉宮鶴立其中，那是歷代國王們的紅磚城堡，盤踞在一塊突出的大岩石上，比任何我想像中的建築物都還巨大：就連皇宮最小的塔樓也大過惡龍的高塔，而且總共有十餘座高聳入雲的塔樓。

獵鷹旋身看我，我猜他想看我對眼前景致有何反應，但是它實在太過遼闊陌生，我連瞠目結舌都沒有，倒像在看書裡的一張圖，而不是真實的風景，而且我好累，只感覺得到自己的身體：陣陣悶痛的大腿、抽筋的手臂、蓋著厚厚一層髒汙的皮膚。

一隊士兵在丘陵下方的十字路口等我們，依照軍階圍繞著一座中央突起的平臺排排站，約莫五六名祭司和僧侶站在平臺上，簇擁著一名身穿我所見過最華麗祭司袍的男子，金色刺繡覆滿紫色布料。他的長臉表情嚴厲，因為戴著高高的雙尖筒帽而看起來更長。

馬列克勒馬，低頭看著這些人，我因此有足夠的時間讓慢吞吞的馬匹趕上他和獵鷹，「嗯，我父親又擺出了一群老頑固，」馬列克說，「他會要皇后碰觸聖物，這會造成什麼困擾嗎？」

「我想應該不會，」獵鷹說，「我們親愛的大主教雖然有點兒惹人嫌，正如您所認為的，但他那顆石頭腦現在派上用場了，他從不曾允許人呈貢假聖物，而真正的聖物是不可能顯現出不存在的東西。」

我忙著對他們不虔誠的態度感到氣惱——竟敢叫大主教**老頑固**！——因而錯失了機會，沒問他們為何有人想製造感染腐敗的假象？馬列克已經策馬前進，皇后的馬車跟在他身後搖搖晃晃駛下山坡，雖然圍觀群眾的臉孔都因為好奇而顯得急切明亮，馬車靠近時他們還是紛紛後退，離車輪遠遠的，彷彿是湧離岸邊的海浪，我看見他們很多人都戴著闢邪用的便宜小護身符，在我們經過時就拿出來畫十字。

皇后依然坐著，既沒左右張望也沒躁動不安，只隨著馬車的搖動而前後晃著，卡莎靠近了她一點，回頭看了我一眼，我和她眼神交會，同樣瞪大了雙眼，我們這輩子從沒見過這麼多人，他們朝我擠過來，不顧馬兒的大鐵蹄，近到能碰到我的腳。

我們騎到平台前，士兵們紛紛散開讓我們通過，然後又在我們身後重新列隊，拿著鐵耙對準我們，我警覺到平臺中間有高高一根火刑柱，下方則擺好一堆稻草與柴薪，我伸出手抓住獵鷹袖子的一角。

「別像隻受驚的小白兔，坐直、露出**微笑**，」他斥道，「現在我們最不需要的，就是給他們一個認為事情不太對勁的理由。」

馬列克表現得好像根本沒看見那銳利的鐵耙尖端，離他頭還不到兩呎遠。他花俏地一甩披風下馬，那是他在經過的某個城鎮買的，馬列克接著去把皇后抱下馬車，卡莎在另一邊幫忙，然後在馬列克不耐的召喚下也爬下馬車。

我以前從不知道，原來這麼大一群人可以發出穩定不間斷的噪音，像潮水那樣整齊劃一的漲退，然而，此時此刻，全然的寂靜降臨，馬列克領著皇后踏上階梯來到臺上，領著仍然身戴金色枷鎖的皇后來到祭司面前。

「大主教大人，」馬列克說，聲音清晰宏亮，「歷經凶險之後，我和同伴們齊力從黑森林的邪惡魔爪中營救出邦亞的皇后。現在，我命你們徹底檢視她，用你們所有的聖物和聖職賦予的力量來證明，確保她不帶一絲腐敗的痕跡，以免感染殃及其他無辜眾生。」

這當然是大主教的來意，我不覺得他喜歡馬列克將一切全說成自己的主意，他的嘴巴緊抿成薄薄一條線，「放心，我會的，殿下。」他冷冷地說，轉身打手勢，一名僧侶踏步上前：一個模樣焦慮的矮小男子，穿著簡樸的棕色棉衣，棕髮繞著光禿的頭頂剪成一圈，他的大眼睛在巨大的金邊眼鏡後方眨呀眨，手裡捧著一只長木盒，打開後大主教兩手伸進去，拿出一團閃著細緻光芒的金銀色織物，很像一張網子，群眾發出讚許的低語聲，微風吹得春天的葉子窸窣作響。

大主教舉起網子，聲如洪鐘念出冗長的禱文，然後轉身用網子覆蓋住皇后的頭，網子輕輕罩住她的軀體，邊緣向外散開，垂到腳邊。我驚訝地看著那名僧侶上前把手放在織物上說：「伊拉絲脫，可絲滅。伊拉絲脫，可絲滅。維絲脫，帕塔。」然後繼續念，咒語流進網子的絲線，發出閃光。

光芒從四面八方湧入皇后的身體，照亮她全身。她站在平臺上發光，頭抬得高高的，燦爛奪目。那光芒不像《召喚咒》那樣清冷耀眼、肅穆又令人痛苦，這比較像隆冬中回家時看見有盞燈從窗邊透出，呼喚著你進屋，充滿愛和溫暖，眾人紛紛喟嘆，就連祭司們也往後退，只為了看看發光的皇后。

僧侶的手逗留在絲網上，穩定地注入魔法，我一踢馬匹，她不情不願地往前移動到獵鷹旁邊，我坐在馬鞍上傾身問道：「他是誰？」

「妳是指我們慈祥的夜鴞嗎？」他說，「巴羅神父，他是大主教的寶，妳或許看得出來，溫馴聽話的巫師可不常見。」他的語氣聽起來很嫌惡，但那僧侶在我眼裡看起來並不溫馴，他的模樣憂心忡忡而且悶悶不樂。

「那張網子是什麼？」我問。

「妳肯定聽過聖賈維加的面紗吧？」獵鷹說，我深感冒犯地瞪著他，聖賈維加的面紗是邦亞至高無上的聖物，我聽說只有在新王加冕時才會拿出來，好證明他們不受任何邪惡力量影響。群眾往前推擠士兵，想更靠近，就連士兵們也都非常著迷，他們把鐵耙舉得更高，好更靠近前方。祭司們正一吋一吋檢視著皇后，彎腰瞇眼看著她的腳趾，拉開她的雙臂查看每根手指，還盯著她的秀髮，但我們全都能看見她閃閃發亮，盈滿光芒，體內沒有半絲黯影。祭司們一個個站起身對大主教搖搖頭，就連大主角嚴厲的表情也放鬆了，取而代之的是對光芒的頌讚。

他們檢查完畢後，巴羅神父溫柔地舉起面紗，祭司們拿來其他聖物，現在我認得出這些東西了：聖卡西密的盔甲，他所斬殺的克雷利亞之龍在上頭咬穿了一個洞；聖法蘭的臂骨，裝在純金與玻璃打造的盒子裡，被火燻黑；聖亞瑟克從教堂裡拯救出的金杯。馬列克抬起皇后的雙手放在每個聖物上，大主教一邊為她祈禱。

他們在卡莎身上重複了相同的試煉，但是人群對她興趣缺缺，皇后接受檢視時，人群全都噤聲觀看，但祭司檢查卡莎時，他們鬧哄哄地互相交談，比我所看過的任何群眾都還要肆無忌憚，無視於眼前的眾多聖物和大主教。「不要對克雷利亞的民眾期待太高。」獵鷹對著我震驚的表情說，甚至有賣麵包卷的小販叫賣著新出爐的麵包，我坐在馬匹上也能看見幾個有生意頭腦的男人已經在路邊架起了啤酒攤。

開始有了節日、甚至慶典的氣氛，最後，祭司們在聖亞瑟克的金杯裡倒滿紅酒，巴羅神父對著它喃喃說了些什麼，紅酒冒出一縷煙，然後消散了，他們把杯子舉到皇后脣邊，她喝光了整杯酒，絲毫沒有反抗，表情也沒有改變，但這不重要，群眾人有人高舉酒杯，灑出了好些啤酒，大喊道：「上帝保佑！皇后得救了！」人們開始瘋狂歡呼，朝我們擠上來，先前的恐懼都拋諸腦後，我幾乎聽不見大主教很勉強地同意讓馬列克王子將皇后帶進王都。

狂喜的人潮幾乎比士兵的鐵耙更糟，馬列克必須推開擋路的人，馬車才得以駛近平臺，然後動用蠻力才能把皇后和卡莎抱回馬車，他丟下自己的馬，跳上馬車控制韁繩，毫不猶豫地拿馬夫的鞭子揮開堵在馬兒前方的人，梭亞和我必須騎馬緊跟在馬車後頭，因為人群在我們經過後又重新聚攏。

從這裡到王都的五哩路，他們都緊緊相隨，跟在我們兩旁和身後跑著，有人跟不上，但有更多人補上隊伍的空隙，我們抵達橫跨凡德勒斯河的橋梁時，許多農夫農婦都停下手邊的工作，跟著我們前進。抵達城堡外牆時，從四面八方湧來、雀躍鼓譟的人山人海讓我們寸步難行，群眾像是一隻有著千百種聲音的生物，而每個聲音都在歡欣鼓舞。消息不脛而走：皇后得救了，她沒腐敗，馬列克王子終於救出了皇后。

我們全都活在歌謠裡：這是我的感覺。真真切切的體會。雖然皇后的金色頭顱跟著搖晃的馬車前後擺動，沒展露半分抵抗的意願；雖然知道我們真正獲得的勝利有多渺小、又有多少人為此犧牲。有小孩跟在我的馬兒旁邊奔跑，仰頭對我大笑——也許沒有讚美之意，因為我不過是頂著一頭亂髮、衣衫襤褸的一坨大汙點——但我不介意，我低頭跟著他們一起大笑，忘記了僵硬的雙臂和麻木的雙腿。隊伍最前方的馬列克臉上的表情幾乎可說是飄飄然，我猜他一定也感覺到了，好像他的生活變成了一首歌。此時此地，沒人想到回不了家的那些士兵。歐列格的斷手仍然緊緊包紮起來，但他活力十足地對人潮揮舞另一隻手，對每個漂亮女孩拋送飛吻。就連我們進入城堡大門後，人潮也沒散去：國王的士兵離開營房，王公貴族們也從房子裡跑出來，往我們行進的道路灑花，士兵們用長劍敲擊著盾牌起哄歡呼。

只有皇后沒注意到這一切，他們已經移除了枷鎖和鐵鍊，但她的坐姿仍然沒變，還是和一尊雕像沒兩樣。

我們排成一列穿越最後一道拱門進入城堡中庭，城堡大得令人頭暈目眩，四周聳立的拱廊總共有三層，無數張臉孔從陽臺俯瞰，低頭對我們微笑。我眼花撩亂地抬頭回看他們、四處飄揚的鮮豔刺繡旗幟以及眾多梁柱和高塔，國王站在中庭那頭的一道階梯頂端，藍披風用一只華麗的珠寶固定在咽喉處，那是純金鑲嵌、綴有珍珠的紅寶石。

城牆外仍傳來群眾低沉的歡呼，城牆內，整個宮廷都鴉雀無聲，彷彿有齣戲正要拉開序幕，馬列克王子已經將皇后從馬車上抱下來，帶著她往前走上階梯來到國王身邊，大臣們彷彿潮水般紛紛退開讓路給他，我發現自己也屏息以待。

「陛下，」馬列克說，「我將您的皇后帶回您身邊。」陽光絢爛奪目，他穿著鎧甲、綠披風和白戰袍，看起來像封聖的戰士，皇后是他身旁一尊高䠷僵直的人像，身穿樸素白裙，金色短髮蓬鬆，蛻變後的肌膚閃著光澤。

國王低頭看著他們，皺起眉頭，似乎擔憂多過歡欣，我們全都默默等待。最後，國王吸了一口氣準備說話，這時，皇后終於有動作了，她慢慢抬起頭凝望國王的面孔，他回看她，皇后眨了一次眼睛，發出微弱的嘆息然後往地上癱坐，像個軟趴趴的袋子一樣。如果不是馬列克王子抓著皇后的手臂往前拉，即時攙扶著她，皇后早就滾落臺階了。

國王呼氣，肩膀挺直了一些，好像綁在身上的繩子鬆開了，他的聲音宏亮地傳遍整個中庭，「帶她到灰房，召垂柳過去。」僕人們已經湧上前，把皇后帶離我們、進入城堡中，彷彿她乘坐著一道浪頭。

那場戲就如此落幕了，中庭內的噪音升高成和外頭群眾不相上下的吶喊，中庭四周整整三層樓的每個人都在交頭接耳。原本明亮又暈陶陶的感覺從我體內流乾，好像我是個瓶塞拔掉後倒置的酒瓶。我現在才想起不是來這兒享受勝利的滋味已經太遲了，卡莎穿著白色囚衣坐在馬車裡，孤伶伶地忍受指指點點；薩肯遠在數百里之外，在沒有我的幫忙下企圖保護札托切克不被黑森林吞噬。我不知道該如何解決這兩件事。

我的雙腳掙脫馬鐙、抬起腳，一點兒也不優雅地滑下馬，我試著把重心放在腳上時，雙腿搖搖晃晃，一名隨從來牽我的馬，我不太情願地讓他帶走馬兒，雖然她不是匹好馬，卻是陌生海洋中一塊我熟悉的磐石。馬列克王子和獵鷹隨同國王一起進入城堡內部，也看不見托梅茲和歐列格的蹤影了，他們兩人隱沒在身穿制服的士兵中。

卡莎爬下馬車，一小隊侍衛等著他，我推開一堆僕人和大臣，擋在侍衛們和卡莎中間。

「你們要對她做什麼？」我質問，聲音因為擔憂而變得又尖又細，我穿著灰撲撲的破爛農村衣物，在他們眼裡看來肯定很荒謬，像一隻小麻雀氣鼓鼓地面對一群獵食中的貓咪，他們看不見魔法在我肚中醞釀，準備嘶吼而出。

但不管我多不起眼，都還是這勝利隊伍中的一員以及皇后的救兵之一。而且他們並不想訴諸暴力，侍衛隊長擁有我所見過最壯觀的鬍鬚，八字鬍尖端筆挺地翹起，他算是親切地對我說：「妳是她的女僕嗎？別緊張，我們只是要帶她去灰塔與皇后會合，垂柳會照顧她們，一切都會好好處理並且依照王法進行。」

這不算什麼慰藉，依照王法，應該要就地處死卡莎和皇后。但卡莎輕聲說：「沒事的，妮絲卡。」才不會沒事，但是我束手無策，侍衛隊包圍卡莎，四人在前、四人在後，浩浩蕩蕩將她帶進宮裡。

我愣愣盯著他們一會兒，接著猛然驚覺：如果我不注意他們把她帶到哪去，就永遠不可能在偌大的地方找到卡莎了，「妳，做什麼！」我企圖尾隨他們進去時，看門的守衛說，但我告訴他：「帕蘭，帕蘭。」搭配哼唱的曲調是那首關於沒人抓得到小蒼蠅的歌謠，他眨眨眼，我就這麼溜過他眼前。

我像一截鬆脫的線頭跟在侍衛隊後方，繼續哼唱著，告訴每個經過的人我是不值得關注的小事，這不難，我已經感到夠渺小、夠無足輕重了。走廊漫無止境，到處都是鑲鐵框的厚重木門。僕人和大臣們在掛滿布幔的大房間裡忙進忙出，裡頭還有精雕細琢的家具和比我家前門還大的石頭壁爐，天花板懸掛注滿魔法的閃爍吊燈，走廊上也點著一排排白色長蠟燭，持續燃燒卻從不熔化。

終於，走廊盡頭出現一扇小鐵門，門外又有守衛站崗，他們對卡莎的侍衛點點頭，讓隊伍以及尾隨其後的我進門，他們的視線掠過我。門後是狹窄的螺旋梯，我們爬了又爬，我疲憊的雙腳掙扎著把我抬上每級臺階。最終我們所有人擠上一個圓形小平臺，這裡昏暗而且煙霧彌漫，沒有任何窗戶，牆上一個粗糙的凹洞裡擺著一盞沒有魔法的普通油燈，光芒照在另一扇灰撲撲的厚重鐵門上。又大又圓的響器是隻模樣飢餓的惡魔頭，門環叼在血盆大口裡。鐵門傳來古怪的涼意，雖然我緊縮在高大侍衛們後方的牆角，寒風仍然襲上我的肌膚。

侍衛長叩門，它應聲往內打開，「我們把另一個女孩帶來了，夫人。」

「好的。」一個女人的聲音簡短地說，侍衛往兩邊一站讓卡莎進去，一名高䠷纖瘦的女子站在門廊內，黃頭髮盤成髮辮，外罩金色髮巾，她身穿藍色絲綢長禮服，頸際和衣袖都縫有精緻珠寶，後方拖著長長的裙擺，不過她的袖擺樣式還算實際，從手肘到手腕處都緊密貼合。她站到一邊，兩隻修長的手不耐煩地彈了兩下，招呼卡莎進來。我短暫瞥見了裡頭寬敞的房間，鋪著地毯，看起來很舒適，皇后直挺挺坐在一張長背椅上。表情空白地看著窗戶外，俯瞰凡德勒斯河的粼粼波光。

「這又是什麼？」那個夫人說，轉頭看著我，所有侍衛也跟著轉頭看我，發現了我的存在，我僵在原地。

「我——」侍衛長結結巴巴，有點臉紅，一邊瞟了隊伍最後方的兩個人，表情意味著他們將因為忽略我而惹上麻煩。「她是——」

「我是艾格妮絲卡，」我說，「我和卡莎和皇后一起來的。」

夫人不敢置信地看了我一眼，將我裙子上每根勾斷的縫線和泥巴汙漬都看在眼裡，甚至連位在我身後的都看見了，很驚訝我竟然還膽敢發言，她看著侍衛說：「這傢伙也疑似感染了腐敗之氣嗎？」她質問。

「不，夫人，據我所知沒有。」他說。

「那麼你們帶她來做什麼？我已經夠忙了。」她轉身回到房間，裙擺在身後窸窣，然後門碰的一聲關上。另一波冰冷的氣流席捲而來，貪婪張嘴的惡魔再度回到原位，把我殘留的隱藏咒語舔舐精光。我這時才發覺原來它會吞吃魔法：這就是為什麼他們會把感染腐敗的囚犯帶來這裡。

「妳是怎麼混進來的？」侍衛長狐疑地逼問我，所有人都在我旁邊徘徊。

我很想再次隱身，但是那血盆大口還張著，「我是個女巫，」我說，他們看起來更加狐疑，我拿出那張還緊緊揣在裙子口袋裡的信：那張紙真的再骯髒不過了，但是焦黑的封箋文字還在微微冒煙，「我有一封惡龍要給國王的信。」

18

他們把我帶下樓，安置在沒人用的一間小會議室裡，因為沒有更適合的地方。侍衛在門外看守，隊長則拿信去看看到底該拿我怎麼辦。我的雙腿快垮了，但是這裡除了幾張靠牆擺放、看起來高不可攀的椅子之外沒其他東西可坐，它們都是漆白鍍金、搭配紅絲絨座墊，看起來很脆弱的奢侈品。如果不是有四張相同椅子排成一列，我還以為是王座。

我靠著牆站了一會兒，然後試著坐在爐臺上，但裡頭已經很久沒點火了，灰燼和石塊都是冷的，我回到牆邊，然後又回到爐臺邊，最後決定反正有人把椅子擺在這裡就是要拿來坐的，我怯生生淺坐在椅子邊緣，裙擺緊緊按在身邊。

就在我坐好那瞬間，門打開了，進來的是一名僕人和一名穿著俐落黑裙的女人，她大概和丹珂同年，緊皺著一張小嘴，面露責難之意，我良心不安地跳起來。起身的同時裙擺上的一根鬼針草從坐墊上撿起四條閃亮的紅絲線，我的衣袖勾到一根裹著白油漆、長而尖銳的木刺，它應聲裂成兩半。那女人的嘴巴抿得更緊，不過只說了：「請跟我走。」姿態拘謹。

她領著我經過一群士兵，他們目送我離開，看起來毫不遺憾。她帶我爬上另一道階梯——我在城堡裡已經看過超過半打這種階梯——然後來到二樓一間看起來像陰暗小牢籠的房間，它有一扇狹長的對外窗，窗外是教堂的石牆：雨漏的形狀是一尊齜牙咧嘴的飢餓石像鬼，對我獰笑著。她把我丟在這裡，在我想到要問她該做什麼之前就離開了。

我往小床上一坐，我一定是睡著了，因為等再次恢復意識時，我發現自己平躺在床上，我不是故意要睡著，也不記得自己躺下過。我掙扎著起床時仍渾身痠痛疲憊，雖然深深了解沒有時間可浪費，卻無半分頭緒該如何是好，我不知道該怎麼吸引任何人的注意力，除非直接走到中庭正中央朝牆壁投擲魔法火焰。我懷疑如果這樣做，國王會更不願意讓我在卡莎的審判中發言。

現在我開始後悔交出了惡龍的信，那是我唯一的工具和信物，要怎麼確定它真的送到國王手中了？我決定去找它，我還記得侍衛長的臉，或至少記得他的八字鬍，就算是在克雷利亞，那樣的八字鬍應該也不多見吧，我站起來大膽地拉開門，踏上走廊後差點迎面撞上獵鷹，他剛舉起手要拉門把，幸好他敏捷地讓開路，拯救了我們兩個人，然後對我露出一個溫柔的小小笑容，不過我一點也不信任他。

「希望妳覺得比較有精神了。」他說，彎起手臂讓我勾。

但我沒回應，「你想做什麼？」

他滑順地將動作改成朝走廊那端揮手劃了個大弧，以示邀請，「巫師之殿，國王下令查核是否能將妳列入巫師名單。」

這著實令我大鬆一口氣，反倒不太敢相信他，我斜眼看他，有部分預期他是在開我玩笑，但是他彎著手臂站在那裡等我，「即刻進行查核。」他補充道，「還是妳想先換衣服？」

我很想叫他把那意在嘲弄的暗示吞下去，但我低頭看著自己：沾滿泥巴、灰塵、汗漬，穿著連膝蓋都遮不住的家常粗布裙和褪色的棕色棉衣，全是我向札托切克的一個女孩討來的舊衣。我看起來不像僕人，連他們都打扮得比我體面。梭亞則已換下黑色騎裝，現在身穿黑色絲綢長袍，罩著有銀綠雙色刺繡的無袖外衫，他的白髮優雅地垂散，遠從一哩外就能看得出他是巫師。要是他們認為

我不是巫師，便絕不會讓我作證。

「試著維持衣著端莊。」薩肯叮囑過我。

凡納絲塔蘭給我的衣服呼應了我陰沉低喃的語氣：一件拘謹不適的紅絲綢禮服，永無止境層層疊疊的裙擺邊緣飾有橘色緞帶，要穿著這身笨重衣服爬上爬下，如果有人攙扶那就太好了，但我在樓梯頂端悶悶不樂地忽略了梭亞再次彎起手臂的幽微動作，我小心踏穩腳步下樓梯，用緊緊包裹在禮鞋中的腳趾感覺每道梯級的邊緣。

他把雙手揹在背後，亦步亦趨，隨口說道：「當然了，查核試驗一向都很困難。我猜薩肯幫妳準備過了吧？」他拋來一個微微疑惑的眼神，我沒回答，但不禁咬起下脣，「嗯，」他說，「如果妳**的確**覺得很困難，我們也許可以……一起施法給監試者看，我很確定他們會認為這樣再恰當不過了。」

我只怒目瞪他，沒有回應。不管我們完成了什麼，我很確定他會攬下所有功勞，他沒繼續逼我，自顧自微笑，似乎沒注意到我冰冷的表情：就像一隻在高空盤旋等待機會的鳥兒。他帶我穿過一條拱廊，站在兩旁的年輕守衛好奇地瞧我，然後我們抵達了巫師之殿。

我慢慢走進那洞穴般的房間，天花板彷彿能眺望天堂的開口，藍天滿布油彩雲朵，還有許多天使和聖人。午後陽光從幾扇大窗戶流瀉而入，我頭暈目眩地仰望，差點撞上一張桌子，盲目地伸手扶住桌角繞過桌子，所有牆面都擺滿書，還有跟房間等長的狹窄夾層，成為高高的第二層書架，周圍都是天花板垂下的四輪梯，數張大型工作桌橫亙房間，有厚重堅實的橡木桌腳和大理石桌面。

「我們都知道該做什麼，這不過是拖延的手段罷了。」一個女人在我看不見的地方說，她的聲音以女性來說很低沉，嗓音溫暖悅耳，但蘊含怒氣，「不，別再對我囉唆了，巴羅。任何咒語都可能失效——沒錯，就連那神聖的賈維加面紗上的咒語也是，別再為我說的話憤慨了。當初梭亞就是被政治沖昏頭，才會去蹚渾水。」

「好了好了，艾洛莎，若能成功，過程中冒的險就不足為道了。」獵鷹溫和地說，我們繞過轉角，看見三名巫師聚集在壁龕裡一張圓桌邊，經過皇宮走廊的昏暗燈光後，我在大窗戶透進的午後陽光中瞇起眼睛。

他稱作艾洛莎的女人甚至比我更高，有著黑檀木色的皮膚和與我父親同樣寬闊的肩膀，她的黑髮緊貼頭顱編成髮辮，身穿男人的服飾：塞進皮革長靴裡的紅色棉長褲以及皮革長外套。外套和長靴都非常美麗，裝飾金銀兩色的繁複花紋浮雕，儘管如此，它們看起來仍好穿耐久，身著荒謬華服的我不禁心生羨慕。

「成功？」她說，「這就是你所謂的成功？帶一具空殼回宮廷，只為了將她燒死在火刑柱上？」

我握緊雙拳，但獵鷹微笑答道：「也許我們該暫緩爭執，無論如何，我們來這裡並不是為了評判皇后，對吧？親愛的，容我介紹艾洛莎，我們的利劍。」

她不苟言笑又狐疑地看著我，另外兩名是男巫，其中之一正是檢驗皇后的巴羅神父，雖然臉頰上沒有任何皺紋，棕髮也不帶半根銀絲，卻不知為何看起來很年老，一副眼鏡低低架在他那張圓臉的圓鼻子上，他上下打量我，懷疑道：「這就是那名學徒？」

另一名男人的模樣可說是巴羅神父的相反，他頎長精瘦，身穿繡金繁複的深酒紅色背心，還蓄著一小撮尖尖的黑鬍子，頂端精心梳翹。他旁邊的桌面上有一小堆短短胖胖的金塊，還有一個黑色小絨布袋裡裝著閃爍的紅寶石。他手裡正旋轉著兩個金塊，低語出魔法把兩端接在一起，金塊在他手指下逐漸變成細細一條，「這是雷戈斯托，驚雷。」梭亞說。

雷戈斯托什麼也沒說，甚至沒抬頭看我，只瞥了我一眼，將我從頭到腳的模樣盡收眼底，然後立刻將我列為不值得注意之輩，但比起艾洛莎那嚴厲僵硬的嘴部線條，我倒寧願面對他的淡漠。

「薩肯到底是在哪裡找到妳的？」她質問。

他們似乎已聽過了某個版本的營救故事，但馬列克王子和獵鷹沒費心說出對他們無益的情節，而且還有他們很多不知道的事，我支支吾吾吐出一番生硬的解釋，說明我是怎麼遇到薩肯的，不自在地意識到獵鷹的凝望，眼神明亮專注，關於德弗尼克和我的家人，我想透露得越少越好，他已經把卡莎當成對付我的工具了。

我把卡莎心底的恐懼說成自己的，暗示我的家人自願將我獻給惡龍，我說父親是樵夫，已經知道他們會不屑一顧，但我沒指名道姓，我說**村長夫人**和**其中一個農夫**，而不是**丹珂**和**耶爾西**。我將卡莎描述成我唯一的朋友，卻不是最親愛的朋友，最後才斷斷續續告訴他們救出她的過程。

「我猜一定是妳好聲好氣地懇求，黑森林就把她還給妳囉？」雷戈斯托說，頭也不抬繼續他的工作，他正用拇指把細小的紅寶石一顆顆壓進金子裡。

「惡龍——薩肯——」我很慶幸他的名字宛如舌尖上的一記雷鳴，稍微提振了我的精神，「——他認為黑森林把她還給我，是為了設下陷阱。」

「看來他還沒完全發瘋嘛。」艾洛莎說，「為什麼不立刻處死那女孩？他比誰都清楚王法。」

「他讓……他讓我試試看。」我說，「讓我淨化她，而且成功了——」

「也可能只是妳的妄想。」她說，搖搖頭，「這正是憐憫直接引發的災難，嗯，我很訝異薩肯竟會淪落至此，但比他更高貴的男人也曾為了年紀不及自己一半的女孩鬼迷心竅。」

我不知道該說什麼，我想抗議，想說：**才不是這樣，絕對沒有這種事**。但是話語堵在我喉嚨裡，「妳也覺得我為她鬼迷心竅嗎？」獵鷹饒富興味地說，「還有馬列克王子也順道一起昏頭了？」

她看著他，眼神略帶厭惡，「馬列克還是個八歲小孩時，整整哭了一個月，哀求他父王率軍，連同邦亞的每名巫師一起進黑森林救出他母親。」她說，「但他已經長大了，應該更明理才對，你也是。你們這場遠征讓我們付出了多大代價？你帶了三十個老將、騎兵，每人都驍勇善戰，每人都配戴著由我親自鑄成的劍——」

「而我們帶回了妳的皇后，」獵鷹說，聲音忽然嚴厲起來，「這對妳來說難道沒有半分意義嗎？」

雷戈斯托發出一聲擾人刺耳的嘆息，視線依然沒離開他的小金圈，「這對現況來說有差嗎？國王希望這女孩接受試煉——那還不趕快開始，盡快解決。」

巴羅神父清清喉嚨，伸手拿了支筆蘸墨水，傾身過來透過小小的鏡片看著我，「妳要接受查核，看起來的確有點太年輕。親愛的，告訴我，妳隨妳的老師學習魔法多久了？」

「從去年秋天開始。」我說，回望著他們不敢置信的眼神。

薩肯從沒告訴過我，巫師通常都在研修滿七年之後才會申請加入名單。我花了整整三小時手忙腳亂施行他們指定的咒語，把自己給累壞了，而且就連巴羅神父也漸漸相信薩肯會送我來接受試煉，是因為他無可救藥愛上我，或者想開他們玩笑。

獵鷹什麼忙都幫不上，在一旁看著他們討論，似乎微微感到有趣，他們問他看過我使用什麼魔法時，他只回答：「我想由我作證並不恰當。因為要分辨學徒與老師的魔法很困難，而且薩肯一直都在她旁邊，當然囉。我想你們還是自己評斷為佳。」然後他透過睫毛偷眼看我，提醒我他在走廊上說過的提議。

我咬緊牙根，再度嘗試說動巴羅神父，他似乎是最可能同情我的人，雖然也開始顯得不耐煩了，「大人，我告訴過您了，這個種類的咒語我不擅長。」

「這些咒語根本不屬於同一個種類，」他暴躁地噘起嘴說，「我們讓妳試了各式各樣的咒語，從療癒到符文，涉及每個元素和每個專長領域。沒有一個種類可以概括妳不會的這些咒語。」

「但它們全是**你們**的咒語，不是……不是琊珈的。」我說，提出他們一定會知道的例子。

巴羅神父更狐疑地盯著我，「琊珈？薩肯到底都教了妳什麼啊？琊珈只是鄉野傳說罷了。」我瞪著他，「她的事蹟是從其他真實存在的巫師那裡移花接木，接著加油添醋一番，經過多年的渲染之後有了神話般的地位。」

我張大嘴巴瞪著他，不知如何是好：他是唯一待我和善的人，現在卻繃著臉告訴我琊珈不是真的。

「嗯，這真是浪費時間。」雷戈斯托說，雖然他根本沒資格抱怨，因為他從未停止過手邊的工作，現在他的珠寶已經變成一個高高的金圈，中間有個大凹洞，等著鑲嵌進更大的寶石。禁錮在裡頭的巫術發出微微嗡鳴。「曾經耍過幾個雕蟲小技並不足以讓她加入名單，無論現在或未來都不會改變。艾洛莎一開始就說中了，薩肯到底是怎麼了。」他上下打量我，「我想應該也沒什麼理由吧，只能說各有所好囉。」

我既困窘又生氣，但恐懼甚至又多過怒氣：據我所知，他們很可能明早就會提審卡莎。我在鯨骨馬甲的束縛中吸氣，往後一撥頭髮站起身，一腳踱在地上說：「芬米亞。」我的腳跟重重踩上石頭地面，撞擊力穿過我全身，化為一波魔法衝出身體。四周的城堡像沉睡的巨人一樣騷動，我們頭頂的吊燈懸垂而下的珠寶飾鍊互相碰撞，發出輕柔叮噹聲，書本也紛紛從書架上砸落。

雷戈斯托猛地站起來，把椅子都給掀翻了，他的金環鏗鏗鏘鏘從手中掉到桌上，巴羅神父猛眨著眼困惑地四下張望，最後才震驚地轉向我，好像認為除此之外一定有其他解釋，我喘著氣站起來，兩手在身側緊握成拳，從頭到腳仍然震盪著，我開口說：「這樣的魔法足夠讓我加入名單了嗎？還是你們想看更多？」

他們瞪著我，沉默之中我聽見中庭傳來吶喊和跑步聲，侍衛們手按劍柄往房間裡探頭，我這才發現，我在國王的都城裡撼動了國王的城堡，還對王國裡最德高望重的一干巫師大吼大叫。

最後，他們終究還是讓我加入巫師名單了。國王要求解釋為什麼會有地震，他們說都是我的錯，在那之後他們便無法再否認我不是女巫，但是他們對這樣的結果並不開心。雷戈斯托似乎感到深受冒犯，因而記仇，我覺得這實在不合理：是**他**羞辱**我**在先。艾洛莎更加不信任我，似乎認為我是出於某種邪惡的動機才隱藏力量，巴羅神父則因為我超出他的理解範圍，卻必須核可我的巫師資格這件事感到不愉快。他態度並不惡劣，但和薩肯的求知欲同樣強烈，卻沒有薩肯願意妥協的肚量。如果巴羅在書裡找不到解答，表示不可能發生這種事，但如果他在三本書裡找到解答，就表示那是鐵錚錚的事實。只有獵鷹對我微笑，帶著一絲惱人的暗自竊喜。要是他收起那些微笑，我會好過很多。

隔天早晨，命名儀式於圖書館舉行，我得再次面對他們所有人。我被他們四人包圍著，比剛到惡龍高塔裡的那些日子還要孤單，切斷了與所有熟悉事物間的連結，感覺他們都不願與我為友、連一絲善意都不願展現，這比孤單更糟糕。如果我忽然被雷劈死，他們會鬆一口氣，或至少不會感到哀傷。但我決心不去在乎，現在唯一重要的是我能為卡莎發言辯護了，這時我已經明白沒人會多關切她片刻：她無足輕重。

命名似乎比較像另一個考試而非儀式。他們把我安置在一張工作桌前，端出一碗水和分別呈裝紅、黃、藍三色粉末的碗，另外還有一根蠟燭和銘刻著金色字母的鐵製鐘鈴。巴羅神父將命名咒語寫在我面前的羊皮紙上：總共九個長而糾結的字詞，還詳細加註了每個音節該如何發音以及每個字詞的重音。

我喃喃念著咒語，試著感覺哪幾個音節特別重要，但它們死氣沉沉坐在我舌頭上，拒絕分散開來，「怎麼樣？」雷戈斯托不耐煩地說。

我結結巴巴又支支吾吾，彆扭地念完整串咒語，然後捏起粉末放入水中，這邊一點兒、那邊一點兒，咒語的魔法遲緩又勉強地匯聚，我讓水糊成一團棕色，還把三色粉末灑到裙子上，最後放棄了要改善任何事。我點燃粉末，透過煙霧瞇眼窺探，一邊伸手去抓鐘鈴。

然後我釋放魔法，鐘鈴在我手裏搖響：這麼小的鈴鐺竟能迸出異常悠遠低沉的音符，聽起來像教堂大鐘每天早晨都會傳遍整座城市的晨禱鐘聲，那聲音充斥整座圖書館，金屬在我指尖嗡鳴，我放下鐘鈴後滿心期待地到處張望，但名字並沒出現在羊皮紙上，也沒出現任何火焰形成的字母，什麼也沒有。

巫師們看起來全都很惱火，雖然並非針對我，這可是頭一遭。巴羅神父略為惱怒地對艾洛莎說：「這是什麼玩笑嗎？」

她蹙著眉頭，伸手去拿鐘鈴，舉起後翻過來查看：裡頭根本沒有鈴舌，他們全都往裡面窺探，我則瞪著他們，「名字會從哪裡出現？」我問。

「鐘鈴應該會念出名字的。」艾洛莎簡短地說，她放下鐘鈴，發出輕柔叮噹聲，是剛才那低沉音符的回音，她怒目瞪視它。

在那之後沒人知道該拿我怎麼辦，他們全都不發一語看了我好一會兒，巴羅神父邊對這等異象發出牢騷，獵鷹——他似乎下定決心要對任何關於我的事感到興致勃勃——輕快地說：「也許我們的新女巫應該為自己命名。」

雷戈斯托說：「我覺得由**我們**來為她命名比較妥當。」

我作出明智決定，不能讓他干涉我的名字：否則我一定會變成**豬崽**或**蚯蚓**。不過其他名字也都不太對勁。我赫然明白自己不想改名，不想換上一個綴著魔法的新名字，就和我不想穿著華麗的禮服、拖著長長的裙擺沾黏走廊上的塵土一樣。我深吸一口氣說：「我原來的名字沒什麼不好。」所以他們在宮廷上將我介紹為**德弗尼克的艾格妮絲卡**。

在介紹時我有點後悔自己拒絕選擇新名字，雷戈斯托告訴我這儀式會辦得很簡單，我猜他原是出於惡意，他說國王無法撥冗參加不是在慣常時間舉行的這類活動。一般新進巫師似乎都在春秋兩季加入名單，連同新受封的騎士。如果他說得沒錯，我只會感到謝天謝地。我站在王座大廳裡，長長的紅地毯像可怕野獸吐出的舌頭往我延伸過來，兩側排滿光鮮亮麗的貴族，他們全都注視著我，在寬大的澎袖後方竊竊私語。

我感覺不像真正的自己，這時幾乎希望有另一個新名字來搭配我裙擺寬大的笨重禮服，我咬緊牙關沿著漫長的大廳往前走到臺階底部，在國王腳邊跪下，他仍然面露疲態，如同我們剛到時在中庭裡看到他的模樣。那頂框著他額頭的深金色王冠肯定非常沉重，但他的疲憊不是這麼簡單的疲憊，他的臉孔籠罩在棕灰夾雜的鬍鬚之下，有著跟克莉緹娜相同的皺紋，專屬於那些由於擔心未來而夜不成眠的人。

他用雙手包裹我的雙手，我尖聲說出宣誓效忠的誓言，結結巴巴。他則報以冗長卻熟能生巧的回答，接著收回手，點頭示意我可以離開。

站在王座旁的一名隨送對我微微招手，但我遲至現在才意識到這是我第一次、也非常可能是最後一次能與國王說話的機會。

「陛下，請恕我多問，」我說，試著忽略王座周遭任何近得能聽到我說話的人都露出憤怒的表情，「不知道您是否讀了薩肯的信——」

王座邊一個高壯的僕人幾乎立刻上前來拉我的手，臉上掛著制式的微笑對國王一鞠躬，然後就企圖把我拎走，我扎穩腳步，喃喃念了琊珈的一小段土地咒語，不理他，「我們現在大有機會可以摧毀黑森林，」我說，「但他沒有任何兵馬，而且——好啦，我說完就走！」我嘶聲嚇阻僕人，他架著我的臂膀想把我拽離臺階，「我只是要解釋——」

「好了，巴托許，別為她弄得臉紅脖子粗了。」國王說，「可以給我們最新進的女巫一點時間。」他這時才第一次正眼瞧我，聽起來微微感興趣，「我們的確看了信，它太言簡意賅了，尤其是關於妳的事。」我咬著嘴唇，「妳對妳的國王有何請求呢？」

我的嘴巴顫抖著想說出我真正想請求的，**放了卡莎！**我想大喊，但是不行，我知道我不行，那樣就太自私了：我很想要沒錯，但那是為了自己，不是為了邦亞。

我不能要求國王放了卡莎，連他的皇后都必須經過審判了。

我的視線從他的臉龐低垂到他的長靴尖端，上頭有金色浮雕，剛好從長袍的毛皮滾邊下探出。

「抵禦黑森林的兵馬，」我輕聲說，「越多越好，陛下。」

「我們無法輕易撥出兵馬給妳。」他說，在我吸氣時舉起一隻手，「但是，我們會看看有什麼能做的，斯皮科大人，請進一步研議，也許可以派出一支隊伍。」王座邊一個男人鞠躬表示遵命。

我大感放心，搖搖晃地退開——經過剛才那名僕人時他瞇起眼瞧我——然後穿越階梯後方一扇門進入一間較小的接待廳，裡頭的皇家書記官是名嚴厲年長的紳士，表情充滿譴責之意，他一本正經詢問我名字的拼法，我猜他聽見了我在外頭製造出的混亂。

他將我的名字寫在一本皮革裝幀的巨典其中一頁最上方，我仔細看著以免寫錯了，同時忽略書記官非難的神情，我滿心歡喜又感激所以不在乎，國王似乎並非不可理喻，他一定會在審判時赦免卡莎的，然後也會在札托切克與薩肯會合，向黑森林宣戰。

「審判什麼時候開始？」書記官寫完我的名字後，我問他。

他不敢置信地瞪了我一眼，拿起一封他已經開始專心處理的信件，「我當真說不準。」他說，視線從我身上移到離開房間的門，那暗示再清楚不過了。

「可是沒有——應該很快就會開始吧？」我試探道。

他已經低頭看著那封信，這次抬起頭的速度更加緩慢，好像無法相信我竟然還賴在原地，「國王想要什麼時候開始，」他說，咬字發音精準得嚇人，「就什麼時候開始。」

19

三天後，審判仍然還未進行，而我恨死了周遭的每個人。

薩肯告訴過我，這裡有力量可以爭取，我猜對那些了解宮廷遊戲的人來說的確如此。我看得出我的名字登錄在國王的巨典後的確發揮了某種魔力，和書記官說完話後，我回到小房間，滿心疑惑而且不確定接下來該怎麼做，我在床上呆坐了半小時，期間女僕來敲了五次門，帶來各式邀請參加晚餐和宴會的卡片。第一張卡片出現時我以為送錯了，後來才明白不可能每張都送錯。我毫無頭緒該怎麼處理它們，也不知道為何收到這些邀請卡。

「看來妳已經應接不暇囉！」梭亞說，從一道陰影裡踏出，一名女僕剛又送來了另一張邀請卡，他趁我來得及關門之前就溜了進來。

「這是我們該做的事嗎？」我警戒地問，開始懷疑這會不會是御前巫師的責任。「需要為這些人施行魔法嗎？」

「嗯，最終可能還是免不了。」他說，「不過目前他們只想炫耀有最年輕的皇家女巫作陪，已經有不少關於妳出席與否的流言蜚語了。」他把卡片拔出我手中，一張張瀏覽，然後抽出一張給我，「波古拉瓦伯爵夫人是目前最有用的人脈：國王很聽伯爵的話，一定會問他該怎麼處置皇后。我帶妳去她的晚宴。」

「不，才不要！」我說，「你的意思是他們只想邀請我去拜訪？但他們根本不認識我。」

「他們認識得夠多了。」獵鷹用耐心的語調說，「他們知道妳是女巫，親愛的，我真心認為妳第一次出席社交場合最好有我的陪伴，宮廷有時很——暗潮洶湧，如果妳不諳此道很危險。妳知道我們的目標是一致的：想要皇后和卡莎無罪開釋。」

「你連一顆麵包屑都不願為卡莎犧牲。」我說，「我也不喜歡你不擇手段達成目的的方式。」

他並沒因此失態，反而彬彬有禮一鞠躬，退回我房間角落的陰影裡，「希望不久的將來，妳能對我改觀。」他的聲音從黑暗中幽幽飄來，卻已經看不見他的蹤影，「當哪天妳發現自己孤立無援，請記得，我隨時準備好當妳的朋友。」我拿波古拉瓦伯爵夫人的卡片丟他，卡片在空蕩蕩的角落飄落地面。

我一點也不信任他，卻不禁擔心他說出了部分事實，我開始發現自己對宮廷生活的了解有多粗淺。依照梭亞所說，如果我去一名全然陌生的女人舉辦的宴會上拋頭露面，她會很開心，然後轉告丈夫，他就會——告訴國王不應該處死皇后？國王會聽從他的建言嗎？這些在我聽來一點道理也沒有，但有個男人在書裡寫下我的名字之後，我就收到陌生人們送來的一堆邀請函，這件事也同樣沒道理。不過木已成舟，而我顯然忽略了某些事。

真希望能跟薩肯說話：一方面聽他的建議，一方面向他抱怨。我甚至打開琊珈的書，想找到能聯絡他的咒語，但沒找到任何可能管用的。最相近的是「奇亞瑪」，旁邊筆記著：「能傳遞到下個村莊。」但我想沒人會願意聽我大吼大叫，讓聲音花上一整個星期飄蕩到王國另一邊，也不覺得話語聲有辦法通過山脈，就算我把克雷利亞的人都震聾了。

最後，我挑出最早送到的邀請函，前往赴宴。無論如何，我餓了。我藏在裙子口袋裡的最後一點麵包已經餿掉，就連魔法也沒能將它變得更能下嚥，也無法填飽肚子。城堡裡的某處一定有廚房，但我在我不該出現的走廊上遊蕩時，僕人們都用奇怪的眼神看我，我不願想像他們看到我闖進廚房時會露出什麼表情。可是我也無法攔下其中一個女僕然後叫她侍候我，她們都是和我很像的女孩——我不想表現得像什麼高貴淑女，我不過是裝扮華麗的冒牌貨。

我在階梯和走廊間上下穿梭遊蕩，直到找到回中庭的路，我鼓起勇氣拿邀請卡去問一個守門的侍衛該往哪走，他和僕人們一樣對我投以異樣目光，但還是看著那個地址說：「外側大門出去後第三間黃色房子。沿著路走下去，繞過教堂的轉角後就可以看到了。妳需要一張椅子嗎，夫人？」

「不用。」我說完便出發了，那個問題讓我一頭霧水。

路途並不遙遠：貴族們住在城垛外牆內的屋子裡——至少最富有的那些都是。當我終於走到黃色房子前，這裡的守衛也盯著我看，但還是為我打開門。我站在門檻上，這次輪到我目瞪口呆了，我在城堡中經過許多由兩人扛著的高大盒子，卻不知道盒子的用途是什麼，現在我看見身後有個盒子被抬上門前階梯。守衛打開側邊的一扇門，裡頭有張**椅子**。一個仕女鑽出來。

守衛伸手攙扶她在階梯上站穩，然後又回到原本的崗位，她停在較低的梯級上抬頭看我，我疑惑地問她：「妳需要幫忙嗎？」她的站姿不像腳不方便，但我看不出她裙擺底下的狀況，也想像不到除此之外她還有什麼原因要將自己關在那奇怪的東西裡。

她只注視著我，她身後又出現了兩張椅子，載來更多賓客。原來這純粹是她們移動的方式。

「妳們都不**走路**的嗎？」我困惑地問。

「不然**妳**要怎麼避免不沾得滿身泥呢？」她說。

我們一起低下頭看，我今天穿的禮服比車輪還寬大，布料是紫色天鵝絨和銀色蕾絲，而下擺整整浸滿了兩吋的泥巴。

「我沒在管泥巴。」我悶悶不樂地說。

這就是我和利茲瓦的艾莉西亞夫人初次見面的過程。我們走進屋後立刻被女主人給拆散，她在大廳裡擋在我們兩人中間，敷衍地和艾莉西亞夫人打招呼，然後抓住我的手臂，還在我兩邊臉頰各親一下，「親愛的艾格妮絲卡夫人，」她說，「您能來真是太好了，這禮服可真迷人，鐵定會帶動一波風潮。」我不悅地盯著她笑顏逐開的臉龐，已經忘了她叫什麼名字，但這似乎不重要，在我喃喃說著禮貌和感激之詞時，她已經用噴滿香水的手臂勾著我的手，把我拉進賓客聚集的客廳裡。

她將我炫耀給在場的每一個人看，我不發一語，心裡卻忿忿不平地更加討厭梭亞，因為他說對了，大家都很開心可以認識我，每個人都彬彬有禮——至少一開始如此。他們沒要求我施展魔法，他們真正想要的是談論我們到底如何救出皇后，他們太過客氣，不會直問，不過每個人都會提出像是這樣的問題：「我聽說看守皇后的是隻奇美拉……」然後滿心期待地降低音量，邀請我更正他們的說法。

我大可以天花亂墜，巧妙地搪塞過去，或者吹噓自己完成任何偉大事蹟：他們顯然準備好要對我刮目相看、讓我當個英雄，但我不敢觸碰那場可怕屠殺的記憶，鮮血將土壤澆灌成濕泥。我瑟縮了一下，慌了陣腳，只平板地回答：「不是。」或者什麼也不說。將每段談話都搞砸成尷尬空洞的沉默。失望的女主人最後把我丟在一棵樹旁的角落——一棵長在屋內花盆中的橘子樹，然後前去安撫其他躁動的賓客。

我心知肚明，如果說來參加宴會能對卡莎有任何好處，我都造成了反效果，就在我鬱悶地尋思是否最終還是得吞下百般不情願去求助於梭亞時，艾莉西亞夫人出現在我旁邊，「我沒發現妳是新女巫。」她說，挽起我的手，神神祕祕地湊上來，「妳當然不需要轎子囉，告訴我，妳是不是會變成一隻大蝙蝠來代步？像琊珈婆婆——」

我很開心能談論琊珈，任何除了黑森林之外的話題都好，更開心能找到除了梭亞之外願意為我引路的人，吃完晚餐後，我已經答應艾莉西亞夫人隔天隨她去一場早宴、一場牌會和一場晚宴，接下來兩天幾乎都由她陪伴我。

我不覺得我們算真正的朋友，我現在沒心情交朋友，我在城堡和下一場宴會的地點之間來回跋涉，每次都得經過禁衛軍的兵營，他們的中庭正中央矗立著光滑的鐵塊，滿是火燒後焦黑的痕跡，他們就是在那兒斬首感染腐敗的人然後焚毀屍體。艾洛莎的鍛造爐就在不遠處，爐火時常熊熊燃燒，濃煙中她的剪影用一把幽影做成的鐵鎚敲出陣陣橘色火星。

「妳能給腐敗之人唯一的慈悲就是一把銳利的劍。」我試著說服她至少親自去看過卡莎一次後，她這麼回答。那時我不禁覺得她是在鑄造給劊子手的斧頭，而與此同時，我竟坐在悶熱的房間裡吃切邊吐司夾魚卵，喝著加糖後甜甜的茶，試著跟陌生人打交道。

但我覺得艾莉西亞夫人這麼照顧一個笨拙的農家女孩真的很好心，她只比我大一兩歲，卻已經嫁給了一名富有的老男爵，他大部分的時間都花在牌會上。她似乎每個人都認識，我感激不已，也決心要表達自己的感激之情，但因為自己不是個好玩伴、也不懂宮廷禮節而微微感到自責。艾莉西亞夫人硬要大聲又熱誠誇張地稱讚我禮服上過多的蕾絲，她還說服一個眼神惶恐的可憐貴族與我跳宮廷舞，我不僅舞步凌亂，還踩到他的腳趾並引來旁人好奇的目光，儘管如此，她還是誇讚我的舞姿。以上種種我都不知道該如何回應。

直到第三天，我才發現原來她全是在看我笑話。我們說好要在一名男爵夫人家裡舉辦的下午茶音樂會上碰面，因為每場宴會上都有音樂，所以我不知道這場宴會到底有何特別之處，我問艾莉西亞時她只報以大笑。但吃完午餐後我還是依約趕去，試著將霜銀色的長長裙襬舉高並平衡著相襯的頭飾，那又長又彎的笨重東西在我頭上不是往前傾就是往後倒，硬是不肯固定在原處。我進屋時在門廊裡被裙襬絆了一下，頭飾便往後一路溜到我耳後。

艾莉西亞看見我，戲劇性地快步穿越房間來握著我的手，「親愛的，」她急切地說，「真是美麗又**原創**的角度啊——我從沒看過這種裝扮。」

我脫口而出：「妳——妳是故意要對我無禮嗎？」我恍然大悟後，她對我說過的那些奇怪的話忽然間都說得通了，而且有理得詭異又充滿惡意。但我一開始不相信，不懂她為何如此，沒人強迫她和我說話或者陪伴我，我無法理解她何以大費周章，就只為了惹人厭。

但我無法再懷疑：她露出雙眼圓睜的訝異神情，意思顯然是**沒錯，她的確是故意對我無禮**。

「怎麼了，妮絲卡。」她開口說，好像也覺得我是個白癡。

我猛然從她手裡抽回手，瞪著她說：「叫我艾格妮絲卡就可以了。」我說，驚詫又嚴厲，「既然妳這麼喜歡我的風格，喀波魯。」她自己那個彎彎的頭飾往後腦勺滑落——將她臉頰兩側漂亮的鬈髮往後拉，顯然是假的。她發出一聲小小的尖叫、抓住頭髮，然後奪門而出。

不過這不是最糟的，最糟的是房間裡此起彼落的咯咯笑聲，曾經與她共舞的男人以及那些她稱之為密友的女人都笑了。我一把扯下頭飾，快步走到豐盛的餐點邊，把臉藏在一碗碗葡萄後方。就算我躲在這裡，一名年輕男子仍然湊到我身邊，他的刺繡外衣一定花了一個女人整年的時間來製作，他沾沾自喜說艾莉西亞肯定有一整年後不會在宮廷上露臉——好像我會為此感到開心。

我成功躲開他，跑到僕人用的走道上，絕望地從口袋裡掏出珊珈的小書，找到**可以快速逃離**的咒語，讓我得以穿牆而出，不用回到房間裡從前門離開，我無法承受更多惡毒的恭賀之詞。

我穿過黃磚牆，喘得像剛越獄的犯人，眼前是一座獅嘴噴水池，在廣場中央咕嘟噴水，水池邊緣反射耀眼的午後斜陽，接近噴水池頂端的一群鳥兒雕像啁啾輕唱著歌。我一眼就看出那是雷戈斯托的作品。梭亞就站在那兒，倚坐噴水池邊緣，手指一邊拂過水面的亮光。

「很開心看到妳自行脫困了。」他說，「雖然下定決心要惹上麻煩的也是妳自己。」他沒參加剛才的宴會，但我很確定他知道每個艾莉西亞和我丟臉的細節，雖然他表情哀傷，我也很確定他樂得看我糗態百出。

我一直很感激艾莉西亞並不覬覦我的魔法和我的祕密，因此從沒想過她想要的也許是其他東西。就算我曾有過這念頭，也不會想到她尋找的是惡意捉弄的對象。在德弗尼克，我們不會以這種愚蠢的殘酷對待彼此。當然偶有爭吵，對方可能對你沒什麼好感。不過當收成季節到來，你的鄰居來幫忙收割和打穀時，或者黑森林的陰影祟動時，我們全都知道還是不要節外生枝比較好。而且也絕不會對女巫這麼無禮，「我以為就算是貴夫人也不會如此不明事理。」我說。

梭亞聳聳肩，「也許她不相信妳是女巫。」

我張開嘴想抗議說我曾在她面前用過魔法，但我猜她可能沒看見，我不像雷戈斯托，他會晴天霹靂似的出現在房間裡，伴隨陣陣晶光閃爍的銀色火星，和往四面八方飛散、鳴叫的鳥兒。我也不像梭亞，穿著優雅長袍在陰影間滑進滑出，外加一雙似乎將城堡大小事盡收眼底的銳利雙眼。我呢，總躲在自己房間裡擠進禮服中，還冥頑不靈堅持要走路赴宴，那勒死人的馬甲不等我施展魔法就先耗盡我的精力了。

「不然她覺得我是怎麼登上巫師名單的？」我質問。

「我猜就如同其他巫師所想的吧，一開始所想的。」

「什麼？她以為因為薩肯愛上我，你們才讓我加入的？」我酸苦地問。

「比較可能是馬列克。」他說，一本正經，我驚恐地盯著他，「真的假的？艾格妮絲卡，我還期望妳已經弄懂了。」

「我不想要懂任何這些事！」我說，「宴會上那些人，他們看到艾莉西亞捉弄我很開心，然後換我害艾莉西亞出醜時，他們也同樣開心。」

「當然囉，」他說，「他們很興奮妳只是在假扮鄉巴佬，為第一個上鉤的人精心布置了一場惡作劇。這讓妳成為他們的一分子。」

「我沒算計她！」我說，想補充說沒人會安排這種事，至少沒有心智正常的人會安排這種事，只是我隱隱有種討厭的感覺，知道就是有人會這麼做。

「是，我也不覺得妳會。」梭亞精明地說，「但讓別人這麼認為也許比較好，反正無論妳怎麼說，他們都已經認定是妳擺了她一道。」他從噴水池邊緣站起來。「情況並非無可救藥，我想妳在今天晚宴時就會發現人們對妳友善多了。都到這個地步了，妳還不願意有我作陪嗎？」

我的回覆是一轉踩著高跟鞋的腳跟踱步離開，愚蠢的裙擺在地上拖行，我聽見身後傳來他愉快的呵呵笑聲。

我雷霆萬鈞地衝出那美麗的小庭園，來到城堡外圍鬧哄哄又綠意盎然的草皮上，從外側大門到內側中庭的主要道路兩側擺放著一堆堆乾草包和木桶，等著搬上馬車送往各處。我坐在其中一個草包上思考，有個可怕的感覺：梭亞或許說對了一件事。這表示現在願意與我說話的王公貴族是因為他們熱愛這種惡劣的遊戲才這麼做，正直的人絕不會想與我扯上關係。

但我無人可以傾吐或者詢問意見，僕人和士兵不願理睬我，快步趕赴各項會晤的官員們也不願意。他們經過時，我看得出他們全都朝我投來狐疑的眼神：坐在路邊乾草堆上的高貴仕女，穿著綢緞和蕾絲華服，曳地的裙擺沾滿青草和沙土，活像修剪整齊的花園中的一片落葉，顯得格格不入。

比格格不入更糟糕的是，我一點忙都幫不上——不管是對卡莎或薩肯或家鄉的任何人。我已準備好要作證，審判卻遲遲未進行；我向國王懇求派兵，卻沒爭取到一兵一卒；過去三天參加的宴會比我從小到大加起來的還多，我毀了一個笨女孩的名譽，她這輩子可能連一個真正的朋友也沒有，除此之外我一事無成。

在一波挫敗和憤怒之中，我念了凡納絲塔蘭，但口音濃濁地念過，在兩臺馬車接連經過的空檔間，我讓自己穿回屬於樵夫女兒的衣服：舒適樸素的粗布衣裙，裙擺不會太長，剛好露出實用的長靴，搭配有著兩個大口袋的圍裙。我立刻覺得呼吸輕鬆很多，也發現自己立刻隱形起來：再也沒人多看我一眼。沒人在乎我是誰、在做什麼。

隱形有其危險：我站在道路邊緣享受可以大口呼吸的暢快，一臺巨大無比的馬車轟隆隆駛過，差點把我撞個四腳朝天，馬車本身的體積超出四個車輪許多，還攀著四個馬車伕。我得往旁一跳避開，靴子剛好嘩啦啦踩進一個水坑中，泥巴濺上裙襬。但我不在意，現在我踩的是泥土地而非磨得晶亮的大理石地面，這個星期以來我頭一次認清自己。

我循著車輪痕跡爬上坡，穿著輕鬆的裙子自由踩著大步，順順利利溜進城堡內院。肥碩的馬車停下來，吐出一個穿著白大衣、斜披亮紅色動帶的使者，大王子已連同一幫大臣和儀仗隊在那兒等候他，他們舉著邦亞的旗幟和一面我從沒看過的紅黃雙色、有隻公牛頭的旗子。他一定是來出席王國晚宴的，我原先和艾莉西亞約好今晚參加。每名守衛都或多或少注意著他們，當我輕聲細語說我不值得一顧時，守衛的視線便順從他們的心意從我身上掠過。

每天三次奔波往返我的房間和各式宴會至少有一個好處：我已經摸熟了城堡內的通道。走廊上有僕人，但每個人都捧著桌布餐巾或者銀器，忙著準備晚宴。沒人分神注意一個渾身泥巴的打雜女僕。我左鑽右扭通過他們，踏上通往灰塔的幽暗長廊。

高塔底端站崗的四個守衛值班了這麼久，全都無聊透頂地打呵欠，「甜心，妳錯過了去廚房的階梯。」其中一人好心地對我說，「是在走廊的那一頭。」

我記起這個資訊留待以後使用，盡可能用這幾天以來別人盯著我的眼神瞪他們每一個人，好像他們的無知讓我驚愕不已，「你們不知道我是誰嗎？」我說，「我是女巫艾格妮絲卡，我來看卡莎。」更準確地說，應該是來瞧一眼皇后，我想不通為什麼審判會拖這麼久，除非國王企圖替皇后爭取更多康復的時間。

守衛們全都遲疑地面面相覷，趁他們決定要怎麼處置我之前，我小聲說：「阿拉曼克、阿拉曼克。」然後直直穿過他們看守的那扇上鎖的門。

他們不是貴族，我猜他們不會想和女巫過不去，至少沒來追我。我爬上狹窄的螺旋梯，繞過一圈又一圈，來到那扇貪婪惡魔對我齜牙咧嘴的門前，我把圓形門環拿在手裡，感覺被一隻正在決定我到底好不好吃的獅子徹底舔舐。我盡可能小心翼翼捏著門環敲門。

我已準備好一番爭辯之詞與堅定決心要面對垂柳，甚至準備好在必要的時候直接推開她，我猜她這個端莊淑女不會紆尊降貴來和我拉拉扯扯。但她沒來應門，我把耳朵貼在門板上，隱約聽見裡頭傳來叫喊聲。我警戒地退開，忖度著如果我大聲吆喝守衛，他們會不會破門而入？應該不可能。門是鐵製的，還用鐵鉚釘加以固定，卻連一個鑰匙孔也沒有。

我看著惡魔，他報以獰笑，空蕩蕩的血盆大嘴散發出飢餓感，如果我能餵飽它呢？我喚來一個簡單的符咒，製造出些微光芒：惡魔立刻開始吸食魔法。我將力量持續灌入咒語，直到手中出現一朵搖曳生輝的燭火。惡魔的胃口是個無底洞，幾乎將我能給的魔法吃乾抹淨，但我勉強導出一條銀色的魔法支流，讓它在體內匯集成一個小水窪，然後擠出一句：「阿拉曼克。」然後絕望地往前一跳穿越鐵門，這耗盡了我剩下的力氣：我滾落在房間地板上，四肢攤平仰躺著，全身都被榨乾了。

一陣腳步聲朝我奔來，然後卡莎出現在我身邊，「妮絲卡，妳沒事吧？」

叫喊聲是從相連的隔壁房間傳來的：馬列克握緊拳頭站在房間中央對垂柳大聲咆哮，她僵直地站在原處，氣得臉色發白。他們倆太專心對彼此發怒，誰也沒注意到我從門裡跌出來。

「看看她！」馬列克朝皇后揮出一隻手臂，她坐在同一扇窗戶邊，仍然無精打采、動也不動。就算她聽見喊叫聲，卻連眼也不眨一下，「三天了，她還是一個字也沒吭，妳好意思稱自己是醫者？妳到底有什麼用？」

「顯然沒什麼用，」垂柳冷冷地說，「我只做了所有能做的事，而且做得再好不過了。」這時她終於注意到我的存在，轉身低頭看著坐在地板上的我，「原來這就是王國的奇蹟女巫，如果你允許她離開你的床久一點，她或許可以更有貢獻。我不會容許你站在這裡，無視我的努力，還對我咆哮。」

她昂首闊步離去，經過我時將裙子斜過一邊，以免碰觸到我的裙子，好像深恐被汙染。她一彈手，擋住門的大木條就自動往上抬，她怒氣沖沖走出門，厚重鐵門在她身後鏗鏘關上，摩擦石頭的聲音好似斧頭砍落。

馬列克轉而對我發火，他的怒氣還未發洩完畢，「還有妳！妳應該要當我的第一目擊證人，卻打扮得像個淫蕩廚娘在城堡裡到處遊蕩，妳覺得有人願意相信從妳嘴巴裡說出的任何一個字嗎？我幫妳登上巫師名單已經三天了——」

「**你**幫我！」我惱怒地說，扶著卡莎的手臂搖搖晃晃站起來。

「——這三天來，妳唯一的成就是向全宮廷證明了妳是個無用的土包子！現在又這樣？梭亞上哪去了？他應該教妳怎麼應對。」

「我不需要知道怎麼**應對**。」我說，「我不在乎這些人對我的觀感，他們的想法一點也不重要！」

「當然重要！」他抓住我的手臂把我拉離卡莎手中，我腳步踉蹌跟在他身後，想召喚一個能推開他的咒語，但他把我拉到窗邊，往下指著城堡中庭，我停住動作往下看，似乎沒發生任何特別值得注意的事，披著紅勳帶的使者正隨著王儲西格蒙王子進入宮中。

「我哥哥旁邊那個男人是蒙錐亞來的特使，」馬列克說，嗓音低沉殘酷，「他們公主的駙馬去年冬天死了：公主再六個月就會結束守喪期。妳現在懂了嗎？」

「不懂。」我說，一頭霧水。

「她想成為邦亞的皇后！」馬列克大吼。

「但皇后還活著啊！」卡莎說，但這時我們一起恍然大悟。

我盯著馬列克，渾身發冷，嚇壞了，「但是國王，」我結結巴巴，「他**愛過**——」然後閉上嘴。

「他遲遲不舉行審判是為了爭取時間，妳懂嗎？」馬列克說，「一旦眾人漸漸遺忘我們救出皇后這件事，他就會轉移大臣們的注意力，然後低調將她處死。現在妳是要幫我，還是要繼續四處犯傻，直到大雪紛飛、天氣冷到沒人出來看熱鬧，他們便趁機處死皇后——還有妳這位親愛的朋友？」

我緊抓卡莎僵硬的手，好像這樣就可以保護她。想來真是殘酷又空虛：我們原以為能還漢娜皇后自由之身、救她出黑森林，如此大費周章卻是為了國王能將她斬首、改娶別人，在邦亞的地圖上多添一個行政區、替他的冠冕多加一顆珠寶。「他愛過她不是嗎？」我又說了一次，忍不住抗議——我知道很蠢。但是那個國王失去摯愛皇后的故事在我聽來，比馬列克告訴我的版本合理多了。

「妳覺得這足以讓他忘記自己戴綠帽的恥辱嗎？」馬列克說，「他美麗的妻子和洛斯亞的男孩跑了，他在花園裡唱迷人的情歌給她聽。大家都是這樣說的，在我年紀大到能要他們為此償命之前。小時候，他們告誡我連她的名字都不要對國王提起。」

他低頭看著椅子上的漢娜皇后，她呆滯坐著，好像一張等待書寫的白紙。我從他臉上看見他以前的模樣，小男孩躲在母親荒廢的花園裡躲避同樣一群惡毒的大臣——他們全都在訕笑和竊竊私語談論她，搖頭假裝哀傷，同時碎嘴說他們早知道會發生這種事。

「你覺得我們和他們一樣勾心鬥角就能拯救皇后和卡莎？」我說。

馬列克的視線離開皇后，抬頭看我，這是第一次我覺得他真正聽進我說的話，他的胸膛起伏了三次，「不。」他終於開口同意道，「大臣都是禿鷹，國王是獅子。他們會搖搖頭表示遺憾，然後啄食國王所給的骨頭。妳能強迫我父親赦免她嗎？」他質問，輕鬆得好像不是在開口要求我對**國王本人**下咒，剝奪他的自由意志，這跟黑森林一樣可怕。

「不行！」我驚駭地拒絕，看向卡莎，她一隻手放在皇后的椅背上，站得筆挺，看上去金光閃爍又可靠，她對我搖搖頭，她不會要求我做這種事，甚至不會要求我和她一起逃跑，讓老家的村民坐以待斃——就算這意味著國王會為了能殺死皇后而株連她。我嚥了口口水，「不行，」我又強調一次，「我不會這麼做。」

「那妳**打算**怎麼做？」馬列克斯吼，重新燃起怒火，不等我回答就踱步走出房間。這樣剛好，因為我不知道該怎麼回答他。

20

雖然我的穿著不同，巫師之殿的守衛還是認得我。他們為我打開厚重木門，然後又在我身後闔上。我緊靠門站著，天花板有漆金彩繪和天使掛飾，無數書籍擺滿一面牆壁，看起來氣勢逼人，書架還延伸到其他牆面上和壁龕裡再探出來。有幾個人在散放的長桌邊工作，穿著長袍的年輕男女埋首於蒸餾器或書本。他們各自忙碌，沒人注意到我。

巫師之殿感覺並不友善，比惡龍的藏書室還冷，而且太疏離了，不過至少這是個我可以理解的地方，我還不知道要怎麼救卡莎，但知道在這裡找到解決方式的機率至少比在舞廳裡還高。

我抓住最靠近的一把梯子，吱吱嘎嘎地把它拖到最前排的第一個書架前，拉起裙襬爬到最上面開始東翻西找，這是我熟悉的一種搜尋過程，我去森林裡採集的時候不是為了尋找特定的東西，而是蒐集已有的物品，讓靈感自動找上我：如果我找到一叢蘑菇，隔天家裡就做蘑菇湯；如果我在鄰近道路的坑洞內發現扁平的石頭，就拿來補家裡牆壁。我想這裡一定至少會有幾本像珊珈的書那樣對我說話。說不定這些華麗的燙金大書之間還藏著另一本珊珈的書。

我盡可能快速工作，專找沾滿最多灰塵、鮮少有人翻閱的書，我用手拂過書本，讀著書脊上的標題。但不管如何都進行得很緩慢，而且充滿挫折。我瀏覽完十二座寬大的書櫃、從天花板到地面各三十層的書架，開始納悶是否真能在這裡找到任何東西：所有書本在我手下感覺起來都十分枯燥，沒有任何一本邀請我繼續讀下去。

我工作到很晚，其他學徒都離開了，圖書館裡的魔法燈光黯淡下來，剩下熱燙的灰燼微微發光，好像它們也睡著了。只有我書架邊的燈光還像螢火蟲一樣閃亮，我的背部和腳踝都在抗議，我歪扭地站在梯子上，一隻腳勾著欄杆，拉長身體伸手去拿最遠的書，我瀏覽過的範圍不到一面牆的四分之一，而且還是以最快又最走馬看花的速度，我只專注看了不到十分之一的書，如果薩肯在場一定會喃喃數落我。

「妳在找什麼？」

我差點摔落梯子栽在巴羅神父頭上，幸好及時抓住側邊護欄，腳踝疼痛地被一處卡榫擦傷。房間中央有一區的書架移開了，看來是通往密室的門，他就是從那裡冒出來的，懷裡抱著四本大部頭，我猜他正想要放回書架上，這會兒卻站在地板上狐疑地仰頭看我。

我心裡還在緊張忸怩，不加思考就脫口而出：「我在找薩肯。」我說。

巴羅茫然地看著我剛才翻找的書架：難道我覺得會在這裡找到壓在書頁間的惡龍嗎？但就在我回答巴羅的當下，似乎也告訴了自己一些什麼，我發現這正是我想尋找的，我想找薩肯，想要他從成堆的書本中抬頭看我，怒斥我把事情搞得一團亂。我想知道他在做什麼，想知道黑森林反擊了嗎？我想要他告訴我該怎麼說服國王放過卡莎。

「我想和薩肯說話。」我說，「我想見他。」我已經知道珊珈的書裡沒有可用的咒語，薩肯也從沒示範過類似的魔法。「神父，如果想和遠在王國另一端的人說話，你會用什麼咒語？」但巴羅不等我說完就開始搖頭。

「千里傳聲只會出現在童話故事中，那是吟遊詩人便宜行事的伎倆。」他用講道似的聲調說，「瓦尼奇亞的人們發明了一種裝置，將通訊的咒語放在用同一窪水銀打造的一對鏡子裡，國王和前線的將軍各持一面，就算是這種魔法也只能讓持有鏡子的兩人互相溝通。國王的祖父用五瓶火心換來的。」他補充說，我不由自主驚呼了一聲，如此高價都可以買下一整個王國了。「魔法可以加強感官，延伸視覺或聽覺，或者提高音量，抑或將聲音藏進一個果核，等待稍後聽取。卻無法在瞬間將妳的影像傳遞到大半個王國之外，也無法將某人的聲音傳遞回來給妳。」

我不滿意地聽著，不幸的是這番話的確有道理：如果能用簡單的符咒解決，為什麼薩肯還要派信差或者寫信？這確實合理，一如他只能在河谷中、他的領地範圍內使用傳送咒語，無法直接在王都和高塔之間往返。

「這裡有其他類似琊珈的書可以讓我讀嗎？」雖然我知道巴羅並不認為琊珈的咒語管用。

「孩子，這間圖書館是邦亞魔法研究的核心，」他說，「這兒的書本並不是因為某些蒐藏家一時興起或者書商的花言巧語就隨隨便便擺上書架的，不是因為它們價值連城或者燙了金能討貴族歡心所以才列為館藏。每一冊都經過至少兩個皇家巫師仔細檢驗，證實其中至少有三個正確無誤的咒語，就算如此，它們也得具備實質的力量才能在圖書館擁有一席之地。我自己大半輩子的時間都花在淘汰劣質著作和只能賞玩或趣讀的古書上，妳在這兒是找不到此類書籍的。」

我低頭瞪著他：他的大半輩子！如果有什麼書能派上用場，那麼他一定能立刻舉出了。我抓住梯子兩邊滑到地面上，他眉頭緊蹙、露出不敢苟同的表情，我猜他如果看到有人爬樹也會露出這種表情。「你們把淘汰的書都燒了嗎？」我絕望地問。

他退縮了一下，好像我建議把他本人給活活燒死，「就算沒有**魔法**，也不代表這些書毫無**價值**。」他說，「其實我很想把它們移到大學的圖書館裡，好更仔細地研究，但艾洛莎堅持把它們留在這裡，牢牢上鎖——我得承認她這麼謹慎的確有理，這類書很可能引來三教九流中最糟糕的那些人，如果他們拿到了不該拿的書，連街邊賣藥的小販也會變得很危險。不管怎麼說，我相信大學的館藏家，他們都經過嚴謹訓練，在適當的指導和嚴密的監督下，一定有能力保管這些次等著作——」

「它們放在哪裡？」我插話問道。

他帶我去的小房間塞滿了邊角殘破的古籍，連個通風孔都沒有，我得讓門打開一條縫。能在這凌亂的書堆中翻找，我開心多了，不用擔心要按照順序放回原位，雖然大多數的書都和書架上的一樣無用。我推開所有乏味的魔法史，還有冗長記載著各式雕蟲小技的書籍——至少一半的咒語都比實際動手做還得多花一倍時間，並製造出五倍的混亂——其他則是看起來普通又正經的咒語書，但顯然不符合巴羅神父的嚴格標準。

書堆裡還有一些怪東西。其中一本看起來很像咒語書，滿是神祕難解的字詞和圖畫，以及許多惡龍的藏書中都看得到的圖表，行文卻毫無道理。我花了整整十分鐘企圖看懂，才慢慢了解它根本是瘋了，我的意思是：作者瘋了，他太想成為巫師，因此假裝自己是。書裡寫的根本不是真正的咒語，而是編造出來的。這本書散發出一種絕望可悲的氛圍，我把它推到黑暗的角落。

終於，我的手落在一本薄薄的小黑書上。它的外表看起來像我母親的節慶料理食譜書，讓我立刻感到暖心又友善。內頁是泛黃發皺的便宜紙張，但寫滿了枝微末節卻親人的咒語，以整齊的字跡寫成。我翻閱書頁，不由自主地對它微笑，然後我在封面內裡看見相同的字跡寫著：「瑪莉亞·奧桑奇那，一二六七。」

我坐著低頭看書，同時感到驚奇卻不太意外，這個女巫在超過三百年前住在我的河谷裡，就在第一批先民來此居住後不久：奧桑卡的那座全河谷最古老的石教堂的基石上刻的年份是「一二一四」，我想知道琊珈是什麼時候出生的？她也是洛斯亞人，是不是在邦亞占據黑森林另一邊的河谷之前就住在那兒呢？

我知道這本書幫不了我，它是我手中一個溫暖的存在，那樣的善意就像朋友在爐火前陪伴安慰你，卻改變不了任何錯誤。多數大城鎮中都有平民巫女，她們能治療某些疾病並處理莊稼的病害，我猜瑪莉亞就是平民巫女。有那麼一瞬間我看到了她的身影，一名高大、雀躍的女人，圍著紅圍裙在打掃自家前院，小孩和雞在腳邊跑來跑去，然後她進屋去為一名焦慮的年輕父親調製咳嗽藥水，給他家裡生病的小寶寶，她把藥水倒入他的杯子裡時一邊叨念他沒戴帽子就跑過大半個鎮。她體內的魔法是一汪溫柔的小湖，不是將她生命中的尋常事物全都洗刷殆盡的湍急溪流。我嘆了口氣，還是把小黑書收進口袋，不想將它扔在這兒遭到眾人遺忘。

我又在上千本凌亂的書本中找到兩冊這樣的書，它們都記載著幾個實用的符咒和一些好忠告，雖然書裡沒提及任何地點，我卻知道他們都來自我的河谷。其中一本的作者是個農夫，他找到能聚集雲朵喚來雨水的咒語，那頁素描著烏雲籠罩的田野，遠方有我所熟悉的灰色山脈的鋸齒狀輪廓。咒語下方有一道警語：「天色原本就灰暗時要小心，如果你叫來太多雲，雷電也會隨之而來。」我用手指輕觸那短而簡單的字詞，喀莫茲。我知道我可以召來響雷，從天空中劈落的叉狀閃電。我身體一顫，把書收到一邊，我可以想像梭亞會多想幫忙施展那樣的咒語。

沒有咒語能幫上我，我在四周地面清出一塊空間，繼續進行，一手拿著書低頭看著，空出來的手則在書堆中摸索下一本。在我目不離書時，手指摸到浮雕皮革書籍甲殼般觸感的邊緣，我猛然抽回手、坐直身體，不安地甩著手。

在我小時候，還不滿十二歲時，有年冬天我出門採集，在一棵樹的兩根樹根中間發現一個奇怪的白色大囊包，半埋在潮濕的枯葉下。我拿了一根樹枝戳了它幾下，然後跑去父親工作的地方帶他回來看，他砍掉附近的樹清出防火線，然後把袋子和樹木一起燒了。之後我們用樹枝翻動灰燼，發現一具蜷縮的骸骨，是某種仍在成長中的畸形生物，我們卻認不出是何種野獸。「妳以後離這塊空地遠一點，妮絲卡，聽見了嗎？」我父親說。

「現在已經沒關係了。」當時我這樣回他。我忽然記起這件事，不知為何，我一直都知道。「還是一樣別靠近。」他說，我們再也沒提起這件事，甚至未曾告訴母親，不想思考我能在樹林中找到邪惡魔法這件事背後的意義是什麼。

現在這段回憶栩栩如生：淡淡的、潮濕的腐葉氣味，我的鼻息是空氣中一團冰冷白霧，樹枝和樹幹邊緣都有厚厚一層霜，樹林中萬籟俱寂。我原本想找別的東西，不過那天早晨有股不安的感覺一直牽引著我，讓我遊蕩到那塊空地。我現在也有這種感覺，不過我身在巫師之殿，皇宮的心臟地帶，黑森林怎會出現在這裡？

我在裙子上抹抹手指，作好準備，然後抽出那本書，它有手工精緻描繪和雕刻的封面：一隻雙頭蛇浮雕，閃亮的藍色顏料勾勒出每塊鱗片，蛇的雙眼是紅寶石。茂盛綠葉圍繞在牠四周，最上方「妖物誌」三個金字像果實一樣與枝葉相連。

我用拇指和食指捏著書頁翻開，只碰觸一個小角落，這本奇怪的妖物誌充斥怪物和奇美拉，有些甚至不存在，我慢慢翻了幾頁，迅速瞥過文字和圖畫，然後出現一種古怪陰森的感覺，我發現在閱讀的當下，那些怪物**感覺**很真實，我相信牠們的存在，而如果我相信得夠久——我驟然闔上書放在地板上，站得離它遠遠的。原本悶熱的房間現在更加悶熱，凝滯如同最難耐的溽暑時分，那時空氣灼炙潮濕，沒有一絲涼風能穿透令人窒息的濃密枝葉。

我的雙手用力在裙子上搓擦了幾下，想甩掉書頁黏膩的感覺，一邊狐疑地看著那本書，我有種感覺：如果移開視線，它會變成某種邪惡的東西朝我的臉直撲而來，一邊嘶嘶叫和張牙舞爪。我直覺想用火焰的咒語燒了它，但剛開口又停住了，意識到這麼做實在不智：我站在一個滿是乾燥古書的房間裡，甚至張開嘴就能嘗到躁熱空氣中的塵土味，外頭還有一座大圖書館，但我也很確定不能把書留在這裡，一刻也不行，不過我實在無法想像再去碰它——

這時門開了，「我了解妳的謹慎，艾洛莎，」巴羅正心煩意躁地說，「但我真的不知道這會造成什麼傷害——」

「等等！」我大喊。他和艾洛莎停在狹窄的門邊看著我，我想我看起來一定很古怪，像馴獅人一樣站在那兒，彷彿正面對一隻特別凶猛的野獸，不過面前的地板上只靜靜躺著一本書。

巴羅詫異地盯著我，又低頭看那本書，「到底——」

但是艾洛莎已經開始動作，她輕輕將巴羅推到一旁，從腰間抽出一把長匕首，蹲下來把手伸到最長，匕首尖端在書上輕輕戳了一下，刀刃邊緣發出銀色亮光，亮光穿透那本書被戳到的地方所散發出一團腐敗的綠色煙霧。她抽回匕首。「妳怎麼找到的？」

「就在書堆裡面。」我說，「它想抓住我，它感覺起來像……像黑森林。」

「但怎麼會——」巴羅開口說，但艾洛莎已經走出房間，過了一會兒後又回來，戴著厚重的金屬手套，她用兩根手指拾起書，歪歪頭，我們跟著她走到圖書館的主要區域，頭底上的燈光在我們經過時一一亮起，她把大石桌上的一推書推到地上，放上那本妖物誌，「這邪惡的東西是怎麼逃過你的法眼的？」她質問巴羅，他正越過她肩膀警戒地蹙眉看著。

「我覺得我甚至沒有翻開看過。」巴羅說，隱約有一絲自我防衛的意思，「沒必要，我看得出它不是什麼重要的魔法書，而且顯然無法在圖書館裡占有一席之地。我記得和可憐的喬治吵過這件事，老實說他其實堅持要把這書擺上書架，雖然它一點魔法也沒有。」

「喬治？」艾洛莎陰沉地說，「是不是剛好在他失蹤之前發生的？」巴羅停頓了一下，然後點點頭。

「如果我繼續讀下去，」我說，「它會……它會**變成**其中一隻妖物嗎？」

「我猜是把**妳**變成妖物。」艾洛莎說，令人驚駭不已，「五年前我們有個學徒失蹤了，同一天，有隻九頭蛇從皇宮的下水道爬出來攻擊城堡，我們以為是牠吃了學徒。我們最好撤掉可憐喬治在指認室的頭像。」

「不過它到底為什麼會出現在這裡？」我低頭看著書問，深淺綠色交織的斑斕樹葉，雙頭蛇朝我們閃著紅色的眼睛。

「噢——」巴羅遲疑了一下，然後走到大廳那頭一座擺滿記事簿的書架，每本幾乎都有他的一半高，他喃喃念了某個塵封已久的小咒語，書架底端有一頁書發出亮光。他悶哼一聲抬起那本沉甸的書，搬到桌面上放好，用無心卻熟練的動作支撐著記事簿的下緣，翻到透出光芒那頁，有一行字閃閃發亮：「妖物誌，裝飾精巧，出處不明。」他繼續念，「來自……洛斯亞宮廷的禮物。」他讀道，聲音逐漸微弱，他看著日期，用沾滿墨水的食指指著，「二十年前，和另外五六本書一起贈送的。」他終於開口說，「肯定是維斯利王子和他的使節團一起帶來的。」

那本惡毒的浮雕書籍放置在桌面中央，我們不發一語圍著它。二十年前，洛斯亞的維斯利王子騎馬前來克雷利亞，三週後的一天深夜，他再次騎馬離開，帶著漢娜皇后逃向洛斯亞，逃避追兵時太靠近黑森林邊緣。故事是這樣說的，但很可能他們在那之前就已經先落入黑森林的魔掌，很可能某個可憐的文書官或裝幀師傅太靠近黑森林，在枝椏下將落葉壓進書頁間，用橡樹腫瘤的膿液和黑森林中的水提煉墨汁，之後寫出的每個字都充斥腐敗之氣，寫出的陷阱甚至潛進國王的宮殿。

「我們可以就地燒了它嗎？」我說。

「什麼？」巴羅說，猛然抬起頭表示抗議，動作活像拉線木偶。我想不管要焚毀哪一本書他都會下意識反對，平常我會贊成，但這本書的情況不同。

「巴羅。」艾洛莎說，從她的表情看得出來她和我的看法一致。

「我來試試能不能淨化它，讓我們可以安全地檢驗。」巴羅說，「如果**那樣**還不行，當然可以考慮較粗糙的處置方式。」

「不管能否成功淨化，這都不是可以留的東西。」她陰沉地說，「我們應該把它丟到鍛造爐，我升一堆白焰，把書關在爐子裡燒到只剩灰燼。」

「無論如何都不能當場燒掉，」巴羅說，「這是皇后一案的證據，一定得告訴國王。」

證據，腐敗的證據。我現在才想到已經太遲了。如果皇后碰了這本書，代表她甚至在被抓進黑森林前就遭到感染，如果審判時呈上這本書——我不悅地看著艾洛莎和巴羅。他們不是來這裡幫我的，他們是來阻止我找到任何有用的東西。

艾洛莎對我嘆了口氣，「我不是妳的敵人，雖然妳一直想視為我敵。」

「妳想處死她們！」我說，「皇后，還有卡莎——」

「我真正想要的，」艾洛莎說，「是保護這個王國。妳和馬列克，你們只在乎自己的悲傷，你們太年輕就擁有太多力量，這就是問題所在，你們不懂怎麼放手讓人離開。等到妳也活過一整個世紀，就會比較講理了。」

我本來要抗議她的指控，她這番話卻堵得我無話可說，我驚駭地看著她，也許是我太蠢，但此時此刻我才想到**我**會像她還有薩肯那樣活著，一百年、兩百年——女巫到底能活多久呢？我不會變老，只會一直活下去，青春永駐，身邊的其他人卻凋零老去，我會像一根藤蔓繼續往上攀爬、遠離掉落的枯葉。

「我不想要更講道理！」我大聲說，在寂靜的房間裡顯得很突兀，「如果**講理**意味著要停止愛人，那我不幹，除了這些人之外還有什麼值得留戀的？」可能有其他方法，我狂亂地想著，我可以分一點給我的家人，給卡莎——如果他們願意接受的話。不過有誰願意接受這樣的生命呢？誰會想付出和世界、和自己的**人生**脫節的代價？

「我親愛的孩子啊，妳壓力太大了。」巴羅虛弱地說，作出要我冷靜的手勢，我盯著他和他眼角的細痕，他和艾洛莎說起把人燒死都像艾洛莎說要燒書那樣輕輕鬆鬆，我想起高塔裡的薩肯，將女孩們從河谷裡連根拔起，還有我剛到高塔裡時他冷漠的態度，彷彿已經想不起如何像常人一樣思考和感覺。

「國家也是人，」艾洛莎說，「比妳所愛的那幾個還要更多的人，他們都活在黑森林的威脅中。」

「我一輩子都住在離黑森林七哩遠的地方，」我說，「用不著妳來告訴我黑森林有多危險。要是我不想阻止黑森林進犯，早就和卡莎一起逃走了，不會把她留在這兒像只棋子一樣被你們推來推去，好像她根本無關緊要！」

巴羅開始喃喃發出噪音，艾洛莎只皺眉看我，「但妳卻願意放任遭到腐敗的人繼續存活，妳似乎根本不懂黑森林。」她說，「黑森林不只是邪惡的巢穴，埋伏等著夠笨的人游走到它的地盤上，妳以為把人救出來就能終止它造成的傷害嗎？我們不是第一個面對黑森林勢力的國家。」

「妳是說建造高塔的先民？」我慢慢說，想起被埋葬的國王。

「妳看過那個墳墓，對吧？」艾洛莎說，「還有建造那個墳墓的魔法、已經遺落多時的魔法？那應該夠妳警惕，並且知道要更加謹慎了。那些人並不孱弱，也非毫無準備，但黑森林毀了他們的塔，狼和木屍獵殺他們，樹木塞滿了整個河谷，一兩個力量較弱的術士帶著幾本書和幾個故事逃到北方，剩下的呢？」她往書本一揮手，「變成了扭曲的夢魘和獵殺同胞的野獸。黑森林讓那些人留下的就這麼多了。黑森林中有比怪物更可怕的東西：會製造出怪物的東西。」

「我比妳更了解！」我說，雙手仍然癢癢的，書本仍然躺在桌上散發惡意。我忍不住想起戴著卡莎和耶爾西的面具的那股沉重、妖異的存在，還有在黑森林的樹枝下受到監視的感覺。

「真的嗎？」艾洛莎說，「告訴我，如果我提議要妳河谷裡的每個人都舉家搬遷到王國裡的其他地方，直接把河谷讓給黑森林，只管救人要緊，妳會離開嗎？」我瞪著她，「說到這個，你們為什麼遲遲不離開？」她補了一句，「為什麼要繼續住在那兒、活在黑森林的陰影中？邦亞還有尚未被邪惡侵擾的地方不是嗎？」

我想找答案，卻不知該如何表達，這念頭真是太陌生了，卡莎想像過要離開，因為她不得不，但我從沒想像過，我愛德弗尼克，愛我家四周溫軟幽深的樹林和陽光下激灩奔流的紡錘河。村莊深處、河谷深處有一股祥和寧靜。不只是因為惡龍的寬明治理才讓日子好過，河谷是我的家。

「一個有畸形怪物在夜裡出沒偷走小孩的家，」艾洛莎說，「早在黑森林的勢力完全恢復之前，那座河谷就已經充斥腐敗之物。黃沼地一帶有古老的傳說指出，在我們越過山脈開始砍樹之前，隘口另一邊就已經有木屍出沒。但人們還是找到那座河谷定居，留在那兒試圖生活。」

「妳認為我們都被腐敗了？」我驚恐地說，如果有辦法，或許她想燒毀這座河谷，連同我們所有人。

「不是腐敗，」她說，「**是上了鉤**，告訴我，紡錘河最後流到哪裡去了？」

「紡錘河？」

「對，」她說，「溪河流向大海、湖泊或沼澤，不會流進森林。那條河往哪裡流？它每年都匯聚了千座山脈的雪水，不會就這麼沉入地底消失。**想想看**。」她加了一句，語氣微酸，「不要只會盲目地一味渴求。在你們河谷深處有一股力量，超過生人魔法的奇異事物——它吸引了人類，植物也在那兒落地生根——不只人類而已。不管在黑森林深處散播腐敗的是什麼東西，它都是被吸引到那兒生活的，像拿著杯子喝水一樣牛飲那股力量。它殺了建造高塔的先民，然後睡了一千年，因為沒人蠢到去打擾它，然後我們來了，帶著軍隊和斧頭和魔法，以為**這次**我們可以獲勝。」

她搖搖頭，「光是去到那兒就已經夠糟糕了，」她說，「繼續往裡深入、繼續砍樹更加糟糕，直到我們喚醒了黑森林。現在誰知道會有什麼下場？我很開心薩肯去擋著黑森林，但他現在的所作所為像個傻瓜。」

「薩肯不是傻瓜，」我斥道，「我也不是。」我很生氣，但更覺得恐懼，她說得太有道理了，我的鄉愁像餓到極點的疼痛，感覺身體裡有個部分空空的，離開河谷、越過山脈後我每天都想家。根——沒錯。我的心生了根，和任何腐敗一樣深入，我想到奧桑奇亞的瑪莉亞，還有琊珈。面對他人似乎無法了解的奇異魔法，她們就像我的姊妹，這時我忽然明白為什麼惡龍會帶走河谷裡的女孩，也明白了為什麼十年之後她們會離開。

我們屬於河谷。我們生於河谷，就算孕育我們的家庭知道我們可能會被帶走，卻因為扎根太深而不願離開；我們長於河谷，和黑森林喝著同樣的力量。忽然，我想起高塔房間裡那幅奇怪畫作，代表紡錘河的那條銀線還有它的所有支流，想起我出於直覺將它蓋起之前所感覺到的那股怪異的吸引力。我們是渠道，他利用我們汲取河谷裡的力量，把每個女孩留在高塔裡，直到她的根枯萎、渠道也隨之關閉。然後——她再也感覺不到與河谷的牽絆了，和每個神智清明的正常人一樣。

我現在比任何時候都還想找薩肯說話，想對他大吼，我想要他站在我前面，讓我抓著他削瘦的肩膀搖晃。但我只能轉而對艾洛莎大叫：「也許我們不該進黑森林，」我說，「但現在已經太遲了。就算放棄，黑森林也不會放過我們，它想要的不是趕走我們，而是吞噬一切，沒人能逃過，我們必須**阻止**它，不能逃跑。」

「不是妳想要擊敗黑森林就能做到。」她說。

「沒理由不把握機會試試看！」我說。「到目前為止我們已經用《召喚咒》和淨化咒語毀了三棵心樹了，我們可以摧毀更多！如果國王願意給我們足夠的人手，薩肯和我可以著手將整座森林往回燒——」

「妳在說什麼呀，孩子？」巴羅不知所措地插嘴說，「妳是說《路斯召喚咒》嗎？已經五十年沒人用過那裡頭的咒語了——」

「好吧，」艾洛莎說，黑眉毛下的雙眼打量著我，「告訴我，你們到底是如何摧毀心樹的，從頭開始說：我們不應該認為梭亞會據實以告的。」

我斷斷續續告訴他們第一次使用《召喚咒》魔法的場景，關於那持續不斷的璀璨光芒如何灑落在卡莎身上，黑森林同時拉扯著她，想拉她回去；關於那可怕的最終時刻，卡莎掐在我脖子上的手指如何一根接一根放開，明白我只有殺了她才能拯救她。我也告訴他們耶爾西的事，還有《召喚咒》讓我們看到他們兩人遊蕩其中的黑森林深處。

我述說時，巴羅從頭到尾看起來都很苦惱，在抗拒和不得不相信之間擺盪，偶爾會小聲說：「但我從來沒聽過……」和「從來沒有研究指出《召喚咒》……」但見到艾洛莎要他安靜的手勢後都沒把話說完。

「嗯，」我講完後艾洛莎說，「我承認妳和薩肯的確達成了**某些**事，你們不是徹底的傻瓜。」她手裡還拿著匕首，刀刃尖端敲著石桌邊緣，叮、叮、叮。迴盪的聲響像小小的鈴鐺，「但這不表示能拯救皇后，她在妳親眼見過的黯影之地遊蕩了二十年之久，你們這些人期望她還剩下什麼？」

「我們沒有，」我說，「薩肯沒有，但我必須——」

「因為馬列克威脅要處死妳的朋友，」艾洛莎替我接下去說，「該死的。」

我不覺得我虧欠馬列克什麼，但我坦承道：「如果換作是我母親——我也會不擇手段。」

「這種表現像小孩，不是王子該有的樣子。」艾洛莎說，「馬列克和梭亞。」她轉向巴羅，「他們提議要去查看薩肯救出的女孩時，我們早該料想到。」她轉頭用陰沉的眼神看我，「我太忙於擔心黑森林的魔爪終於抓住薩肯，一心只想盡快撲殺她，然後把薩肯拖回這兒讓大夥兒好好看看，現在我還拿不定主意這麼做對不對。」

「卡莎沒有感染！」我說，「皇后也沒有。」

「那不保證她們不會回心轉意替黑森林做事。」

「妳不能只因為**可能**會發生糟糕的事就處死她們！而且甚至不是她們的錯。」我說。

巴羅說：「我無法反駁她，艾洛莎，聖物都已經證明了她們是乾淨的——」

「當然可以，如果是為了拯救整個王國不被黑森林吞沒。」艾洛莎殘酷地說，推翻我們兩人的意見，「那不表示我很樂意做這件事，而我也不樂於——」她對我補了一句，「刺激妳犯下一些蠢事，我開始理解為何薩肯會這麼放縱妳了。」

她又開始用匕首刀面敲了一會兒桌面才開口說話，忽然下定決心，「吉德納。」她說。

我對她眨著眼，我當然知道吉德納，不過僅止於模糊遙遠的記憶，那是個海邊的一個港口大城，總會運來鯨脂和綠色羊毛衣料，大王子的王妃就是來自吉德納。

「那裡距離黑森林非常遙遠，海洋更是腐敗的剋星，」艾洛莎說，「如果國王送她們兩人到吉德納──應該行得通，吉德納的伯爵有個女巫，白雀，把她們囚禁在她眼皮子底下，關個十年──或者等到我們真能燒光整座腐爛森林的那天──那時我就不用操這麼多心了。」

巴羅已經開始點頭稱是──十年！我想大喊、拒絕。感覺好像卡莎又被奪走了。只有活過一世紀的人才能這麼輕易剝奪他人十年的光陰。但我遲疑了，艾洛莎不是傻子，我也看得出她謹慎行事並非全無道理。我看著躺在桌上的腐敗妖物誌，黑森林為我們設下一個又一個陷阱，再三誘引。它讓奇美拉攻擊黃沼地，又放出白狼偷襲德弗尼克，試著想抓住惡龍。它帶走了卡莎來引誘我進入，我找到救出她的方法時，黑森林仍企圖利用卡莎來腐敗我和惡龍兩個人，失敗後，它讓卡莎活著，好再次藉機把我們引進它的魔爪中，我們努力掙脫了那個陷阱，但萬一眼前的又是另一個陷阱呢？又是黑森林讓我們轉勝為敗的詭計？

我不知道該怎麼辦，如果我同意按照艾洛莎的意思進行，國王會聽她的話嗎？如果我寫信給薩肯，他也回信同意呢？我咬著嘴脣時她冷靜地揚起一邊眉毛看我，等待我回答。然後她回過頭，巫師之殿的門打開了，獵鷹站在門邊，雪白的袍子反射著燈光，讓他成為黑暗背景框住的一個白色人影，他看見我們三人站在一起時瞇起眼睛，然後擠出慣常的假笑，「看來你們忙碌得很，」他輕快地說，「在這段時間事情有點進展，也許，你們願意撥冗出席審判？」

21

在巫師之殿這個避風港外頭，宴會的噪音充斥空蕩蕩的走廊，音樂聲停了，但遠處傳來音量提高的話語聲，像海浪一樣洶湧起伏，隨著獵鷹領著我們接近宴會廳而越來越大聲。守衛遲疑地為我們打開門，門後是向下通往寬闊舞池的階梯。穿著白大衣的特使坐在國王寶座邊的椅子上，西格蒙王子和他的王妃則坐在王座另一側，國王的雙手擱在獅爪扶手上，氣得臉色鐵青。

國王面前的舞池中央，馬列克清出一個大圓圈，整整六排驚愕的與宴舞客退得離他遠遠的，一邊殷切張望。穿著大蓬裙的女士們像散落成一圈的花朵。站在圓圈中央的是身穿白色囚服、面無表情的皇后，卡莎抓著她的手臂，卡莎回頭看見我，露出鬆了口氣的表情，但我無法靠近她半步，連階梯上都站滿了人，身體探出俯瞰舞池的夾層樓臺邊緣看熱鬧。

御前書記官幾乎蹲跪在馬列克身前，話聲顫抖，將一本厚重的法典舉在面前，彷彿可以充當盾牌。我不怪他在馬列克之前退縮，他距離書記官不到兩步遠，看起來像歌謠裡走出的人物：穿著晶亮的鋼鑄盔甲，手握能夠砍穿公牛或頭盔的寶劍，像尋仇的正義使者般站在書記官面前，殺氣騰騰。「在審判……審判腐敗的案例中，」書記官結結巴巴說，「根據波古斯列的法律，是無法……是明言禁止比武審判的……」他發出噎住的聲音往後縮，馬列克把劍揮到離他的臉僅僅幾吋遠的地方。

馬列克繼續動作，一邊轉圈一邊揮劍，大氣也不敢喘的觀眾紛紛往後退離劍尖，「邦亞的皇后有權指派鬥士！」他大喊，「任何巫師都能上前揭露她是否有腐敗的痕跡！你，獵鷹！」他說，「

旋身指著階梯上方，「立刻對她施一個咒語！讓全宮廷的人看看她是否有任何汙點——」整個宮廷整齊劃一發出一聲起伏的嘆息，眾人興奮不已：上至大公爵、下至女僕都異口同聲。

我想這就是國王沒有立刻拒絕的原因，階梯上的人潮往兩旁分開讓我們通過，獵鷹昂首闊步走向前，長長的衣袖拂過梯級，他走到舞池中優雅地對國王一鞠躬，顯然已經為這一刻作好準備了：他拿出一大袋沉重的東西，然後一彎手指，原本高掛在天花板上的四盞魔法吊燈降下來圍在皇后身旁，然後他打開袋子，往她頭頂上空灑了一把藍色沙子，一邊輕聲說話。

我聽不到他念了什麼咒語，但白炙的光芒從他的指縫間迸射而出，穿透飄落的沙子，空氣中瀰漫玻璃融化的氣味，冒出縷縷白煙，沙子在飄落時融化了，在空中形成淡藍色的薄幕，彷彿我正透過玻璃窗看著卡莎和皇后被圍在無數鏡面中間。魔法吊燈的光芒穿透薄幕，顯得更加耀眼，我能看穿卡莎的血肉，直視她放在皇后肩上那隻手的骨頭，還有頭顱和牙齒的隱約輪廓。

馬列克握住皇后的手，帶著她轉了一圈讓觀眾看，貴族們沒看過大主教的審判和聖賈維加的面紗，他們專注地看著身穿白袍的皇后，她的血管像線條閃爍的一張地圖，所有東西都閃閃發光，她的眼睛像兩盞燈、微張嘴唇透出的吐息是一團閃亮霧氣：沒有陰影、沒有黑暗的汙點。觀眾們等不及亮光淡去，已經開始竊竊私語了。

玻璃薄幕裂開後叮叮噹噹灑落地面，又粉碎成縷縷藍色輕煙，「更仔細地檢驗她吧！」馬列克的大喊蓋過越來越響亮的交談聲，他幾乎散發出正義的光芒，「有請所有證人：請垂柳上前、還有大主教——」

馬列克顯然掌握了現場局面，就連我也看得出倘若國王膽敢拒絕、下令帶走皇后留待之後處決，鐵定會有數千則關於謀殺的傳言從這兒傳出。國王自己也心知肚明，他四下環顧王公大臣，然後簡短又用力地點了一下頭，往後靠向王座椅背。看來馬列克用不著巫術還是能成功逼迫國王，不管國王想不想召開審判，審判已經沸沸揚揚展開了。

截至目前我已經看過國王三次，他稱不上討人喜歡，他的臉龐有太多深刻的線條，全都緊皺在一起，很難想像他是個溫柔或者慈祥的人。之前如果要我用一個詞形容他，我會說「憂愁」，現在我會說「怒氣沖沖」，冷冽如同冬天的暴風雨，作最後決定的人畢竟還是他。

我想跑上前阻擾審判，要馬列克收回這一切，但已經太遲了。垂柳已經上前作證，她穿著銀色長袍，像一根直挺挺的柱子，「我沒發現任何腐敗的痕跡，但我絕不保證她完全乾淨。」她淡淡表示，直接對國王說話，忽略馬列克緊繃的下巴和戴著手套的手刮過劍柄的磨擦聲，「皇后並不是她正常的樣子，她沒說過隻字片語。她凡人的肌肉和骨骼已經消失無蹤，血肉的確可以轉化為不帶腐敗之氣的石頭或金屬，但這個改變的過程顯然是由遭到腐敗的個體所驅動。」

「如果她新的身軀藏有半絲半縷腐敗之氣，」獵鷹插嘴說，「難道妳不覺得會在我的咒語下原形畢露嗎？」

垂柳甚至頭也不回，獵鷹顯然已經僭越了，她只對國王微微頷首，國王點了一下頭，輕輕動了動手指，示意她可以退下。

大主教的證詞也同樣模稜兩可，只表示用了所有教堂裡的聖物檢驗了皇后，卻不直言確認她未受腐敗，我猜他們兩人都不想在事後被證明自己判斷錯誤。

只有少數幾名證人替皇后說話，包括馬列克帶來診治她的那群大夫，可是他們沒人提及卡莎，根本連想也不會想到她，卡莎的生死卻全繫於他們的證詞，皇后沉默呆滯地站在她旁邊，光亮已完全淡去，整座宮廷都看得見她面無表情的空洞臉龐。

我看向站在我旁邊的艾洛莎，巴羅站在她另一邊，我知道等輪到他們兩人的時候，他們會挺身而出將那本醜惡的妖物誌稟告國王，他們把它留在巫師之殿，用大量的鹽巴和鐵塊灑成的圓圈圍住，以所有他們想得到的保護咒語層層疊疊禁錮，還安排了守衛就近監視。艾洛莎會直諫我們不應該心存僥倖，她會告訴國王萬萬不可拿整個王國冒險。然後，如果國王願意，他會起身宣布處死腐敗之人的律法不應徇私，他會露出遺憾的表情，將皇后送上火刑柱，卡莎也一起陪葬。我看著他，心知他一定下得了手，他一定會這麼做。

國王深陷在精雕細琢的高大王座裡，彷彿亟需有東西支撐身體的重量，他一隻手蓋住不帶微笑的嘴。逐漸堅決的心意彷彿雪花在他身上堆疊，一開始只是薄薄一層粉雪，但會慢慢累積，其餘的證人依然能上前作證，然而他會充耳不聞，心意已決。我在他沉重、陰鬱的臉上看見了卡莎的死訊，絕望地望向房間那頭的獵鷹，和他對上眼，他旁邊的馬列克緊繃地如同緊抓劍柄的拳頭。

梭亞回望我，卻只用隱晦的動作將雙手一攤，就像在說：「該做的我都做了。」他傾身對馬列克說了些什麼，最後一名大夫退開之後，王子說：「請德弗尼克的艾格妮絲卡上前作證拯救皇后的過程。」

這是我一直想要的，這就是我來到王都、努力讓自己登上巫師名單的原因，大家都看著我，甚至包括眉頭深鎖的國王，但我仍不知道該說什麼，如何才能打動國王、打動在場的所有王公大臣，說服他們皇后並未感染腐敗？他們絕不會聽信我說的任何關於卡莎的事。

如果我要求梭亞，說不定他會願意和我一起施展《召喚咒》，我考慮了一下，想像那道白光讓整座宮廷看見真相，但是——如果皇后早已經過聖賈維加面紗的試煉，眾人也已經見識過她在獵鷹目光下的模樣，國王看得出她並未感染腐敗之氣。這根本無關真相，宮廷不想要真相，國王也不想要。他們照樣會忽略我供陳的真相，一如他們忽略其他人所說的，他們不會因此改變心意。

但我可以給他們完全不同的東西，我可以給予他們真正想要的，然後這時我恍然大悟，終於知道他們想要什麼了：他們想知道、親眼見證我們所經歷過的；他們想成為營救皇后的其中一分子、成為歌謠的一部分，那並非真相，差得遠了，但也許能說服他們饒卡莎一命。

我閉起眼睛回想幻象的咒語，**比招募真正的軍隊簡單**。薩肯曾經說過，我開始輕聲念咒時，知道他說得一點也沒錯，要召喚出那一大棵醜惡的心樹不比召喚出一朵花困難，它輕輕鬆鬆就鑽出大理石地板，卡莎倒抽一口氣，一個女人發出尖叫，房間某處傳來一張椅子倒地的聲音，我忽略噪音，讓咒語像首歌一樣從舌尖淌落，和魔法一起傾瀉而出的，是那股從沒離開過我腹中、噁心緊繃的恐懼感。心樹繼續生長，銀色枝椏覆蓋整個大廳，天花板消失在窸窸窣窣的銀葉後方，空氣瀰漫果實的惡臭，我的胃翻了一下，然後亞諾斯的頭顱從我腳前的草地滾過去，卡在盤根錯節的樹根間。

所有大臣都驚呼著退到牆邊，但牆壁也逐漸消失，取而代之的是森林和鋼鐵撞擊的回音，馬列克忽然嚇得轉過身，高舉起劍：銀色螳螂也出現了，猛撲向他，利爪敲在他的肩膀上、刮過閃亮的精鋼盔甲。一具具屍體在他腳邊的草地上瞪視著天空。

煙霧漫過我的雙眼，火焰忽然開始劈啪燃燒，我轉身面對樹幹，薩肯也忽然出現在那兒，他被心樹抓住，銀色樹皮企圖吞噬他，他說：「**現在，艾格妮絲卡**。」指縫間透出火心的紅色光芒。我下意識朝他半伸出手，記起當時的害怕和煎熬，然後有那麼短短一瞬間——轉瞬即逝的幾秒鐘，他變得非常真實，不只是幻影而已。他訝異地皺眉看我，眼睛說著：「妳這個白癡在做什麼？」真的是他，不知為何但真的是他——淨化的火焰在我們之間熊熊燃燒，然後他不見了，又重新變回幻影，深陷火海之中。

我把手放在樹幹上，樹皮蜷曲萎縮，像過熟的番茄一樣裂開，卡莎在我旁邊，她是真的，樹幹在她的反覆搥打之下迸裂，卡莎將木柴扒開，皇后跌了出來，朝我們伸出雙臂，摸索著求助，忽然栩栩如生的臉龐滿是驚懼，我們抓住她、將她拽出來，我聽見獵鷹大喊了一個召喚火焰的咒語——這時我忽然明白他召喚的是**真正**的火焰，而我們並不是真的身處黑森林，而是在國王的城堡裡——

我一記起這件事，幻影的咒語立刻溜出我的掌握，心樹燃盡後消失在空氣中，根部的火焰沿著樹幹往上竄，黑森林的其他部分也隨之消散，屍體紛紛沉入地面，在大理石淹過他們之前，我得以最後一窺他們每個人的臉孔，我淚流滿面看著他們，我不知道我對士兵們的印象深刻到足以讓我召喚出這麼多人的幻影。然後，最後一片樹葉的黯影也消失了，我們再度站在皇宮裡的王座前，國王震驚地佇立在御座臺階上。

獵鷹轉著圈四下環顧，一邊喘氣，手裡的火焰依然劈啪作響，飛掠過大理石地板，馬列克也回身尋找已經不存在的敵人，他的寶劍再度一塵不染，盔甲晶亮而且沒有半處凹痕，皇后站在舞池中央發抖，眼睛睜得好大，宮裡的人全都緊貼牆壁依偎著彼此，盡可能離房間中心的我們越遠越好，至於我呢，我顫抖地往地上一跪，雙手環抱著肚子，覺得噁心想吐，我真的不想再回到黑森林。

馬列克先回過神來，他朝王座前一站，胸膛仍然快速起伏，「我們就是將她從這樣的地方拯救出來的！」他對父親大喊，「我們就是擊敗了這樣的邪惡才帶她出來，這就是我們付出的代價！這就是你們效忠的邪惡，如果你們——我絕不會袖手旁觀！我會——」

「夠了！」國王吼回去，鬍鬚下的臉毫無血色。

馬列克則脹紅臉，神采奕奕的面孔暴戾、渴戰。他仍然握著劍，往王座踏近了一步，國王瞪大雙眼，怒氣讓他雙頰紅通通，他示意侍衛，總共有六名侍衛守著王座。

漢娜皇后忽然大喊：「不要！」

馬列克旋身看她，她笨拙地踉蹌往前了一步，拖著雙腳的模樣看起來很吃力，馬列克盯著她，她又往前一步抓住了他的手臂，「不要。」重複道，然後把他的手臂壓下來，但他不聽勸，抗拒著，皇后抬頭凝望他，馬列克低頭看她的表情忽然變得像個小男孩，「你已經救了我，」她對他說，「馬列克，你已經把我救出來了。」

他放下手臂，皇后仍然抓著他的手不放，但轉身面向國王，他站在寶座臺階上俯瞰她，蓬鬆的金色短髮框住蒼白美麗的臉頰，「那時我好想死，」她說，「好想好想死。」她又蹣跚往前踏了一步，跪在寬闊的臺階上，還拉馬列克一起跪在地上。他垂頭盯著地板，但皇后仍然往上望著，「原諒他，」她對國王說，「我清楚王法，我已經準備好受死了。」她緊緊抓著馬列克免得他亂動，「我是邦亞的皇后，」她大聲說，「我已經準備好為我的國家而死，但我沒有叛國！」

「我不是叛徒，卡西密，」她說，伸出另外一隻手臂，「是他把我帶走，是他擄走我！」房間裡響起一片竊竊私語，像暴漲的河水一樣迅速，我抬起疲憊的頭四處張望，不懂這是怎麼了，我看見艾洛莎皺起眉頭。皇后的嗓音顫巍巍的，但是足以蓋過這些噪音，「讓我因為腐敗而受死吧，」她說，「但老天有眼！我並未拋棄我的丈夫和孩子，維斯利這個賊子夥同他的士兵將我從中庭擄走，帶我進黑森林，他親自將我綁在那棵樹上。」

22

「我警告過妳了。」艾洛莎說，她頭也不抬，規律搥打的鐵槌發出迴盪的撞擊聲，我在她鼓風爐一旁的角落環抱膝蓋坐著，剛好避開火星濺落燒焦的那圈地面，我啞口無言，不知該怎麼回答，她**確實**警告過我。

沒人在乎維斯利王子必定也感染了腐敗之氣，才會犯下這麼瘋狂的事；沒人在乎他死在黑森林裡，成為一具餵養心樹的孤獨屍體；沒人在乎那本妖物誌才是罪魁禍首。維斯利王子綁架了皇后、將她獻給黑森林，眾人憤怒至極，彷彿這件事昨天才剛發生，而且他們不想攻打黑森林，反而是想攻打洛斯亞。

我已經試著跟馬列克談過了：十足浪費時間。皇后獲赦不到兩小時，他已經在城堡中庭的兵營練馬，開始挑選要帶哪幾匹到前線，「妳跟我們一起來，」他說，似乎這件事已說定了，一匹棕底黑斑的高大駿馬繞著他飛奔，他的視線甚至沒離開過牠飛奔的四隻腳，他一隻手抓著韁繩、另一隻手拿著長皮鞭，「梭亞說妳能讓他的咒語強上一倍，也許還更厲害。」

「不行！」我說，「我不會幫你們去殺洛斯亞人！我們要對抗的是黑森林，不是他們！」

「我們會啊，」馬列克一派輕鬆地說，「等拿下雷德瓦大河東岸之後，我們會越過亞洛山脈南進，讓黑森林腹背受敵。好了，就帶這匹吧！」他對隨從說，把韁繩拋給他，他技術精湛地一彈手腕收回長長的鞭梢，然後轉身面對我。「聽著，妮絲卡——」我無言地怒瞪著他，他膽敢叫我的小名？但他又將手臂攬上我肩頭，繼續口若懸河，「如果我們帶了王國一半的兵力往南前進到你們的河谷，他們一定會越過雷德瓦大河趁虛而入，然後占領克雷利亞。這可能是他們和黑森林聯手的主要原因，他們就是想引誘我們南進。黑森林沒有軍隊，我們攻擊洛斯亞時，它會待在原地的。」

「沒人能跟黑森林聯手！」我說。

他聳聳肩，「就算他們沒和黑森林同流合汙，那麼也是刻意利用黑森林來對付我們，」他說，「如果維斯利那賤人把我母親送入永無止境的地獄後就這麼死了，妳覺得我母親會感到絲毫的寬慰嗎？就算他在那之前就已經先身染腐敗，妳也應該明白這不重要。如果我們舉兵南下，洛斯亞絕不會放過王都唱空城的大好機會。在鞏固邊防之前，我們不能輕易攻打黑森林。別那麼短視近利。」

我甩開他的手臂和他的輕蔑。「短視近利的人可不是我。」我怒氣沖沖地告訴卡莎，我們兩人快步穿過中庭去艾洛莎的鐵舖找她。

但艾洛莎只說：「我警告過妳了。」口氣陰鬱但不帶火氣，「黑森林裡那股力量絕非被仇恨蒙蔽雙眼的野獸，它會思考和籌畫，工於心計以達成目標。它能看穿人心，而且更擅長蠱惑人心。」她把劍從鐵砧上移開，浸入冷水中，一波波蒸氣像巨大野獸的吐息般翻騰。「倘若沒有任何腐敗，妳應該也已經猜到有別的東西操縱著皇后吧？」

坐在我身旁的卡莎抬起頭，「也有……也有別的東西在操縱我嗎？」她悶悶不樂地問。

艾洛莎停下動作瞥了她一眼，我發現自己屏住氣、安靜地等待她回答，但艾洛莎只聳聳肩，「這還不夠糟糕嗎？妳自由了、皇后也自由了，現在邦亞和洛斯亞還準備同歸於盡？我們無法撥出他們想送去前線的那些兵力，」她補充道，「如果可以，他們早就去了，國王正在將這個國家吃乾抹淨，洛斯亞也會同樣勞民傷財來迎戰。不管勝敗，我們都必須準備好面對荒年。」

「這正是黑森林一直想要的。」卡莎說。

「它想要的事情之一，」艾洛莎說，「我很肯定，它如果逮到機會一定會吃了艾格妮絲卡和薩肯，然後一夕之間吞沒整座河谷。但是樹木和女人不一樣，它能同時孕育不只一顆種子，然後盡可能散播得又多又廣，那本書就是其中一個，皇后也是。我們應該立刻送走她，還有妳，」她將注意力轉回鍛造爐，「但現在已經來不及補救了。」

「或許我們應該直接回家去，」我對卡莎說，試著忽略這個念頭引起的渴望在我體內越來越高漲，讓我不由自主地被牽引，我很想相信自己說的話：「這裡已經沒有我們能做的事了，我們回家去，可以幫忙燒毀黑森林，我們至少可以從河谷裡募到一百個人——」

「一百個人，」艾洛莎對著她的鐵砧哼了一聲，「妳、薩肯和一百個人確實可以造成一些傷害，我不懷疑，但你們將為你們奪回的每一吋土地付出代價。與此同時，黑森林會挑撥兩萬人在雷德瓦大河兩岸互相殘殺。」

「不管如何黑森林都會得逞！」我說，「**妳**不能做點什麼嗎？」

「我正在做。」艾洛莎說，把劍重新放回火上，我們坐在這裡陪她的這段時間裡，已經看過她重複四次了，我發現這並不合理，雖然我沒見過長劍的鑄造過程，但常常觀看村裡的鐵匠工作，小時候我們喜歡看他製作鐮刀，假裝那是在鍛造長劍，我們會撿拾樹枝，圍著冒煙的鍛造爐假裝打仗。所以我知道劍刃不用這樣反覆鎔鑄，但艾洛莎又再次把它從水裡拿出放在鐵砧上，我發現她其實正把咒語錘打進精鋼中：她工作時嘴唇一邊蠕動著，這是種奇怪的魔法，因為它並不完全，她拾起未完的咒語，但也沒將它完成的意思，她再次把劍浸入冰水中。

暗色的刀鋒拿出來後滴著水珠，刀面覆蓋水分，它散發出古怪、飢餓的感覺，我凝望著它，看見的是跌進乾涸土地裂開的深淵後的漫長墜落，然後砸在底部鋒利的岩石上，這把劍並不像馬列克的士兵們攜帶的配劍，它想要吸食生命。

「我已經鍛造這把劍一世紀了，」艾洛莎說，把劍舉起來，我看著她，很樂意將視線從那東西身上移開，「渡鴉死了之後，換薩肯去守高塔，我就是從那時開始鑄造長劍。到現在，它主要是由魔法構成而非鋼鐵。這把劍只依稀記得它曾經的形體，也只能撐過第一擊，不過這已經足夠了。」

她把劍放回爐中，我們看著它沐浴在火焰中，像一根舌頭狀的影子，「黑森林裡的那股力量。」卡莎緩緩問道，注視著火焰，「是妳殺得死的東西嗎？」

「沒有這把劍殺不死的東西。」艾洛莎說，而我也相信她，「只要我們讓敵人先暴露弱點。不過為了達成此事，」她補充說，「我們需要不只一百個人。」

「我們可以去求皇后，」卡莎忽然說，我對她眨了眨眼，「我知道有些爵爺是宣誓效忠於她本人——有大概十幾個人來向她致意過，雖然垂柳不准他們進來。她一定多少有兵馬可以撥給我們，不會派他們去攻打洛斯亞。」

而且再怎麼說，皇后肯定樂見黑森林被擊垮，就算馬列克聽不進我的話，就算國王以及宮裡其他人都充耳不聞，也許皇后願意聽。

因此卡莎和我一起下樓到議事大廳外徘徊：皇后現在是戰爭議會的一員，不時會出現在那兒，守衛會放我進去的，他們現在知道我是誰了，紛紛用眼角餘光偷瞄我，緊張又興味盎然，好像我是有傳染性的水泡，隨時都會爆出魔法。但我不想進去議會廳，不想捲入政商名流的爭執中，也不想聽將軍們計畫該怎麼謀殺對方的一萬名士兵，只顧著爭名奪利，卻放任莊稼在田野裡枯萎。

所以我們在外頭等，一票爵爺和將士魚貫而出時，我們閃到旁邊緊貼牆壁，我以為皇后會跟在他們身後出來，由僕人攙扶她走路，但並非如此，她被簇擁在群眾中心，頭戴雷戈斯托製作多時的那頂冠冕，金子反射光線，紅寶石在她的金髮中閃耀，她身穿紅色絲綢，王宮大臣們都繞著她團團轉，活像圍繞著火鳳凰的麻雀，國王在隊伍最後方走出議事廳，和巴羅神父及另外幾名大臣低聲交談，淪為被遺忘的陪襯。

卡莎望著我，我們原本要推開人群好去到她面前——很丟臉的行為，不過我們做得到，卡莎能替我們開出一條路，但皇后看起來截然不同，僵硬和沉默似乎都離她而去，她正在對身旁的爵爺點著頭，而且面帶微笑，她又再度融入他們了，成為舞臺上的一名演員，和其他人一樣優雅。我留在原地不動，她往旁邊一瞥，差點和我們對上眼，我沒試著迎向她的眼神，反而抓住卡莎的手臂，把她更往牆邊推，某種直覺攔住我，如同躲在洞裡的小老鼠聽見上空有貓頭鷹拍翅聲會自然躲避一樣。

守衛們看了我最後一眼，便亦步亦趨跟在大人們身後離開了，走廊上再度空曠無人，我開始發抖，「妮絲卡，」卡莎說，「怎麼回事？」

「我錯了，」我說，還解釋不太清楚，但是我犯了錯，那可怕的篤定感在我體內往下沉，彷彿看著一枚銅板掉入深井中，「我錯了。」

卡莎跟著我穿越走廊、爬上狹窄的階梯，最後幾乎是狂奔回我的小房間，我把門在身後甩上然後靠著門板，好像在玩捉迷藏的小孩，卡莎憂心忡忡看著我，「是皇后有問題嗎？」她問。

我看著她站在我房間中央，金燦燦的火光照亮她的肌膚、穿透她的髮絲，有那麼駭人的一刻，她又是那個戴著卡莎面具的陌生人，我連忙從她身邊退開、跑到桌前，我存放了一些松樹枝在房間，以備不時之需，我抓了一把松針放在壁爐上燒，吸進刺鼻苦澀的煙霧，然後輕聲念了淨化的咒語，那股奇怪的感覺消退了。卡莎悶悶不樂坐在床上看我，我痛苦地抬頭回望她：她在我眼裡瞧見了疑懼。

「我也是這麼擔心的，」她說，「妮絲卡，我應該……可能皇后她，可能我們兩個人都**應該**被——」她的聲音開始顫抖。

「不行！」我說，「不行，但我不知道該怎麼辦，」我往炕上一坐，害怕地喘著氣，然後我忽然靠向火焰，兩手捧成杯狀，召出之前練習咒語時的幻影，那朵堅毅、帶刺的小玫瑰花，玫瑰花叢的藤蔓緩緩爬上防火護欄的側緣。我慢慢唱著歌，賦予它香氣和幾隻嗡嗡作響的蜜蜂，還有瓢蟲躲在葉子蜷曲的邊角裡。我召喚出他握在我手中的雙手：纖長謹慎的手指、因為拿筆而磨得平滑的繭，還有皮膚散發出的熱氣。然後，他現身在火炕另一頭，就坐在我旁邊，他的藏書室也出現了。

我來回唱著簡短的幻影咒語，餵給它一縷堅固銀線般的魔法，這個幻影不像昨天的心樹，我凝望著他的臉、緊蹙的眉頭和嚴厲瞪著我的黑色雙眼，但那不是真的他。我忽然了解，不能只是我需要的幻影，不能只有他的影像，連加上味道或聲音都還不夠。那不是心樹在王座廳裡那麼活靈活現的原因，它是從我心中長出的，根植於恐懼和記憶和我肚腹中翻騰的恐懼。

我將玫瑰圈在手中，看著花瓣另一端的薩肯，讓自己感覺他的手捧著我的手，指尖剛好刷過我的肌膚，我手掌的根部擱在他掌中，我讓自己感覺到他嘴巴危險的熱度、他的絲綢和飾帶緊壓在我們身體之間，他整個身體都貼著我，然後我讓自己記起我的憤怒、我得知的一切，還有他的祕密以及所隱藏的一切，我放開玫瑰，抓住他外衣的邊緣想搖晃他、對他大吼、親吻他——

接著，他眨眨眼，看著我，他身後某處有火在燒，他的雙頰沾滿了煤煙、頭髮裡有片片灰燼、雙眼泛紅。炕上火焰劈啪作響，而那也是遠方傳來的森林燃燒的聲音，「怎麼？」他質問，聲音沙啞不悅，真的是他，「不管妳現在做的這是什麼，我們都沒辦法維持太久，我不能分心。」

我將衣物抓得更緊，感覺到縫線變得參差不齊，還有燙人的餘燼飄到我手上、灌進我的鼻孔和嘴巴，「發生了什麼事？」

「黑森林想吞沒札托切克。」他說，「我們每天都試著將它往回燒，但已經失去了一哩的土地，拉迪米爾從黃沼地那兒派來所有他所能提撥的兵力，可是還不夠。國王會派任何人馬過來嗎？」

「不會，」我說，「他……他們又要和洛斯亞開戰。皇后說是洛斯亞的維斯利王子將她獻給黑森林的。」

「皇后開口說話了？」他淩厲地問，我感覺到喉嚨又升起那股熟悉的恐懼，令人不安地鼓動。

「但獵鷹對她用了識破的咒語，」我說，不只想說服他、也想說服自己，「他們用賈維加的面紗檢驗過她，什麼也沒有，看不到半絲腐敗的痕跡，他們沒人發現任何黯影──」

「腐敗不是黑森林唯一的武器，」薩肯說，「普通的肉體折磨也能讓一個人瓦解崩潰，它也許是故意放走皇后，她雖然被黑森林操縱，在任何魔法的檢驗之下卻都是未受汙染的。也或許黑森林在她身上或附近埋了某種東西，一顆果實或者種子──」

他住口，轉過頭，看到某個我看不見的東西，然後尖銳地說：「放手！」他抽開他的魔法，我往後跌、疼痛地摔在地板上，玫瑰花叢在火炕上崩解成灰燼後消失了，惡龍也隨之不見蹤影。

卡莎衝上前扶住我，但我已經自己爬起來了。**一顆果實或者種子**。他的話語在我心中點燃恐懼，「那本妖物誌，」我說，「巴羅想淨化它──」我仍然頭暈目眩，但照樣轉身奔出房間，越來越緊張，巴羅原本要將書的事稟告國王，卡莎跟在我旁邊跑，穩住我最初起步時的踉蹌步伐。

我們狂奔下第一道僕役專用的階梯時，聽見了尖叫聲。**太慢了**、**太慢了**。我拍打著石板地面的雙腳這麼告訴我，我無法判斷尖叫聲是從哪兒傳來的，只聽得出很遙遠，在城堡的一條條廊道裡發出詭異回聲。我朝巫師之殿的方向跑，經過兩名瞪大雙眼的女僕，她們往牆邊縮，圈緊雙臂把摺疊好的巾布都弄縐了。卡莎和我急轉彎，奔下通往地面樓層的第二道階梯。這時，下方爆出一團白焰，在牆上投下許多輪廓清晰的影子。

耀眼奪目的光芒褪去後，我看見梭亞飛過樓梯口，噗滋一聲撞上牆，我們手忙腳亂跑下樓，看見他一動也不動地癱靠在對面牆壁下，大張著迷茫的雙眼，口鼻流出鮮血，胸膛上也劃出淺淺的血痕。

從巫師之殿走廊爬出的那東西幾乎填滿從地面到天花板的每一吋空間，與其說是單獨一隻野獸，倒比較像各種野獸的大雜燴：醜陋的狗頭、額頭中央開了一隻巨眼、吻部布滿看起來像刀刃而不像牙齒的尖銳鋸齒狀物體，腫脹的身軀伸出六隻筋肉結實的腿，末端有獅爪，全身上下都覆滿蟒蛇鱗片。牠大聲咆哮，朝我們衝來的速度之快，我幾乎沒時間反應。卡莎抓住我把我拉回階梯上，那東西彎起身體，頭鑽進樓梯口，又是咬牙切齒又是嚎叫，綠色泡沫從牠嘴裡汩汩湧出，我大叫：「波利記！」把牠的頭踢走，一束火焰從階梯上噴出，擦過牠的口鼻部，牠尖叫著縮回走廊。

兩根粗大箭矢倏地射入牠身側，發出紮實的金屬撞擊聲，牠扭動身體、吼叫著，馬列克在那東西身後丟開一把十字弓，一名嚇得驚慌失措的年輕侍從幫他從牆上拉下一把長矛，他目瞪口呆看著怪物，馬列克從他手中抽走武器時，他差點忘了要放開手。「去叫醒守衛！」他對男孩大喊，他瑟縮了一下後跑開，馬列克拿長矛戳怪物的頭。

他身後數個房間的門誇張地敞開著，黑白的石板地濺滿血漬，三個死去的男人趴在地上，都是衣服被撕裂的貴族，房間裡的桌子下露出一個年老男子的驚恐臉龐，更遠的走廊上還躺著兩個慘死的皇宮侍衛，怪物似乎是從皇宮深處蹦出來，撞開門想抓房間裡的那些人。

或者特定的一個人。牠對著插在身體上的長矛大吼，然後離開馬列克，回過齜牙咧嘴的笨重頭顱，刻意轉向梭亞，他仍然動也不動盯著天花板，眼神茫然，手指慢慢刮著石頭地面，好像想找到一個可以抓穩這個世界的著力點。

那東西攻擊之前，卡莎往前一撲，躍過驚人的距離跳下階梯，跌跌撞撞往前衝，穩住身體後抓下牆壁上另一把長矛，送進怪物臉上，狗頭對長矛的握柄喀喀咬牙，然後又發出一聲怒吼，馬列克把他的長矛插進怪物腰間，傳來長靴踏地的聲音和吆喝聲，更多守衛趕到，教堂也忽然鐘聲大作來示警，剛剛的隨從已搖響了警鐘。

我目睹了這一切，事後也能詳述，但是當下我卻沒察覺到，只注意到怪物朝階梯上噴來惡臭熱燙的吐息，還有血，我的心臟怦怦跳，知道自己必須採取行動，怪獸咆哮著轉身面向卡莎和梭亞，我在階梯上站起身，聽見頭頂上的鐘聲響個不停，樓梯天井高處的窗戶，露出那細細一抹多雲夏日的天空是迷濛閃亮的珍珠灰。

我高舉著手呼喚：「喀莫茲！」外頭的雲朵像糾結在一起的灰色海綿，雲團噴出的雨水灑落在我身上，一道閃電劈入窗戶，像一條眩目又嘶嘶吐信的蛇跳入我手中，我緊抓著它，亮得看不見，我身周都是白光和歌唱般的尖銳鳴響，我喘不過氣，把閃電朝怪物的方向拋過去，頓時雷聲四起，我往後飛，痛苦地癱在臺階上，四周瀰漫煙霧和苦澀的刺鼻氣味。

我平躺著，從頭到腳都在顫抖，眼淚撲簌簌掉落，雙手仍然刺痛難忍，還飄著晨霧般的白煙，我聽不見任何聲音，等視力清晰之後，發現兩個女僕彎身看著我，看起來嚇壞了，她們的嘴巴無聲地移動著，我歪歪斜斜站起來。階梯底端，馬列克和三名守衛站在怪物頭顱邊，謹慎地戳弄，牠一動也不動地冒著煙，身體四周的牆壁有爆炸燒焦的痕跡，「保險起見，用長矛刺穿那隻眼睛。」馬列克說，其中一個守衛把他的矛深深捅進那已經呈現乳白色的大圓眼中，怪物的身體連抽動一下也沒有。

我一跛一跛走下樓，一隻手扶著牆壁，然後顫巍巍地在怪物頭顱倒落的上方幾級階梯坐下來，卡莎正攙扶梭亞站起來，他把手舉到臉頰邊，用手背抹去嘴巴四周的鮮血，喘息著低頭瞪視那頭怪獸。

「這天殺的到底是什麼東西？」馬列克質問，它死後看起來甚至更加畸形，毫不對稱的四肢扭曲著，有如瘋狂裁縫師把幾個不同的娃娃全縫在一起的作品。

我俯瞰牠，狗的口鼻、癱軟鬆垮的腿、肥厚的蟒蛇身軀，然後慢慢回憶起昨天眼角餘光瞥見的一幅影像，「咒狗拉，」我說，重新站起來，這忽然的動作讓我得趕快扶住牆壁，「牠是咒狗拉。」

「什麼？」梭亞說，抬頭看我，「咒狗拉是什——」

「牠是從妖物誌裡出來的！」我說，「我們得找到巴羅神父——」我停頓下來看著怪物剩下的那隻兀自瞠視的霧濛濛眼珠，忽然了解我們再也找不到巴羅神父了，「我們得找到那本書。」我輕聲說。

我搖搖晃晃又噁心想吐，手忙腳亂走到大廳裡時差點絆倒在怪物屍體上，馬列克抓住我的手臂把我拉起來，拿著長矛的侍衛準備好後，我們便進入巫師之殿，敞開的巨大木門歪掛在門洞上，布滿裂痕和血跡。馬列克把我往牆上一靠，好像在擺放一個歪歪扭扭的梯子，然後他對其中一個侍衛扭扭頭，兩人齊力抓住一邊破裂的門板，把它給搬開來。

圖書館成了一片廢墟，燈幾乎碎光了，四腳朝天的桌子摔個粉碎，只剩下幾處還有燈光，空蕩蕩的書櫃翻倒在一堆堆曾經整齊排放的書本上方，房間中央的大石桌從中間裂成兩半、往內塌陷。翻開的妖物誌就擺放在那堆灰塵和碎石上方，殘餘的燈光照耀在毫髮無傷的書頁上，三具殘破的屍體孤伶伶散落在旁邊地板上，多半都被陰影覆蓋，但我身旁的馬列克忽然整個人徹底僵住不動，停下所有動作。

然後他往前衝，一邊大喊著：「去叫垂柳來！去叫——」然後跪倒在離我們最遠的那具屍體身旁，他把它翻過來後又僵住不動，燈光灑在那個男人的臉上——國王的臉上。

國王駕崩。

23

到處都有人在大叫：侍衛、僕人、官員、醫生全聚集在國王的屍身周圍，每個人都想靠得越近越好，馬列克派了三個守衛看住國王後就不見了。我像浪頭上的漂流物一樣被推到旁邊，我閉上眼睛、全身無力地倚靠著書架，卡莎推開人群到我身邊，「妮絲卡，我該怎麼做？」她問我，扶我坐在一個小板凳上。

我說：「去叫艾洛莎。」下意識想找一個知道該怎麼辦的人。

所幸我的直覺是對的。巴羅的一個助手逃過一劫，他逃跑後爬進圖書館大暖爐的石頭煙囪裡企圖從那兒脫困，一名守衛發現暖爐上有爪痕，灰燼也都被撥到地板上，他們發現那個助手還在煙囪裡，全身發抖而且嚇壞了，他們把他帶出來，給了他一點熱飲，然後他站起來指著我衝口而出：「是她！就是她找到那東西的！」

我還因為閃電而暈眩不適，顫抖也還沒緩下來，他們開始對我大聲咆哮，我試著要解釋那本書的事，但是比起了解真相，他們更想找到代罪羔羊。我聞到松針的氣味，兩個守衛抓住我的手臂，我猜他們過不了多久就會把我拖到地牢或更糟糕的地方，有個人說：「她是女巫！如果我們放過她，等她恢復氣力之後——」

艾洛莎讓他們住了嘴，她走進房間，拍了三次手，每一下都發出一整隊軍人用力跺腳的聲音，眾人安靜下來聽她說話，「讓她坐在那張椅子上，停止這愚蠢的行徑，」她說，「你們該抓的是雅各，他剛剛深陷這一團混亂之中，沒人聰明到要懷疑他是否也感染了腐敗之氣嗎？」

她很有威嚴，大家都知道她是誰，侍衛尤其了解，他們都站得筆挺僵硬，好像在聽將軍訓話，他們放開我，抓住出言抗議的可憐雅各，他被拖到艾洛莎面前時仍在絮絮叨叨，「真的是她找到的！巴羅神父說她找到那本書——」

「安靜，」艾洛莎說，拿出她的匕首，「抓住他的手。」她吩咐其中一個守衛，要他們壓著學徒的手腕把他的臂膀固定在桌上，掌心朝上。她對手臂念了一個咒語，然後在臂彎處淺淺割了一刀，把刀鋒懸在出血的傷口旁，他扭動掙扎，一邊發出哀嚎。開始有裊裊黑煙隨著鮮血滲出，上升後纏在發光的刀鋒上，她慢慢旋轉匕首，像拿著繩軸收線那樣蒐集黑煙，直到再也沒有煙霧冒出。艾洛莎舉起匕首，瞇著眼打量，然後說：「呼爾法，亞洛維塔。」然後吹了三口氣，刀鋒隨著她每次呼氣越來越耀眼，亮得發燙，黑霧全數燒光，只餘下一抹硫磺的氣味。

艾洛莎完成後，房間已經空了大半，留下來的人也都退到牆邊，除了負責壓制學徒的那幾名面色蒼白不悅的侍衛，「好了，給他一些綳帶。不要再叫了，雅各。」她說，「她找到書的時候我也在場，你這個白癡，那本書在我們的圖書館裡好多年了，像顆腐爛的蘋果一樣躲在那兒，巴羅原本打算要淨化它。發生了什麼事？」

雅各不知道，當時他奉命去拿補給品，離開的時候國王還不在場，等他拿著更多鹽巴和藥草回來後，國王和他的侍衛早已一臉空白地站在桌邊，巴羅神父正大聲唸出書裡的內容，而且已經開始變形了：帶爪的腳從他長袍下伸出、身側也有兩隻腳撕裂衣物鑽出來，他的臉拉長成口鼻部，雖然喉嚨裡的字詞已含糊哽噎，他還是繼續念著——

雅各的聲音越來越尖銳，直到破音後才止住，他的手顫抖著。

艾洛莎往他杯中添了更多藥酒，「那東西比我們想像中還要強大，」她說，「必須馬上焚毀。」

我從小板凳上掙扎起身，但艾洛莎對我搖搖頭，「妳已經精疲力盡了，去坐在炕上，好好看著我，除非妳發現它奪走了我的心智，否則別輕舉妄動。」

妖物誌仍然平靜躺在碎成兩半的石桌中間的地上，亮閃閃的，一派無辜的模樣，艾洛莎從守衛那邊接過鐵手套，然後拾起書，她把它拿到一座火爐邊並召喚火焰：「波利記。波利記，莫林。波利記，塔洛。」然後繼續念出一長串咒語，爐中原本冷卻的灰燼轉為和她的鑄造爐同樣旺盛的熊熊烈火，火焰舔拭咀嚼著紙張，但沐浴在火焰中的妖物誌猛然打開，書頁彷彿狂風中的旗幟般啪啪作響地翻動，各種妖物的圖片試圖要攫住觀眾的視線，被書頁後方的火光所點亮。

「後退！」艾洛莎喝令守衛，他們其中幾個人原已踏出腳步想要更靠近，上了勾的眼神矇矇矓矓，她用扁平刀身將火光反射到他們臉上，守衛們眨眨眼，驚嚇得往後一跳，臉色發白害怕。

艾洛莎警戒地看著，直到他們都退得老遠，這才轉身繼續念誦她的火咒，重複了一遍又一遍，大張雙臂圈住火焰，但炕上的妖物誌仍然像一截青綠潮濕的木頭般嘶嘶滋滋作響，拒絕著火，房間裡鑽進春天嫩葉的氣味，我看得見艾洛莎後頸的血管突出，臉色顯得很吃力，她的視線固定在火爐上，但仍不時飄往發亮的書頁，每一次艾洛莎都用力將拇指壓在匕首邊緣，鮮血滴落，她又重新移開視線。

她的聲音越來越沙啞，一把橘色火星掉落在地毯上開始悶燒，我正疲累地坐在小板凳上，我看著火星，開始慢慢哼唱起關於爐中火星的那首古老歌謠，講述它冗長的故事：「從前從前有個金髮公主，她獨愛一名樂手，國王幫他們辦了盛大的婚禮，故事就此結束！從前從前有個年老的瑯珈老太太，她的屋子是奶油做的，屋子裡有好多神奇的東西——滋！火星熄滅了。」不見了，連同故事也一起帶走。我又輕柔地唱了一次，然後說：「奇喀拉、奇喀拉。」接著又唱了一次，飛散的火星開始像雨點般掉落在書頁上，每朵火星熄滅前都先燒出一個焦黑小洞，它們像閃亮的飛瀑般灑落，當它們一簇一簇砸落時，細細的煙霧開始悠悠升起。

艾洛莎慢下來，然後完全停止。妖物誌終於著火，紙張的邊角往內蜷縮，像是擠在一起等死的小動物，還傳出樹液在火焰裡灼燒的焦糖味。卡莎溫柔扶住我的手臂，我們從火邊慢慢退開，火焰逐漸吞噬書本，彷彿正勉強自己吃下一塊餿掉的麵包。

「這本妖物誌是怎麼落入妳手中的？」一個大臣對我咆哮，另有五六名官員出聲附和，「為什麼國王會在那裡？」議事廳裡擠滿對我和艾洛莎大吼大叫以及彼此互相咆哮的貴族，他們堅持要我們給出根本不存在的答案。有一半的人仍然懷疑我對國王設下陷阱，並提議把我丟到地牢裡，還有些人毫無根據地斷定發著抖的雅各是洛斯亞間諜，指控他將國王引誘到藏書室中，並用計使巴羅神父念出那本書，雅各開始啜泣、辯解，但我沒力氣替自己說話，我的嘴巴不受控制地打起呵欠，惹得他們更加生氣。

我不是故意無禮，只是真的克制不了，我吸不到足夠的空氣也無法思考，雙手仍然因為閃電而刺痛，鼻孔裡都是煙味和紙張的焦味，這些事對我來說似乎都很不真實：國王死了、巴羅神父死了，我不到一個小時前還看到他們從作戰會議中離席，兩人都完好無缺而且健健康康，那個時刻太栩栩如生了：巴羅神父前額憂心的小小皺紋還有國王的藍靴。

艾洛莎已經在圖書館裡用咒語淨化了國王的屍體，祭司們便倉促地用布料包裹住屍體，搬移到教堂裡等待守靈，藍靴就從那捆東西末端露出來。達官顯貴們繼續對我大呼小叫，而我也揮之不去認為自己的確有責任的罪惡感，我知道有事情不對勁，如果反應再快一些，找到書時就自行燒毀妖物誌，我舉起刺痛的雙手遮住臉。

但馬列克在我旁邊站起來，叫那些貴族通通閉上嘴，他手裡仍然拿著那把血淋淋的長矛，散發出權威感，啪地一聲把長矛砸在他們面前的議事桌上，「那頭怪物有可能殺了梭亞外加其他十幾個人，是她剷除了怪物。」他說，「我們沒時間犯蠢了，必須在三天內進軍雷德瓦大河！」

「沒有王命我們哪裡都不去！」其中一個膽敢吼回去的官員說，幸運的是，他坐在桌子另一頭，身處馬列克的臂長範圍之外，馬列克往桌子那邊靠過去、戴著鐵手套的手握成拳頭，全身燃著義憤填膺的怒火，官員見狀還是瑟縮了。

「他說得沒錯，」艾洛莎厲聲說，一隻手擱在馬列克身前，讓他抬起臉看她，「現在不是開戰的時候。」

圍繞在桌邊半數的大臣們都在彼此咆哮和張牙舞爪，責怪洛斯亞、責怪我，甚至責怪可憐的巴羅神父，桌子最前端的王位空蕩蕩，西格蒙大王子坐在它右邊，他一隻手包覆著另一隻手，握成單獨一個緊縮的拳頭，默默看著眾人喧鬧，皇后則坐在王座左邊，還戴著雷戈斯托的金冠，以光滑閃耀的黑色綢緞禮服襯托。我遲鈍地發現她正在讀一封信，一個信使站在她手肘邊，他拿著空空的信件包，看起來猶疑不決，我想他應該才剛進來議事廳。

皇后站起來說，「大人們，」眾人紛紛轉頭看她，她舉起信，那是一箋折疊起來的短短紙張，她已經拆開了紅色封蠟，「有人目擊洛斯亞軍隊正朝雷德瓦前進：他們會在明天清晨抵達。」

沒人作聲。

「我們必須先把哀悼和怒氣擱在一邊，」她說，我抬頭看她，她充滿皇后的風範：驕傲、不輕易臣服、高抬著下巴，她的聲音在石頭大廳裡鏗鏘有力，「這不是邦亞表現軟弱的時候。」她轉向大王子說，他和我一樣抬頭看著皇后，表情錯愕，像藏不住情緒的小孩，他的嘴巴鬆鬆地張開卻啞口無言，「西格蒙，他們只派出了四個中隊，如果你集結王城外的軍隊立刻動身，就能在人數上占優勢。」

「應該是我——」馬列克說，挺身抗議，但漢娜皇后舉起手，他安靜下來。

「馬列克王子會留在這裡和御林軍一起捍衛王都，並整頓陸續集結的其他士兵，」她表示，然後面對所有人說：「我希望他遵從議會的建議，還有我的。相信除此之外別無他法了。」

大王子站起身，「就按照皇后的提議去做，」他說，馬列克挫折得臉色發青，但還是呼出一口氣，酸溜溜地說：「好吧。」

所有事情就這樣迅速決定好了，大臣們開始分頭去忙碌，很開心重建了秩序，沒有抗議的時間，也沒有提出其他建議的時間，根本來不及阻止這一切。

我站起來，「不行，」我說，「等等。」但沒人在聽，我向體內的最後一絲魔法求救，想增強我的音量讓他們回頭，「**等等**。」我試圖這麼說，但我四周的房間消融開來，變成一片漆黑。

我在我的房間裡醒來，倏地坐起身，雙臂上寒毛直豎，喉嚨熱辣辣地疼痛，卡莎坐在床尾，垂柳從我身旁直起身，臉上掛著刻薄且百般不贊成的表情，手裡抓著一只藥水瓶，我想不起自己是怎麼回到房間的，疑惑地往窗外一望，太陽的角度移動了。

「妳在議事廳裡昏倒了，」卡莎說，「我叫不醒妳。」

「妳精疲力盡，」垂柳說，「不行，別試著起身，妳最好待在原地，而且至少一週不能使用魔法，魔法是必須重新補注的杯中水，不是取之不盡、用之不竭的溪流。」

「但是皇后！」我忍不住說，「黑森林——」

「妳要是想油盡燈枯就此暴斃，就儘管將我的話當耳邊風吧，我可不會有什麼怨言。」垂柳輕蔑地說，我不知道卡莎是怎麼讓她來看我的，但從垂柳拂袖出門時和卡莎交換的冰冷眼神看來，她說服的方式應該不太溫柔。

我躺在枕頭堆裡揉眼睛，垂柳給我喝的藥水在肚裡翻攪、散發溫暖，好像我吃下的是放了太多辣椒的菜餚。

「艾洛莎要我去找垂柳來看妳，」卡莎說，仍舊憂心忡忡地俯身看著我，「她說她要去阻止大王子上戰場。」

我鼓足全身力氣掙扎起身，抓住卡莎的手，胃部的肌肉痠痛虛弱，但是這個節骨眼我不能臥病在床，不管能不能使用魔法。城堡裡瀰漫著沉重的氛圍，那種可怕的張力，不知為何，黑森林還在這裡，它還沒放過我們，「我們必須找到她。」

大王子房間外的守衛維持最高警戒，他們有點想出手攔阻不讓我們進去，但我大喊：「艾洛莎！」她探頭出來對守衛說了幾句話，他們便放我和卡莎進去正在手忙腳亂整裝待發的房間裡。大王子還沒全副武裝，但是已經穿上護脛和鎖鏈甲，一隻手放在他兒子的肩上。他的妻子瑪歌札塔王妃懷中抱了一個小女孩。男孩配著劍——有刀鋒的貨真價實的劍，不過縮小到他可以掌握的尺寸。他年紀還不滿七歲，我敢打賭讓這年紀的男孩拿劍肯定不出一天就會削掉一根手指——不管是他自己還是別人的——但是他像任何將士一樣嫻熟地握著劍，他正雙手掌心朝上捧著劍，焦慮地抬頭看著父親，「我不會添麻煩的。」他說。

「你得留在這裡照顧瑪里莎，」大王子說，撫摸小男孩的頭，他看著王妃，她的臉蛋很嚴肅，王子沒吻她，但是親親她的手，「我會盡快趕回來。」

「我考慮等葬禮結束後，就帶孩子們回吉德納。」王妃說，我依稀記得那是她的故鄉，她嫁給王子後，吉德納的海港也隨之對邦亞開放。「海邊的空氣對他們的健康有幫助，我父母親在瑪里莎受洗之後也沒再見過她了。」她的措辭會讓你覺得這是片刻前剛冒出的念頭，但她說話的語調聽起來演練過了好幾次。

「我不想去吉德納！」小男孩說，「爸爸——」

「別說了，史塔沙克，」王子說，「妳如果覺得這樣最好，就這麼做吧，」他告訴王妃，然後轉向艾洛莎說：「能請妳給我的劍祝福嗎？」

「我倒寧願不必這麼做。」她悶悶不樂地說，「你為什麼非去不可？我們昨天談過了——」

「昨天，我父王還活著，」西格蒙王子說，「今天他已經死了，如果我讓馬列克出征，替我們殲滅洛斯亞的軍隊，妳覺得議會針對繼承順位投票時會發生什麼事？」

「那就派一個將軍去。」艾洛莎說，她不是認真的，我看得出她只是隨口說說，好想出她真的認為可行的答案，「果胥金男爵如何——」

「不行，」他說，「如果我不親自領軍，馬列克一定會自告奮勇，妳覺得目前有任何擋得住邦亞英雄的將軍可以讓我指派出戰嗎？舉國上下都在傳頌關於馬列克的歌謠。」

「只有愚昧之人才會選擇馬列克而不是你來繼承王位。」艾洛莎說。

「你我都是愚昧之人。」西格蒙說，「給我祝福吧，也請替我看好孩子們。」

我們留在房間裡目送他騎馬離開，兩個小孩跪在板凳上把頭探出窗框看著，王妃站在他們身後，手擺在他們頭上，他們一人髮色金黃、一人漆黑。西格蒙帶了一小隊侍衛護駕，身後跟著軍師團以及翻飛的老鷹旗幟。另一扇窗前，艾洛莎站在我身旁不發一語地看著，直到他們離開中庭，然後她轉身面對我黯然說道：「每件事情都有其代價。」

「是啊。」我說，聲音低沉疲倦，我覺得我們還沒付清全部的代價。

24

那時，我除了睡覺之外也無法多做什麼，艾洛莎要我直接在大王子的房間裡躺下休息，儘管王妃一臉狐疑。我在火爐前柔軟的羊毛地毯上睡著，地毯上奇異而靈動的花樣是由彎曲的巨大水滴形狀所構成，又或者是淚滴。毯子下的石頭地板很堅硬，但我累到無法在意。

我睡了整個下午和晚上，直到清晨時分才醒來，仍然疲倦但是頭比較不暈了，閃電燙紅的手掌也恢復冰涼。我身體深處的魔法宛如淙淙淌過岩石的水流。卡莎在床腳邊的地毯上熟睡，透過床簾我看得見王妃和兩個小孩緊湊在一起，另外有兩個守衛在門邊打瞌睡。

艾洛莎坐在火邊的椅子上，那把飢渴的劍擺在膝頭，正在用指頭磨利刀鋒，她的拇指靠近刀鋒邊緣劃過時，我感覺到她的魔法低語著，雖然她沒真的碰到鋼鐵，一條細細的血線在她黝黑的肌膚上匯聚，然後化為稀薄紅霧沉入劍刃。從她坐的地方可以完整看到房門和窗戶，她似乎守了一整晚。

「妳在害怕什麼？」我小聲問她。

「所有事，」她說，「任何事。皇宮裡的腐敗——國王死了、巴羅死了、王儲被引誘上了戰場，這裡什麼事都有可能發生。現在才開始謹慎行事已經夠遲了，我不介意少睡幾晚。妳好點了嗎？」

我點點頭，「很好。聽我說：我們必須根除皇宮裡的腐敗，而且動作要快，我不相信我們把書焚毀就算斬草除根了。」

我坐起來抱著膝蓋，「薩肯覺得到頭來可能還是皇后，她可能——被折磨到願意幫助黑森林，而不是遭到腐敗。」我想知道他是不是說對了，皇后是不是真的從黑森林地上撿了一個小小的金色果實並設法混入宮中，而現在御花園的某個黑暗角落正有棵銀色小樹破土而出，把腐敗之氣散播到四面八方。很難想像皇后和她的過去如此脫節，竟會將黑森林帶入宮中，背叛她的家人和國家。

但艾洛莎說：「皇后可能不需要太多折磨就願意幫忙謀害丈夫，他拋下她在黑森林裡二十幾年，她對大兒子可能也是如此。」她補上一句，不顧我瑟縮了一下、想出言抗議，「我注意到她不讓馬列克上戰場，不管真相為何，都可以斷定她是這一切的核心，妳可以用妳那個《召喚咒》對付她嗎？」

我閉口不語，想起那天在王座大廳，我曾想過要在皇后身上施《召喚咒》，但是我卻選擇給王公大臣們觀看幻象，一場表演，來換取特赦卡莎，也許這是個錯誤。

「但我不覺得我可以單獨完成。」我說，我有個感覺，《召喚咒》無法由一個巫師單獨完成，就好像如果無法與人分享，真相便沒有意義，你可以對著虛空不斷吶喊著真相，但若無人佇足聆聽，就是白白浪費生命。

艾洛莎搖搖頭，「我幫不了妳，在安全護送王妃和孩子們到吉德納之前，我不會丟下他們無人看守。」

我心不甘情不願地說：「也許梭亞可以幫我。」我最不想做的事就是和他一起施咒，讓他有理由不斷來抓取我的魔法，但也許他的視力能讓咒語更有效。

「梭亞，」艾洛莎帶著滿滿的譴責說出這個名字，「嗯，他是個傻瓜沒錯，但並不笨，妳試試看也罷。如果不行，去找雷戈斯托，他的力量比不上梭亞，但也許還是能勝任。」

「他會幫我嗎？」我懷疑地問，想起皇后頭上的金冠，而且他一直不太喜歡我。

「要是我吩咐他，他會聽的。」艾洛莎說，「他是我的玄孫，如果他吵鬧的話，叫他來找我談。對，我知道他是個混帳，」她加了一句，誤解了我的瞪視背後的意思，艾洛莎嘆道：「他是我的兒孫當中唯一會魔法的，至少在邦亞的就只有他一人了。」她搖頭，「只有我最喜愛的孫女生下的兒女和孫子女們顯現過魔法天賦，但是她嫁給瓦尼奇亞的一個男人後搬到南方去了，要捎信去請他們其中一人趕來必須耗時月餘。」

「除了他們之外，妳還剩下其他家人嗎？」我怯生生地問。

「噢，我有……六十七個玄孫輩，我想應該沒算錯？」她想了會兒後說，「也許現在更多人了，他們會漸行漸遠，每年冬至其中幾個人還是會盡責地捎信來，他們大多都不記得自己是我的後代，也可能根本就不知道這件事。他們的膚色就像牛奶裡摻進了一點茶水，只能保護他們不被陽光烤焦，而我的丈夫死了一百四十年了。」她輕鬆地說，好像這再也無足輕重，我猜真是如此。

「就這樣嗎？」我說，我的感覺接近絕望，和半數的玄孫斷了聯絡，剩下的也疏遠到她能這樣抱怨雷戈斯托，除了輕微的困擾之外不帶其他情緒，他們似乎不足以讓她扎根在這世界上。

「我從小就沒有多少親人，我的母親是納米來的奴隸，她生我時難產而死，關於她，我就只知道這麼多，南邊的一個男爵從蒙錐亞的販子那邊買下她，想讓他的夫人感覺更尊貴。甚至在我顯現魔法天賦之前，他們對我也頗為和藹，但那是主子對待下人的和藹，他們不算我的家人。」她聳聳肩，「我三不五時會有愛人，大多是士兵，但等妳年紀夠大，他們就變得像是花朵一樣，知道就算即時將它們放入瓶中，還是免不了凋謝。」

我不禁衝口而出：「那妳為什麼——到底為什麼還留在這裡？妳在乎邦亞什麼？妳在乎任何事嗎？」

「我又不是死了，」艾洛莎酸酸地說，「我一直都在乎良行善蹟，邦亞有代代相承的好國王，他們為人民服務，不僅建造圖書館和道路，也創辦了大學，上戰場時也足以阻止進犯的敵人摧毀一切。這些國王是有價值的工具，若他們變得邪惡壞心，我也許會離開。我也絕不會把劍交到馬列克那天殺的莽夫手中，讓他去打十幾場仗爭取榮耀。但是西格蒙不一樣——他是個講理的人，對妻子也盡心盡力，我很樂意幫助他捍衛城池。」

她瞧見了我臉上的痛苦，用一種粗魯的慈祥繼續說道：「孩子，妳要學會雲淡風輕，又或者將感情轉移到別的事物上，就像可憐的巴羅，」她說，語帶索然惆悵的遺憾之情，但稱不上哀傷，「他在修道院裡生活了四十年，裝飾著手稿上的起首字母，直到有人發現他完全沒有老化的跡象，我想他總是有點驚訝自己是巫師。」

她繼續磨利那把劍，我離開房間，問了她那些問題後反而更加受傷和鬱悶，我想起哥哥們正逐漸老去，還有小姪子達努石克皺著嚴肅的小臉把他的球拿給我，我想像那張臉變老，因為年月而疲倦、布滿皺紋、飽經風霜；我想像所有認識的人都長眠地底，我只能愛他們孩子們的孩子。

但總比一個人也不剩好，若能讓那些孩子在森林裡奔跑，而且是平平安安地奔跑就好了。如果我夠強壯、如果給我足夠的力量，我可以當他們的盾牌，保護我的家人、卡莎、睡在床上的那兩個孩子，還有所有活在黑森林陰影中的人們。

我這樣告訴自己，試圖相信這樣就值得了，但是獨自站在黑暗走廊上忖度這些念頭仍然令人心寒又苦澀。幾個女僕已經開始著手進行這天的差事，她們躡手躡腳進出貴族的房間，升起爐火。做著和昨天相同的事。即使國王死了，生活仍然繼續下去。

我打開門的時候，梭亞說：「我們不需要添柴火，莉貝塔，給我們端些熱茶和早餐來就好，這才乖。」他的爐火已經升好了，巨大的石頭火爐裡有兩截新添的木柴。

他的房間不是那種有石像鬼、宛如牢房般的小房間：房裡總共有三個隔間，每間都是他們把我塞進去的那間房的三倍大，石頭地板上層層疊疊鋪著白地毯，柔軟厚實，他一定是用魔法來保持地毯乾淨，從第二個隔間敞開的門可以看到一座有頂蓋的大床，被褥又皺又亂，床腳的寬闊木板上有隻展翅的獨眼獵鷹，它的眼珠是一顆拋光的金色寶石，縫狀的黑色瞳孔往外瞪視。

房間中央擺著一張圓桌，馬列克正坐在梭亞旁邊，拉長身體、面色陰沉地坐在椅子上，邊翹著腳。他穿著睡衣，外罩毛皮滾邊的睡袍，桌上的一只銀色底座支撐著一面高聳的橢圓形鏡子，和我的手臂一樣長。過了一會兒我發現自己看的不是從奇怪角度反射的床簾倒影，那面鏡子映出的根本不是倒影，而是像一扇不可思議的窗戶展現出一頂帳篷內部的景象，中央搖晃的杆柱撐起四周垂墜的布簾，前門上打開的三角形小縫隙後方透出青翠原野。

梭亞正專注凝望鏡子，一隻手扶著鏡框，雙眼都被兩口黑井般的瞳孔覆蓋，把一切都看進眼裡。馬列克看著獵鷹的臉，他們兩人都沒注意到我，直到我走到他們手肘邊，不過馬列克依然目不轉睛，「妳上哪去了？」他說，不等我回答又說：「妳再這樣忽然消失，我就得在妳身上繫個鈴鐺。洛斯亞肯定在宮裡安插了間諜，知道我們要前往雷德瓦——間諜人數可能不下一打。從現在開始我要妳待在我身邊。」

「我睡到剛才。」我挖苦地說，然後想起他的父親昨天過世了，因此感到有點抱歉，但是他看起來不像哀悼中的兒子，我猜身為國王和王子讓他們之間的關係不只父子這麼簡單，而且他從沒原諒過父親讓皇后淪落到黑森林手中，不過我仍預期看到他至少有點眼眶泛紅——就算不是因為愛，也該感到無所適從吧。

「噢，對呀，除了睡覺之外我們還能做什麼呢？」他嘲諷地說，又回首怒目瞪視鏡子，「他媽的所有人都到哪裡去了？」

「現在應該在戰場上了。」梭亞隨口回應，目不轉睛。

「那是**我**應該去的地方，要不是殺出了西格蒙這個阿諛奉承的政客。」馬列克說。

「你的意思是西格蒙是個徹底的白癡，但他不是。」梭亞說，「他不可能送你去打勝仗，除非他想把王位一起拱手讓給你。我向你保證，他知道我們在議會已經贏得五十票了。」

「那又怎麼樣？他如果管不住王公大臣，就表示他不配當國王，」馬列克斥道，雙手在胸前交叉，「要是我能在**那裡**——」

他渴望地看著毫無幫助的鏡子，我則越來越氣憤地看著他們兩個，所以議會擁戴馬列克繼承王位並不只是西格蒙的擔心而已，他是真的想奪權，這時我知道為何王妃會斜眼看我了——就她所知，我是馬列克的盟友。儘管如此，我吞下已經湧到嘴邊的十幾句話，只簡短地對梭亞說：「我需要你的幫忙。」

至少這句話為我贏得了那雙漆黑眼睛的注意力，外加一邊上揚的眉毛，「能幫上妳的忙就和聽到妳開口拜託我一樣開心，親愛的。」

「我要你跟我一起施咒，」我說，「我們必須對皇后施《召喚咒》。」

他不說話，看起來比較沒那麼開心，馬列克轉頭嚴厲地瞪了我一眼，「妳中了什麼邪？」

「有事情不太對勁！」我告訴他，「你們不能假裝沒看到，自從我們回來後，災禍接二連三發生，國王、巴羅神父、和洛斯亞開戰……這些都是黑森林的計謀。《召喚咒》會讓我們看見——」

「什麼?」馬列克斥道,站起身,「妳覺得它會讓我們看見什麼?」

他逼近我,我屹立在原地,揚起頭,「真相!」我說,「我們將她放出高塔後不到三天,國王就死了,皇宮裡出現怪物,邦亞又開戰了。我們一定忽略了什麼。」我轉向梭亞,「你會幫我嗎?」

梭亞的視線在我和馬列克之間飄移,看得出他正迅速打著算盤,然後他溫和地說:「皇后獲得赦免,艾格妮絲卡,我們不能只因為妳的不放心就這樣平白無故對她施法。」

「你一定看得出有事情不太對勁吧!」我憤怒地對他說。

「**之前**有事情不太對勁,」梭亞說,高高在上又自滿,我原本可以將他奉承得暈頭轉向,不過太遲了,我只能遺憾當初沒和他交朋友,我利誘不了他,他現在已經很清楚我不會輕易和他共享魔法,就算甘願為了重要的事而忍受這痛苦。「非常不對勁,那本妳找到的腐敗之書,現在已經毀了,既然已經找到罪魁禍首,為何還要想像有更邪惡的原因呢?」

「現在邦亞最不需要的就是更多抹黑的流言蜚語了,」馬列克說,變得比較冷靜,他聽著梭亞的話,肩膀放鬆下來,就這麼聽信了那狠毒又便宜行事的解釋,他往椅子上一坐,靴子重新翹到桌子上。「不管是關於我母親或關於妳的謠言。議會成員都去參加葬禮了,等他們再度集合後,我就宣布我們兩個訂婚的消息。」

「什麼?」我說,他的口氣彷彿講述的只是一則稍微有點意思的消息,而且和我僅有些許關係而已。

「這是妳應得的。妳殺了怪物,平民老百姓最喜歡了,別大驚小怪。」他補充說,連看我一眼都沒有,「邦亞有難,我需要妳和我站在一起。」

我愣在原地,氣到發不出聲音,但是他們的注意力早已不在我身上。鏡子裡,有個人鑽進帳篷中，一個穿著華麗軍服的老人沉重地坐在鏡子那邊的椅子上，他的臉因為年紀而處處下垂：雙頰下垂、鬍鬚下垂、眼袋下垂、嘴角也下垂。他覆蓋著一層塵土的臉上流淌著汗水，「沙維安哈！」馬列克說，傾身向前，全神貫注，「發生了什麼事？洛斯亞軍隊有時間加強防禦嗎？」

「沒有，」老將軍說，疲憊的手抹過前額，「他們沒加強岔路的工事，反倒在長橋安排了伏擊。」

「真蠢，」馬列克聚精會神地說，「沒了防禦工事，他們頂多兩天就守不住岔路了。昨晚又來了兩千援兵，如果我立刻和他們一起趕——」

「黎明時我們擊潰了敵軍，」沙維安哈說，「他們全死了：整整六千人。」

馬列克說不出話，顯然震驚不已，他沒料到這件事，他和梭亞交換了一個眼神，眉頭微蹙，似乎不太高興聽見這個消息，「你們折損了多少人？」他質問。

「四千。太多馬了。我們擊潰了敵軍。」沙維安哈說，他的聲音哽咽，整個人都萎靡了，他臉上的水漬不全是汗水。「馬列克，原諒我，馬列克——你哥哥死了。他們在第一次伏擊中殺了他，在他去巡視河岸的時候。」

我從桌邊退開，好像我能逃避那些話語。樓上的小男孩舉起他的劍，**我不會添麻煩的**。他抬著圓臉說。回憶有如利刃般捅進我的身體。

馬列克陷入沉默，表情裡的震驚多過其他情緒，梭亞接下去和將軍說了一會兒，我幾乎無法承受聽他們繼續討論。最後，梭亞伸手拿了塊厚布蓋住鏡子，他轉頭看著馬列克。

震驚之情消退，「老天在上，」馬列克靜了幾秒後說，「如果是以這種方式拿到，那我寧可不要。」梭亞只微微頷首，看著馬列克的雙眼裡閃著精光，「但我終究別無選擇。」

「對，」梭亞輕聲同意，「反正議會都在路上了，我們立刻就將事情定下來。」

我嘴裡嘗到鹹味，這才注意到原來我在哭，我又往後退了幾步，手裡摸到門把，手掌抵住老鷹頭顱雕刻的凹凸線條，我轉開門閃身出去，然後靜悄悄帶上門，我站在走廊上發抖，艾洛莎說得沒錯，一個又一個陷阱，久藏於厚重落葉下，現在終於猛然闔起，小樹苗揮舞著枝椏破土而出。一個又一個陷阱。

忽然之間，我開始奔跑，死命狂奔，靴子啪啪踩在石頭地面，經過錯愕的僕人和每扇窗戶流瀉而入的陽光，我繞過轉角進入大王子的寢宮時已經氣喘吁吁，門是關上的，但無人看守，下方門縫飄出稀薄的灰霧，我大力推開門時，門把摸起來很燙。

床簾著火，地毯也燒焦了，守衛在地毯上死成一團，有十個男人無聲地包圍艾洛莎，她嚴重燒傷，半身盔甲都已經和皮膚熔在一起，卻不知為何還能繼續戰鬥，王妃陳屍在她身後，用自己的身體擋著衣櫥，卡莎在她的屍體旁，衣服破了十幾處，但肌膚毫髮無傷，她拿著磕了口的劍對著兩個企圖越過她的男子猛揮。

艾洛莎拿著兩把長刀一人對抗其餘八人，那一雙長刀在空氣中狂野地鳴響，所經之處都留下火痕，她把那些人砍得血肉模糊，地板上都是血，他們卻還不倒下。他們穿著洛斯亞的制服，但是眼睛發綠而迷茫，房間聞起來像是新鮮樺樹枝從中劈成兩半的味道。

我想尖叫大哭，我想用雙手拂過這個世界將之抹除乾淨，「呼爾法，」我說，用雙手將魔法推出，「呼爾法。」我想起艾洛莎是怎麼從巴羅的學徒身上引出那一朵腐敗之氣。陣陣黑煙開始從那些人身上湧現，從每道傷口和刀痕裡冒出來，黑煙飄出窗戶，消散在陽光中，然後他們又再度變回普通人，因為傷勢太重無法存活，陸續倒臥在地。

艾洛莎沒了敵人之後，把刀子擲向攻擊卡莎的兩個男人，深深插入他們背脊，刀刃周圍冒出更多邪惡的煙霧，他們也一一倒下。

那些人都死了之後，房間裡異常安靜，衣櫃門的卡榫發出嘎吱一聲，卡莎一旋身看見史塔沙克企圖往外張望，他的表情很害怕，手裡緊握著那把小劍，「別看，」卡莎說，從衣櫃裡拿出一件深紅色絲絨長斗篷，用衣物蓋著兩個孩子的頭，把他們抱進懷中，「別看。」她說，緊緊擁著他們。

「媽媽。」小女孩說。

「別出聲。」小男孩告訴她，他的聲音發著抖，我用兩隻手覆蓋嘴巴，堵住一聲啜泣。

艾洛莎正沉重又艱難地吸氣，嘴唇間冒著血泡，她癱靠在床邊，我踉蹌走上前想碰她，但她揮手要我後退，然後開口說：「哈托爾。」憑空召喚出那把嗜生之劍，朝我遞出劍柄，「不管在黑森林裡的是什麼東西，」她說，聲音嘶啞、氣若游絲，她的嗓子已經被火焰吞噬，「找到它、殺了它，不然就太遲了。」

我接過劍，姿勢笨拙地抓著，艾洛莎把劍放進我手裡時，一邊倒向地面，我跪在她身邊，「我們得找垂柳過來。」我說。

她搖搖頭，動作極其輕微，「快走，把孩子們帶走。」她說，「宮裡不安全，**快走**。」她的頭往後靠著床，眼睛緩緩閉上，胸膛的起伏非常輕淺。

我站起來，全身顫慄，我知道她說得對，國王、大王子，現在王妃也死了。黑森林謀殺了他們所有人，包括艾洛莎口中的好國王們，邦亞的巫師也難逃一劫，我見到那些死去士兵穿著洛斯亞的軍服，馬列克會因此找洛斯亞尋仇，浪費我們的軍力去屠殺越多洛斯亞士兵越好，黑森林最終也會吞噬他，留下千瘡百孔的王國和無人繼承的王位。

我又回到黑森林了，站在那些枝椏下，那冰冷而充滿仇恨的存在監看著我，房間裡的片刻寧靜不過是它停下來喘口氣，石牆和陽光都不算什麼，黑森林看著我們，黑森林就在這裡。

25

我們用死去守衛的破爛斗篷包裹著自己然後落荒而逃，我和卡莎的裙擺在跑過的地面留下斑斑血痕。我把艾洛莎的劍推回那個奇怪的等待空間。「哈托爾」為我打開了這個世界的口袋來存放那把劍。卡莎抱著小女孩，我握住史塔沙克的手，我們跑下塔樓的階梯，經過有兩名守衛看守連接走廊的樓梯間時，他們瞥了我們一眼，困惑地皺起眉，我們匆匆往下，又繞過一個轉彎處，快步跑進通往廚房的樓梯間，僕人們來來往往，史塔沙克試圖往後掙脫我，「我要我爸爸！」他說，聲音發顫，「我要馬列克叔叔！我們在這裡做什麼？」

我不知道，我只是想逃，只知道我們必須離開這裡，黑森林在我們四周播下太多種子，它們在休耕的土壤中躺了太久，現在準備要開花結果了，國王的城堡裡腐敗肆虐，沒有地方是安全的。王妃原本想帶孩子們回她父母那裡，北海上的吉德納。**海洋更是腐敗的剋星**，艾洛莎說過。但吉德納還是有樹木生長，黑森林一定會追著他們到天涯海角。

「回高塔去，」我說，我原本沒計畫要這麼說，字句像史塔沙克的哭喊那樣忽然脫口而出，我想要薩肯的藏書室那股寧靜、他的實驗室裡香料和硫磺的氣味，還有那些封閉又狹窄的走廊，乾淨的線條和空蕩的房間。高塔面對著群山孤獨聳立，黑森林在那裡是無法立足的。「我們要回惡龍的高塔。」

有幾個僕人慢下腳步看著我們，樓梯上響起追逐的腳步聲，一個男人威嚴地大喊：「你們，站住！」

「抓緊我。」我告訴卡莎，然後把手放在牆壁上，幾聲低語，我們便穿牆直接進入廚房菜園，一個原本跪在泥土中的園丁目瞪口呆慢慢站起身，我在一排排豆苗間狂奔，史塔沙克張大眼睛跑在我旁邊，也感染了我們的恐懼，卡莎跟在我們身後。抵達厚重磚造外牆時，我再度帶大家通過。我們在一團煙塵中跑下陡坡，直衝底下奔流的凡德勒斯河，這時身後的城堡鐘聲大作，敲響警報。

城堡這兒的河段又急又深，離開城市、往東奔去，有隻鳥兒在高空啼叫，那是隻在城堡上方繞著大圈盤旋的獵鷹，是梭亞正俯瞰著我們嗎？我從河岸抓起一把蘆葦，卻想不到任何法術或咒語，它們全都被我拋諸腦後，我從斗篷上拉出一條線，綁住蘆葦前後兩端，把那捆東西往岸邊一丟，一半浸入水中，然後對它拋擲魔法，它長成一艘修長輕盈的小船，我們手忙腳亂爬進去，河水輕拉小船離岸，也拖著我們一起，洶湧的水流撞擊著兩旁的岩石。我們身後傳來吶喊，守衛們出現在位於高處的城堡外牆邊。

「趴下！」卡莎大喊，壓著兩個孩子趴平，用身體護住他們，守衛正對準我們射箭，一支撕裂了她的斗篷，撞上她的背脊，另一支落在我身旁，插進船身顫抖著。我扯下箭矢尾端的羽毛，丟入半空中，它們回憶起自己往昔的模樣，化為一群鳥兒，繞著我們飛舞、唱歌，暫時遮蔽了追兵的視線，我抓緊船身兩邊，念了琊珈的加速咒。

我們往前急竄，小船震了一下，整座王城已然模糊遠去，縮小像是孩童的玩具，又震了一次，城市便消失在河灣那頭，震了第三次，我們撞上空曠的河岸，我的蘆葦小船在我們身旁四分五裂，把我們全拋入河裡。

我差點沉入水中，衣服的重量將我往後拉進混濁的河水，我看見頭頂有模糊的光亮，卡莎的裙擺在我身旁蓬成一團，我往水面掙扎，盲目抓扯，一隻小小的手回抓住我，史塔沙克將我的手放在一截樹根上，我拉著自己站起來，在水中嗆咳著站穩腳步，「妮絲卡！」卡莎正在大喊，她懷裡抱著瑪里莎。

我們跋涉上柔軟的泥岸，隨著踏出的每一步，卡莎的腳都深深陷入土中，在她身後留下一個個慢慢填滿水的洞口，我癱坐在泥濘的草地上，想從四面八方湧出的魔法讓我渾身發顫，我們移動得太快了，我的心臟怦怦直跳，還停留在那陣箭雨之下、依然因為拚命脫逃而緊張，還沒適應這個安靜又杳無人煙的河岸，水蟲跳過我們製造出的漣漪，泥土染髒我的裙子，我已經在城堡待了太久，到處都是人和石牆，河岸似乎不太真實。

史塔沙克在我旁邊縮成一團，他嚴肅的小臉很驚恐，瑪里莎爬到哥哥身邊依偎著他，他伸出一隻手臂環住妹妹，卡莎在他們另一邊坐下，如果能就此躺倒睡上一天我會很開心，但馬列克知道我們往哪個方向逃，梭亞派出眼線沿著大河搜尋，我們沒有時間休息。

我用河岸邊的泥土塑造出兩隻粗糙的公牛，為牠們吹進些許生命，再用樹枝堆出一輛牛車，我們上路不到一小時，卡莎就說：「妮絲卡。」她看著我們身後，我駕著牛車迅速躲進離道路有段距離的一叢樹木間，後方道路揚起一小團塵霧，我抓緊韁繩，公牛呆愣溫馴地等候著，我們全都屏息以待，塵霧越來越濃密，速度快得不自然而且越來越近，然後一小隊身披紅斗篷、手拿十字弓的騎士匆匆經過，馬蹄迸發魔法的火光，鋼鑄的馬蹄鐵敲擊堅實路面發出鐘鈴般的聲響，出自艾洛莎之手的作品現在轉而服侍黑森林，我等著煙塵消失在視野中，才駕著牛車回到路上。

駛入第一座城鎮時，我們發現裡頭已經張貼了粗製濫造、倉促繪成的告示：一張長長的羊皮紙上有我和卡莎的臉，釘在教堂旁邊的樹上。我還沒想過遭到追捕代表什麼，原本只覺得很高興能看到城鎮，並計畫停留一陣，買些食物。我們餓得肚子都痛了。現在只能把斗篷拉過頭頂，繼續往前，沒跟任何鎮民交談。穿越鎮上時，我握著韁繩的手發著抖，但我們很幸運，這天是市集日，而這個鎮很大，也非常靠近城市，四處都有不少陌生人，沒人覺得我們特別突兀，也沒人要求看我們的臉。一通過所有建築，我立刻一甩韁繩，催促公牛加速往前，直到整個鎮完全不見蹤影。

我們後來又離開道路躲避了兩次，一群群騎士飛快經過，入夜時又躲了一次，這次是看見國王的信差披著紅斗篷經過，踏上另一條道路，正火速趕回克雷利亞，馬蹄濺出的火光在暮色中異常明亮，他沒看見我們，只專心趕路，而我們不過是樹叢後的一抹陰影。躲藏時，我瞥見後方有個陰暗方形的物體，原來是一棟半淹沒於樹叢後的荒廢小屋敞開的門。卡莎牽著公牛，我跋涉過雜草叢生的庭院：裡頭有幾顆晚熟的草莓、老掉的蕪菁和洋蔥，還有一些豌豆，我們讓兩個孩子吃掉大部分食物，至少泥土公牛不用吃東西或休息，牠們可以徹夜不停趕路。

卡莎爬進牛車的駕駛座坐在我身邊，星星急匆匆地冒出，夜空遼闊漆黑，距離所有生靈如此遙遠，空氣冰冷凝滯，太安靜了，牛車沒傳出吱嘎聲、公牛也沒發出喘息或噴氣聲，「妳沒試著捎信給他們的父親。」卡莎靜靜地說。

我瞪視著前方黑暗的道路，「他也死了。」我說，「遭到洛斯亞突襲。」

卡莎小心翼翼握住我的手，我們在搖搖晃晃的馬車上互相依靠，過了會兒後她說：「王妃死在我旁邊，她把孩子藏進衣櫃裡，然後擋在前面，他們刺了她好幾次，但她一直試著爬起來站在衣櫃前。」她的聲音顫抖，「妮絲卡，妳可以做一把劍給我嗎？」

我不想要。我們可能被捕，給她一把劍當然是合理的作法，我不擔心她：卡莎戰鬥時不會有危險，削過她皮膚的劍刃只會變鈍；箭矢也只會從她身上彈開，連擦傷都不會留下。但是她如果有劍，會變得很危險、很嚇人，她不需要盾牌或盔甲，甚至不需要思考，我想起艾洛莎的劍，那奇異、飢渴又渴望殺戮的東西藏在魔法口袋裡，但我仍然感覺得到它壓在我背上的重量。卡莎會像那把劍一樣所向無敵，但所向無敵還不夠，她必須殺戮，我不願她被逼到那個地步，我不願她需要一把劍。

然而這個願望無濟於事，我拿出腰間小刀，卡莎也把她的交給我，我們解下皮帶和鞋子的扣環，拆下斗篷的別針，經過一棵樹時折下一截樹枝，把所有東西都聚集在我裙擺上。卡莎駕車時，我要它們變得筆直、尖銳又強壯，輕輕對它們哼著那首關於七個騎士的歌，它們在我膝頭聆聽，長成圓弧形的刀刃，像廚房用刀那樣只有一邊鋒利，不太像真正的劍，小小的鋼鐵片將劍身和木柄固定在一起，卡莎拿起劍，平衡在雙掌上，點了一下頭，放下武器藏在座位底部。

我們在路上已經三天了，隨著我們連夜趕路而越來越雄偉的遠山令人感到安心，公牛走得很快，不過一旦有騎士行經，我們還是得暫避於樹叢、小丘或廢棄小屋，追兵的數量非常穩定。剛開始我很開心能躲過他們，太忙著害怕與鬆口氣，因此沒有多想，不過我們越過樹叢偷看煙塵消失在前方時，卡莎說：「他們一直來。」我感覺一團冰冷僵硬的死結沉入腹中，了解到這麼多人肯定不只是為了傳遞追緝我們的消息，他們還在進行其他事。

如果馬列克下令關閉山間隘口，如果他的人馬圍住高塔，如果他們直接找上薩肯，趁他幫忙札托切克抵禦黑森林時出其不意拿下他——

除了繼續趕路之外別無他法，但是山脈再也無法令人安心，我們不知道翻過山脈後會看見什麼，牛車慢慢爬上丘陵，卡莎整天都和孩子們坐在牛車後方，手按在斗篷裡藏著的長劍上，日正當中，和煦金光直直照耀她的臉，她看起來遙遠又奇特，堅強得不像人類。

我們到達山丘頂端，看見黃沼地一帶最後一個十字路，岔路邊有座小水井和水槽，道路空蕩，雖然兩邊都已飽經人腳與馬蹄踩踏，我無法判斷這是不是正常的交通量。卡莎拉起水桶讓我們喝水，也洗洗風塵僕僕的臉，然後我和了一些泥巴修補公牛，走了一整天之後，牠們身上出現裂痕，史塔沙克不發一語，幫我拔了滿手沾滿泥的青草。

我們盡可能宛轉地將兄妹倆父親的噩耗告訴他們，瑪里莎似乎還不太明白，只知道害怕，她已經問起母親好幾次，現在幾乎無時無刻都抓著卡莎的裙角，表現得像年紀更小的孩子，不願讓卡莎離開她的視線。史塔沙克則再明白不過了，他安靜地接受了這個消息，事後問我：「馬列克叔叔是不是想殺掉我們？別把我當小孩。」他凝望我的臉補上一句，好像我需要他告訴我這件事才能回答這個問題。

「不，」我艱難地用緊繃的喉嚨說，「他只是受了黑森林的影響。」

我不確定史塔沙克相不相信，自那之後他沉默了好久，他對巴著他不放的妹妹很有耐心，也盡可能幫忙雜事，但幾乎什麼話都沒說。

「艾格妮絲卡。」我修補完第二隻牛的後腳、站起來洗掉手上的泥巴時他說，我轉頭跟隨他的視線，可以往回看見好幾哩來路，西邊有朵霧濛濛的濃密煙雲蓋住道路，它好像正在移動，趁我們觀望時逐漸靠近，卡莎抱起瑪里莎，我伸手遮住陽光，瞇眼眺望。

是一支向前行進的隊伍：有上千人。最前方有一排高聳的長矛，夾雜著騎兵，一面紅白大旗飄揚著，我看見領隊的那人披銀甲、騎栗馬，旁邊一匹灰馬的騎士身穿白斗篷——

整個世界傾斜、緊縮、朝我衝來，清楚凸顯出棱亞的臉孔，他直直盯著我，我用力撇過頭，力道大到我都跌倒了，「妮絲卡？」卡莎說。

「快點，」我喘著氣，掙扎起身，把史塔沙克往牛車後方一推，「他看到我了。」

我們駛進山中，我試著猜測敵人距離還有多遠。如果拿鞭子揮公牛有任何幫助，我很樂意這麼做，但牠們已經用最快的速度在趕路了，狹窄扭曲的路上滾著石礫，牠們的腳開始快速龜裂崩解，就算有餘裕停下來，也沒有足夠的泥巴可以修補，我不敢冒然使用加速咒語，因為看不見等在下個轉角的是什麼，萬一前面也有人馬，而我就這麼送羊入虎口？更糟的是把我們都推入半空中然後墜落懸崖。

左邊的牛忽然往前一衝，牠的腳完全崩裂，撞到岩石後碎成一堆堆泥土，另一隻把我們又往前拉了一點，但在步伐之間就這麼土崩瓦解，牛車失去平衡往前傾，我們全跌坐在一堆樹枝和乾草上。

這時我們已身處深山，這兒的樹木乾皺矮小，蜿蜒道路兩側都看得見高峰，我們無法看遠，無從知曉身後的軍隊多近了，通常要通過隘口必須花上一天的時間，卡莎抱起瑪里莎，史塔沙克則頑強地走在我身邊，趕路時毫無怨言，儘管我們雙腳痠痛、喉嚨痛苦地吸進冰冷稀薄的空氣。

我們停在一塊突出岩石邊喘口氣，一道夏天的小溪淙淙流淌，剛好可以用手盛滿放在嘴邊喝，我直起身時，頭邊忽然爆出嘈雜的嘎嘎聲，嚇得我跳起來，一隻毛羽黑亮的烏鴉站在乾巴巴的樹上盯著我，牠再次發出響亮叫聲。我們逃跑時，烏鴉就跟在旁邊，在樹枝和岩石之間跳躍，我拿小石子丟牠，想把牠趕走，但牠只是往旁一跳，繼續嘎嘎亂叫，嘲諷又勝利的音調。往前一陣後又加入了兩隻烏鴉，小徑沿著山頂的稜線蜿蜒，輕軟的綠草布滿了兩側的陡坡。

我們繼續奔跑，小徑往下急降，與右側山巔分開，留下高得令人暈眩的斷崖，我們可能已經開始下坡了，我沒有時間停下來好好思考，幾乎是拖著史塔沙克的手臂在跑，我聽見身後某處傳來馬匹的嘶叫，好像牠在狹窄的山徑上跑得太快因而失足，幾隻烏鴉飛上天空盤旋，去看後面發生了什麼事，除了我們最一開始的那隻忠實旅伴，牠跟著往前跳，明亮的眼睛沒離開過我們身上。

空氣稀薄，我們邊跑邊掙扎著大口吸氣，太陽正西沉。

「停下來！」有個在我們身後很遠的人大喊，然後一根箭矢直直落下，撞到我們頭頂的岩石，卡莎停下腳步，我跟上去，她把瑪里莎推進我懷中，擋在我們身後，史塔沙克回頭驚恐瞥了我一眼。

「繼續走！」我說，「繼續走到看見高塔為止！」史塔沙克往前快跑，身影消失在繞過一面岩石的小徑後方，我舉起瑪里莎讓她靠著我，她兩隻臂膀緊緊環繞我的脖子，腳夾著我的腰，我們倆就這樣緊貼著跟上史塔沙克的腳步，馬匹近到我能聽見小圓石在牠們馬蹄下喀喀作響。

「我看到了！」史塔沙克在前方吶喊。

「抓緊。」我告訴瑪里莎，能跑多快就有多快，她的身體和我互相碰撞，她把臉頰埋進我的肩窩，什麼話也沒說，我氣喘吁吁拐過彎時，史塔沙克焦急地轉頭張望，他站在一個突出山側的平臺上，寬闊得幾乎可稱為一片草坪，我的腿已經精疲力竭，我往前一撲，及時用膝蓋撐著先把瑪里莎放下，以免摔在她身上，我們站在南邊的山坡上，小徑仍繼續向下來回蜿蜒，穿越山區直達奧桑卡。

城鎮另一邊，惡龍的高塔佇立在西邊山脈前，在夕陽餘暉中閃爍，卻仍然遙遠又渺小，高塔四周都是士兵，一小隊穿著黃色外套的軍人，我絕望地看著。他們已經攻入塔中了嗎？大門依舊緊閉，窗戶也沒飄出黑煙，我不願相信高塔已經陷落，我想大叫薩肯的名字、想將自己拋擲過這一大片開闊的空間。我站起來。

卡莎停留在我們背後的羊腸小徑上，馬匹紛紛繞過彎道時，她抽出我給她的劍，領頭的是馬列克，他齜牙咧嘴發出怒吼，粟馬朝我們直衝而來，卡莎不動如山，散開的頭髮在風中翻飛，張開兩條腿穩穩站在小徑上，直指向前的長劍逼得馬列克必須猛拉馬兒往旁邊急轉，以免直接撞上刀刃。

他停下來，但是調轉馬頭，用自己的劍往下劈砍卡莎，她擋住了，用純粹的蠻力撞開馬列克的攻擊，直接打掉他手中的劍，武器撞到小徑邊緣、滾落山崖，消失在山邊的小圓石和塵土中。

「給我一根鐵耙！」馬列克大喊，有個士兵拋了一支給他，馬列克控制馬兒在小徑上轉圈，一邊輕鬆地接住，他用鐵耙低低劃了一個大弧，差點打到卡莎的腰，她被迫往後跳，如果他將卡莎打落小徑，那麼她再怎麼比他強壯都於事無補，她試著抓住鐵耙末端，但馬列克縮回得太快，他緊接著立刻催促座騎前進，一拉韁繩讓馬兒用兩隻後腳立起、踏著短步，鐵蹄揮向卡莎的頭，他正將她往後逼，只要到達小徑變寬的地方，他和其他士兵便能團團包圍卡莎，他們會越過她撲向我，還有孩子們。

我忙亂摸索著惡龍的咒語，傳送咒，瓦里蘇和左奇南——但就在我拼湊字詞的同時，也明白了這不會有用，我們還沒踏入河谷，那條路徑是不會為我們敞開的。

稀薄的空氣和絕望讓我頭暈目眩，史塔沙克抱起瑪里莎，緊緊擁著她，我閉上眼念幻影咒，召喚惡龍的藏書室，書架從我們四周的岩石拔地而起，烙印金字的書脊和皮革香、籠中的機器鳥兒、眺望整座翠綠河谷和曲折河流的窗戶，我甚至能在幻影中看見我們一行人：遠方山稜上螻蟻般的小小人影。馬列克後方的道路有二十幾個人，如果他們能推進到較寬闊的空地，就能擒住我們。

我知道惡龍不在高塔裡，他在東邊的札托切克，一絲絲煙霧從黑森林邊緣冒出，但我還是在藏書室中放進了惡龍的幻象，就擺在桌邊，永不融化的蠟燭照亮了他稜角分明的臉，他煩躁又疑惑地看著我：「妳這又是在做什麼？」

「幫我！」我告訴他，然後一推史塔沙克，惡龍不禁伸出雙手，兄妹倆就這樣跌進他懷中，史塔沙克吶喊出聲，我看見他瞪大雙眼抬頭看著惡龍，薩肯也低頭看他。

我轉身，身體一半在藏書室，一半在山裡，「卡莎！」我大叫。

「快走！」她對我喊，馬列克身後其中一個士兵清楚看見我和藏書室，他從肩上抓過弓箭、拉弦瞄準。

卡莎鑽到鐵耙下方，往馬列克的座騎奔去，直接用身體把他們連人帶馬往後推，兩隻手抵在馬兒胸前，馬兒尖聲嘶叫用後腳站立起來，前蹄撲向卡莎，馬列克踹了她一腳，踢得她的下巴猛然往後，然後他用鐵耙往他們中間一戳，剛好落在她腳踝後，他兩隻手都搭在鐵耙上，放開韁繩，卻不知為何還能隨心所欲控制座騎，馬兒轉身，他跟著扭轉身體，抓著鐵耙絆倒了卡莎，馬兒的後腿踢到她，把她掃到小徑邊緣，然後馬列克迅速地猛力一推，她翻跌下山，甚至沒時間尖叫，只來得及發出一聲驚訝的「噢！」，然後就不見了，掉落前抓鬆了一塊她試圖攀住的草地。

「卡莎！」我尖叫，馬列克轉身朝向我，弓箭手放開箭矢，弓弦發出嗡嗡巨響。

有雙手抓住我的肩膀，以熟悉卻出人意料的力道將我往後拉，藏書室的牆壁往前衝、包圍著我，就在弓箭要穿透之前閉合起來，尖嘯的風聲、冰冷清脆的空氣都從我肌膚上退去，我旋身、瞪大眼睛，是薩肯，他就站在我身後，是他拉我過來的。

他的手還搭著我肩膀，我靠在他胸膛上，仍然保持警戒而且滿頭霧水，他放開手、往後退，我發現房裡還有別人，河谷地圖攤開放在桌上，一個身形龐大、肩膀寬闊的男人在房間彼端瞠目結舌看著我們，他的鬍鬚比他的整顆頭都還要長，黃外套下方穿著鎖鏈甲，身後還有四個全副武裝的男子，全都緊握著劍柄。

「卡莎！」瑪里莎在史塔沙克懷裡哭喊，想掙脫他的懷抱，「我要卡莎！」

我也想要卡莎，親眼目睹她滾落山邊的記憶還讓我瑟瑟發抖，她經得起摔落多遠？還能毫髮無傷嗎？我跑到窗邊，我們距離很遠，但是能看見她掉下去的地方揚起細細一縷煙塵，好像沿著山坡劃下的線條，下方一百呎處，小徑繼續蜿蜒下坡，卡莎是那上頭的一小團暗色物體，棕色斗篷和金色頭髮混在一起。我試著集中生智和魔法，但雙腿累得打顫。

「不行，」薩肯說，走到我身邊，「停，我不知道妳是怎麼做到這些的，我猜我知道後應該會驚恐不已，但是妳在過去一小時已經揮霍太多法力了。」他伸出指頭指著窗外蜷縮在一起的小小身影，眼睛微瞇，「圖瓦里德特。」他說，手緊握成拳，快速往後收，然後指著地板的一處空地。

卡莎從他指的地方半空中翻滾而出，滿身灰塵地掉在地上。她滾了一圈，迅速站起身，腳步只略微踉蹌，手臂上有幾條血痕，可是仍握著劍。她看了一眼桌子對面那群配戴武器的男人，握住史塔沙克的肩膀把他拉到自己身後，像舉一根木棒一樣把長劍橫擋在身前。「瑪里莎，乖。」她說，用手迅速摸摸瑪里莎的臉頰安撫她，小女孩正伸手想抓卡莎。

身形龐大的男人一直盯著我們看，他忽然出聲說：「我的老天爺，薩肯，那是小王子嗎？」

「嗯，我想應該是。」薩肯說，聽起來勉強接受了這一切，我瞪著他，還不太敢相信他真的在這裡，他比我上次見到他時還消瘦，而且看起來幾乎和我一樣亂糟糟，臉頰和脖子都沾滿煤煙，皮膚覆蓋著細細一層灰，衣領鬆開的地方可以明顯看出一條線，區分開乾淨與骯髒的皮膚，粗糙皮革製成的外罩長衫敞開著，衣袖與下擺邊緣都燒黑了，整件外衣也都布滿焦痕，他看起來似乎是直接從焚燒黑森林的現場過來的，我大膽地猜測是不是我的咒語將他召喚來此。

從卡莎身後偷瞧我們的史塔沙克說：「拉迪米爾男爵？」他把瑪里莎往上抱了一些，姿勢充滿保護心，他又望向薩肯，「你是惡龍嗎？」他問，稚嫩的高音聽起來猶豫遲疑，好像覺得他的外表不太符合他的名號，「艾格妮絲卡為了確保我們的安全，所以把我們帶來這裡。」他補充說，聽起來更加猶疑。

「這是當然了。」薩肯說，眺望窗外，馬列克和他的隨從已經開始騎下險坡，而且還不止他們，更多敵軍的長長隊伍通過隘口，他們的腳步揚起金黃如同夕陽餘暉的塵土，像霧氣一樣直撲奧桑卡。

惡龍轉身面對我，「嗯，」他挖苦地說，「妳還真的帶回了更多兵馬。」

26

「他一定徵召了邦亞南邊所有士兵。」黃沼地男爵說，端詳馬列克的軍隊，他是個壯碩、怡然自得的大肚男，穿盔甲就跟穿普通棉衣一樣輕鬆，就算出現在我們村裡的酒吧看起來也不突兀。

馬列克的信差以魔法快馬加鞭抵達時，他剛接到趕赴王都參加國王葬禮的諭令，信差告訴他王儲也死了，並下達指示：即刻越過山脈，以腐敗和叛國為由逮捕薩肯，並設下陷阱等待我和孩子們，當時男爵點點頭，命令麾下士兵集結，待信差離開後，他直接找上薩肯，告訴他王宮裡有某種腐敗的邪惡在作祟。

他們一起回到高塔，駐紮在塔外的是男爵的士兵，他們正快手快腳建造防禦工事，「對抗那些兵馬，我們撐不過一天。」男爵說，用大拇指比著蜂擁下山的軍隊。「所以你最好還藏著什麼尚未使出的絕招，我要我妻子寫信給馬列克，說我神智不清、被腐敗了。希望王子不會把她和孩子們拖去斬首，但我也想保住自己的頭。」

「他們能衝破大門嗎？」我問。

「如果試得夠久，」薩肯說，「還有牆壁也可能被攻破。」他指指緩慢搖晃下山的兩臺木車，上頭載著兩管長長的鐵製大砲。「魔法是不可能永遠抵擋砲火的。」

他從窗戶邊轉開，「你知道這場仗我們早輸了吧，」他唐突地對我說，「我們殺的每個人、我們浪費的每滴魔藥、每根箭矢，全讓黑森林占了便宜，我們可以把孩子們帶去他們母親的家鄉，在北邊的吉德納附近重新建立防線——」

他說的我都已經知道了，我像一隻鳥兒飛回著火的窩巢時就明白這些了，「不行。」我說。

「聽我說，」他說，「我知道妳心在河谷，我知道妳無法放手不管——」

「因為我與河谷相連嗎？」我厲聲說，「我，還有其他被你挑中的女孩？」我在敵軍環伺時衝進他的藏書室，旁邊還圍著五六個人，我們沒有時間交談，但我還沒原諒他，很想找他私下說話，抓住他猛搖到獲得答案為止，然後再多晃他幾下洩恨。他不作聲，我強迫自己先將白炙的怒氣擱在一邊，知道現在不是時候。

「這不是我不想走的原因。」我這麼說，「黑森林的魔爪可以伸到離這裡一星期路程的克雷利亞王宮中，你覺得真的有我們可以帶孩子們逃去、黑森林無法觸及的地方嗎？我們留在這裡的話，至少有獲勝的機會，如果我們逃跑、如果讓黑森林奪去整座河谷，那麼不管我們在哪裡舉兵，都無法攻進它的心臟地帶了。」

「不幸的是，」他刻薄地說，「我們現在唯一有的軍隊打錯人了。」

「那麼我們就得說服馬列克回頭。」我說。

卡莎和我把孩子們帶到地窖，那是最安全的地方，我們用稻草和架上多出的毯子為他們鋪了床墊，廚房的爐灶已經很久沒人使用，奔波一整天之後，就算是擔憂也無法遏止我們的食慾，我從廚房後冷藏肉品的地方拿出一隻兔子，和胡蘿蔔、乾燥蕎麥和水一起丟進鍋裡，對它們念禮林塔蘭，弄出比較可食的食物。我們全一起狼吞虎嚥，連碗都省了。之後，孩子們累得幾乎馬上睡著，兄妹倆緊靠在一起，「我在這裡陪他們。」卡莎說，在床墊旁坐下，她把出鞘的劍擺在旁邊，一隻手放在熟睡的瑪里莎頭上。我用麵糊和鹽簡單在大碗裡揉了一坨麵團，帶到樓上藏書室。

高塔外，士兵們已經搭起馬列克的營帳，白色大帳前地上立著兩座高高的魔法燈柱，藍光讓帳篷的白色布料發出詭譎的光暈，好像整座營帳是從天庭下凡，我猜這正是他們想營造的效果，國王的旗幟在最高處隨風翻撲，紅色老鷹張著嘴和腳爪、頭戴王冠。太陽正西沉，西邊山脈長長的陰影正緩緩覆蓋河谷。

一名隨從走出營帳，站在兩盞燈之間，身穿白色制服、配戴金色領圈，看起來正式又呆板，那領圈想必又是出自雷戈斯托之手，它以雷戈斯托的嗓音發出巨大聲響，有如正義的喇叭聲撞擊到高塔壁面，他細數我們的罪行：腐敗、叛國、謀殺國王、謀殺瑪歌札塔王妃、謀殺巴羅神父、和叛徒艾洛莎共謀、綁架卡西密．史塔沙列夫．阿爾戈登王子和雷格琳達．瑪莉亞．阿爾戈登公主──我花了幾秒鐘才明白他們指的是史塔沙克和瑪里莎，我很開心他們指名艾洛莎是叛徒，這也許意味著她還活著。

犯罪清單以要求我們歸還孩子們並且即刻投降作結，之後，隨從停下來喘口氣、喝口水，然後又開始從頭朗誦那一連串可怕的罪名。男爵的士兵在高塔底部不安祟動，疑惑地抬頭望我們的窗戶。

「是的，馬列克似乎非常容易說服呢，」薩肯走進房間時說道，淡淡油漬在他的喉頭、手臂和額頭上發亮，他剛剛都在實驗室中調製睡眠與遺忘的魔藥，「妳打算拿麵團做什麼？我想馬列克應該不會吃有毒的麵包，如果那是妳的計畫。」

我把麵團放在長桌光滑的大理石桌面上，腦袋裡模模糊糊地想著公牛，想著我是怎麼把牠們拼湊在一起，雖然最後散架了，但牠們一開始只是區區泥土做成的，「你有砂石嗎？」我問，「或者小鐵片？」

隨從在外頭誦念時，我將鐵屑和砂礫也揉進麵團中，薩肯坐在我對面，振筆寫下從許多書本拼湊而成的一長串幻影與挫敗的咒語，我們中間有個沙漏正在撒落沙子，計算他烹煮魔藥的時間，惡龍工作時，男爵的幾個手下不太開心地等待著，在角落裡焦慮地不斷換腳站。他在最後幾粒沙子落下時精準地放下筆，「好了，跟我來。」他告訴男爵的手下，帶他們到實驗室，給了幾個瓶子要他們拿下樓。

我揉麵團時一邊唱著我母親的烘焙歌，以規律的節奏折疊再折疊，我想到艾洛莎反覆鍾煉劍鋒，每次都注入些許魔法。等麵團變得光滑有彈性後，我拔下一小坨，在掌中捏成高塔的形狀，放在桌面中央，麵團則折起放在一邊，做出後方的高聳山脈。

薩肯回到房間，暴躁地低頭看我的作品，「真是個迷人的模型，」他說，「我相信那兩個孩子會覺得很好玩。」

「來幫我。」我說，用柔軟的麵團捏出包圍高塔的一堵牆，開始對著它念關於土的咒語：芬戴許、芬席塔，以穩定節拍來回重複，我在更遠的地方又造出第二堵牆，然後是第三堵，並繼續輕聲哼歌。窗戶外傳來某種像狂風吹過樹枝的呻吟聲，腳下的地板微微震動，土地和石塊正在甦醒。

薩肯繼續看，又皺了會兒眉頭，我感覺到他停留在我後頸上的視線，關於上次一起施法的記憶縈繞在我心裡：玫瑰和荊棘在我們中間猛烈生長，我想要但也不想要他幫忙，我想要繼續生他的氣，卻更渴望那樣的聯繫，我想觸摸他、想要他明亮、爽脆又刺人的魔法捧在手中。我的手留在桌面上，繼續捏麵團。

他轉身到其中一個櫥櫃前，拿來一個小抽屜，裡頭滿是不同大小的石片，和高塔一樣的灰色花崗岩，他用修長手指把石片集中在一起，壓進我建好的牆中，他動作時一邊念著用來填補裂隙和補強石塊的修復咒語，他的魔法灌入黏土，擦過我的魔法時顯得靈動耀眼。他把石塊帶入魔法中，深深奠下根基，將我的咒語推得更高，好像在我腳底放置了層層階梯，讓我能把牆帶到高空中。

我將薩肯的魔法導入我的咒體，雙手拂過牆面，我的歌仍然跟隨他咒語的旋律前進，我迅速瞥了他一眼，他仍然低頭看著麵團，試著維持怒容，卻同時散發他進行複雜咒語時那超然的光芒：氣惱卻也覺得開心，同時又想忍住欣喜之情。

高塔外，太陽已經下山，淡淡的藍紫色光芒閃過麵團表面，好像鍋裡揮發的烈酒，在我房間的昏暗暮光中隱約可見。然後，咒體像乾柴烈火一樣爆發。一陣震盪，魔法湧流，但這次薩肯已經準備好面對潰堤的魔法，就在咒語觸發時，他猛然退開，一開始我直覺地朝他伸出手，然後也退開，我們各自癱倒，沒將魔法噴濺到彼此身上。

窗外傳來冬天冰層崩解的碎裂聲，吶喊聲四起，我快步走過薩肯身邊去瞧個究竟，臉頰發燙。馬列克營帳外的燈柱正緩緩上下起伏，彷彿它們是在船上乘風破浪的燈籠，土地像水面般蕩漾。

男爵的人馬全都迅速退到高塔牆邊，他們用蒐集到的一捆捆樹枝搭起的脆弱防禦工事土崩瓦解。透過魔法燈光，我看見馬列克低頭鑽出營帳，頭髮和盔甲熠熠生輝，拳頭緊握著一條金鏈——早先隨從配戴的那條。一群士兵和僕人跟在他後頭抱頭鼠竄、逃離營帳，整座帳篷開始坍塌，「把火把和營火都熄了！」馬列克大吼，聲音出奇響亮，四周的土地抱怨似地哀嚎、低鳴。

梭亞和其他人一起離開帳篷，他拔出其中一盞燈柱高高舉起，俐落念了一個字，燈光立刻變亮，高塔和軍營中間的土地升高拱起，彷彿一頭發牢騷的慵懶野獸正在起身，土石在高塔外圍隆起成為三道高牆，礦石看起來才剛開採出，邊緣銳利、布滿白色斑紋。馬列克必須命令士兵趕快將大砲往後拉，上升的高牆拉扯著他們腳下的地面。

土地平靜下來，發出嘆息，由高塔往外波動了最後幾下，像漣漪一樣，接著就平息了。陣陣泥土和小圓石從牆上滾落，馬列克在燈光裡的臉看起來納悶又憤怒。有幾秒鐘的時間，他抬頭直勾勾怒視我，我也瞪回去，然後薩肯把我從窗邊拖走。

「激怒馬列克並無法加快說服他的速度。」我旋身面對他時他這麼說，我氣得忘了要覺得尷尬。我們站得很近，他和我同時注意到這件事，他忽然放開我，往後退開，看向一旁，舉手擦拭額頭邊的汗水，他說：「我們最好下樓去叫拉迪米爾不用擔心，我們不打算將他和他的士兵都丟到地心。」

「你大可以先警告我們一聲，」我們走出高塔時，男爵沒好氣地說，「但我可沒有太多抱怨，馬列克進攻時，這些牆會讓他付出他承擔不起的代價——如果我們能夠在牆與牆之間移動。石頭會割斷繩索，我們得想其他方法穿越。」

他想要我們在三面高牆相反的兩端交錯鑿出通道，這樣就能讓馬列克越過一整面牆壁才能到達下一條通道，薩肯和我從北邊開始，士兵們已經舉著火把開始把鐵叉一一靠在牆面上，銳利的尖端朝上，他們把斗篷披在木柄上，搭建出小帳篷、睡在底下，還有幾個人圍坐在小堆營火邊，把肉乾浸到沸水中，肉汁再拌入燕麥糊繼續烹煮。我們用不著多說一個字，他們便快速讓出路給我們通過，薩肯似乎沒注意到，但我不禁覺得很抱歉，感到彆扭又不對勁。

其中一個士兵是和我同年的男孩，他正殷勤地用一顆石頭磨利鐵叉頭，技巧嫻熟：每支磨六下，完成的速度足以讓兩個男人不間斷地來回收走鐵叉，沿著牆面放置。他一定下過功夫來學習怎麼做好這件事，他看起來並不陰沉，也無不悅，是他自己選擇要從軍，或許他的故事是這樣的：可憐的寡母和三個年幼的妹妹在家等候，住在那條路底端的一個女孩每天早晨把父親的牲口趕到草坪上時都會對他微笑，因此他把加入軍隊的酬勞給了母親，打算去闖闖看，他很努力，就快晉升成下士，然後會繼續當上中士，那時他將身穿光鮮亮麗的制服返鄉，把銀兩交到母親手中，再向微笑的女孩求婚。

但他也可能失去一條腿，回家後悲傷苦澀地發現她嫁給了一名務農的男子，也或許他會染上酒癮，試著忘記自己殺過人來換取財富。這也算是個故事，這些士兵都有自己的故事，他們都有母親或父親，姊妹或愛人，在世界上並非無牽無掛的孤家寡人，我想上前去跟那個男孩講話，問他叫什麼名字，聽聽他真正的故事，但這樣並不光彩，不過是為了安撫我個人情緒的怯懦作為罷了，我感覺得出士兵們都心知肚明他們在我們心目中不過是數字罷了——有幾個人可以犧牲、死了多少人才算多，好像他們都不是完整的人。

薩肯哼了一聲，「妳在他們中間閒逛亂問對他們有什麼好處？妳知道這傢伙是戴伯納來的、知道那傢伙的父親是裁縫，還有另外一個家裡有三個小孩，這樣有任何幫助嗎？比較有用的方式，是建造高牆來保護他們不會在早晨來臨時被馬列克的士兵殺光。」

「讓馬列克不想殺他們才是比較有用的方式。」我說，對他拒絕理解這些事感到很不耐煩，我們能迫使馬列克協商的唯一方法就是讓他覺得攻下這些牆的代價太高了，因此不願付出。儘管如此，我還是很氣他、氣男爵和薩肯，也氣我自己，「**你**在這世上還有任何家人嗎？」我冒然問他。

「我在瓦薩街上放火想取暖時還是個三歲的小乞兒，他們把我扭送到王都前可沒閒工夫找出我的家人是誰。」他冷漠地說，好像並不介意自己和世界脫節，「不要對我露出遺憾的表情，」他繼續說，「那已經是一個半世紀之前的事了，這中間有五個國王駕崩——六個。」他修正道，「過來這裡幫我找可以打開的縫隙。」

天色已經完全暗了，除了用手摸索之外別無他法，我把手貼在牆上，但又倏地抽回，石頭在我指尖下發出奇異的低語，聲音低沉的合唱，我看得更仔細些，我們從地底翻出的不只岩石和土壤，還有經過雕刻的石塊從泥土中露出，是那座失落的古老高塔的骨骼。石塊零星銘刻著古文，模糊的痕跡已幾乎磨平，不過就算看不出，還是能摸得到，我的手指感覺沙沙的，很乾澀。

「他們死去很久了。」薩肯說，只留下餘音嫋嫋，黑森林摧毀了上一座塔，黑森林吞沒了那些人，讓存活的人流離失所，也許他們也經歷過我們正在經歷的事，也許他們遭到黑森林離間，成為殘殺彼此的武器，直到所有人都死光，黑森林的樹根緩緩爬過他們的屍體。

我將手放回石牆，薩肯找到牆面上的一條窄縫，勉強與指尖等寬，我們各自站在隙縫兩邊，同時往旁邊拉，「芬戴許。」我說，他則拼湊了一個打開的咒語，裂縫在我們中間越變越寬，發出盤子撞擊到石頭地板碎裂的聲音，小圓石像瀑布般往外湧出。

我們繼續拓寬空隙，士兵們戴著頭盔和鐵手套挖出鬆脫的石頭，完成之後，通道剛好能讓一名全副武裝的士兵單獨通過，如果他蹲伏前進的話。黑暗的通道裡散布著發出銀藍光輝的文字，我盡可能快速鑽過這個老鼠洞，試著不去看它們，我們沿著弧形的牆面走到南端、準備鑿出第二條通道時，士兵開始在我們身後挖起壕溝。

我們完成第二條通道後，馬列克的士兵已經開始試探我們的外牆，還不算太認真嘗試：他們正在拋甩燈油浸濕後點火燃燒的毯子，上頭亂七八糟插滿銳利的鐵片，但這幾乎讓男爵的士兵開心起來，他們不再盯著我和薩肯，好像我們是兩條毒蛇，開始叫喊各項指令，為圍城作準備，這是他們所熟悉的工作。

沒有我們可以插手的地方了，我們只會礙手礙腳，最後我沒跟他們任何人說話，默默跟在惡龍身後走回高塔。

他關起身後的大門，鐵桿扣入凹槽中的聲響在大理石間迴盪，入口和大廳沒什麼改變，看起來很不舒適的狹窄板凳靠牆放，上方懸掛著燈，所有東西都和我第一天到高塔時端著餐盤遊蕩進來的樣子完全相符，雖然在這溫暖的天氣中，男爵偏好和他的人馬一起睡在外頭，我仍聽得見他們的聲音從箭窗飄進來，不過只隱隱約約，似乎是從很遙遠的地方傳來的。有些士兵正齊聲唱著某些粗俗的歌曲，不過洋溢著欣然工作的節奏，我聽不出歌詞。

「我們至少可以休息片刻了。」薩肯說，離開大門走向我，他一隻手抹過前額，擦開黏在皮膚上薄薄一層灰色的石頭碎屑，他的雙手沾滿綠色粉末，燈光照著發出螢光的油漬，他鬆鬆捲起的工作衫衣袖鬆開了。

那瞬間，我們似乎又回到兩人獨處的時光，只有我們兩人，沒有敵軍等在外頭、沒有王室後代躲在地窖、黑森林的黯影也還沒直接籠罩高塔大門。我忘了自己想繼續生他的氣，只想投入他的懷抱，把臉壓進他的胸膛、吸進他的氣味，煙霧和塵埃和汗水混合出的味道。我想閉上眼睛，讓他用雙臂環著我，想在他皮膚沾染的塵土上印出我的掌痕，「薩肯。」我說。

「他們最可能在破曉時進攻，」他的速度太快，趁我能說更多之前打斷我的話，表情和大門一樣封閉，他從我身邊退開，指指階梯，「妳現在能做到最有用的事就是去睡覺。」

27

真是有理的完美建議啊，它像個難以消化的硬塊囤積在胃裡，我下樓到地窖中躺在卡莎和孩子們身邊，我蜷縮起來，那個硬塊讓我焦慮不安，身後傳來其他三人的鼻息，本該令人感到平和的聲音彷彿在嘲笑我：**他們睡著了，妳還沒！**地窖的地板也無法讓我發燙的肌膚涼快下來。

我的身體記得那些漫漫長日：早晨時在山脈的那一邊醒來，也仍感覺得到馬蹄聲在身後的石板路敲出的回音，越來越近，我記得抱著瑪里莎逃跑時胸臆間掙扎的慌亂呼吸，她的腳跟撞擊我肚子的地方還留有瘀青。我應該要感到精疲力竭才對，但魔法還活生生地在我腹中震顫，過多無處宣洩的魔法，好像我是顆過熟的番茄，非得要皮開肉綻才能獲得紓解，而且，有支軍隊正等在門外。

我不覺得梭亞會花上整晚準備防禦和睡眠藥水，他會用白焰填滿我們的溝壕，還會告訴馬列克該用大砲瞄準哪裡才能殺死最多我們的人。他是擅長征戰的巫師，參與過十餘場戰役，馬列克則掌握邦亞所有兵力，有六千人為他而戰，不是六百人。如果我們不阻止他們、如果馬列克穿過我們建造的高牆攻破大門，殺了我們所有人，然後抓住孩子們——

我掀開棉被站起來，卡莎的眼睛短暫張開看看我，然後又闔起來，我溜到爐邊坐著發抖，不禁兜圈子想著要輸掉這場仗有多容易，想著幽森可怕的黑森林會橫掃整座河谷，綠色巨浪吞噬一切。我試著不去想，但腦中看見一棵心樹聳立在德弗尼克的廣場中央，就像已在黑森林地盤中的波洛斯納那棵心樹那樣遮天蔽日、邪惡妖異，而所有我愛的人都會與樹根在地底糾纏。

我站起來爬上樓，逃離自己的想像，大廳裡的箭窗外都暗了，也沒傳來半絲歌聲，士兵都睡著了，我繼續往上，經過實驗室和藏書室，房門後閃爍著綠色、紫色和藍色的光，不過房間裡都空蕩蕩的，沒人可以讓我咆哮、沒人怒斥我，罵我是傻瓜，我又爬上一層樓，停在臺階邊緣，走廊末端最遠那扇門底下的縫隙透出微弱光亮，我從來沒去過，那是薩肯寢室的方向，對我來說，那裡曾是一個怪物的房間。

地毯又厚又黑，有金黃絲線繡的圖樣，那圖樣僅是一條金線，剛開始是緊密的螺旋形，像捲起來的蜥蜴尾巴，隨著金線散開，線條也越來越粗，沿著地毯來回蜿蜒，彷彿通往走廊黑暗盡頭的路徑，我的腳深深陷入柔軟的羊毛中，跟隨腳底開展的金線前進，它開始出現鱗片似的紋理，微微閃爍，我經過兩間客房，走廊兩側各一間，再往前走，周圍的走廊暗了下來。

我經過某種氣壓帶，狂風吹著我，地毯上的輪廓更清晰了，又經過一隻有象牙白利爪的腳，再經過一雙散布暗褐色血管的淡金色翅膀。

風越吹越冷，牆壁消失，沒入黑暗之中，地毯覆蓋了整片我放眼能見的走廊，並繼續往前延伸，踩起來的觸感不再像羊毛，我好像走在互相疊覆的溫暖鱗片上，和皮革一樣柔軟，在我腳底起伏，呼吸聲在看不見的洞穴壁面間迴盪。我的心臟直覺感到害怕，想噗通狂跳，雙腳則想逃之夭夭。

但我只緊閉雙眼，現在已經很熟悉高塔，知道走廊有多長，我在覆蓋著鱗片的背脊上往前走了三步，然後轉身伸出手，去抓一扇我知道位置的門，手指摸到把手，金屬在指尖下散發暖意。我張開眼睛，再度回到走廊，眼前是一扇門，再往前幾步，就到了走廊和地毯盡頭，金色絲線往回蜿蜒，一隻閃亮的翠綠眼睛從長著銀色獠牙的頭上看著我，等待著任何不知道該在哪裡佇足的人。

我轉開門，它靜悄悄打開，房間不大，床很小很窄，有頂蓋而且圍著紅色天鵝絨簾幕，單獨一張雕刻精美的椅子孤伶伶放在火爐前，旁邊單獨一張小桌子上放著單獨一本書和單獨一杯喝了一半的紅酒。爐中火焰已經燒到只剩發出微光的餘燼，燈光已經熄了，我走到床邊拉開布幔，薩肯躺在床上，仍然穿著長褲和鬆垮的上衣，只脫掉外套而已，我站在那兒抓著簾幕，他眨眨眼醒過來，那瞬間他毫無防備地看著我，驚愕到忘了發脾氣，好像從沒想像過有人**可以**闖進來，他看起來好困惑，讓我再也不想對他大吼大叫。

「妳是怎麼進來的？」他說，用一邊手肘撐起身體，終於顯露出慍怒之色，然後我把他往下一推，吻了他。

他靠著我的嘴發出驚訝的聲音，抓住我的雙臂將我拉開，「聽好，妳這匪夷所思的東西，」他說，「我年紀比妳大上一世紀──」

「噢，閉嘴。」我不耐地說，有這麼多藉口可以用，他竟然選了這個，我從床板高起的那邊站起來，爬上床壓在他身上，厚重的羽毛床墊向下凹陷，我低頭怒視他，「你**想要**我走嗎？」

他抓住我雙臂的手掐得更緊，他不直視我的臉，沉默了數秒，然後沙啞地說：「不想。」

接著他把我往下拉，他的嘴巴甜甜的、發燒般滾燙，非常美好而且讓我忘記一切，我不用再思考，熊熊燃燒的心樹發出轟然劈啪聲，然後不見了，只剩下他溫熱的雙手拂過我冰冷赤裸的雙臂，讓我再次發抖，他一隻手環住我，緊緊抓著，他抓住我的腰，拉起鬆垮脫落的上衣，我頭一低鑽出來，雙手掙脫衣袖的束縛，頭髮散落到肩膀上，他發出低吼，臉埋進我凌亂的髮絲中，隔著頭髮吻我：我的喉嚨、肩膀、乳房。

我攀著他，喘不過氣，同時感到開心，以及滿滿的、單純的、天真的恐懼，我沒想過他會──

他的舌頭滑過我的乳尖，含入嘴中，我縮了一下，扯著他的頭髮，可能弄痛了他。他的嘴巴離開我，忽如其來的寒冷激烈衝擊我的肌膚，然後他說：「艾格妮絲卡。」聲音微弱低沉，帶著一絲絕望，彷彿還想對我咆哮，但是卻做不到。

他把我們倆一起翻到床上，把我丟到他身下的一堆枕頭裡，我瘋狂地抓了滿手他的襯衫用力拉，他坐起來，把衣服拉過頭、拋到一旁，他將我那堆惱人的裙擺往上推時，我的頭往後仰，望著床的頂蓋，我感覺到急迫的貪婪，渴望他的撫觸。這段時間以來我試著不去回憶那嚇人卻完美的瞬間：他的拇指滑過我兩腿之間，但是，噢，我仍然記得。他的指節刷過我，當時那甜美的觸電感再度竄過我全身，我全身劇烈顫抖，直覺地用大腿夾緊他的手，我想叫他快一點、慢一點，兩者同時。

床簾又重新闔起，他俯在我身上，雙眼是床鋪這黑暗空間裡的兩個微弱光點，他聚精會神凝望我的臉，他還是可以用拇指摩擦過我，很輕很輕，但他只輕撫了那麼一次，一個噪音從我喉嚨中逸出，可能是嘆息或呻吟，然後他低頭吻我，好像想把我吃了、叼在嘴裡。

他再度移動拇指，我不再緊夾雙腿，他抓著我的大腿將它們分開，然後舉起來繞在他腰間，他仍然饑渴地看著我，「對，」我急切地說，試著想和他一起移動，但他繼續用手指摸著我。「薩肯。」

「要求妳有點耐心應該不過分吧。」他說，黑眼閃閃發光。我瞪著他，但他又溫柔地摸了我一下，手指浸入我的身體，他不斷在我大腿上劃著長長的線條，在根部轉圈，他正在詢問我一個我不知道答案的問題，直到我忽然醒悟，我猛地夾緊身體，在他的雙手下精疲力盡又潮濕。

我往後靠著枕頭顫抖，把手伸進一團亂的頭髮間，緊壓著汗濕的前額喘息著：「噢，」我說，「噢。」

「好了。」他說，沾沾自喜，我坐起來，把他往床尾一推。

我抓住他的褲頭——他竟然還穿著褲子！——我說：「呼爾法。」衣物抽搐了一下、融化在空氣中，然後我把自己的裙子也脫掉，他赤裸裸地躺在我底下，身軀纖瘦結實，他忽然瞇起眼睛，雙手扶在我臀間，剛才的那抹竊笑從他臉上褪去，我跨坐到他身上。

「薩肯。」我說，將他的名字帶來的煙霧和雷電全鎖在嘴中，像給我的禮物，他猛地闔上雙眼，緊緊閉起，看起來幾乎是痛苦的模樣，我整個身體感覺沉重又美好，快感仍然像越來越廣的漣漪一樣傳遍我全身，那是種緊繃的疼痛。我喜歡他深入我的感覺，他的喘息長而粗糙，手指緊壓著我的臀瓣。

我抓住他的肩膀搖晃著，「薩肯。」我又說，用舌尖翻滾他的名字，探索其中狹長陰暗的角落，他深深藏起的那些部分，他無助地呻吟，身體抵著我往上衝刺，我的雙腳環住他的腰，攀著他不放，他一隻臂膀緊緊抱著我，把我翻過來壓到床上。

我蜷起身窩在他旁邊，免得超出小床的寬度，我舒著氣，他的手還停留在我的髮間，盯著頂蓋的臉孔出奇地錯愕，彷彿他記不太起這一切是怎麼發生的，我的手臂和腿腳充滿睡意，沉重得需要絞盤才能把它們抬起來，我靠著他休息良久，才終於問道：「你為什麼要把我們帶來高塔？」

他的手指漫不經心耙過我的頭髮，梳開打結的地方，他停下動作，過了會兒後在我臉頰下方嘆了口氣，「你們都和河谷分不開，你們所有人，生於此、長於此。」他說，「河谷對你們有種牽絆，那可以當作某種渠道，我能利用它抽走黑森林部分的力量。」

他舉起手，平貼著我們頭頂的空氣一抹，手掌劃過後出現細緻銀線，是我房間那幅畫的輪廓，魔法流湧過河谷的地圖。細線沿著紡錘河以及所有源自山脈的支流奔騰，閃爍的星點標記出奧桑卡以及我們幾座村莊的位置。

不知為何，我看見那些那些線條並不驚訝，感覺一直以來我心底深處都知曉這件事，德弗尼克廣場中央的深井裡水桶噴濺水花的回聲、夏天時紡錘河水流湍急的低語。它們充滿魔法、充滿力量，就在那兒等人取用，他因而掘出了許多灌溉渠道，趁黑森林能掌握這些魔法之前先行取走一些。

「但為什麼你需要我們其中一人？」我說，還是想不通，「你大可直接——」我做了一個用手捧水的動作。

「那樣子我也會被河谷束縛住。」他說，彷彿這個解釋就足夠了，我動也不動依偎著他，越來越困惑，「妳不用擔心，」他實事求是地補充，徹底誤會了我的意思，「如果我們逃過一劫，會找到方法讓妳脫離的。」

他的手掌拂過銀線，把它們全都抹去，我們沒再交談，我不知道該說什麼，過了會兒，他在我臉頰上的呼息變得平緩，沉重的絲絨簾幕將我們圍在黑暗裡頭，彷彿我們正躺在他被高牆圍繞的心裡，我不再感到恐懼緊掐著我，取而代之的是痛苦，幾滴眼淚扎著我的眼睛，滾燙刺痛，好像企圖沖出什麼異物，卻沒有足夠的淚水，我差點開始希望自己沒上樓來到這裡。

我並未認真想過**之後**的事，我們阻止黑森林並且活下來之後。要想像這麼難如登天的事**之後**會如何似乎很荒謬。但我現在明白了，之前我都沒仔細想清楚，只隨意想像過自己在高塔裡會有一席之地，擁有自己的小房間，開心地在實驗室和藏書室翻找，像隻不安分的鬼魂弄亂薩肯的書，還會敞開他的大門，甚至強迫他參加春日祭典，並且留下來跳一兩支舞。

用不著說出口，我就已經知道父母家裡已經沒有我的容身之處，但也明白我不想住在長著兩隻雞腳的小屋裡到處遊走，像關於琊珈的故事描述的那樣。我也不想住在國王的城堡裡，卡莎曾經渴望自由、夢想有整個寬闊的世界任她遨遊，但我沒有。

可是我也不屬於惡龍的高塔，薩肯將自己關在塔裡，帶走一個又一個女孩，他利用我們與河谷的連結，這麼大費周章只為了避免與之牽絆，我不需要他來告訴我他不能到奧桑卡跳大圈舞，免得自己也生根，他不想要有牽絆。一個世紀以來，他把自己關在這些滿是古老魔法的石牆後，也許他願意讓我進來，但他會想在我身後再度關起大門，反正他已經做過一次了，從前我用魔法和絲綢禮服編成的繩索逃離高塔，但如果他不願意，我也無法強迫他爬出窗戶。

我坐起身離開他，他的手從我髮間滑落，我推開令人窒息的床簾滑下床，拿了條棉被圍住身體，走到窗邊打開遮光板，頭和肩膀探入清朗的夜晚空氣中，想要微風吹拂我的臉，但是沒有風，高塔四周的空氣凝滯不動，沒有絲毫動靜。

我愣住，雙手扶著石頭窗緣，現在是三更半夜，仍然伸手不見五指，多數用來煮食的營火不是熄了就是被悶起來，我看不見地面的任何東西，我側耳傾聽我們建造的高牆中古老石頭發出聲音，它們躁動不安地窸窣低語。

我趕回床邊搖醒薩肯，「有事情不太對勁。」

我們手忙腳亂穿衣服，凡納絲塔蘭讓乾淨的裙子自我的腳踝處旋轉往上，在我腰間繫好新的馬甲。他用雙手捧著一個肥皂泡，正對著那個縮小版的燐火精靈說出訊息：「拉迪米爾，叫醒你的人，動作快，他們趁夜色掩護不知道在玩什麼把戲。」他把泡泡吹出窗外，然後我們往樓下跑，到達藏書室時，火把和燈籠已經照亮了下方的壕溝。

相比之下，馬列克的陣營幾乎沒有燈光，除了守衛提的那幾盞，以及王帳裡亮的燈，「沒錯，」薩肯說，「他肯定在玩什麼把戲。」他轉向書桌，那兒已經擺好十幾本防禦魔法，但我留在窗邊繼續往下看，眉頭緊蹙，感覺到有著梭亞風格的魔法正在匯聚，不過除此之外還有別的，緩慢地在深處移動，我還是什麼也看不到，唯一能見的只有輪值的幾名守衛。

馬列克的營帳內，一個人形穿過燈籠和帳篷壁面之間，在壁面投下剪影，僅有輪廓的臉龐：一個女人的頭、高盤髮髻、戴著尖端銳利的冠冕。我猛地退開窗邊，喘著氣，彷彿被她看見了，薩肯驚訝地回頭看我。

「她在這裡，」我說，「皇后在這裡。」

但是沒有時間思考這代表什麼意思，馬列克的大砲咆哮噴出陣陣橘色火焰，發出可怕的聲音，第一波砲彈砸進外牆時，土塊四處飛散，我聽見梭亞大喊一聲，接著馬列克的陣營便亮起火光：士兵把煤炭塞入已經排成一排的稻草和乾柴堆。

用來對付我的石牆的一道火牆聳然而立，梭亞站在火焰後方，白袍染上橘紅色的光，從他大大敞開的雙臂下往外翻飛，他的臉因為用力而緊繃，好像正在舉起什麼重物，火焰的怒吼讓我聽不見他在說什麼，不過我知道他在念咒語。

「想辦法對付那火焰。」薩肯迅速瞥了眼下方情勢後告訴我，他旋身回到桌邊，拉出昨天準備的十幾卷羊皮紙其中一張，上面寫著削弱砲火威力的咒語。

「但是什麼——」我開口說，但他已經開始念咒了，悠長糾葛的音節像樂聲流瀉，我也沒餘裕多問了，外頭，梭亞正屈膝舉臂，狀似在拋擲一顆大球，整座火牆跳入空中，彎下來包住石牆，撲進有男爵的士兵蹲伏在內的壕溝。

他們的尖叫哭喊隨著火焰劈啪聲響起，我僵在原地幾秒鐘，天空遼闊晴朗，星子滿布，沒有任何雲朵能讓我扭擰出雨水，我絕望地跑去拿角落的水壺：我覺得如果能讓一片雲化為暴風雨，也能讓一滴水化為一片雲。

我將水倒進捧成杯狀的手心，對它低語雨水的咒語，告訴水滴它們可以變成雨、甚至是暴風雨，成為滂沱水幕，直到我手中捧著一汪閃閃發亮、不透明的銀色液體。我將手中的水潑到窗外，它真的變成雨水，短促的驚雷與一陣雨水直接灌入壕溝中，壓制住部分火勢。

與此同時，大砲繼續隆隆作響，薩肯現在和我並肩站在窗邊，他正維持一面隱形盾牌抵擋他們的攻勢，但每次撞擊都像拳頭一樣打在盾牌上，橘色火焰從下方點亮他的臉孔，在他隨著每次衝擊發出悶哼時照亮他咬緊的牙齒。我想趁兩輪砲火之間的空檔和他說話，問他我們是否還撐得住——我無法判斷我們或者敵軍表現得如何。

但是壕溝裡的火還在燒，我繼續潑灑雨水，不過要用一小撮水製造出大雨越來越困難，我身旁的空氣變得乾燥焦渴，皮膚和頭髮呈現寒冬時乾裂狀態，彷彿我從四周的空氣中偷取了太多濕氣，而雨水一次只能澆灌單單一處火勢，男爵的手下盡可能幫忙，用浸濕的披風拍打火苗。

然後，兩座大砲齊聲轟鳴，但這次飛來的砲彈夾帶藍綠色火焰，像彗星尾巴拖在砲彈後方，薩肯被往後拋向書桌，邊角撞上他身側，他腳步踉蹌，一邊咳嗽，咒語已經破了，那兩顆砲彈砸穿了他的盾牌，然後幾乎是以慢動作掉落到牆上，猶如拿刀切進尚未成熟的水果，砲彈四周的土石邊緣發出紅光然後熔化，兩顆砲彈融入牆中消失無蹤，接著伴隨兩聲悶住的巨響，它們爆炸了，大團煙雲直衝雲霄，石頭碎屑猛烈地四處飛濺，我聽見它們噴在高塔牆面的聲音，最外圍的高牆中央崩出一個大洞。

馬列克的長矛往空中一刺，「前進！」

我不懂為何有人會聽他的話，透過那個邊緣參差的洞看得見火焰還在跳躍、滋滋燃燒，儘管我已經灑了那麼多水，還是有全身著火的士兵尖叫著，但是馬列克的部屬仍舊遵從他的命令：一隊士兵齊腰橫拿著長矛往前衝，衝進壕溝中的渾沌煉獄。

薩肯扶著桌子站起來，回到窗邊，抹去嘴鼻上的一條血痕，「他打算要揮霍無度了，」他陰鬱地說，「那些砲彈每顆都得花上一世紀來鑄造，邦亞只擁有不到十顆。」

「我需要更多水！」我說，抓住薩肯的手將他一起拖進咒語中，我感覺得出他想反抗，因為還沒準備好與我搭配的咒語，但他小聲嘀咕幾句之後，給了我一個簡單的小法術，那是我剛到高塔時他試著教我的咒語之一，可以讓杯子裝滿高塔深處水井中的水，那時他很氣我用水潑滿他整張書桌，不然就是只喚來幾滴水珠。當他唸出咒語時，盪著波紋的水緩緩注滿整個水壺，我對整個水壺唱著我的雨水咒語，也對高塔水井裡又深又冷、沉睡的井水唱著，然後將整壺水潑出窗外。

那瞬間我什麼也看不到，呼嘯的狂風吹來雨滴，噴濺到我臉上、眼裡，嚴寒刺骨的冬雨，我用手抹抹臉，壕溝裡的火勢已經全被大雨澆熄，只剩零星幾處餘燼閃爍，雙方陣營穿著盔甲的士兵紛紛滑倒，摔在忽然漫延至腳踝處的積水中，牆上的破洞噴出泥巴，火滅了之後，男爵的手下拿著鐵耙進入裂口，用銳利的刀尖填滿破洞，把試著闖進來的敵軍推回去。我大鬆一口氣，癱靠在窗緣，我們擋住了梭亞的火攻，阻止了馬列克進逼，他已經花費了許多魔法，肯定超出他所能負擔的量，而我們還是會繼續攔阻他們，他現在肯定會三思而——

「準備好。」薩肯說。

梭亞正在施展另一個咒語，他的一邊手臂往空中斜舉，五指往前伸，雙眼沿著手指的方向望去，指尖分別射出銀線，又各自分裂成三束，每條弧線都越過高牆，指向不同的目標——某人的眼睛、盔甲上咽喉處的縫隙、握劍那隻手的手肘、心臟正中央。

銀線似乎沒造成任何傷害，至少依我看來是如此，它們只懸在空中，在黑暗中若隱若現，然後響起十幾下拉弦聲，馬列克指揮三排弓箭手列隊在步兵後方，箭矢沿著銀線直奔目標而去。

我舉起手，那不過是表示抗議的無謂動作，箭矢繼續飛出，一次就有三十人倒地，一擊斃命，倒地的都是防守裂口的士兵，馬列克的手下通過洞口往前推進，紛紛湧入壕溝，剩下的軍隊也陸續跟進，開始將男爵的士兵逼向第二道牆上的通道。

每往前一吋都是一番激戰，男爵的士兵將林立的鐵耙和長劍舉在前方，空間非常狹窄，馬列克的士兵若想接近他們，會直接撞上劍鋒。但梭亞又發射了一波箭矢，越過高牆擊中守軍，薩肯離開窗邊，正在那堆羊皮紙中東翻西找，想找到應付梭亞新咒語的方法，但他是無法及時找到的。

我再度把頭探出窗外，這次用了惡龍將卡莎從山邊帶回高塔時使用過咒語：「圖瓦，圖瓦，圖瓦。」我叫喚著銀線，伸手去抓，它們來到我指頭上，輕輕彈動，我俯身把它們丟開，銀線落到高牆上方，箭矢也跟隨它們撞上石頭，鏗鏗鏘鏘疊成一堆。

有幾秒鐘的時間，我以為手裡殘留著銀光，還映照在我臉上，然後薩肯發出一聲警告的大喊，有十幾條新的線條指向窗戶——瞄準我，對準我的喉頭、胸膛、雙眼。我只有那麼一瞬間可以抓起銀線末端、從自己身上撥開，盲目地往旁一撒，然後飛舞的箭矢嗡嗡穿過窗戶，打在我丟下銀線的地方：射進書櫃和地板和椅子，深深戳入，箭羽微微顫動。

我盯著它們看，驚嚇得忘了害怕，還沒意識到自己差點被十幾支箭射穿。外頭又傳來砲火聲，我已經開始習慣那個噪音。我沒探頭去看，但還是忍不住抖了一下，仍然因為與箭矢擦身而過而感到震懾。薩肯忽然掀倒整張書桌，桌子倒地時紙張到處飛舞，沉甸甸的重量足以撼動地板，他把我拉到書桌後方，一顆砲彈的尖嘯聲逐漸接近。

我們有足夠的時間了解到即將發生什麼事，卻不足以做出反應，我蹲伏在薩肯手臂下，盯著桌子的背面瞧，細細的光線穿透厚重木板的間隙，然後砲彈撞上窗緣，往外敞開的玻璃窗轟然炸成碎片，砲彈繼續往前滾動，直到石牆發出一聲悶響擋住它，接著球體裂成好幾片，裡頭滾出詭譎的灰煙。

薩肯用手覆蓋著我的口鼻，我憋住氣，我認得那個石化咒語，灰煙緩緩往我們飄來，薩肯朝天花板勾動手指，其中一個燐火精靈飄進他手中，他捏住表皮把它剝開，露出一個空洞，然後又沉默但毅然決然地做了個手勢，把灰煙都招進洞，直到整顆燐火精靈都裝滿烏雲般翻騰的煙霧。

我的肺部在他完工前就開始灼痛，呼呼狂風灌入牆面的破洞，房裡散落著書本，書頁在風中簌簌翻動，我們把書桌推向前抵住牆上的開口，以防失足掉落，薩肯隔著布撿起一小片熱燙的砲彈碎片靠近燐火精靈，就像在給獵犬嗅聞特定的氣味。「曼亞，凱乍。斯托南，歐立。」他告訴精靈，然後把它推入夜空中，它飄走了，灰色的形體化為一抹霧氣。

這些事發生的時間鐵定不到五分鐘——至少不超過我能憋氣的時間。但這短短的時間內，馬列克的軍隊已經擠入壕溝，將男爵的士兵逼進第二道牆上的通道，梭亞又丟出另一批銀線導引箭矢，為他們清出更多空間，除此之外，馬列克和騎士跟在衝鋒的士兵身後，催促他們往前推進，我看見他們用馬鞭和長矛揮打他們的同袍，強迫他們通過裂隙。

最恐怖的是，最前排的幾名士兵幾乎是被推擠到守軍的劍鋒上，其他士兵擠在身後，男爵的手下就這樣一點點地讓步，彷彿被擠出瓶頸的軟木塞。壕溝裡已經堆滿屍體——好多好多，一具疊著一具。馬列克的士兵甚至爬上屍體堆，對著守軍發射弓箭，似乎不在意腳下踩的是陣亡兄弟的屍首。

男爵麾下的士兵在第二道壕溝裡把薩肯的毒藥球丟擲過牆，觸地時炸出藍色液體，煙霧覆蓋過敵軍，被煙霧籠罩的人全都跪倒在地，或者癱倒成堆，他們的臉龐呆滯、不省人事。但更多士兵越過他們湧上前，宛如踐踏螻蟻般踏過昏睡的人。

我目睹這不真實的一切，恐懼排山倒海而來。

「我們錯估形勢了。」薩肯說。

「他怎麼做得出這種事？」我說，聲音發顫，馬列克似乎決心要獲勝，不管我們的高牆多難攻下，他願意付出任何代價，全都在所不惜，而難以計數的士兵們會追隨他奮戰至死，「他一定是被腐敗了——」我無法想像還有什麼其他原因會讓他像揮霍水一樣揮霍他手下士兵的性命。

「沒有，」薩肯說，「馬列克打仗不是為了奪下高塔，是為了王位，如果他在這裡輸給我們，就會在議會前難堪。他這是困獸之鬥。」

儘管我不願意，卻還是懂了薩肯的話，馬列克真的願意不惜一切，代價再高都無所謂，他已經折損的魔法和士兵只讓情況更加無法挽回，一如不斷豪擲大筆金錢想翻本的賭徒，因為無法承受自己已經失去了這麼多，我們無法攔阻他，只能和他戰到最後一兵一卒，而他還有上千條人命可以投入這場戰爭。

砲火聲再度響起，彷彿為了這醜惡真相的揭露而奏樂，卻又忽地戛然而止，沉寂下來，真是謝天謝地。薩肯的精靈砸中他們，在滾燙的鋼鐵上爆開，十幾個操作砲彈的士兵僵立成雕像，左邊那尊大砲前方有個人正拿著鐵條戳進砲管中，其他人彎腰拉扯繩子，讓右邊的大砲就定位，還有人手裡抱著砲彈或拿著袋子。他們都變成了這場尚未結束的戰役的紀念碑。

馬列克立即命令其他士兵清開這些人，他們又拉又推弄走雕像，掀倒在泥土中，我看見有人砍下雕像的指頭，只為了把他們的手撬離繩索，我瑟縮，想大喊告訴他們那些石化的人還活著，但我不覺得馬列克會在乎。

雕像極為沉重，必須費力搬運，所以我們得以暫時喘息，我穩住自己，轉身面對薩肯，「如果我們主動投降，」我說，「他會聽我們說話嗎？」

「當然囉。」薩肯說，「他會立刻處死我們，妳大可以先割斷那兩個孩子的喉嚨，省得把他們交給馬列克，不過他當然會願意聽我們說囉。」他停下來對付梭亞的箭矢，他指著某處，念出混淆方向的咒語，於是另一波銀光導引的箭雨全打在外牆上，他搖搖手和手腕，往下俯瞰，「等早晨來臨，」他終於開口說，「就算馬列克想讓他的軍隊全部送死，士兵們也沒辦法無休無止、不吃不喝一直作戰，如果我們能撐到早晨，他也許會要他們停下來休息一會兒，到時候他可能會願意談判，如果我們能撐到早晨的話。」

早晨似乎還非常遙遠。

戰役的節奏稍緩，男爵的兵力已全數退至第二道壕溝中，用屍體塞滿第一道牆上的通道，阻止馬列克的人馬繼續湧入，馬列克在牆外騎馬徘徊，看起來憤慨惱怒又不耐煩，監督他的手下努力企圖重新發射大砲，梭亞在他附近以穩定的速度朝第二道壕溝發射箭矢。

他放箭比我們抵擋還容易許多，箭頭是艾洛莎的傑作，它們全都渴望血肉，梭亞不過是為它們指出明路罷了，我們卻必須扭轉他們的目標，不只得對抗梭亞的咒語，還必須力克艾洛莎的堅韌意志，她曾反覆敲擊鐵鎚，將魔法和毅力敲進鋼鐵中，甚至也注入箭矢的飛行軌跡裡。要撥開它們需要持續不懈的苦力活，與此同時，梭亞仍繼續輕輕鬆鬆揮臂拋出引路的銀線，模樣像農人播種。薩肯和我必須輪流上陣，每個人抵擋一輪，每次都非常費力，我們沒有力量施展其他咒語。

撥開梭亞的箭矢這檔事有股自然而然的節奏感，拉開一波箭就像拉起沉重的漁網，完成後去喝點水、稍事休息，由薩肯接手，然後再輪到我回窗前，不過梭亞不斷打亂節奏，每波放箭的間隔時間非常卑鄙，剛好讓我們可以坐下休息，卻可能必須跳起來接招，三不五時還會延長時間，或者把箭瞄準我們兩人，又或者連續快速發射兩波箭矢。

「他不可能有取之不盡的箭。」我靠著牆說，精神萎靡而且全身痠痛，有男孩跟在弓箭手旁撿拾用過的弓箭，把它們從屍體和牆面拔出，蒐集起來後重新發射。

「對，」薩肯說，有點冷漠疏遠，他也專注在體內穩定流失的魔法上，「但他盡量壓低每次發射的數量，也許可以撐到早上。」

薩肯又撥開一輪箭矢後暫時離開房間，從實驗室拿來一只密封的玻璃瓶，裡頭滿是浸在糖漿裡的櫻桃，他在藏書室角落擺了個大型銀製茶炊，裡頭永遠都有茶水，它逃過了砲彈的摧殘，雖然精緻的玻璃杯已經翻倒碎裂。他將茶倒入兩個量杯中，把那罐櫻桃推給我。

深酒紅色的酸櫻桃來自河谷中央維歐斯納的果園，以糖和酒醃漬保存，我挖出滿滿兩大匙，貪婪地把湯匙舔乾淨，它們嘗起來有家鄉的味道，藏有河谷低緩的魔法，他只撈出三顆自己吃掉，謹慎而節制，還用瓶緣把湯匙刮乾淨，似乎認為就算在這非常時刻也得小心為妙，免得吃進太多河谷的魔法。我移開視線，用雙手捧著量杯開心地喝茶，這是個溫暖的夜晚，但我覺得寒冷徹骨。

「去躺著睡一下。」薩肯說，「他很可能趁黎明前發動最後一波攻勢。」砲火終於又開始射擊，但是沒造成什麼傷害，我猜所有知道如何操作的人都被石化咒語擊中了。有幾顆砲彈提早墜落，打到馬列克自己人，或者飛得太遠，直接經過高塔，高牆擋住了攻勢，男爵士兵的鐵耙和長矛插滿第二道溝壕，上頭再覆蓋毛毯和帳篷，幫助他們躲開弓箭。

喝完茶後我還是昏昏沉沉，疲憊遲鈍得像是被拿來劈柴的小刀，我將毯子對折充當床墊，能躺下的感覺實在太好了，但我睡不著，箭矢的銀光不定時點亮窗框上緣，薩肯引開它們的低語聽起來很遙遠，他的臉藏在陰影中，五官在牆面投下清晰的輪廓，我的臉頰枕著高塔的地板，耳膜隨著戰爭的聲音微微震盪，聽起來像巨人逐漸迫近的腳步聲。

我閉上眼，試著專注在自己的呼吸上，也許我睡了一會兒，然後很快就從墜落的夢境中驚醒，薩肯正從裂開的窗戶望出去，他們不再放箭了，我推地起身走到他旁邊。

騎士和僕人像是遭到驚擾的蜂群在馬列克的王帳外盤旋，皇后走出帳篷，她身覆鎧甲，簡單的白衣外罩鎖鏈甲，單手持劍，馬列克快步走向她，低頭說了幾句，她臉色冰冷如鋼，「他們會把孩子們交給黑森林，就像維斯利對我做的事一樣！」她對他大喊，鏗鏘的嗓音足以讓我們也聽見，「他們必須先把我給分屍才能得逞！」

馬列克猶豫了會兒，然後翻身下馬，命人拿來他的盾牌，其他騎士也紛紛下馬，梭亞跟在馬列克身邊，我無助地望向薩肯，幾乎認為馬列克讓這麼多屬下送命後死有餘辜，但如果他真的相信皇后、如果他真的認為我們會對孩子們做出可怕的事——「他怎麼能相信？」我問。

「他怎麼能說服自己發生的一切都是巧合？」薩肯說，已經站在書架前，「這是個符合他欲望的謊言。」他用雙臂從架上抬起一本書，那龐然巨典幾乎有三呎高，我伸手去幫他，但又不禁猛地抽回手，書籍以發黑的皮革裝幀，觸感很可怕，黏膩的感覺在我指尖揮之不去。

「對，我知道。」他說，把書搬到他的閱讀椅上，「這是死靈魔法。很噁心沒錯，但我寧願回收利用死人，也不想讓更多活人送死。」

咒語以古典的字跡寫成一長串，我試著幫他一起念，但是實在沒辦法，第一個字就讓我退卻，那個魔法的根基是死亡，開始於死亡、也終結於死亡，薩肯惱怒地對我皺眉，「妳在淑女什麼？」

他質問，「不，妳本來就不是。到底怎麼了？算了，妳去試著拖慢他們。」

我跳開，渴望離那本書越遠越好，我連忙趕到窗邊，從地板抓起些許碎石瓦礫，對它們念下雨的咒語，把它們當作水壺裡的水。塵土和石頭組成的傾盆大雨灑在馬列克的士兵身上，他們必須尋找掩護，用手護住頭。但皇后毫不退縮，她穿越牆上的裂隙，爬過屍體堆，白衣下襬浸滿鮮血。

馬列克和騎士衝在她前面，舉起盾牌擋住頭，我用較重的岩石打他們，拿起較大的石塊變成大圓石，雖然有幾個人倒地，多數人仍安全躲在盾牌後，他們來到第二道牆的通道口，開始抓住屍體把它們拉出來，好清出空間通過。男爵的手下拿長矛刺他們，馬列克的騎士用盾牌和盔甲擋住攻擊，不過還是有五六個人倒下，身披晶亮盔甲的身體往後傾倒、死去，但後面的人仍然繼續往前，迫出開口，讓皇后進入通道中。

我看不見通道裡的狀況，但是很快就結束了，鮮血從通道口汩汩湧出，在火把映照下顯得黑亮，然後皇后出現在牆的這一邊，空出的那隻手抓著一個人的頭，她往下一擰，脖子乾乾淨淨斷了，守軍在驚懼之下紛紛退開，馬列克和騎士在皇后身邊散開，開始劈砍屠戮，步兵則衝入壕溝中，梭亞鞭出劈啪作響的白炙魔法。

男爵的人開始迅速退開、逃離皇后，卻被自己的腳給絆倒，我想像卡莎揮劍的模樣，她會是同樣可怖的景象，皇后一次又一次舉起劍，以粗蠻的效率戳刺揮砍，但沒有任何劍能穿透她，馬列克大喊著下命令。最後一道牆後方的男爵士兵爬到牆頭，試著從上方對皇后放箭，但箭矢也無法刺穿她的皮膚。

我轉身拔出一把插進書櫃中的黑羽箭，那是梭亞朝我射來的其中一根箭，同樣出自艾洛莎之手，我把它拿到窗戶邊，然後停下來，雙手顫抖，我不知道還能怎麼辦，沒人擋得住皇后，但是——如果我殺了皇后，馬列克就永遠不會聽我們說，永遠不可能，那倒不如我現在一起殺了他，如果我殺了皇后——這個念頭讓我覺得不安又作嘔，她站在遙遠的地面上，像只小巧的娃娃，不像真人，手臂規律起伏著。

「過來一下。」薩肯說，我退開，因為暫時獲得解脫而感到開心，雖然我得在他念誦咒語冗長顫抖的字詞時摀住耳朵。一陣風從窗戶吹出，像潮濕油潤的手掌拂過我的皮膚，聞起來有腐肉和生鐵的味道，可怕而穩定的風吹了又吹，壕溝裡的屍體開始騷動，慢慢站了起來。

它們把劍留在地上，因為已經不需要任何武器，它們並未企圖攻擊敵軍，只伸出空蕩蕩的雙手抓住他們，兩三具屍體緊抓住一個活人，壕溝裡的死人已經比存活的士兵還多，而所有的死者都聽從惡龍的咒語。馬列克的士兵瘋狂地左揮右砍，但是死者無血可流，臉龐鬆垮而空白，漠然以對眼前的一切。

有幾具屍體拖著沉重的步伐去抓騎士和皇后的手腳，想壓制她，但她把死屍都甩開，騎士也用寬劍把它們砍回去。男爵的士兵和馬列克的手下看見死靈咒語，雙方同等驚駭，他們手忙腳亂往後退，想遠離死者和萬夫莫敵的皇后。但她隔著屍體朝他們前進，死者們抵擋住剩下的軍隊，男爵的人馬則砍殺著皇后周圍的騎士，不過皇后仍步步進逼。

她的衣服已經沒剩下多少白色的部分了，從下擺到膝蓋處都血淋淋，鎖鏈甲染成了紅色，臂膀和雙手也都紅成一片，整張臉濺滿血滴。我低頭看黑羽箭，觸碰艾洛莎的魔法，箭頭處有道小缺口，我用手指撫平，學艾洛莎鑄劍那樣將鋼鐵壓得平順，並感覺到它在我手中變得沉甸甸，充滿死亡氣息，「瞄準大腿。」我告訴它，因為謀殺而膽寒，它肯定只會讓皇后停手吧，我用黑羽箭對準她，然後擲出。

箭矢往下飛撲，直直射去，一邊快樂地嗡鳴，擊中了皇后大腿上緣，撕穿鎖鏈甲，不過卡在那兒，露出半支箭，沒有血，皇后拔出箭，丟到一邊，她抬頭望向窗戶，不過簡短的一瞥，卻讓我踉踉蹌蹌往後退。她轉身繼續屠殺。

我的臉頰發疼，好像她打了我一巴掌，我的鼻梁上方感到一股劇烈、空心的壓力，很熟悉，「黑森林。」我大聲說。

「什麼？」薩肯問。

「黑森林，」我說，「黑森林在她身體裡。」我們用在皇后身上的每道咒語、每次淨化，那些聖物以及每次審判──全都無關緊要，我忽然再確定不過了，回望著我的是黑森林，它找到了躲藏的方法。

我轉向薩肯，「《召喚咒》，」我說，「薩肯，我們必須讓他們看見，馬列克、梭亞、他們所有人，如果他們看見她被黑森林控制──」

「妳認為他會相信？」他說，不過還是眺望著窗外，過了會兒後說：「好吧，反正我們也守不住牆了。就讓生還者進到高塔裡，希望大門能撐到我們施完《召喚咒》。」

28

我們跑過大廳打開塔門，男爵的士兵蜂擁而入，剩下的人少得令人膽寒，他們擠在大廳裡和通往地窖的樓梯上，每個人看起來都風塵僕僕、疲憊不堪，臉孔因為接二連三的恐懼而扭曲，他們很高興能進來，但看到薩肯和我卻不禁瑟縮，就連男爵也狐疑地瞅著我們，「那不是真的人。」他說，走來站在薩肯身旁，他的人退到兩邊，在我們周圍形成一個圈，「那些死人。」

「對。但如果你寧可犧牲倖存的活人，也請不吝告訴我。下次我會記得考慮到你纖細敏感的心靈。」薩肯很緊繃，我也和他一樣心力交瘁，我想知道距離破曉還有多久，但又同時不願詢問，「讓他們盡可能歇息，你能找到多少食物就分下去。」

很快地，卡莎就擠上樓，推開湊在一起的士兵，男爵已經讓負傷和體力最不堪負荷的士兵退到樓下，身邊只留下幾名精銳，「他們闖進紅酒和啤酒櫃。」她低聲告訴我，「我覺得對孩子們不太安全。妮絲卡，發生了什麼事？」

薩肯爬上了他在大廳的座位，把《召喚咒》橫放在高高座椅的扶把上，他低聲咒罵，「現在最不需要的就是這件事。下去把酒都變成蘋果汁。」他告訴我，於是我和卡莎一起跑下樓，士兵們用雙手或頭盔直接呈酒喝，或者乾脆在酒桶上戳洞，把頭湊到下面，也有人拿著酒瓶直接就口狂飲，他們有些人已經開始爭執，為了酒大吼大叫感覺鐵定比因為恐懼、死人和屠殺而大吼大叫來得安心許多。

卡莎推開他們讓我通過，他們看見我後就沒多作反抗，我走到最大的酒桶邊，雙手貼著它，「禮林塔蘭。」我說，疲軟地一推魔法，它無精打采地湧出，流過所有的酒瓶和木桶。士兵們繼續推推擠擠搶著喝，還需要點時間才會明白他們喝不醉。

卡莎小心翼翼碰觸我的肩膀，我轉身緊緊抱住她好一陣子，很開心她如此強壯，「我得上去了，」我說，「保護好兩個孩子。」

「需要我和妳並肩作戰嗎？」她靜靜地說。

「保護好孩子，」我說，「如果有必要的話——」我抓住卡莎的手臂拉她到地窖遠遠那端的牆壁前，史塔沙克和瑪里莎坐在那兒，兩人都清醒地看著士兵們，滿臉警覺，瑪里莎邊揉著眼睛，我的雙手放在牆面，找到通道入口邊緣，我拉著卡莎的手放在那間隙上，告訴她位置，我拉出以魔法編織而成的一條細線作為把手，「打開門、帶他們進去，然後關起來。」我說，然後把手伸進半空中，「哈托爾。」我往旁一拉，憑空抽出艾洛莎的劍遞給卡莎，「這個也給妳保管。」

她點點頭，揹起劍，我親了她最後一次，跑回樓上。

男爵的人已經全退入高塔中，那三道高牆還是多少保護了我們：馬列克的大砲無法直接瞄準大門。男爵的幾個士兵爬到大門兩旁的箭窗邊，往下對外頭的士兵放箭。大門遭受撞擊發出低沉巨響，偶爾會有耀眼奪目的魔法迸出，還傳來吶喊聲和其他噪音，「他們在燒大門。」我上樓來到大廳時，箭窗邊其中一個士兵喊道。

「讓他們去吧！」薩肯說，頭也不抬，我走到他身邊，他將宛如巨大王座的椅子重新塑造成可以坐兩個人的長凳，中間扶手上有扁平的桌面，沉重的《召喚咒》放置其上，等待著，感覺熟悉卻仍舊令人驚奇。我慢慢坐上板凳，張開手指覆蓋書封，感覺那纏繞的金色字母，以及彷彿遠方蜜蜂傳來的嗡嗡聲，我疲倦到覺得連手指都麻痺了。

我們翻開封面開始讀，薩肯的聲音清晰沉穩，精準地往前，而我心中的茫然迷霧緩緩飄開，我在旁邊哼著唱著低聲念著，周圍的士兵都安靜下來，在角落或牆邊坐好，就像在深夜酒吧裡聆聽優秀的歌手唱一首哀傷的歌，他們試著跟隨故事的腳步，臉龐悵然若失，咒語拉著他們前進。

咒語也拉著我前進，我很開心能沉浸其中，過去這天以來所有的驚恐並未消逝，而是被《召喚咒》化為故事的一部分，卻不是最重要的一部分，力量逐漸蓄積，明亮乾淨地流動，我感覺到咒語像第二座高塔一樣升起，等我們準備好後便會將大門打開，讓無法抗拒的光亮灑落門前庭院，窗戶外的天空越來越亮，旭日東昇。

大門發出吱嘎聲，有東西從底端和上方微乎其微的空隙竄入，最靠近門的士兵喊出警告，蠕動著的細瘦陰影爬進每道裂縫，翻騰的藤蔓與根鬚像蛇一樣細長而動作迅速，它們鑽進木頭與石塊，使它們應聲崩解，又像爬上窗框的白霜一樣蔓延過木頭地板，想糾纏、抓住東西，它們散發出那股熟悉甜膩的氣味。

是黑森林，它開始毫不掩飾地進攻，好像已經知道我們在做什麼、知道我們即將揭穿它設下的騙局，黃沼地的士兵用長劍和匕首劈砍觸鬚，非常害怕，他們對黑森林的認識足以辨認出這是什麼東西。但更多藤蔓從第一波藤蔓鑽出的縫隙和小洞不停竄入。高塔外，馬列克的攻城木再度猛烈撞擊大門，撼動了整面門板，藤蔓纏住鐵製的鉸鏈支架和門栓後開始拉扯，一圈圈橘紅色鐵鏽散開，和鮮血流淌的速度一樣快，在幾秒鐘內完成了本該花上一世紀才能做到的事。藤蔓的觸鬚從內部推拉，捲住插銷並來回劇烈扯動，鉸鏈嘈雜地喀喀響。

薩肯和我沒辦法停下來，我們繼續念，倉促之間不斷結巴，盡可能快速翻頁，但《召喚咒》需要空間，故事無法匆匆講述，我們已築出的架構因為催趕而搖搖欲墜，彷彿跟不上故事節奏的說書人，《召喚咒》需要我們全神貫注。

隨著一聲物體碎裂的巨響，右側門板下方角落崩開一大片，湧入更多更粗的藤蔓，伸展長長的觸鬚，有些抓住士兵們的手臂，扯下長劍後丟開他們的身體。其他藤蔓找到沉重的門閂，繞著門閂慢慢往旁拉，一吋一吋摩擦。外頭攻城木再次衝撞，這次，大門轟然敞開，把士兵們撞飛倒地。

大門另一邊的馬列克仍騎著馬，站在腳鐙上吹響號角，臉龐因為嗜血的欲望和憤怒而發亮，渴切到他甚至沒停下來看為何大門會忽然敞開。藤蔓在階梯周圍的土壤裡扎根，一團團肥厚的墨綠色根鬚藏在角落和梯級的裂縫裡，在幽微的曙光中幾乎看不見。馬列克跳下馬，看也不看它們一眼，直接穿越崩壞的門洞衝上階梯，剩下的幾名騎士也跟著魚貫而入，男爵的士兵拿長矛戳刺，馬兒嘶鳴倒地，垂死前踢動馬蹄，士兵也在牠們身邊一一喪命。

眼淚從我雙頰滾落到書頁上，但我不能停止念誦。接著，有東西擊中我，重擊的力道讓我無法呼吸，咒語滑落我的舌頭，首先我耳裡聽見一片完美的靜默，然後薩肯和我四周傳來空洞的咆哮聲，淹沒了其他聲音，卻無法接近我們，我們就像在空曠原野中直接站在暴風中心，目睹猖狂的灰色雨幕覆蓋四面八方、唯獨碰不到你，但心知只要再過一下——

裂痕以我們為中心輻射而出，穿過書本、穿過椅子、穿過座椅、穿過地板和牆壁，它們並不是木石的裂痕，而是世界的裂痕，裡頭只有黑茫茫的虛空。《召喚咒》美麗的金色書本往內凹折，彷彿石沉大海那樣掉落，薩肯抓著我的手離開座位、步下臺座，椅子也正在墜落，然後整個座臺都化為烏有。

薩肯仍繼續著咒語，或者說維持咒語，反覆重念著最後一行，我試著和他一起念，不過還是上氣不接下氣，我覺得怪怪的，肩膀悶痛，我望著肩膀，沒發現任何異狀，接著慢慢繼續往下看，有根箭尾從我胸部下方穿出，我盯著它看，困惑不已，感覺不到它的存在。

裂隙發出微弱的嗶波悶響，觸及位於高處的美麗彩繪玻璃窗，窗戶往外炸裂，灑落五顏六色的玻璃碎片，裂隙正在擴散，士兵跌入裂隙的瞬間發出吶喊，但又戛然而止，被吞入死寂之中。大塊大塊的石牆和地板也在消失，高塔的牆壁發出哀鳴。

薩肯抓著剩下的咒語邊緣，幾乎快控制不住，宛如試著拉住一匹發狂的馬兒，我試著推送魔法給他來幫忙，薩肯支撐我全身的重量，環著我手臂有如鐵鉗，我的雙腿踉蹌，幾乎拖行在地，我的胸膛開始疼了起來，劇烈的刺痛，彷彿我的身體剛清醒過來，這才注意到有什麼地方很不對勁，要是我喘得過氣，肯定會尖叫出聲，但我吸不到足夠的空氣來尖叫，還有幾個士兵在打鬥，其餘的逃離高塔，想離開崩裂的世界，我瞥見馬列克踢開死去的馬兒，跳過橫越腳底地板的裂隙。

皇后出現在兩扇撞毀的門板中間，晨曦在她身後閃爍，有那麼一瞬間，我以為自己看見的不是一名女人，而是株有著銀色樹幹的樹木，從地板往天花板延伸，然後薩肯把我往後拉到階梯上，我們一起下樓，高塔搖搖欲墜，石頭在我們身後紛紛砸落，薩肯每往下一階就重複一次最後一句咒語，控制著不讓它掙脫，我幫不上他的忙。

我睜開眼，看見卡莎跪在我身邊，神情焦慮，空氣中滿是煙塵，但至少牆壁不再顫抖了，我正倚靠著地窖的牆。我們在地底，我不記得是怎麼走下來的，不遠處，男爵正發號施令，要他的最後幾名士兵把架子和木桶和鐵鍋堆疊在樓梯底端當作屏障，我看得見樓梯轉角處有陽光透進來，薩肯在我旁邊，仍然唱誦著那最後一句咒語，他的聲音越來越沙啞。

他放下我的位置旁邊有個上鎖的金屬櫃，手把處有火燒過的痕跡，他作勢要卡莎打開那個鎖，她握住手把，火焰從鎖上竄出，舔拭她的雙手，但她咬緊牙根扳開鎖，裡頭擺放著一排小玻璃罐，裡頭的液體微微發光。薩肯拿出一個、指指我，卡莎盯著他然後又低頭看我胸口的箭，「我應該把它拔出來嗎？」她說。他比了一個往前推的手勢——她嚥了口口水，點點頭，接著又回到我身邊跪下，「妮絲卡，撐住。」

她雙手抓住箭，折斷從我胸膛突出的帶羽箭尾，箭頭在我體內顫動，我張開嘴巴又闔起來，無聲的痛苦，我無法呼吸，她趕緊剝下最粗大的木刺，盡可能將箭身清得光滑平順，然後讓我靠著牆側躺，隨著她驚心動魄的一推，露在外面的部分穿過我的身體，她抓住從我背部冒出的箭頭，拔出整根箭。

我哀嚎，鮮血從背上和胸前湧出，薩肯打開玻璃罐，用手捧著液體塗抹我的皮膚，直接壓在新鮮的創口上，我感到一股劇烈灼痛，企圖用虛弱的手推開他，他不管我，拉開衣物倒進更多藥水，然後把我往前推，把藥水倒在背部的傷口上，忽然之間我可以發出尖叫聲了，卡莎給我一塊布咬在嘴裡，我緊咬著、陣陣發抖。

痛苦沒有緩解，反而越來越難忍，我從他們身前扭開，試著貼近牆面冰冷堅硬的石頭，好像我能成為它的一部分，再也沒有知覺。我把指甲掐進砂石中，一邊呻吟，卡莎的手放在我肩膀上——接著，最糟糕的部分過去了，出血漸慢、靜止，我的視覺和聽覺恢復清晰：階梯上有人在打鬥、刀劍互擊的鏗鏘聲、石牆低聲嗡鳴、金屬的磨擦，偶爾傳來的清脆叮噹聲。鮮血從障礙物底下汩汩流進。

薩肯往後靠在我身旁的牆壁上，他的嘴脣還在蠕動，但已經沒有聲音傳出，而且疲倦地緊緊閉起雙眼，《召喚咒》像海水沖去一半的沙堡，剩下的部分也搖搖欲墜，他靠著純粹的意志力支撐，我想知道如果另一半咒語也塌毀了，整座塔會不會被虛無給吞沒，在世界上留下空空的大窟窿，四周的山脈會崩落填平掏空的洞穴，彷彿我們所有人不曾存在過。

他睜開眼看我，指指卡莎和擠在她身後的孩子們，他們害怕地躲在木桶後偷看，薩肯又指了一次：**快走**。他想要我帶著他們逃跑，飛到什麼遙遠的地方，我猶豫了，他望著我的雙眼閃著怒光，朝空曠的地板一揮手，書不見了，《召喚咒》不見了，我們沒辦法完成咒語，而一旦他的力量耗盡——

我深吸一口氣，和他十指交握，重新投入咒語中，他反抗，剛開始我氣息短促地輕聲唱，摸索路徑，我們的地圖已經消失了，而我忘了上頭寫了什麼，但我們之前成功過，我記得該往哪兒去、記得我們想建造出什麼。我在沙堡的牆邊堆了更多沙子，挖出一條護城河來抵禦襲來的波浪，我將護城河挖得又長又寬，哼唱著故事與歌謠的零碎片段。我在心中重新將沙子堆回去，薩肯困惑地按捺不動，不確定要怎麼幫我，我唱了較長的片段給他，將一段旋律像一把潮濕的鵝卵石般放進他手中，他慢慢交還給我，以低沉精準且平穩的音調唱誦，將石頭一一擺在潮濕的沙牆底部，鞏固我們的沙塔。

咒語越來越強勁，也再次變得堅固，我們止住了崩塌。我繼續進行，四處戳探著尋找方向並指給他看，我堆起更多沙子，讓他將沙牆撫順、塗抹均勻，我們一起插上一根飄著樹葉的小枝當作旗幟。我仍然無法大口吸氣，胸口感覺糾纏了一顆皺巴巴的古怪繩結，藥水還在試著舒緩深層緊繃的痛楚，但魔法正清澈地流過我，明亮湍急、滿溢而出。

士兵們在吶喊，男爵最後幾名手下倉皇爬過障礙物，多數人都沒了劍，一心只想逃跑，階梯上，有某種光芒跟隨尖叫聲往下逼近，士兵們舉高手，幫忙另一邊的人爬過障礙物，只剩下寥寥幾人了，地上的鮮血也不再流動，士兵們把最後幾根木棍和鐵製大釜擺在屏障頂端，盡可能擋住通道，馬列克的聲音在另一端迴盪，我瞥見皇后燦金色的頭。男爵的手下拿長矛往下戳刺，碰到她的肌膚時卻反彈到一邊，障礙物也垮的垮、塌的塌。

我們還是無法放開咒語，卡莎站了起來，正在推開通往墓穴的門，「過來這裡，快點！」她告訴孩子們，他們匆忙下樓，然後卡莎抓住我的手臂扶我起來，薩肯也掙扎起身，她把我們推進門，撿起地上的長劍，再從櫥櫃裡抓出另一個密封的玻璃瓶。「從這裡！」她對士兵大喊，他們跟在我們身後魚貫而入。

《召喚咒》也隨著我們一起移動，我沿著螺旋梯轉了又轉，薩肯跟在我身後，魔法在我們兩人中間鳴唱，我聽見上頭傳來重物碾磨的聲音：有個士兵緊緊關上門，樓梯兩側的古老文字在昏暗光線中閃動，輕聲低語，我發現自己稍微調整咒語以搭配它們的魔法。我想像中那座沙塔出現了幽微變化，變得更寬更大，陽臺和窗戶成形，頂端出現金色圓頂，蒼白的石頭牆壁和階梯兩邊的牆面一樣刻著銀字。薩肯的聲音慢下來，他也看見了那許久之前失落的古老高塔，光芒灑落我們四周。

我們湧入階梯頂端的圓形房間，凝滯稀薄的空氣不足以讓所有人呼吸，直到卡莎操起古老的鐵燭臺，用底部在連接墓穴的牆壁上砸穿一個洞，涼爽的空氣湧入，她把兩個孩子推進墓穴中，交代他們去躲在老國王的棺木後方。

高處傳來石塊崩裂的聲音，皇后領著馬列克和他的人馬追進來，二十幾個士兵擠進房間、貼著牆壁，表情惶恐，他們穿著黃色外套，或者說黃色外套的殘骸，他們是我們這邊的人，但我不認得他們的臉，我沒看到男爵，遠處再度傳來刀劍相交的聲響，黃沼地的最後幾名士兵還堵在階梯上戰鬥，《召喚咒》的光芒越來越燦爛奪目。

馬列克刺死階梯上最後一個人，將他的屍體踢落地面，房間裡的士兵們幾乎可說是迫切地跳上前迎戰，至少他是他們能理解的敵人，而且是有可能擊潰的敵人。但馬列克用盾牌接下一擊，低身閃避，然後用長劍捅入對方的身軀，還順勢用劍柄重捶另一名士兵的頭顱。我身旁的卡莎往前一步，發出抗議的大喊，舉起她的劍，但她的聲音還沒完全消散，士兵們就已倒地。

這時，《召喚咒》終於完成，我唱完最後三個字，薩肯覆誦，然後我們又一起重複了一次，迸射的光芒照亮整個房間，幾乎是從大理石牆壁裡透出，馬列克踏進他清出的空地中，皇后跟在他身後步下階梯。

她垂著滴血的劍，臉孔冷靜、平和安詳，沒有一絲腐敗的痕跡，馬列克也是乾淨的，還有他身後的梭亞也是如此，漫延過皇后的光芒也照亮了他們兩人的輪廓，他們體內都沒有任何黯影，只有某種晶光閃爍的自私，驕傲如同布滿釘刺的城垛。不過皇后體內甚至連這些都看不到，我喘著氣看她，半是疑惑，她體內沒有任何腐敗之氣。

而且也沒有其他東西。《召喚咒》的光直接穿透她，她從中心被蝕穿殆盡，她的軀體不過是包覆著虛無的樹皮空殼，已經沒有多餘的部分可以腐敗，我現在才了解已經太遲了：我們闖進黑森林想救漢娜皇后，黑森林便讓我們找到她，但我們找到的不過是個空洞的殘餘物、是心樹核心的一部分。等我們完成對這個空心魁儡的所有試煉、說服自己一切正常後，黑森林就伸出魔爪拉動線條。

光芒持續湧過她的身體，而我終於看出了黑森林的存在，我再度檢視一個雲霧般的形體，看到的不是女人的臉，而是一棵樹。黑森林在那兒——是唯一在那兒的東西，她的金色髮絲宛如淡淡的葉脈，她的四肢是枝椏，腳趾是長長的根鬚，爬過地板、深深扎進地裡。

她看著我們後方牆壁上的破洞，破洞通往藍色火焰照亮的墓穴，就這麼一次，她的臉色出現改變，好像纖細的柳樹在暴風中忽然彎折，也像狂怒的雷雨橫掃過樹頂，驅動黑森林的那股力量——不管是什麼，都曾經出現在古老的高塔中。

漢娜皇后在《召喚咒》的照耀下，原本蒼白如牛奶的容顏褪去，就像流水洗去油漆，藏在裡頭的是另一個皇后，全身古銅、墨綠、金黃，她的皮膚有著檀木紋理，頭髮是近乎黑色的深綠，夾雜著縷縷彤紅、金黃和秋天的褐色。有人挑出金色髮絲在她頭上編成冠冕，還交織著雪白緞帶，她身穿白裙，看起來很怪異，雖然衣著對她來說沒有意義，她還是穿上了。

我看見被埋葬的國王的身體在皇后和我們之間現形，他躺在白色亞麻布上，由六七個人扛著，臉孔靜寂不動，眼睛覆滿白膜，他們把國王扛進墓穴裡，慢慢將他沉入大石棺，然後折起亞麻布蓋過他全身。

《召喚咒》的光芒中，另一個皇后跟著那些人走進墓室，她俯身在石棺上，表情中沒有哀傷，只有驚愕的迷惑，她似乎無法理解，她摸摸國王的臉，異常修長的手指像有結的小樹枝，她又輕觸國王的眼皮，但他沒有動靜，她嚇了一跳、縮回手，讓出空間給其他人，他們闔起棺蓋，上頭竄出藍色火焰，她看著一切，仍然困惑不已。

隨侍的其中一人對她說了幾句話，告訴她想待多久就待多久，他鞠躬後彎腰從洞口鑽出墓穴，留下她一個人。即使是這麼久以前發生的事，他轉身時，《召喚咒》還是捕捉到他臉上的某種冰冷決絕的表情。

但是森后沒看見，她站在石棺旁，兩手貼在棺木上，就像無法理解父親死訊的瑪里莎，她不懂什麼是死亡。森后凝望著跳動的藍焰，她在墓穴中轉圈，表情受傷驚嚇，然後她停下腳步再看一次，磚塊逐漸砌滿墓穴的開口，將她困在裡頭。

她愣愣看了一會兒，然後衝上去跪在最後的縫隙前，男人們迅速將磚塊推進剩下的空洞，那面色冰冷的男子邊念著巫術，手中劈啪冒出銀藍光芒，將磚塊黏合固定，森后反抗地伸出一隻手，但他沒有回應，不願看她，沒人願意看她，他們推進最後一塊磚頭填滿牆面，把她的手推回墓穴。

她站起來，孤伶伶的，她又震驚又飢餓，而且滿心疑惑，但是還沒開始感到害怕，她舉起一隻手，想做點什麼，但是她身後的藍焰正從石棺跳落地面，四方牆上的文字反射火光，完成階梯兩旁長句的最後一部分，她猛地轉身去讀，我也看得見那些字：「恆久存在；恆久安息；永不移動；永不離開。」這不只是寫給長眠國王的詩句，這裡也不只是墓穴，還是牢房，是用來關押**她**的監獄。她轉身拍打牆壁，徒勞無功地推著牆面，想把手指鑽進隙縫中，體內的恐懼逐漸攀升，冰冷僵硬的石頭困住她，他們在山脈的根基裡鑿出了這個房間，她沒辦法逃，她沒辦法——

森后忽然將記憶推開，《召喚咒》的光支離破碎，像退開的潮水從墓穴的牆面退去，薩肯踉蹌後退，我差點跌到牆上，我們退到最後一間圓形房間，但森后的恐懼從體內重擊我的肋骨，彷彿拿身體去撞牆的鳥兒，她碰不到陽光、碰不到水、碰不到空氣，但她還是沒死，仍然苟延殘喘。

現在的森后站在我們身前，半躲在漢娜皇后的面具後，但她也和我們在記憶幻象中所看到的那個森后不盡相同，她不知怎地拚命逃了出來，重獲自由，然後她——殺了他們嗎？她殺了他們，但不只他們，還有他們的愛人和孩子和所有的同胞，她吞噬他們，變成和他們一樣的怪物，她創造了黑森林。

她在黑暗中發出輕柔嘶聲，不像蛇的吐信，而是樹葉的窸窣、枝椏在風中互相摩挲的聲音，她每步下一級階梯，藤蔓也跟著翻騰往下，抓住殘存士兵的腳踝、手腕或喉嚨，將他們拉到牆壁或天花板上，免得擋住她的去路。

薩肯和我掙扎站穩腳步，卡莎將自己當成盾牌擋在我們前面，拿劍劈開藤蔓，不讓它們纏到我們身上，但更多藤蔓繞過她爬進墓穴，它們拍打著兄妹倆，將他們往前拉，瑪里莎放聲尖叫，史塔沙克則徒然砍著藤蔓，直到它們揪住他的手臂，卡莎退開一步走向孩子，表情痛苦，她沒辦法保護我們所有人。

這時，馬列克衝上前，他劈開藤蔓，長劍邊緣閃著光，他擋在皇后和孩子中間，拿盾牌的那隻手將兄妹倆推回安全的墓穴中，他站在皇后身前，她停下腳步，馬列克說：「母親，」語氣熱切，他丟下長劍抓住她兩邊手腕，低頭看著皇后，她慢慢抬起臉，「母親，」他說，「不要被她控制，我是馬列克啊——是您的兒子，回到我身邊吧。」

我的背抵住牆壁，他散發決心和渴望，盔甲染滿鮮血和煙塵，臉龐糊著一條血漬，但剎那之間他看起來像個孩子，甚至像聖人，充滿純粹的想望，皇后看著他，將手放在他胸膛上，然後殺了他。她的手指化為荊棘和樹枝和藤蔓，刺入他的盔甲，然後像握拳一樣闔起手指。

如果她還留有漢娜皇后的任何一丁點殘跡，任何一絲薄弱的意志，也都在這時揮霍光了，她給予了最後的小小慈悲：馬列克死時還不知道自己失敗了，他的表情沒有改變，身體毫不費力地滑離她的手，並沒有改變太多，只在胸甲上留下她的拳頭戳入的小洞，馬列克的眼神仍然清亮**篤定**，**篤定**她絕對聽得見他，篤定他會取得勝利，他看起來像個國王。

他的篤定也感染了我們，在那一刻，我們都驚愕得愣在原地，梭亞倒抽一口氣，嚇傻了。卡莎揮劍往前衝，森后用自己的劍格擋住，她們緊壓彼此的劍鋒，互相摩擦的刀刃濺出火星，接著皇后往前傾，逼得卡莎慢慢往下跪。

薩肯在說話，吐出熱與火的咒語，皇后雙腳邊噴出紅黃交織的熊熊火焰，火焰舔拭卡莎的肌膚，所經之處都燻黑了，兩把劍都在火中熔化，卡莎被迫翻滾到一邊，皇后的銀色鎖鏈甲也熔化了，化為閃亮的液體在地板上滴成小水窪，表面覆蓋著一層焦黑物質，她的白衣也成為煙霧滾滾的火焰的一部分，但火傷不了她的軀體，森后蒼白的四肢仍然筆直而光潔。梭亞也用他的白焰鞭打她，和惡龍的火焰相交時激盪出藍光，相融的藍色火焰扭動著包覆她全身，企圖找到可以攻擊的弱點。

我抓住薩肯的手，給予他魔法和力量，讓他繼續用火焰燒退森后，他的火將藤蔓燒得焦脆，沒被藤蔓掐死的士兵拖著身體往樓上逃離——至少他們還能逃過一劫。其他咒語紛紛浮現在我腦中，但我還未使出就知道不會有用。火焰傷不了她，不管我們劈砍多久，刀劍也割不出傷口。我驚駭地想著是不是該讓《召喚咒》崩毀算了，或許那無盡的虛空能帶走她，但我覺得就算這樣也無法將她完全消滅，她太廣袤，足以填滿我們在世界上打開的所有空洞都綽綽有餘。她就是黑森林，黑森林就是她，她的根扎得太深太深。

薩肯能逮到空檔呼吸時便大口吸氣，梭亞已經耗盡力氣癱坐在臺階上，他的白焰消失了，我給薩肯更多力量，但很快地他也會累垮，森后的臉轉向我們，臉上不帶微笑，沒有勝利的表情，只有無盡的憤怒以及對自己獲勝的認知。

森后背後，卡莎站了起來，從背上抽出艾洛莎的劍，用力一揮。

劍鋒砍進皇后的喉嚨時卡住了，剛好卡在一半的地方，回音陣陣又嘈雜的咆哮聲響起，撼動我的耳骨，整個房間暗了下來，皇后的表情僵住，艾洛莎的劍開始喝了又喝，不管怎麼吸食都無法飽足，總是想要更多，咆哮聲更加響亮。

感覺像兩個永無止盡的事物之間的拉鋸，無底深淵與湍急河流之間的對抗。我們全佇立在原地觀看而且滿懷希望，皇后的表情沒有改變，長劍切入她喉部的位置，一抹黑亮光澤試著要染上她的肌膚，彷彿一杯清水中暈開的墨汁。她緩緩舉起一隻手用指尖觸摸傷口，手指沾染上些許同樣的黑亮光澤，她垂首看著。

然後她忽然抬頭看我們，帶著忽如其來的厭惡，幾乎搖了搖頭，似乎想說我們真是太傻了。她忽然跪倒在地，頭部和身體和四肢抽搐——像是操偶師丟下繩線之後的木偶。霎那間薩肯的火焰灼燒到漢娜皇后的身體，她的金色短髮冒煙起火，皮膚焦黑龜裂，燒焦的皮膚下透出淡淡的光，有一會兒我以為艾洛莎的劍可能有用了，也許摧毀了森后的永生。

但蒼白的煙霧從皮膚的裂隙中竄出，滾滾濃煙自我們身旁呼嘯掠過——正在逃逸，如同森后上一次也曾經逃出牢籠。艾洛莎的劍不斷試著將她飲盡、想攫取那縷縷白煙，但它們逸散的速度太快，連長劍飢渴的抓握都能逃過。煙霧衝過梭亞溜上樓梯，他抱住頭，然後白煙穿過屋頂中一個我沒注意過、極度細小的缺口消失了。卡莎撲向兄妹倆用身體保護他們，薩肯和我靠著牆壁蜷縮起來、摀住嘴巴，森后的氣息在我們的皮膚留下腐敗的可怕油膩感，枯葉和黴菌所散發的那股暖烘烘的臭味。

然後它就不見了——她不見了。

漢娜皇后的軀體現在無人寄居，如同燒盡的柴薪碎裂成灰燼，艾洛莎的劍噹啷一聲掉落在地，現場只剩下我們，唯一的聲音是我們急促的鼻息，倖存的士兵都逃跑了，死者被藤蔓和火舌吞沒，成為大理石白牆上燻黑的亡魂。卡莎慢慢坐直，孩子們擁在身側，我緩緩跪倒在地，因為恐懼和絕望全身發抖，馬列克攤開的手掌就在我附近，他目不見物的臉龐倒在房間中央，被焦黑的石塊和熔化的鋼鐵包圍。

黑色劍刃消散在空氣中，過不了多久就只剩空蕩蕩的把手，我們用掉了艾洛莎的劍，但森后還是活了下來。

29

我們抱著孩子們來到高塔外，朝陽明亮得令人不敢置信，照耀在六千具寧靜的遺骸上，已經有成群蒼蠅嗡嗡作響，烏鴉也結隊而來，我們經過時，牠們沖天飛起，停在高牆上等我們讓開路。

我們在地窖裡經過男爵的屍體，他靠著火爐邊的牆壁，空洞雙眼已經看不見任何景象，身體下匯聚了一攤鮮血。卡莎發現死在男爵身旁全副武裝的戰士手中緊握一瓶還沒破掉的睡眠藥水，她在我們帶孩子出來前扭開藥水瓶讓他們一人喝了一口，他們已經看得夠多了。

現在，史塔沙克軟軟地趴在她背上，薩肯懷中則抱著縮成一團的瑪里莎，我蹣跚跟在他們身後，覺得全身都被掏空，連作嘔的感覺都感受不到，眼淚也流乾了，呼出的每口氣都短促而痛苦，梭亞走在我旁邊，偶爾伸出手扶我越過疊得特別高的屍體堆，我們沒俘虜他，他自己尾隨我們走出來，臉上掛著迷惘的表情跟在我們後頭，先前在地窖裡，他把披風剩下的部分給了薩肯包裹住小公主。

高塔還聳立著，不過岌岌可危，大廳的地板剩下嶙峋亂石，蓋滿枯死的根莖和萎縮的藤蔓，和皇后躺在地底的軀體同樣焦黑，天花板破了個大洞，可以看見藏書室，一張椅子卡在大洞裡，我們爬過石塊和瓦礫時，薩肯抬頭看著。

我們得沿著企圖用來抵擋馬列克的高牆整整走完一圈，越過通道時，古老的石頭哀傷地對我低語。直到抵達廢棄的營地後，我們才看見生還者，那兒至少還有幾個人，他們翻找著補給品，有幾個人一見到我們就抱著銀杯衝出營帳鳥獸散，我很樂意付出十幾個銀杯來作為聽到活人聲音的代價，好說服自己並非每個人都死了，但他們都抱頭鼠竄，不然就是躲在帳篷裡或成堆的補給品後方偷看，我們站在死寂的曠野中，過了會兒後我想起了什麼，開口說：「發射大砲的那些士兵。」

他們還在原地，幾尊石像被推到一旁，空洞的灰眼瞪視著高塔，多數石像碎裂的情況都不算嚴重，我們默默站在他們旁邊，沒有人有力量解除咒語，我向薩肯伸出手，他把瑪里莎換邊抱，讓我握住他的手。

我們勉強擠出足夠的魔法解除咒語，士兵們被石頭釋放時蠕扭抽搐，因為忽然回返的時間與氣息而全身顫抖，有些人失去了指頭，石像的缺口被凹陷的疤痕所取代，但他們是訓練有素的士兵，可以將大砲操作得轟隆作響，和任何魔法一樣可畏，他們從我們身邊退開，雙眼圓睜，然後看見了梭亞，至少認出他是誰，「有任何命令嗎？大人？」其中一人猶疑地問。

梭亞雙眼無神地回看著他，然後望向我們，和那人同樣遲疑。

我們一起走到奧桑卡，途經的道路仍然因為昨日的車水馬龍而煙塵瀰漫。昨天。我試著想像：昨天，還有六千個人行經這條路，今天，他們全都不在了，死在壕溝裡、死在大廳裡、死在通往地底的螺旋梯上。一行人往前走時，我在煙塵中看見他們的臉。有奧桑卡的人看到我們往村裡去，波瑞斯便駕車趕來載我們一程，我們像幾袋穀物一樣坐在馬車後搖搖晃晃，車輪的吱嘎聲和著我記憶中所有關於征戰的歌謠，噠噠的馬蹄聲猶如戰鼓。這些故事肯定都有相同結局，疲累的主角都從屍橫遍野的戰場踏上返鄉之路，但從沒有人唱過這個部分。

波瑞斯的妻子娜塔雅把我安置在瑪塔的舊房間裡睡覺，那是個陽光普照的小臥室，架子上放著一只老舊的布娃娃和過小的百納被。瑪塔現在有了自己的家，但小房間仍是為她而準備，這個溫暖迎人的空間也等著接納我，娜塔雅放在我額頭上的手就像我的母親哄我入睡，只要睡著，怪物就不會來了，我閉起眼睛，假裝相信她。

我睡到傍晚才醒，這是個溫暖的夏夜，和煦暮光轉為藍色，屋子裡逐漸嘈雜的喧鬧聲令人熟悉又安心，有人在準備午餐，有人工作了一整天後回家吃飯，我動也不動坐在窗邊良久，這家人比我們家富裕許多，他們屋子的第二層樓全都是臥房，瑪里莎在庭院和一隻小狗和另外四個小孩奔跑嬉戲，他們大多比她年長，她穿著乾淨的棉裙，上頭沾滿青草的痕跡，髮絲從原本整齊的辮子脫落。史塔沙克坐在門邊看著他們，雖然有個和他年紀相仿的小男孩也在遊戲行列。他身穿簡樸衣物，但肩膀打得筆直，臉色和教堂一樣莊嚴肅穆，看起來完全不像尋常的孩子。

「我們得帶他們回克雷利亞。」梭亞說，休息過後，他又找回了些許那令人惱怒的自滿，他和我們坐在一起，彷彿從頭到尾都是站在我們這邊。

天黑了，孩子們都被哄上床睡了，我們拿著沁涼的白蘭地梅酒坐在庭院裡，我感覺自己似乎在假扮大人，這太像我父母邀請客人到樹林邊小坐乘涼的場合，投下樹蔭的枝椏微微晃動，大家聊著莊稼和家裡的事，我們小孩子雀躍地到處亂跑，尋找莓果或栗子，或者玩鬼抓人。

我記起我的大哥和梅葛莎成婚時，他們忽然之間不和我們一起奔跑玩耍，開始和父母坐在一起，那是種嚴肅的轉變，我沒想過自己會這樣忽然經歷，單純坐在這裡的感覺就已非常不真實，更不用說邊談論著王位和謀殺，彷彿這些都是千真萬確的事，而非歌謠裡的片段。

而聽著他們爭論不休，我感覺更加古怪。「史塔沙克必須立刻接受加冕，並選出攝政王。」梭亞說，「吉德納大公和瓦薩大公，至少——」

「那兩個孩子除了他們外祖父母那裡之外哪兒都不能去。」卡莎說，「如果有必要，我願意背他們一路走過去。」

「親愛的，妳不了解——」梭亞說。

「我不是你親愛的，」卡莎說，凌厲的語氣讓他閉起嘴，「如果史塔沙克現在是國王了，好，國王要我帶他和瑪里莎去找他們母親的家人，那就是他們要去的地方。」

「不管如何，王城都離黑森林太近了，」薩肯不耐又輕蔑地加上一句，「我**的確**知道瓦薩大公不會想要國王落到吉德納手裡，」他眼見梭亞吸了口氣要爭論，暴躁地加上一句，「但我不在乎。克雷利亞本來就危險，現在也沒變安全。」

「但是現在哪裡都不安全。」驚訝之餘，我打斷他們的話，「再安全的地方也維持不了多久。」他們的爭執在我聽來像是在吵該把房子蓋在河的左岸或右岸，卻忽略附近樹上標著春季洪水的記號高過了所有房屋的門。

過了會兒，薩肯說：「吉德納在海上，北邊城堡的地理位置很適合建立一道堅強防線——」

「黑森林還是會找上門！」我說，再明白不過了，我看進了森后的臉孔，感覺到無法平息的憤怒拍打我的肌膚，這些年來，薩肯彷彿用石頭水壩抵擋滔天巨浪，雖然將它的部分力量導引至散布河谷的千百條溪流和水井中，水壩卻無法永遠阻攔洶湧狂潮。或許今天、或許下週、或許明年，黑森林可能就會衝破水壩，奪回所有水井和溪流，然後往山脈前進，而有了新獲得的力量，它肯定能蔓延過山區所有的隘口。

但是沒有足夠的人馬能夠抵抗黑森林，邦亞的兵力已經潰不成軍，洛斯亞的軍隊也受了重創——黑森林輸得起一場、兩場，甚至十幾場戰役，它會重新站穩腳步並播撒種子，就算能將它逐回一兩個隘口，最後也無濟於事。黑森林只會不斷捲土重來，**她**會不斷捲土重來，我們抵抗黑森林的時間也許能讓史塔沙克和瑪里莎長大、變老、甚至死去，但和他們在庭院裡奔跑的波瑞斯和娜塔雅的孫子女們呢？或者他們的孩子，難道他們必須在逐漸籠罩的陰影中成長？

「我們沒辦法在邦亞水深火熱的時候，同時應付黑森林這個外患，」薩肯說，「一旦洛斯亞得知馬列克的死訊，就會越過雷德瓦大河來尋仇——」

「我們不能只想擋住黑森林！」我說，「以前的人已經試過了——我們也已經試過了。我們必須根除它以絕後患，根除**森后**。」

他怒目瞪視我，「是啊，好個絕妙主意，如果連艾洛莎的劍都傷不了她，那就沒有任何東西可以殺得死她，如此一來妳要怎麼進行這個計畫？」

我瞪回去，看見他雙眼倒映著我腹中感覺到的那股糾結的恐懼，他臉色一僵，斂起怒氣往後靠向椅背，但還是看著我，梭亞迷惑地瞅著我們兩個，卡莎則擔憂地看著我，但除此之外別無選擇了。

「我不知道，」我告訴薩肯，聲音顫抖，「但我會試著做些什麼，你願意跟我一起進入黑森林嗎？」

卡莎遲疑地和我一起站在奧桑卡外的十字路口，悶悶不樂。天空仍是早晨第一道曙光的粉紅和霧灰色，「妮絲卡，如果妳認為我幫得上忙。」她輕聲說，但我搖搖頭，親了她一下，她謹慎地用手環繞我，慢慢圈緊，直到將我緊擁在懷中，我閉上眼抱著她，那瞬間我們彷彿又回到童年，變回兩個小女孩，雖然遠處有陰影但仍然開心不減。然後陽光灑落在道路上，照耀著我們，我們放開手，往後一站：她金光閃爍、臉色堅決，而我的手裡有魔法，我捧著她的臉片刻，額頭靠著額頭，然後她轉頭離開。

史塔沙克和瑪里莎坐在馬車裡焦慮地望著卡莎，梭亞坐在他們旁邊，由其中一個倖存的士兵駕車。有更多士兵遊蕩到城鎮裡，他們在一切結束前逃離了戰場和高塔，黃沼地男爵和馬列克的人混在一起，這些士兵也擔任同行的護衛，他們不再是敵人了，其實他們一開始就不是敵人，就連馬列克的手下也以為他們是在拯救小王子小公主，士兵們只是恰好分別站在森后的棋盤上敵對的兩邊，好讓她坐在一旁看著所有人自相殘殺。

馬車裝滿了奧桑卡全鎮的補給品，這些貨物原本會在今年稍晚時進貢給薩肯，他還給了波瑞斯金子來支付馬匹和馬車的費用，「他們也會給你駕車的酬勞。」他說，將錢袋交給他，「把你的家人一起帶去吧，你們會有足夠的錢在王都重新開始生活。」

波瑞斯看向娜塔雅，她微微搖頭，他轉回去面對薩肯說：「我們會留下來。」

薩肯轉過身時一邊嘀咕，顯然這在他看來愚昧的選擇讓他很不耐煩，但我對上波瑞斯的眼神，河谷在我們腳底低聲歌唱，這裡是家。我刻意沒穿鞋光腳走出來，好讓腳趾在柔軟的青草和泥土中蜷曲並引入那股力量，我知道他為何不走，也知道我如果去德弗尼克請我爸媽離開，他們也不會走的原因，「謝謝你。」我告訴波瑞斯。

馬車吱吱嘎嘎走了，士兵們尾隨前進，坐在馬車後方的卡莎看著我，雙臂環著兩個孩子，直到行進隊伍在他們身後揚起混濁的煙雲，而我再也看不見他們的臉。我回身面對薩肯，他表情堅定陰沉地看著我，「現在呢？」

我們從波瑞斯的大房子出發上路，朝磨坊水車潑濺拍打的聲響走去，河水穩定推動水車，我們腳底的道路逐漸變成鬆鬆的小鵝卵石路面，然後又變成剛匯積不久的清澈水灘，有幾艘船綁在岸邊，我們解開最小的一艘推進水中，我把裙子舉起來跨進船裡，他則先把靴子丟進去，我們上船的姿勢不甚優雅，不過至少沒有全身濕透。薩肯拿起船槳。

他背對著黑森林坐下，說道：「幫我注意時間。」他划槳時，我低聲唱著珊珈的加速咒，河岸飛也似的經過。

紡錘河在逐漸高升的烈日下清澈筆直、波光瀲灩，我們快速滑過河面，船槳每划一下就前進半哩，我瞥見靠近波尼耶的岸邊有群女人在洗衣服，她們從成堆的白色亞麻衣物中直起身，目送我們如同蜂鳥般掠過，不久後我們經過維歐斯納，小船通過才剛結出小小果實的櫻桃樹，凋零的花瓣在水面漂浮。我沒看見德弗尼克，但知道我們正在經過那個河段，我認出村莊東邊半哩處那個河灣的弧度，回頭看見教堂尖塔上閃閃發光的黃銅公雞風標，風往我們背上吹拂。

我繼續輕柔地歌唱，直到前方出現了陰暗的樹牆，薩肯把槳放到船底，轉身望著樹木前方的地面，臉色陰鬱，我過了一陣子才發現地上已經沒有火燒的痕跡，只有厚實的青草。

「我們原本沿著邊界往回燒了一哩。」他說，眺望南邊的山脈，似乎在衡量黑森林所前進的距離，我覺得這已經不重要了，不管黑森林擴張了多少，都已經太遠了，要嘛我們能找到阻止它的方法，要嘛我們找不到，沒有第三條路可走。

紡錘河的水流帶著我們漂浮前進，前方，枯瘦的暗色樹木舉起長臂、手指彼此糾結，在河流兩側形成高牆，薩肯回身，我們握起手，他念出分心和隱形的咒語，我對著小船小聲覆誦，請它成為漂流的空蕩船隻，繩索磨損斷裂，輕輕撞擊岩石，我們試著變成不值得注意和在乎的東西，太陽高掛天空，一道日光直直打在河面，就在兩側樹蔭中間，我把船槳擺在後方當成舵，讓小船保持在那燦爛的航道上。

河岸兩旁越來越濃密蔥鬱，灌木長滿豔紅莓果，荊棘宛如蒼白又銳利得足以致命的惡龍獠牙，樹木越來越粗，也更加畸形巨大，它們全靠向河流，往空中拋出細瘦的枝椏，想抓到更多天空，看起來似乎正齜牙咧嘴地咆哮。我們安全的航道縮小變窄，水流也變得安靜無聲，好像也想躲起來，我們在小船中央互相依偎。

一隻蝴蝶洩漏了我們的行蹤，那黑黃相間的小東西在黑森林中迷了路，疲累地降落在船首，樹木間衝出一隻黑色匕首般的鳥兒張口咬住牠，鳥兒停在船首，喙間露出壓碎的蝶翅，然後牠咂了三次嘴，鳥喙迅速喀喀開闔了三次，用黑色小珠子般的眼睛看我們，薩肯想抓住牠，但牠飛回樹木間，然後一陣冷風颳過河面，吹上我們背脊。

岸邊傳來呻吟聲，其中一棵參天古木低低傾倒，樹根從土裡拔出，隨著轟然巨響倒向小船後方的水面，河流在我們身下劇烈起伏，我的槳漂走了，我們抓住船身兩邊，在小船轉了一圈時緊緊攀著，小船頭尾顛倒向前衝。然後往下一傾，水從四面八方湧進，讓我的光腳冷冰冰的。我們繼續旋轉，波浪反覆拍打船身，我看見一隻木屍從河岸跳上傾倒的樹，轉動細枝似的頭顱看向我們。

薩肯大喊：「藍坎，薩爾霍茲！」小船應聲打直，我指著木屍，雖然知道已經太遲了，「波利記！」我說，它細瘦的背脊冒出亮橘色火焰，但牠已經轉身、四肢著地跑進森林，身後拖曳著煙霧和橘光。我們已經被發現了。

黑森林凝視的力量像鐵鎚一樣重擊我們，我往回跌到船底，撞得頭暈目眩，冷水電擊似的穿透衣物，樹木朝我們探出手，伸展滿布棘刺的樹枝越過水面，樹葉灑到我們身上，積在小船後方的水面，我們來到一個河灣，前方岸上有五六隻木屍，領頭的是一隻墨綠色大螳螂，牠們都開始涉水前進，宛如一座活體水壩。

水流變快了，紡錘河似乎想帶我們通過，但前方的妖物太多，更遠處還有更多繼續涉水入河。薩肯在船中站起來，吸氣準備唸出咒語，準備用火焰或者閃電攻擊牠們，我挺身一站抓住他的手，將我們倆拉過船邊、一起滾進河中，我的手感覺到他詫異又惱怒地掙扎了一下。我們深深沉入水流中，再次浮出時像是攀著枯枝的落葉，淡綠和棕色的葉子和其他東西一起漂浮轉動，也許是幻象、也許不是，我專心想著我只想當一片棕色小葉片，河水用細長湍急的水流抓著我們往前推送，彷彿一直在等待這個機會。

木屍抓起我們的小船，螳螂長著利爪的前腳將它撕裂，還把頭探進去，似乎想找尋我們，然後牠又露出閃閃發光的複眼四處張望，但那時我們早已通過牠們腳下，紡錘河暫時將我們吸進一個小漩渦，進入一片混濁蓊鬱的寂靜之中，離開了黑森林的目光，再將我們吐出在一小塊陽光普照的河面，十幾片樹葉也隨之浮起，在我們身後上游處，木屍和螳螂在河裡翻找，四肢嘩啦啦攪動著，我們靜悄悄漂得更遠，任憑水流帶著我們前進。

我們在黑暗中當了好陣子的樹葉和樹枝，周圍的河道漸趨狹窄，樹木長得高聳駭人，樹枝交纏成濃密的頂蓋，沒有任何陽光能夠穿透，只有幾經枝葉過濾後的幽冥微光，所有吸不到陽光的低矮植物都死光了，河岸邊叢生著劍形的細長蕨葉和紅頂蘑菇，夾雜濡濕的灰色蘆葦，暗色泥濘中露出參差不齊的一團喝著河水的慘白根鬚。暗色樹木的間距較為寬敞，木屍和螳螂跑到岸邊找我們，除此之外還有別的東西：其中之一是拱著巨大口鼻的野豬，身形有小馬那麼龐大，沉重的肩膀覆蓋著毛皮，雙眼像燒紅的炭火，銳利獠牙從上額往下彎，牠離我們最近，在河岸邊嗅聞，翻開泥巴、把腐葉層推成一堆，非常接近小心謹慎漂過的我們。**我們是落葉和枝椏**，我無聲地唱著，**落葉和枝**

椏，其他什麼都不是。隨著我們繼續往前漂流，我看見野豬搖搖頭，不滿地發出噴氣聲，然後返回林木深處。

牠是我們看見的最後一頭野獸，我們逃離黑森林的注視後，那血脈賁張的怒氣便減輕了，它還在搜尋我們的蹤影，卻不知道該往哪裡找，我們越往前，那股壓力持續緩解，蟲鳴鳥叫也都逐漸消失，只剩下紡錘河的咕嘟聲響，響亮了些，河道也再度變寬，淙淙流過布滿光滑岩石的清淺河床。薩肯忽然有了動作，他發出人類的抽氣聲，把我拉進空氣中，不到百呎遠處，河流洶湧奔下懸崖，而我們並不是**真正的**葉子，就算我一直小心翼翼想忘掉這件事。

河流哄誘著企圖將我們往前拉，岩石和潮濕的冰塊同樣滑溜，我的腳踝、手肘和膝蓋在上頭磨破皮，我們滑倒了三次，終於在離瀑布邊緣不到一呎遠的地方爬上岸，全身濕漉漉發著抖，四周的樹木寂靜無聲而且黯影幢幢，但它們並沒注意我們，這裡的樹高聳入雲，地面只看得到宛如光滑高塔的樹幹，它們的核心在很久之前就已成形，對它們來說，我們不過是在根部探頭探腦的小松鼠，一大團水霧從瀑布底端升起，完全遮蔽了懸崖邊緣和底下所有東西。薩肯看著我：**現在怎麼辦？**

我走進霧氣中，小心摸索著路線，我腳底的泥土呼出濕氣，感覺非常肥沃，河流揚起的水霧黏在我的皮膚上，薩肯一隻手搭在我肩上，我找到立足點和手可以抓的地方，我們一起爬下嶙峋陡峭的懸崖側坡，直到我忽然腳一滑，重重跌坐在地，他也一起跌倒，我們就這樣滑下山坡，只勉強保持背部著地，免得直接滾下去，最後山坡讓我們重重降落在一棵樹幹底部，那棵樹危險地俯瞰著瀑布底端的湖泊，因為樹根緊抓一顆大圓石才沒有翻落水中。

我們仰躺在那兒往上看，因為撞擊的力道而喘不過氣，灰色大圓石皺眉看我們，好似一個大鼻子老人，樹根則像他毛茸茸的眉毛。雖然我滿身瘀青擦傷，還是不禁放鬆許多，似乎暫時來到了一處安全之地，黑森林的憤怒並未延伸至此，陣陣霧氣從水流翻騰而出、來回飄動，我能透過水霧看見枝葉上下款擺，銀色樹枝襯著淡黃色葉子，我因為終於能稍事休息而開心不已，但這時薩肯低聲咒了半句，猛地站起身，抓住我的手臂，他把我往水裡拉，我幾乎要出言抗議。我們站在深及腳踝的水中，他在樹枝籠罩的範圍外停下，我回頭看進霧中，剛才我們就躺在生長於河岸邊一株古老多節的心樹下。

我們沿著狹長的河流往下逃離，紡錘河在這兒只是條小溪，寬度剛好讓我們並肩嘩啦啦地奔跑，底部有灰色和琥珀色的沙子，水霧逐漸散去，最後幾絲霧氣也緩緩飄開，一陣忽如其來的風將它們吹得一乾二淨，然後我們僵立在原地，我們所在的空地布滿心樹，在我們身邊圍成一圈。

30

我們緊緊握拳站立，幾乎不敢呼吸，好像保持靜止就能不讓心樹注意到我們，紡錘河穿過心樹繼續往前流，發出輕柔低語，水流清澈到我能看見底部的沙子，黑色、銀灰和棕色，參雜光滑的琥珀和石英顆粒，太陽再度閃耀。

這裡的心樹不像懸崖上方那些安靜的參天巨木，它們的樹幹粗大，不過只和橡樹差不多高，樹形橫向伸展開來，滿是互相交纏的樹枝和蒼白的春天花朵，乾枯的金黃落葉厚厚堆在樹木下方的地面，那是去年秋天的落葉，其中還有掉落已久的果實飄散出淡淡酒味，並不難聞，我的肩膀不禁放鬆了些。

樹枝間應該有無數啁啾啼叫的鳥兒或者蒐集果實的小動物，卻只存在深沉奇異的寧靜，河流靜靜唱歌，但除此之外沒有別的東西、沒有別的生靈，就連那些心樹也都沒有任何騷動，微風稍微撥動樹枝，但葉子只睡意闌珊地窸窣幾聲，又靜了下來。溪水流過我的光腳，陽光從枝葉間灑下。

我終於踏出一步，樹木間沒有東西竄出，也沒有鳥兒尖叫示警，我又踏了一步，然後又一步，溪水很溫暖，斑駁的陽光也足以開始曬乾我亞麻上衣的背部，我們在靜謐中往前走，和緩蜿蜒的紡錘河領著我們在樹木間穿梭，直到最終匯聚成一汪靜止的小池塘。

小池塘彼端矗立著最後一棵心樹，比其他心樹更寬更高，它前面隆起一座綠色小塚，堆滿掉落的白花，森后的身體就躺在上面。我認出她在高塔裡穿的那件白色喪服，她仍然穿著那件白裙的殘骸，原本又長又直的裙子現在破破爛爛，側邊出現裂痕，衣袖也大多腐朽了，手腕附近縫著珍珠的袖口沾滿許久之前的褐色血漬。她墨綠近黑的頭髮披散在小塚上，和樹根糾結在一起，樹根爬過小塚，纖長的棕色手指溫柔包覆她的軀體，纏住腳踝和大腿、肩膀和頸項，梳過她的髮絲，她的眼睛閉著，正在作夢。

如果艾洛莎的劍還在，我們也許可以刺進她身體裡，穿過她的心臟，直接把她釘在地上，也許那樣就能殺死她，這裡是她力量的源頭、躺著的是她的真身，但是劍已經毀了。

然後薩肯掏出他最後一瓶火心：飢餓的金紅火焰在玻璃瓶中急切躍動，我低頭看著，不發一語，我們是來這裡了結一切的，我們的目的就是燒了黑森林，而這裡是它的心臟，**她**就是黑森林的心臟，不過當我想像把火心倒在她身上，看著她四肢痙攣的模樣——

薩肯看著我的臉說：「回去瀑布那裡。」他想免去我的掙扎。

但我搖搖頭，並非我膽怯不敢下手殺她，死亡和驚駭是森后應得的結局：她播下種子、悉心呵護並獲得豐碩果實，卻還想要更多，卡莎在心樹樹皮底下的無聲哭泣、馬列克被自己的母親殺死時明亮的臉龐、我母親看到她的小女兒帶著滿圍裙的黑莓回家時的恐懼，因為黑森林連小孩也不會放過、波若斯納被挖空掏淨的圍牆、心樹就那樣盤踞在村落中央、巴羅神父的身體扭曲變形成四處殺戮的怪物、瑪里莎在她母親千瘡百孔的屍首上方小小聲地說：「媽媽。」

我恨她，我要她烈火焚身，一如那麼多感染腐敗之氣的人那樣活活燒死，因為是她朝他們伸出魔爪。但以怨報怨似乎不是了結這無盡血債的正確方式，古老高塔的人們將她困在墓穴裡，然後她消滅了他們所有人，她揚起黑森林來吞噬我們，現在我們用火心對付她，用灰燼汙染這閃亮清澈的河水，這一切感覺都不對勁。

我和薩肯一起涉水渡過小池塘，水深不到我們的膝蓋，小巧渾圓的石頭踩起來很光滑，近看森后的模樣更加奇異，似乎不像活物，她的雙脣微開，但胸膛並沒有上下起伏，幾乎稱得上是尊木雕，她的皮膚隱約有木頭直直切開後的細長紋理和深淺交錯的波浪狀紋路，薩肯打開玻璃瓶，迅速將火心倒入她的脣瓣間，然後把剩餘的幾滴灑在她身體上。

她的眼睛倏地張開，衣服著火，心樹的樹根著火，她的頭髮也著火了，她被包圍在一團火雲中，薩肯將我往後拉，她發出沙啞憤怒的吶喊，煙霧和火焰從她嘴裡冒出，她的皮膚底下四處都有火焰流竄，像是爆炸的橘色星星，她躺在心樹根部的小塚上扭動，綠草迅速化成灰燼，她四周翻騰著滾滾濃煙。我看見她體內的肺、心、肝，彷彿著火房屋裡頭的陰影，長長的樹根燒得焦脆、蜷曲起來，她猛然跳起身。

她面對著我們，像燒了很久的木頭：皮膚成為黑炭，從裂縫中可以看到裡頭的橘色火焰，蒼白的灰燼從皮膚表面吹開，她的頭髮是一頂框住頭顱的火之冠冕，她再次吶喊，喉嚨裡有紅光，舌頭是一塊焦炭，她仍然繼續燃燒，身體有幾處噴出火焰，但皮膚又像樹皮似的覆蓋過去，雖然她的血肉被那無休無止的高熱燻黑了，卻又再次痊癒。她搖搖晃晃走向池塘，我驚駭地看著，想起《召喚咒》的幻象和她意識到自己被困在墓穴中的錯愕和恐懼，問題不在於她除非被殺否則永生不死，而是她根本不知道該怎麼死去。

薩肯從溪床抓起一把沙子和鵝卵石丟向她，喊出增強的咒語，它們劃過空中時膨脹為大圓石，然後砸中森后，她像撥火鉗攪動的爐火那樣噴濺出火星，但就算這樣，她還是沒有崩解為灰燼，仍然繼續燃燒，火焰卻吞噬不了她，她繼續往前走，把手和膝蓋浸入池塘，濃密的水蒸氣嘶嘶噴出。狹窄的小溪忽然快速流動，似乎知道池塘需要補注，森后的身體就算在清澈蕩漾的水面下仍然發出火光，火心在她體內深處閃動，拒絕被澆熄，她用雙手捧起溪水喝，水分碰到她焦黑的肌膚大多都化為蒸氣，然後她接住薩肯拿來丟她的圓石之一，隨著魔法怪異的一扭，她在中央挖了洞，做了個碗來喝水。

「跟我一起！」薩肯對我大叫，「讓火繼續燒！」我嚇了一跳，我原本正著魔地看她活生生地燃燒，我抓住他的手，「波利記，莫林。波利記，塔洛。」他唱道，我則唱著關於旺盛的爐火、關於對著火苗輕柔吹氣的歌。森后後方燃燒的樹根再次劈哩啪啦碎裂，她體內的火焰也恢復明亮，她從碗邊抬起頭憤怒地大喊一聲，雙眼是閃著火光的兩個黑窟窿。

河床冒出藤蔓纏住我們的腳，我光著腳因此得以抽開，但它們抓住薩肯靴子的綁帶，他跌入水中，其他藤蔓立刻捲上他的雙臂，直撲他的喉嚨，我雙手往水裡一沉，抓住藤蔓說：「阿辣卡。」劇烈的綠色電光竄過藤蔓，讓它們迅速鬆手，我的手指也刺刺的，他快速念了一個咒語，掙脫開來，留下困在水底的靴子，然後我們狼狽地爬上岸。

我們四周的心樹甦醒了，它們一起挫敗地顫抖、波動，發出細碎的呢喃，森后已經從我們身旁轉開，她還拿著那個石碗，除了自己喝水之外還朝最高的那棵心樹根部灑水，試圖把火撲滅，紡錘河的水正一點一點漸漸將她體內的火焰澆熄，她踩在池塘深處的腳掌已經成為堅實烏黑的木炭，不再燃燒。

「那棵樹，」薩肯沙啞地說，拖著身體從河岸站起來，他喉部有棘刺勒出的鮮紅血印，恍若一圈項鍊，「她想保護它。」

我站在岸邊抬起頭看天空，已經是下午了，空氣凝滯潮濕，「喀莫茲。」我對天空說，呼喚著，雲朵開始聚集成團，「喀莫茲。」開始滴滴答答下起小雨，水珠打在水面上，薩肯厲聲說：

「我們可不是要把火澆熄——」

「喀莫茲！」我大喊，高舉雙手，從天空中拉扯出閃電。

這次我知道即將發生什麼事，但不代表我準備好了，因為沒有任何方法可以作好準備，閃電再次奪去全世界，那可怕的剎那之間，四處都是令人盲目的寂靜白光，然後它從我手中跳出，發出轟隆雷鳴，擊中那棵巨大的心樹，正中紅心、驚天動地的一擊。

猛烈的力量將我震得旋轉著往後飛，我頭暈目眩跌進湧流的河水中，臉頰貼著鵝卵石和青草，長滿金葉的樹枝在我頭頂揮舞，我麻木、眼花、腦筋一片空白，世界靜得出奇，儘管如此，我還是聽得見那驚懼的恐怖尖叫越來越響亮，我勉強用顫抖的手扶起頭，心樹在燃燒，每片葉子都著火了，樹幹完全焦黑，閃電擊中樹幹低處分支出去的枝椏，幾乎四分之一的樹都燒毀了。

森后尖叫著，似乎出於直覺地將雙手放在樹上，企圖把斷掉的樹枝推回去，但她還在燒，樹皮在她的碰觸之下再度著火，她縮回手，常春藤鑽出地面、爬上樹幹，一圈圈圍繞它，試著不讓樹解體。她轉頭越過池塘衝向我，臉龐憤怒扭曲，我企圖用雙手雙腳往後爬，我知道攻擊心樹不管用，就算樹木遭到重創，她也沒有出現同樣致命的傷勢，那棵心樹並非她的生命來源。

剛才的閃電將薩肯往後拋到樹木間，他踉踉蹌蹌跑出來，衣服同樣焦黑冒煙，他指著溪流說：「克渡爾，弗林安。」他說，嗓音像大黃蜂一樣粗嘎，在我耳裡聽來很模糊，「圖瓦，克渡爾——」河岸崩落，溪流遲疑緩慢地轉彎，流過新的河床，離開池塘和燃燒的心樹，池塘中剩下的水開始化為陣陣滾燙的蒸氣。

森后旋身轉向他，她伸出手，更多植物從水中冒出，她抓住藤蔓上方把它們拉出來，然後丟向薩肯，藤蔓在半空中生長、腫脹，纏住薩肯的身體和雙手雙腳，而且越來越粗，將他勒倒在地，我試著爬起來，雙手刺痛、鼻子裡都是濃煙，但是她朝我撲來的速度太快，像塊有生命的木炭，周身仍散出濃密煙霧和水氣，她抓住我，我放聲尖叫，聞到她接觸我手臂之處血肉燒焦的味道。

她拖著我前進，我看不見也痛得無法思考，我的衣物在燃燒，衣袖在她烙鐵般的手指下焦黑剝落，她四周的空氣和烤爐一樣熱，像水一樣波動，我別過臉掙扎著想呼吸，她把我拖過池塘，爬上她那座小塚的烏黑廢墟，走向殘破的心樹。

那時我猜到了她想對我做的事，在劇痛之中我還是尖叫出聲並掙扎反抗，卻無法掙脫她的抓握，我用光腳踢她，於是腳掌也燒傷了，我盲目地摸索魔法，喊出一半咒語，但她瘋狂搖晃我，我的牙齒在口中喀喀作響，我試著抓住她、貼緊她，我寧願活活燒死，我不想知道她會利用我造出什麼樣腐敗的怪物，也不想知道她在黑森林正中央把我的力量注入那棵巨大心樹後會發生什麼事。

但她壓得我的手臂動彈不得，把我推過焦脆的木頭和灰燼，塞進閃電在心樹中央擊出的大洞，纏住樹木的常春藤往內收緊，心樹像棺蓋一樣將我覆蓋。

31

冰冷潮濕的樹液流過我的身體，青綠又黏稠，浸濕我的頭髮和皮膚，我發狂推著木頭，哽咽著念出力量的咒語，樹幹重新打開，我亂抓著樹皮邊緣，赤腳從裂縫邊緣戳出去，把自己拉出樹洞、踉蹌回到空地上，銳利的木屑刺入手指和腳趾，我因恐懼而盲目，一味抓扯、奔跑，想離那棵樹越遠越好，直到我倒在冰冷的水中又扭動身子爬起來——這才發現一切看起來都不同了。

沒有火燒或打鬥的痕跡，四處都不見薩肯或森后，就連巨大的心樹都消失了，大部分的心樹也不見蹤影，林間空地非常空曠，我站在水波蕩漾的寧靜池塘邊，這兒很可能是另一個世界，現在是明亮的早晨時分，不是下午，鳥兒在枝椏間跳躍，彼此對話，青蛙在泛著漣漪的水邊呱呱唱歌。

我瞬間明白我被困住了，但這個地方感覺不像黑森林，不是我看見卡莎曾在其中遊蕩、耶爾西癱倒在樹旁那可怕扭曲的黯影之地，它感覺甚至不像真實的林間空地，充滿不自然的寂靜，池塘的波浪輕拍我的腳踝，我轉身嘩啦啦跑過河床，沿著紡錘河前進，薩肯無法一個人施展《召喚咒》來讓我看見逃脫的路，不過帶我們來這兒的是紡錘河，說不定也能帶我出去。

這裡的紡錘河也不太一樣，小溪逐漸變寬變深，但是前方沒有水霧迎向我，我沒聽到瀑布的隆隆聲，終於在一個有點熟悉的河灣邊佇足，盯著岸邊一株小樹苗看：纖瘦的小小心樹，也許只有十歲，往那塊巨大的老人灰石生長，我們滑落懸崖時滾落在同一塊石頭下，當時它半隱身在瀑布底端的水霧中。

但這裡沒有瀑布、沒有懸崖，原先古老的樹木現在都矮小年輕，紡錘河對面聳立著另一株心樹，這兩棵心樹再過去的河道慢慢開闊，黑暗深沉的水流繼續往前奔騰，更遠處沒看見有其他心樹，只有普通的橡木和高聳的松樹。

然後我意識到這裡並非只有我一個人，有名女子站在河岸對面那棵較大的心樹底下。有幾秒鐘的時間我以為她是森后，她們倆的模樣相似到可能是姊妹，她也有同樣的檣木樹皮紋理以及同樣糾結的頭髮，但她的臉型較長，眼睛是綠色的，森后擁有赤褐與燦金的軀體，她則偏向樸實的棕褐與銀灰色調。她和我一樣低頭望著河水，一艘緩緩前進的小船進入視野中，那是艘雕刻精細的修長木船，非常漂亮，森后站在裡頭。

她站在船首微笑，似乎沒看見我，髮間戴著花冠，身旁站著一個男人，我花了點時間才認出他的臉，因為我只見過他死去的模樣：他是高塔裡的國王。他看起來年輕許多也高大許多，臉龐沒有歲月的痕跡，但是森后看起來和困在墓穴中那天的模樣差不多，他們身後有個表情緊繃的年輕人，剛成年不久，但我看得出他之後會成為什麼樣的人：高塔裡那個冷漠的男人。船裡還有其他高塔裡的居民划著槳，他們身穿銀盔甲，一邊警戒地看著四周高大的樹木，一邊用船槳劃過水面。

他們身後出現更多船隻，有好幾十艘，但看起來像是臨時搭建而成的，比起真的船，還更像巨大的葉子，船上擠滿了我從來沒看過的人們，他們的模樣都很像樹木，和森后有些許相似：暗色胡桃木、亮色櫻桃木、蒼白的岑樹和溫暖的山毛櫸，他們之中有幾個孩子，但是沒有老人。

木刻小船輕輕撞擊河岸，國王扶著森后下船，她走到那名微笑的樹女前張開雙臂，「黎那椏。」她說，我知道這個詞含有魔法，卻不單單只是魔法；這個詞是名字，卻不單單只是名字，它也意味著**姊妹**、**朋友**和**同行旅人**。這名字奇異地往樹木裡迴盪而去，樹葉似乎也呢喃回應，河面的漣漪也聽見了，好像它寫入了四面八方的所有事物中。

森后似乎沒注意到，她親親妹妹的雙頰，然後握住國王的手，帶領他走過心樹，朝林間空地走去，高塔的居民把船綁好後跟隨著兩人。

黎那椏安靜地在岸邊等候，望著其餘的船隻紛紛靠岸，每艘船淨空之後，她便伸手觸摸，船隻縮小成浮在水面上的一片葉子，穩穩地隨著水流漂至河岸邊一處凹洞內，很快地，河上已經不見任何小船，最後一批樹人也開始走向林間空地，黎那椏轉身用低沉、回音陣陣的嗓音對我說：「來。」聽起來像敲擊一截空心木頭的聲音。

我盯著她，但她逕自轉身涉過小溪，離我越來越遠，過了會兒後我跟上去，我很害怕，但卻出於直覺地不害怕她，我的腳濺起水花，但黎那椏的並不會，她的皮膚似乎將水分吸收了進去。

我們四周的時間流動很奇特，等我們到達空地時，婚禮已經結束了，森后和她的國王站在綠色小塚上，兩人十指交握，手臂上掛著一串花圈，樹人聚集在四周，散布在樹木之間靜靜地觀看，他們所有人都有一種深沉而不像人類的靜謐，高塔的人戒慎地瞥著他們，聽到心樹的窸窣低語時不禁瑟縮，不苟言笑的那個年輕人站在新人旁邊，眼帶嫌惡看著森后那纖長多節的怪異手指包覆著國王的手。

黎那椏來到場景中加入他們，她的雙眼濕潤，像雨後閃亮的綠葉，森后對她微笑，「別哭，」她說，嗓音像溪流的笑聲，「我去的地方不遠，高塔就在河谷盡頭。」

妹妹沒有回應，只親親森后的臉頰，放開她的手。

國王和森后一起離開，連同高塔來的所有人，樹人悄悄散入森林中，黎那椏輕聲嘆息，那是風吹過枝頭的輕喟。又只剩下我們兩人，一起站在綠色小塚邊，她轉頭面向我。

「我們的族人單獨在這裡生活了很久，」她說，我不禁好奇：對樹木來說，很久是多久？一千年？兩千年？一萬年？無盡的代代相承，根越扎越深，「我們開始忘了怎麼當人，一點一滴流逝。」

「巫王和他的子民來到這裡，我姊姊允許他們進入河谷，她覺得他們可以讓我們重拾記憶，她覺得我們可以重獲新生，同時也能教導他們別的事物，我們能帶給彼此嶄新生命，但他們很害怕，他們想存活、想變強壯，但不想要改變，他們學了不該學的東西。」我們說話時，歲月飛逝，像灰濛濛又柔軟的雨滴糊在一起、互相交疊。接著，夏天又來了，過了許久之後的另一個夏日，樹人們穿過樹木走進空地。

很多人都緩緩移動，莫名謹慎，有些人受傷了：幾個人小心護著發黑的手臂、一個男人跛著腳，他的傷肢宛如笨拙砍斷的木柴，另外兩個人扶著他，殘肢頂端看起來像是快長出新的腿。此外，還出現了領著小孩的父母和懷抱著嬰兒的女人。遠遠的西邊，一縷黑色細煙飄上天際。

樹人前進的同時邊撿拾心樹的果實，並用剝落的樹皮和落葉做出杯子，就像卡莎和我小時候在樹林裡玩家家酒一樣。他們將杯子浸入清澈透亮的池水中，走上空地後三三兩兩散開，我看著他們，眼眶盈滿淚水卻不知道為什麼，他們有些人停在陽光照耀的開闊空間，邊吃果實邊喝水，母親嚼軟了果肉後放進寶寶嘴裡，再讓他從杯子裡啜飲河水。

他們在改變，腳掌拉長、細長的腳趾衝入土壤，他們的身體拉長，朝著陽光舉起手臂，衣服如同棕色葉子和乾草般脫落，變化得最快的是孩子們，他們忽然拔高成美麗巨大的灰色樹木，枝椏茂盛伸展，開滿白花，四處都有銀葉冒出，彷彿他們蓄積的所有生命力都在此時此刻一口氣湧出。

黎那椏離開小塚，在他們之間穿梭移動，有幾名樹人苦苦掙扎，傷者和老人，他們變化到一半停住了，寶寶已經變成綴著白花的美麗閃亮的樹木，但他的母親蹲伏在樹幹邊發抖，手貼在樹皮上，她的杯子打翻了、臉孔充滿痛苦，黎那椏溫柔輕撫她的肩膀，將她扶起，跌跌撞撞離寶寶的樹稍微遠些，黎那椏摸摸那名母親的頭，給她果實吃，讓她從自己的杯子裡喝水，她用那奇異低沉的聲音唱歌給她聽，母親低垂著頭站起來，淚水撲簌簌滴落，忽然之間，她抬起臉仰望陽光，身體也開始拉長，很快地就離開了。

黎那椏幫忙困住的剩下幾人，讓他們多吃下一塊水果，她摸摸他們的樹皮，將魔法唱進他們體內，直到剩下的部分也蛻變完成，有些人變成矮小多節的樹、最年長的幾個則變成小樹苗，空地裡滿是心樹，只剩下黎那椏一人。

她回到池塘邊，「為什麼？」我無助地問她，我必須知道，但我幾乎不想知道答案，我不想知道是什麼將他們逼迫至此。

她指著遠方，河流的方向，「他們要來了，」她低沉的嗓音說，「妳看。」我朝河流望去，除了天空的倒影之外，我還看見人們乘著一艘艘木雕小船出現，他們舉著燈籠、燃燒的火把和巨大斧頭，為首的那艘前端飄揚著旗幟，曾出席婚宴的年輕男子站在船頭，年紀大了不少，臉孔也變得冷酷，就是他把森后堵在墓穴中。現在他頭上戴著一頂皇冠。

「他們要來了，」黎那椏又說，「他們背叛了我姊姊，將她禁錮在她無法生長的地方，現在他們要來殺我們了。」

「你們沒辦法抵抗嗎？」我問，感覺得到她體內深處有靜止的魔法，不像溪流，而是一口無底的井。「你們沒辦法逃跑嗎——」

「不行。」她說。

我住口不語，她的雙眼和森林同樣深邃，蒼翠又綿延無盡，我看得越久，她似乎就越不像個女人，我看見的那部分只是她的一半：巨大樹幹、繁盛樹枝、葉子和花朵和果實，最下方則是盤根錯節的樹根，深深扎進河谷的土壤。我也有根，但跟她的不同，我可以被小心翼翼地挖起，搖落附著根上的泥土，然後移植到國王的城堡或大理石建造的高塔裡——也許不快樂，但我能活下去，但她是不可能被挖起來的。

「他們學了錯誤的事，」黎那椏又開口說，「但如果我們留下，如果我們戰鬥，我們會記起錯誤的事，然後我們會變成——」她停頓，「我們決定寧可不要記起。」最後她說。

她彎腰撿起杯子，「等等！」我說，趁她開口喝之前、趁她離開我之前抓住她的手臂，「妳可以幫我嗎？」

「我可以幫妳蛻變，」她說，「妳的根夠深，可以和我一起來，妳可以和我一起生長，享受平靜。」

「我不行。」

「如果妳不來，就得單獨待在這裡，」她說，「而妳的悲傷和恐懼會毒害我的根。」

我安靜地佇立，害怕著，我開始懂了：這是黑森林腐敗的源頭，樹人們自願改變，他們仍然活著，夢著悠遠深沉的夢，但這比較接近樹的生命而非人類，他們不像困在樹皮後方、一心想逃出來的人那樣仍然清醒卻活生生被困住。

但如果我沒辦法蛻變、如果我還是孤獨又可悲的人類，雖然我的力量能讓她繼續存活，我的痛苦卻會使她的心樹生病，如同森林外圍那些駭人的樹木。

「妳不能放我走嗎？」我絕望地說，「她把我推進**妳**變成的樹——」

她的臉哀傷地皺起，然後我明白了這是她唯一能幫我的方式，她早已離開，而她還活在心樹裡那部分藏得很深，而且疏離又遲鈍。那棵樹找到了這些記憶、這些片刻，黎那椏因此能讓我親眼看見出路——她的出路，但僅能做到這些，這是她拯救自己和族人的唯一方式。

我吞了口口水往後退，手從她臂上滑落，她又端詳我許久，然後仰頭喝水。黎那椏站在水池邊、開始生根，暗色樹根往外舒展，銀色樹枝開散、長高，越來越高，她體內的那口井有多深，樹就有多高，花朵綻放，銀灰色樹皮覆蓋的樹幹有微微皺褶。

空地中再度剩下我一人，鳥叫聲也逐漸止息，我看見樹木間有野鹿倉皇失措地蹦跳逃跑，雪白的尾巴一閃然後不見蹤影，樹木飄下乾燥的褐色葉子，在我腳底碎裂，葉片邊緣有霜齒囓咬的痕跡。太陽開始西沉，我用雙臂環住自己，又冷又怕，呼出的鼻息像朵朵白雲，赤裸的腳掌從冰凍的地面縮開，黑森林包圍著我，而我找不到出路。

忽然一道燦爛奪目又熟悉的光照亮我：《召喚咒》的光。我轉身進入飄著鵝毛大雪的空地，忽然滿懷希望，時間再度流動。安靜的樹木光禿寂寥，《召喚咒》的光芒像一束銀色月光那樣灑下，池塘呈現水融融的銀色，有人正從裡頭爬出來。

是森后，她將自己拉上岸，身後的雪地留下土地裸露出的黑色痕跡，她穿著濕透的喪服倒在岸邊，側躺著喘氣，然後睜開雙眼，用顫抖的手臂慢慢扶地坐起，四下環顧，她的表情變得惶恐，她搖搖晃晃站起身，沾滿泥巴的結冰白裙和皮膚凍在一起，她站在小塚邊眺望空地，慢慢轉身抬頭仰望頭頂那棵巨大的心樹。

她遲疑地踏雪爬上小塚，把手放在心樹粗大的銀色樹幹上，她站在那兒發抖片刻，然後往前傾，臉頰貼上樹皮，她沒有哭，圓睜的雙眼空蕩蕩，什麼也沒看見。

我不知道薩肯是怎麼獨自施展《召喚咒》的，也不懂眼前的景象，但我緊繃地站在原地等待，希望幻象能讓我看見逃出去的方法，雪花翩翩降落，在清冷的光中顯得純白耀眼，雪花碰不到我的皮膚，但迅速覆蓋她的足跡，地面又再度雪白一片，森后動也不動。

心樹輕輕摩挲樹枝，較低的一根枝椏溫柔伸向她，儘管正值隆冬，樹枝上還是冒著一顆花苞，它盛開綻放，接著花瓣凋零，一顆小小的綠色果實飽滿成熟透的金黃色，垂掛在樹枝下，向她遞出溫柔的邀請。

森后摘下果實，站在那兒用雙手捧著，這時，死寂的空地傳進一聲來自河流上游的熟悉悶響：斧頭砍進樹木的聲音。

原本果實已快碰到她的嘴脣，但森后停住了，我們不約而同側耳傾聽，又傳來一聲悶響，她放下手，果實滾落地面，消失在積雪中，她從腳邊撩起打結的裙擺，跑下小塚，奔進河中。

我跟在她身後，心臟隨著規律的伐木聲跳動，我們循聲來到林間空地邊緣，原本的小樹苗已經長成高大堅實的樹、開枝散葉，其中一艘木雕小船綁在岸邊，兩個男人正在劈砍一棵心樹，他們開心地工作，輪流揮舞沉重的斧頭，每一下都深深咬進樹幹中，銀灰色木屑到處飛濺。

森后發出驚駭的吶喊，嚎叫聲在樹木間迴盪，樵夫嚇得停下動作，握著斧頭四處張望，她在瞬間撲向他們，用指頭細長的手掐住他們的喉嚨，把他們拋進河中，他們掙扎著站起，一邊嗆咳。她在傾斜的心樹邊跪下，手指全貼在那汩汩泌出樹液的傷口上，彷彿能使它癒合，但那棵樹的傷勢太重，已經歪向水面，只要再過一小時，最多一天，它就會完全倒塌。

她站起來，仍然顫抖不止，不過是因為憤怒而非寒冷，土地也隨她一起顫動，她腳前的地面忽然裂開，裂隙沿著空地邊緣往兩旁延伸，她踏過越來越寬的裂縫，我及時跟上她的腳步，小船翻進深淵中消失了，河流開始轟隆流下瀑布，林間空地沉入新成形的懸崖下方，隱身在水霧中，其中一名樵夫在水裡滑了一跤，他發出尖叫，隨即被水流衝過瀑布邊緣，他的同伴大喊著，想抓住他的手，不過已經太遲。

小心樹和空地一起下降，斷裂的樹和我們這邊的地勢隆起，第二名樵夫掙扎靠岸，攀附著晃動的土地，森后靠近他時，他拿斧頭揮砍她，它撞上她的肌膚，噹啷一聲從他手中彈飛，她抓住樵夫，拉他到受傷的心樹前，把他按向樹皮，樵夫用力掙扎卻徒勞無功，被地面鑽出的藤蔓綁在原地。

他的身體弓起來，表情驚恐，森后往後退，他的腳掌和腳踝被束縛在斧頭砍出的創口邊，已經開始變形，彷彿樹幹嫁接的植物，靴子裂開脫落，腳趾長成新樹根。他掙扎的手臂僵化成樹枝，手指黏合在一起，痛苦的眼神消失在一層銀色樹皮下。出於憐憫和驚嚇，我朝他奔去，但我的雙手抓不到樹皮，魔法無法在這個地方回應我，但我不能忍受自己袖手旁觀。

然後他忽然往前傾，輕聲說：「艾格妮絲卡。」那是薩肯的聲音，接著就不見了，他的臉消失在樹幹打開的一個黑色大樹洞裡，我抓住樹洞邊緣把自己也拉進黑暗的樹洞中。樹根又密又緊，新翻開的土壤潮濕溫暖的氣味很嗆鼻，還有揮之不去的煙味，我想轉身扒開樹皮逃出去，我不想在這裡，但我知道回去是不對的，我人就是在這裡，被困在樹裡頭。於是我往前推、奮力前進，反抗所有的直覺和恐懼，我強迫自己伸出手感覺四周燒焦的樹木，木屑刺破了皮膚，黏滑樹液塞著我的口鼻，就要讓我窒息。

我的鼻孔充滿木頭和腐朽和燒焦的氣味，「阿拉曼克。」我沙啞地輕聲說，穿越牆壁的咒語，然後我推開樹皮和閃電霹靂的木頭，回到濃煙密布的空地上。

我踏上小塚，裙子被樹葉染成綠色，我身後是閃電霹開的心樹，《召喚咒》的光芒照亮水面，池塘只剩最後一汪清淺水窪，像剛冒出地平線的滿月，明亮得難以逼視。薩肯跪在水窪另一邊，他的嘴巴濕潤、雙手滴著水，那是他全身上下唯一沒被煤渣、泥土和濃煙染黑的部位，因為用來捧水喝。他喝了紡錘河的水，同時飲進河水和魔法，好讓自己有足夠的力量獨自施展《召喚咒》。

這時，森后來到他身邊，用細長的手指掐他的喉嚨，他掙扎著想扳開森后的手，銀色樹皮從水邊爬上他的膝蓋和大腿，她注意到我逃離了心樹，便放開薩肯，不悅地大喊轉身，不過已經太遲了，心樹在我頭上發出長長的呻吟，斷裂的大樹枝從樹幹剝離，終於轟然倒地，連接處出現一個大洞。

我走下小塚，踏著潮濕的石頭迎向她，她怒氣騰騰朝我衝過來，「艾格妮絲卡！」薩肯嘶聲大喊，伸出一隻手臂，想掙脫半困在土裡的雙腳，雖然森后直直朝我而來，卻放慢腳步、停下來，《召喚咒》的光從後方照亮她：她體內可怕的腐敗，長久以來的絕望化為酸臭發黑的瘴氣，光芒也照亮我、穿透我，我知道她從我臉上看見別的東西正回望著她。

我看見她是如何離開林間空地，看見她獵殺高塔裡的每個人，不管他們是巫師、農夫還是樵夫全都得死，她在自身痛苦的源頭種植了一棵又一棵心樹，不斷以更多的苦痛餵養它們，我感覺到黎那椏深刻悠遠的憐憫和我的恐懼混在一起，森后也看見了，她佇立在我身前顫抖著。

「我阻止了他們，」她說，嗓音是深夜裡樹枝劃過玻璃窗的聲響，讓你幻想外面是否有邪惡的東西搔抓著窗戶想闖進來，「我必須阻止他們。」

她不是在對我說話，她的眼睛穿透我，直接看見她妹妹的臉，「他們燒毀了樹木，」她說，向已經逝去多時的人懇求理解，「他們把樹砍倒，而且不會停止，他們像四季一樣來了又走，他們是不可語冰的夏蟲。」

黎那椏已經沒有嗓子可以說話，但我全身浸滿心樹的樹液，它的根深深扎進我踩的土地，「我們本來就該走了，」我輕聲說，這不僅是黎那椏想說的，也是我自己想說的，「我們本就不該永生不死。」

森后終於看見我，目光不再直接穿透我的身體，「我走不了。」她說，我知道她試過，她殺了高塔的君主和他的士兵，在原野上遍植樹苗，然後帶著染血的雙手來到這裡，本以為終於能和族人一起長眠，但她無法生根，她記起不該記起的事，同時卻遺忘了太多，她記起如何殺戮、如何怨恨，卻忘記如何生長，最後她所能做的只有躺在妹妹身邊：半夢半醒、半生半死。

我伸出手從心樹殘骸低垂的一根枝椏摘下唯一的果實，它金光閃爍地等候著，我將果實遞向森后，「我會幫妳，」我告訴她，「只要妳願意，是可以拯救她的。」

她仰頭看著破敗垂死的心樹，流下汙泥般的眼淚，濃稠的棕色液體滑過她雙頰，混著塵土、灰燼和水。她慢慢抬起手接過果實，纖長多節的指頭小心翼翼包住果實，動作非常溫柔，她的手指刷過我的，我們凝視著彼此，隔著裊裊煙霧對望的那瞬間，我彷彿成為她希冀多時的女兒，擁有高塔居民與她的族類雙邊的血脈；她也彷彿成為我的老師和嚮導，像瑯珈的書那樣指引我。我們原有不互相為敵的可能。

我彎腰用一片蜷曲的葉子呈了些水給她，那是水窪裡最後一點清澈的水，我們一起站上小塚，她把果實舉到嘴邊咬下，淡金色汁液沿著下巴滴淌，她閉起雙眼佇立原地，我把手放在她身上，感覺憎恨和痛苦在她體內像糾纏打結的詭異藤蔓，我把另一隻手放在黎那椏的心樹上，伸向那口深井、那股祥和寧靜，被閃電擊中並不會改變她的本質，即使樹倒了，甚至經年累月後腐朽為塵埃，那寧靜還是會繼續存在。

森后俯身靠著樹木裂開的傷口，用手臂環抱焦黑的樹幹，我將水窪裡最後幾滴水倒入她口中，然後摸著她的皮膚，輕聲念道：「凡納蘭。」

她開始蛻變，白色喪服的最後一點殘骸被風吹走，燒焦發黑的皮膚也大片大片剝落，新的樹皮從地面往上席捲過她的軀體，像件寬鬆的銀色裙子，和古老心樹的殘破樹幹融合在一起，她最後一次張開眼睛看我，眼神如釋重負，然後她走了，開始生長，腳長出新的根鬚覆蓋過舊的樹根。

我往後退開，她的樹根深深扎入土中時，我轉身跑過泥濘乾涸的池塘奔向薩肯，樹皮已經不往他身上爬了，我幫他一起掙脫，把大腿上的樹皮都剝掉，直到他的腳脫困，我拉起薩肯，我們一起坐著，在溪流岸邊癱軟地互相倚靠。

我沒有精力思考任何事，他用幾乎是嫌惡的眼神怒目瞪視自己的雙手，然後忽然往前一撲，把手指戳進柔軟潮濕的溪床泥土中，我腦袋空白地看了他一陣子，才了解到原來他是想恢復水流，我費力站起身去幫忙。開始之後，我就感覺到那股他不想要有的感覺：知道這是我們該做的事的篤定感。河流想流往這個方向、想注入池塘中。

我們只移動了幾把泥土，小溪就開始流過我們的手指，覆蓋溪床，池塘再度盈滿清水。我們坐回原地，累壞了，薩肯在我身邊試著擦掉手上的泥土與河水，他用殘破不堪的上衣角落擦手、然後再用青草、用褲子擦，不過只成功把泥土抹得到處都是，最後他暴躁地噴了口氣，雙手頹然垂到膝上，他已經沒力氣使用魔法。

我靠在他旁邊，他的脾氣出乎意料地撫慰人心，過了一會兒後他心不甘情不願地用手臂環抱我，林間空地再度萬籟俱寂，彷彿我們帶來的火焰和憤怒只稍微打斷了這兒的清幽，灰燼已經沉入池塘底的淤泥裡，樹木讓燒黑的枯葉落入水中，青苔蔓延過斑駁裸露的土壤，青嫩的草葉舒展開，池塘盡頭，新的心樹纏住舊的心樹，支撐著它，撫平參差不齊的疤痕，它們綻放出白色小花，有如點點繁星。

32

我在林間空地睡著，腦中一片空白而且心力交瘁，沒注意到薩肯把我抱起來帶回高塔，只在他使用的傳送咒語讓我的胃不舒服地緊揪時短暫醒來，然後又再度昏睡。

我甦醒時，蓋著毯子躺在小房間的窄床上，我用腳踢開毛毯，沒添衣物就跳下床，河谷的畫上有一道石塊割出的歪扭裂痕，帆布一塊一塊垂墜著，所有的魔法都流乾了，我踏上走廊，繞過破碎的石塊和砲彈，邊揉著乾澀的雙眼，走下樓後，我發現薩肯正在打包離開。

「有人得趁王城的腐敗擴散前去清理清理，」他說，「艾洛莎需要休養很長一段時間，王公大臣們在夏末時也得返回南邊。」

他身穿騎裝和雕銀的紅色皮靴，我全身仍然沾滿煤渣和汙泥，殘破的衣物簡直像女鬼穿的，可是不會有這麼髒的鬼。

他不正眼看我，忙著把瓶子和試管都塞進鋪著襯墊的行李箱，另一個袋子則已經裝滿書籍擺在我們中間的實驗室桌子上，地板斜向一邊，牆壁隨處可見砲彈或落石砸裂的開口，夏日暖風雀躍地在空隙間穿梭，把紙張和粉末吹得滿地都是，石板上留下一抹抹紅色和藍色的暈痕。

「我暫時補強了高塔，」他擺好一只裝著紫色煙霧、軟木塞封口並確實密封的玻璃瓶時對我說，「我會把火心帶走，妳可以開始修復——」

「我不會留在這裡，」我說，打斷他的話，「我要回黑森林。」

「別傻了，」他說，「妳覺得那女巫死了後她的豐功偉業也隨之消失了嗎？黑森林還是充滿各種怪物和腐敗，有很長一段時間都會如此。」

他沒說錯，雖然森后不是真的死了，她只是作夢去了，但薩肯離開的真正原因不是為了清理腐敗或者為了這個國家好，他的高塔壞了、他喝了紡錘河的水，還牽過我的手，所以現在要盡快溜得越遠越好，然後找到新的石牆躲在裡頭，他這次會把自己關在牆裡十年半載，直到成功讓他的根鬚枯萎了，而且再也感覺不到它們的空缺。

「我坐在一堆石頭裡，黑森林的怪物也不會變少。」我說，轉身離開，留他去和他的瓶罐和書本相處。

在我頭上，黑森林是一片猩紅、黃金和橘色交織，不過森林地面冒出了幾朵迷糊的春天花朵，夏日最後一波熱浪在這星期降臨，恰好是收成之時，原野裡打穀的農人在烈日下揮汗工作，不過在濃密枝葉下方的曚曨日光中涼快許多，旁邊還有紡錘河咕嘟流動的聲響，我光腳走過爽脆的落葉，籃子裡裝滿金色果實，我停在一個河灣邊，一隻木屍蹲在水邊，垂下細枝頭顱喝水。

牠看見我後停住不動，戒備著，但沒有跑走，我從籃子裡拿出一顆果實，木屍拖著僵硬的腿慢慢走近，停在剛好離我一隻手臂遠的地方，我一動也不動，牠終於伸出兩隻前腳接過果實開始啃起來，在手裡不斷轉圈，將果肉囓咬乾淨到只剩下籽，然後牠凝望我，試探地往森林裡走了幾步，我點點頭。

木屍帶我走了好長一段路，深入林中，最後停在一面披垂著厚重藤蔓的石頭懸崖面，牠指出一道岩石間的窄縫給我看，我們爬進窄縫，來到一個有石壁遮掩的小山谷，山谷一頭站著一棵古老扭曲的心樹，腐敗成灰色，樹幹不自然地腫脹，結實纍纍的枝椏刷過山谷地面。

木屍焦慮地往旁一站，牠們已經知道我會盡量淨化生病的心樹，有幾隻甚至開始幫我，我發現牠們似乎有園丁的天分，可能因為牠們不再受森后的暴怒所驅役，也可能只是因為牠們比較喜歡吃未經腐敗的果實。

黑森林裡還是有夢魘般的生物，牠們醞釀了太多自己的憤怒，不過牠們大多都躲著我，偶爾我會撞見兔子或松鼠被撕碎的腐爛殘骸，就我所能判斷，牠們是因為殘酷而非飢餓才殺生。有時候，幫過我的某隻木屍重新出現時會因遭到拉扯過而跛行，或是有手腳被螳螂咬掉，或者身側出現深深的爪痕。有次在黑森林中比較昏暗的地方，我掉到一個陷阱坑中，很狡猾地蓋滿落葉和青苔以融入森林地面，裡頭插滿破碎的樹枝和噁心的閃亮黏液，液體覆蓋、灼傷了我的皮膚，我得走到林間空地的池塘裡清洗，目前腿上還留著一道樹枝割破的傷口正在癒合，那有可能是普通生物用來捕捉獵物的陷阱，但我覺得不是，那應該是對付我用的。

它阻止不了我。現在，我鑽過低垂的樹枝，拿著水瓶走到心樹的樹幹前，往根部倒了一點紡錘河的水，儘管如此，我剛著手進行就感覺到這棵心樹已經難以挽救，它困住了太多靈魂，將樹木往四面八方拉扯，而受困的人待在這裡太久了，剩下不了多少東西可以拯救，幾乎不可能安撫、平息他們所有人，讓他們陷入夢鄉。

我把手放在樹幹上好久，想要找到他們，不過就算我找到了其中幾位，他們困在這裡的時間也久到忘了自己的名字，他們無力行走，只能躺在那幽影之地，眼神空洞、油盡燈枯。他們有一半的臉已經變形了。最後我只能放開手往後退，雖然炙熱的陽光穿透枝葉，我仍全身顫抖發冷，他們的痛苦黏著在我皮膚上想往裡鑽，我鑽出心樹厚重的枝葉，跑到山谷另一端坐在陽光裡，從水瓶喝了口水，額頭靠著泛出水珠的瓶身。

除了帶我來此的第一隻木屍，又有另外兩隻穿越窄縫出現，牠們排排坐，長長的頭全都專注地傾向我的籃子，我給牠們一人吃了一顆乾淨的果實，我開始工作後，牠們便一起幫忙，我們合力在樹幹邊堆滿柴薪，在低垂的樹枝外圍挖了粗粗一圈防火線。

挖好後，我站起來伸展痠痛的背部，然後將雙手搓滿泥土，回到心樹旁，把手貼在兩側，這次不再嘗試和困住的靈魂說話，「奇薩拉。」我說，開始引出水分，我溫柔緩慢地進行，樹皮冒出圓胖水珠，緩緩滴入土地，太陽逐漸高升，更加猛烈地照在樹葉上，它們蜷曲乾枯，等我完成時太陽已經低懸、消失在視線中，我的前額布滿黏黏的汗水，雙手沾著樹液，腳底下的土壤變得柔軟潮濕，心樹蒼白如同骨骸，樹枝在風中發出棍子互相敲擊的聲音，果實全都萎縮了。

我移動到空曠的地方，用一個字點燃柴薪，然後重重往地面一坐，盡可能在草地上擦淨雙手，我膝蓋抵胸，木屍折起腿腳，整整齊齊圍著我坐下，心樹既沒掙扎也沒尖叫，早已死了一半，它迅速著火燃燒，但沒冒出濃煙，片片灰燼掉在濕潤的地面，像提早到來的雪花般融化，它們偶爾會飄落到我的光腳上，只是不足以燙傷人的小火星，我沒退開，唯有我們能哀悼這棵樹和裡頭作著噩夢的遊魂。

火燒到一半時我累得睡著了，早晨醒來時，心樹已經燃盡，剩下那截黑色樹墩輕輕一碰就碎成灰，木屍們用牠們長了好多指頭的手將灰燼平均耙散到山谷中，心樹所在之處只留下一座小丘，我從籃子裡拿出一顆果實埋在小丘下，拿出一瓶用河水與心樹果實熬煮成的生長藥水，往小丘灑了幾滴，對著果實唱鼓勵的歌謠，直到一顆銀色小樹苗鑽出頭，竄高到需時三年才能長成的高度，新的樹苗並沒有自己的夢，但它延續著結出這顆果實的心樹的靜謐夢境，等它也開花結果時，木屍就能摘來吃了。

我留下牠們去照料樹苗，用長長的樹枝當成遮蔽物，免得嫩葉被驕陽烤焦，我通過窄縫回到黑森林中，地面鋪滿熟透的栗子和糾結的野莓叢，但我沒停下來撿拾，要等到林間空地外的樹木結出的果實安全可食，還需要很長一段時間，黑森林的枝葉蓄積了太多悲傷，還有太多受折磨的心樹盤踞在林間。

我從札托切克的一棵心樹中帶出幾個人，也從洛斯亞那端的另一棵心樹放出了幾個，但他們都是近期才被抓走的，心樹吞食一切：血肉和骨頭，不只是占據了他們的夢境而已。我發現馬列克的願望不過是夢幻泡影，任何困在心樹裡超過一兩週的人都已和心樹融為一體，無法再回到這個世界。

我成功安撫了其中幾個，幫助他們陷入那悠遠深沉的夢境，而森后離開時也帶走了她那驅動萬物的狂怒，少數幾個人能自行找到通往夢境的路。不過森后還是留下了上百株仍然屹立不搖的心樹，很多都藏在黑森林中幽暗隱密之處，將它們的水分吸乾後用火焚毀是我所能找到放它們自由最仁慈的方式。但每次進行，感覺都像殺了人，雖然我知道總好過讓他們困在裡頭苟延殘喘。

這天早晨，一陣叮噹鈴聲嚇得我跳出昏沉疲憊的狀態，我推開灌木，看見一隻黃牛瞅著我，若有所思嚼著青草，原來我靠近了黑森林和洛斯亞的邊界，「你最好趕快回家喔，」我告訴牛，「我知道外面很熱，但你在這裡很可能會吃到不該吃的東西。」遠方傳來一個女孩呼喚牠的聲音，過不了多久，她穿過灌木叢，看到我時愣住了，她看起來大概九歲左右。

「牠常常跑進森林裡嗎？」我用生澀的洛斯亞語問她。

「我們的草坪太小了，」女孩說，抬頭用澄澈的藍眼睛看我，「但我每次都找得到她。」

我低頭望著她，知道她說的是實話，她體內有股明亮的銀線逐漸湧現，「別讓她跑太遠了，」

我說，「等妳長大點，就來找我吧，我住在黑森林另一邊。」

「妳是琊珈婆婆嗎？」她好奇地問。

「不是，」我說，「但她是我的朋友。」

這時，我的腦袋清醒到足以認清身在何處，我立刻轉身朝西邊往回走，洛斯亞派了士兵巡邏境內的黑森林邊界，我不想造成他們的困擾。雖然我送過幾個走失的洛斯亞村民回家，但我三不五時在洛斯亞邊界冒出還是讓他們惴惴不安，怪不了他們，邦亞流傳出許多關於我的歌曲，千奇百怪但都同樣令人害怕，而且我猜吟遊詩人在我們河谷裡唱的那幾個版本還不是最惱人的，聽說幾個星期前有個男人被轟出奧桑卡的酒館，因為他企圖唱誦我是怎麼變成一頭狼怪然後把國王給吞了。

但回程時，我的腳步不禁輕快許多：見到那個小女孩和她養的牛減輕了我肩頭的陰沉重擔，我唱著琊珈的走路歌，匆匆趕路回家，我餓了，所以邊走邊吃了幾顆籃中的果實，我嘗得出黑森林的味道，紡錘河奔流的魔法被樹根和枝椏捕捉，在果實裡結晶，注入了陽光後成為我舌尖上香甜的汁液，裡頭還蘊含著一則邀請，也許有天我會想要接受，當我太過疲倦，想作著屬於我的長長的夢。但現在，那還只像遙遠丘陵上敞開的一扇門，是從遠方對我揮手的朋友，以及林間空地中幽邃的安詳。

卡莎從吉德納寫了信給我：孩子們的狀況很好，史塔沙克還是不太說話，但他在議會投票前挺身而出發言，成功說服他們讓外祖父擔任攝政王，他也同意和瓦薩大公的女兒訂下婚約，她是個九歲的女孩，因為能把口水吐到庭院另一頭而讓史塔沙克留下深刻印象，我對於以此當作婚姻基礎抱持一點疑慮，但我想這個動機總比「預防她父親掀起動亂」來得好。

為了慶祝史塔沙克加冕，王國舉行了比武大會，他不顧外祖母的反對執意請卡莎擔任他的鬥士，而大會進行到一半就看得出這是個正確決定，因為洛斯亞派了一隊騎士來參加，卡莎把他們都擊垮後，他們三思起是否要報雷德瓦那仗的一箭之仇，逃過高塔圍城之役的士兵們繪聲繪影說起一名刀劍不侵、金光燦爛的戰士女王，描述她如何殺得血流成河而且無人能擋，人們誤以為說的就是卡莎，所以洛斯亞勉強接受了史塔沙克重新訂立停戰協議的要求，而夏日就在脆弱的和平中劃下句點，給雙方時間休養生息。

史塔沙克也以卡莎比武勝利為由封她為禁衛軍隊長，她現在正學習如何正確用劍，以免練習時不小心把其他士兵撞了個四腳朝天。總計有兩名爵爺以及一名大公爵向她求婚，她生氣地寫信來告訴我說，除了這三人之外還有梭亞。

妳相信嗎？我告訴他我覺得他是瘋子，他答說他會懷抱希望等候。我告訴艾洛莎時，她整整笑了十分鐘，除了咳嗽之外沒停過，然後她說梭亞早知道我會拒絕，他只想向宮廷證明他現在效忠於史塔沙克了。我說我才不會拿他求婚的事四處吹噓，艾洛莎說等著看吧，他自己會說出去。果真沒錯，一個星期後就有五六個人來問我這件事，我差點想去告訴他，說我決定勉強答應他的求婚，單純想看他扭捏不安，但我怕他決定假戲真做、擔心他會想辦法困住我，所以打消了念頭。

艾洛莎的身體每天都好了一些，孩子們也都很好，他們每天早上都一起去海裡游泳，我也一起去，不過只坐在岸邊，我再也不能游泳了，因為會直接沉到水底。而且鹽水在我的皮膚上感覺怪怪的，就算只用海水泡腳也不太舒服。再送一瓶河水來給我好嗎？拜託！我在這裡每天都覺得有點口渴，而且河水對孩子們也有好處，我讓他們睡前啜一小口，他們就不會作關於高塔的噩夢了。

今天冬天我們會正式去拜訪，如果妳覺得對孩子們安全的話，我以為他們永遠不會想回去，但瑪里莎問我說能不能再去娜塔雅家裡玩。

我很想念妳。

我最後一次輕躍，就來到紡錘河邊，抵達我的小樹屋所在的空地，那屋子是我哄著一棵睡意朦朧的老橡樹變成的，門口一側，橡樹根形成一個大洞，我在裡頭鋪滿草，盡量放滿林間空地那幾棵心樹的果實讓木屍取用，洞裡的果實比我離開時減少許多，門口另一側，我的木頭信箱塞滿東西。

我把蒐集到的其他果實放進洞中，到樹屋裡待了會兒，屋子並不需要整理，地板鋪著柔軟青苔，每天早晨，青草織成的被單用不著我動手就會自動蓋回床上，不過我本人倒是很需要整理，今天早上我浪費了太多時間在森林裡昏沉迷走，太陽很快就要下山，我不想遲到。我拾起給卡莎的回信和塞著軟木的水瓶放進籃子，好交給丹珂替我投遞。

我回到河岸邊，踏了三大步，往西邊離開黑森林，我由札托切克的橋橫越紡錘河，一棵年輕的心樹在那兒投下陰影。

薩肯和我沿著河流漂浮去找森后時，她在憤怒之下最後一次進攻，在我們阻止她之前，樹木吞沒了半個札托切克，我離開高塔時，半路上碰見逃離村莊的人們，我一路跑到札托切克，看見有幾名絕望的守軍企圖砍倒新種下的心樹。

他們留下來，替家人們爭取時間逃跑，而且已經作好了慘遭黑森林吞沒腐敗的心理準備，即便他們的決定如此勇敢，仍然圓睜雙眼、表情驚惶，如果不是因為我衣衫襤褸，頭髮打結又被煤灰染黑，而且還光著腳，他們應該聽不進我說的話，我這副德性，除了女巫還能像什麼？

儘管如此，我告訴他們黑森林已經永遠潰敗時，他們也不確定能不能相信我，沒人妄想過能有這麼一天，但他們看見了螳螂和木屍忽然落荒逃回黑森林。最後，他們退開讓我做事，心樹還不滿一天大：木屍把村長和他的三個兒子塞進去作為心樹的養分，我成功救出了三兄弟，但是他們的父親拒絕了，他的肚子已經痛了一年，像有塊熱辣辣的木炭在裡頭燒。

「我可以幫你。」我提議道，但老人搖搖頭，他的眼睛已經半陷入夢境中，微笑著，他困在樹皮下的堅硬老骨頭和身體忽然從我手下消失，扭曲的心樹嘆了口氣、直起軀幹，所有劇毒的花朵立刻凋謝，枝頭冒出新的花苞。

我們在銀色枝椏下佇立良久，呼吸著淡淡花香，一點也不像腐敗花朵所發出的那股惡臭又甜膩的氣味，然後留守的村民忽然意識到他們在做什麼，緊張地移動腳步退開來，他們很害怕，不敢接受平靜的心樹，就像薩肯和我一開始闖入林間空地時一樣。竟然有來自黑森林的東西既不邪惡也不充滿恨意，沒人知道該怎麼想。村長的兒子們無助地看我，「妳沒辦法救他出來嗎？」大兒子問我。

我得告訴他們村長沒留下任何可以救出來的東西了，他已經成為心樹的一部分，我太累了，無法好好解釋，但無論如何這也不是人們可以輕易理解的念頭，就算對河谷居民來說也難以接受，三兄弟困惑沉默，不確定是否該開始哀悼父親，「他很想念母親。」大兒子終於開口說，他們都點頭同意。

有棵心樹在橋上生長，札托切克的村民無人對此感到安心，但他們夠信任我，至少沒砍倒它，它長得很好，根部已經熱絡地和木頭橋墩纏在一起，有可能會蓋滿整座橋，結實纍纍的樹上滿是鳥兒和松鼠，動物們相信牠們的鼻子，我也相信我的鼻子，我摘了十幾顆裝進籃中，繼續往前走，唱著歌沿著塵土飛揚的長長道路朝德弗尼克前進。

小安東正懶洋洋躺在草地上照看著家裡的牛羊，我衝進他們農地裡時，他跳起來，有點緊張，但大部分村民都已經習慣看見我三不五時出現。一開始我有點不好意思回家，畢竟經過了這麼多事。但那可怕的一天之後我實在好累，而且寂寞生氣又難過，森后的哀傷和我自己的相互糾纏，我清理完札托切克後，不顧疲憊的雙腳，還是一路走回家，我母親在門廊上只看了我一眼，便立刻帶我進去，她什麼也沒說，只把我安頓上床睡覺，坐在旁邊摸著我的頭髮，唱歌哄我入眠。

隔天我出現在村裡廣場和丹珂說話時，我旁邊的村民們都有點坐立難安，我告訴丹珂一點來龍去脈，然後去探望雯薩，也去看了耶爾西和克莉緹娜，但我仍然無精打采，沒力氣注意禮貌，因此直接忽略村民們神經兮兮的態度。過了一陣子，他們發現我不會隨便讓東西著火或者變成怪物之後，就放鬆了，現在我養成定時造訪的習慣，每週六都會去一個不同的村子。

薩肯沒回來，但我不知道他會不會有回來的一天，我輾轉聽見第四個或第五個人轉述，說惡龍還在王都撥亂反正，但他從沒寫信來，嗯，村裡從不需要爵爺來當和事佬，有村長先生或村長太太就夠了，黑森林也不像從前那麼危險了，雖然村裡還是有些事情需要巫師處理，如果他們能找得到巫師的話。所以我到這些村子裡走動，在每座烽火上都施了咒語，如果有人點燃，我的小樹屋裡也會有對應的蠟燭亮起，告訴我是哪個村莊需要我前去。

但今天我不是來德弗尼克工作的，我對安東招招手，繼續前進村裡，草地上已擺好幾張鋪著白布的長桌，全都堆得滿滿的，中間留下跳舞的空間，我母親和卡莎的兩個姊姊坐在那兒，擺出一盤盤燉蘑菇，我跑過去親她，她捧著我的雙頰，把糾結的頭髮順到後面，笑得非常燦爛，「看看妳，」她說，然後從我頭髮裡挑出一小截銀色樹枝和棕色枯葉，「妳可以考慮穿雙靴子，我應該叫妳去洗乾淨然後安靜坐在角落的。」我的光腳從腳趾到膝蓋都蓋滿塵土，但她開心地大笑，我父親則駕著馬車運來夜晚營火所需的柴薪。

「吃飯前我會洗乾淨。」我說，偷了一朵蘑菇，然後去雯薩家陪她一起坐在前廳，她的身體好多了，不過大部分時間還是都坐在窗邊，偶爾做點縫紉活，卡莎也寫了信給她，但語調僵硬不自然，我念給雯薩聽，盡可能修飾得宛轉些，雯薩靜靜傾聽，我知道她心中藏著罪惡感，一如卡莎心中藏著怨懟：她身為母親，束手接受了未必會發生的命運。這需要很長的時間才能平復，如果真有平復的一天。不過她還是聽我的話一起來到草地上，我看見她站在桌邊和女兒們說話。

今年沒有盛大的宴會，只有小小的鄉村慶典，盛宴在奧桑卡舉行，惡龍不挑選女孩的那幾年，宴會便辦在奧桑卡，從今往後的每年也都會如此。我們在炎熱的大太陽下吃東西吃得滿頭大汗，在收成時分還這麼熱可真奇怪，直到太陽西沉才會涼爽些，但我不在乎，我吃了一大碗酸黑麥湯，裡頭漂著切片的蛋，還吃了一盤燉甘藍菜和香腸，外加四片夾滿酸櫻桃的鬆餅，然後我們都坐在陽光裡呻吟著食物有多好吃以及抱怨吃了太多，小孩們在草地上撒野奔跑，直到他們跑累了，一個個躺在樹蔭下打盹。路德克拿出他的弦琴，橫放在膝上開始彈奏，一開始小小聲的，更多孩子打起瞌睡，然後其他樂器加入，村民們沉浸在樂聲中，拍起手唱著歌，我們打開啤酒桶，還從丹珂地窖裡拿出冰涼的伏特加，大家傳著喝。

我和卡莎的哥哥們以及自己的親哥哥跳舞，之後也和幾個不太熟的男孩跳，我猜他們原先都擠在一邊激對方來邀我跳舞，但我不介意，他們有點緊張，怕我拿火燒他們的手，我以前會趁夜幕低垂時躡手躡腳穿過老韓可的庭院偷摘鮮紅欲滴的大蘋果，她的蘋果是最好吃的，這些男孩的緊張就和我當時的感覺相同，我們都很開心，大家聚在一起，我聽得見紡錘河流過我們腳下的歌聲，其實那才是我們真正隨之起舞的旋律。

我在母親的椅子前上氣不接下氣地坐下，頭髮又全散落在肩膀上，她嘆了口氣把髮絲攤在膝上，開始編辮子，我的提籃擱在她腳邊，我拿出另一顆金黃飽滿的果實來吃，當我舔著手指、在營火的火光中覺得迷迷濛濛時，丹珂忽然從旁邊的長凳上彈起來，故意把杯子重重放下好讓大家注意到，「爵爺。」

薩肯站在空地開口處，一隻手放在離他最近的長桌上，躍動的火光照亮了他的銀戒指、精緻的銀鈕釦和藍色外套邊緣蜿蜒的銀線：一隻龍，頭在他一邊領口上，然後沿著外套邊緣繞一圈，尾巴從另一邊領口冒出來。外套衣袖露出上衣的蕾絲袖口，擦得晶亮的靴子足以反射火光，他看起來比王宮大廳還富麗堂皇，而且非常不真實。

所有人都盯著他看，包括我，他的嘴巴一癟，我曾經認為那應該是不悅，但現在我會說那是準備好面對攻擊的尷尬神色，我站起來走向他，一邊把拇指舔乾淨，他迅速瞥了眼沒蓋起的提籃，看見我吃的是什麼東西，「真是噁心。」他說。

「它們非常美味！」我說，「都已經熟透了。」

「更有可能把妳變成一棵**樹**。」

「我還不想變成樹，」我說，心裡冒出開心的泡泡，一條歡笑著的明亮小溪。他回來了，「你什麼時候到的？」

「今天下午。」他僵硬地說，「當然了，我是來收稅的。」

「當然囉。」我說，很確定他一定先去了奧桑卡收取稅貢，好假裝這真的是他的意圖，但我無法和他一起假裝，連讓他習慣這個念頭的時間也不想給他，我已經忍不住揚起嘴角，他脹紅臉撇過頭去，但這無濟於事，因為所有人都饒富興味地看著我們，喝啤酒喝得醉醺醺、跳舞跳得暈陶陶，已經顧不得禮節了。他只好回頭看我，對我的微笑吹鬍子瞪眼。

「過來見見我母親。」我說，握住他的手。

謝詞

我知道「Agnieszka」這個名字的讀音讓很多讀者感到困惑：念法是「艾格—妮絲—卡，」重音在第二音節。這名字的出處是小時候我吵著母親講了一遍又一遍的童話故事《Agnieszka Skrawek Neiba》（「天空的碎片」艾格妮絲卡），由超棒的作家Natalia Galczyńska所寫的版本，故事的女主角和她愛亂跑的小黃牛也曾在這裡短暫現身，而黑森林的靈感也來自於童話中那片蠻荒濃密的森林。

這本書有很大部分得歸功於Francesca Coppa和Sally McGrath，她們讀了這本書的完稿，而且在寫作過程中幾乎每天都鼓勵著我。也很謝謝Seah Levy、Gina Paterson和Lynn Loschin閱讀本書草稿並給我意見。

謝謝我的超棒編輯Anne Groell和我的經紀人Cynthia Manson，從一開始就鼓勵而且擁抱這本書。也謝謝Del Rey出版社大家的幫忙和熱情。

最重要的，要感謝我的丈夫Charles Ardai並致上我的愛，他讓我的生命和工作都更好而且更加真實，不是每個作者都能幸運擁有同樣身為作家以及優秀編輯的人來擔任第一個讀者，我很開心我有！

來自我的母親，傳承給我的女兒：從根到花朵。這是證據，等妳年紀大到能讀懂這本書了，我希望它能成為妳與妳的祖母，以及她說給我聽的故事之間的連結。我很愛很愛妳。

臉譜小說選 FR6550

盤根之森

Uprooted

作者	娜歐蜜・諾維克 Naomi Novik
譯者	林欣璇
書封設計	蕭旭芳
總經理	陳逸瑛
總編輯	劉麗真
業務	陳玫潾、林佩瑜
行銷企畫	陳彩玉、朱紹瑄
責任編輯	林欣璇、廖培穎
發行人	凃玉雲
出版	臉譜出版 城邦文化事業股份有限公司 台北市民生東路二段141號5樓 電話：886-2-25007696　傳真：886-2-25001952
發行	英屬蓋曼群島商家庭傳媒股份有限公司城邦分公司 台北市中山區民生東路141號11樓 客服專線：02-25007718；25007719 24小時傳真專線：02-25001990；25001991 服務時間：週一至週五上午09:30-12:00；下午13:30-17:00 劃撥帳號：19863813　戶名：書虫股份有限公司 讀者服務信箱：service@readingclub.com.tw 城邦網址：http://www.cite.com.tw
香港發行所	城邦（香港）出版集團有限公司 香港灣仔駱克道193號東超商業中心1樓 電話：852-25086231或25086217　傳真：852-25789337 電子信箱：hkcite@biznetvigator.com
新馬發行所	城邦（新、馬）出版集團 Cite（M）Sdn. Bhd.（458372U） 41, Jalan Radin Anum, Bandar Baru Sri Petaling, 57000 Kuala Lumpur, Malaysia. 電話：603-90578822　傳真：603-90576622 電子信箱：cite@cite.com.my
初版一刷	2018年4月 版權所有，翻印必究（Printed in Taiwan）
ISBN	978-986-235-659-3 定價380元 （本書如有缺頁、破損、倒裝，請寄回本社更換）

城邦讀書花園
www.cite.com.tw

國家圖書館出版品預行編目資料

盤根之森／娜歐蜜・諾維克（Naomi Novik）
著；林欣璇譯. -- 初版. -- 臺北市：臉譜
出版：家庭傳媒城邦分公司發行, 2018.04
　面；　公分. --（臉譜小說選；FR6550）
譯自：Uprooted
ISBN 978-986-235-659-3（平裝）
874.57　　　　107004562